U0745398

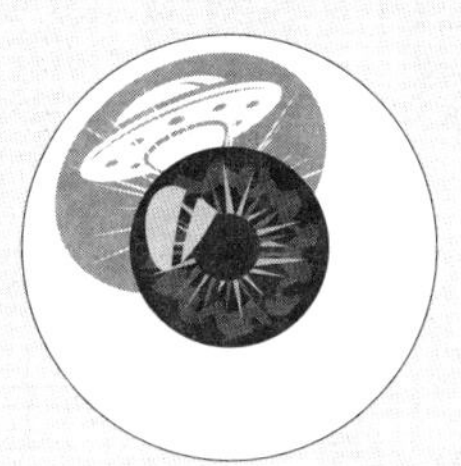

华语实力科幻作品
群星奖大满贯

Sci-Fi

美洲来的哥伦布

刘兴诗——著

山东教育出版社

图书在版编目（CIP）数据

美洲来的哥伦布 / 刘兴诗著 . — 济南 ：山东教育出版社，2021.7（2021.8 重印）
（科幻文学群星榜）
ISBN 978-7-5701-0522-9

Ⅰ. ①美… Ⅱ. ①刘… Ⅲ. ①幻想小说－中国－当代 Ⅳ. ① I247.5

中国版本图书馆 CIP 数据核字（2021）第 119644 号

MEIZHOU LAI DE GELUNBU
美洲来的哥伦布　　刘兴诗　著

主管单位：山东出版传媒股份有限公司
出版发行：山东教育出版社
地址：济南市市中区二环南路 2066 号 4 区 1 号　邮编：250003
电话：（0531）82092600　　网址：www.sjs.com.cn
印　　刷：三河市冠宏印刷装订有限公司
版　　次：2021 年 7 月第 1 版
印　　次：2021 年 8 月第 2 次印刷
开　　本：880 mm × 1300 mm　1/32
印　　张：11
印　　数：10001–13000
字　　数：246 千
定　　价：42.80 元

（如印装质量有问题，请与印刷厂联系调换）
印厂电话：0316-3655888

《科幻文学群星榜》编委会

想象新时代

《科幻文学群星榜》是由中国科普作家协会科幻专业委员会联合其他科幻组织，共同推出的一套科幻书系。这是一个规模庞大的工程，目前来看也是独一无二的工程，基本囊括了中华人民共和国成立以来老中青几代具有代表性的科幻作家的佳作。这些作家以年龄看，最早的是20世纪20年代出生的，最晚的是“90后”。

这套书系的出版，恰逢中华民族实现第一个百年目标——全面建成小康社会。因此，它呈现了百年未有之变局中，中国人对一个崭新时代的想象。随后陆续推出的作品，还将伴随中国迈进基本实现现代化的伟大进程。

科幻文学作为一种年轻的文学品类，本身就是现代化的产物。1818年，世界上第一部科幻小说《弗兰肯斯坦》诞生在第一个实现产业革命的国家——英国。此后科幻文学在法国、美国、日本等工业化国家繁荣起来，进入蓬勃发展的黄金时代。科幻作品反映着科技时代人类社会的变迁和走向，反思当代人类面临的多重困境，力图打破所谓世界末日的预言，最终描绘出一个五彩斑斓、生机勃勃的新未来。

如今，地球上正在发生的最具“科幻色彩”的事件之一，便是中国的

崛起。这个进程不仅改变了这个文明古国的命运，也影响着全人类的走向。中国奇迹般地成了拉动世界经济增长的有力引擎。人类历史上首次十亿以上人口的国家将要集体迈入现代化的门槛。中国科幻文学正是中华民族伟大复兴进程的见证者、参与者与推动者。

早在20世纪初，中国的一些有识之士便把科幻作品译介进来，掀起了第一次科幻热潮。它承载起“导中国人群以行进”“改变中国人的梦”的使命。20世纪50–60年代，随着中国自己的工业和科技体系的建立，科幻作家们以满腔热情擘画了一个欣欣向荣的新世界。1978年改革开放后，中国再次向现代化进军，科幻迎来新的勃兴。作家们满怀豪情地书写科学技术为实现现代化、为谋求人民的幸福生活所创造出的神奇美景。进入21世纪，尤其是随着新时代的来临，这个文学门类也进入成长的新阶段。随着《三体》等作品的问世，中国科幻迎来了新一轮热潮。作家们描绘着古老的中华民族在实现全面小康和建成现代化强国的过程中所面临的新机遇、新挑战，谱写着中国走向世界、步入太阳系舞台中央并参与宇宙演化的新篇章。

科幻文学的发展折射着中国国运的巨大变迁。当今，海内外不同领域的人们对中国的科幻文学的空前关注，实际上是关注中国的未来，关注世界第二大经济体将如何持续演进，关注14亿人的创造力将怎样影响乃至重塑这个星球。从现实意义上来说，这套书系不但包含这些丰厚的信息，而且集中梳理了新中国科幻文学取得的辉煌成就，整理出新中国科幻文学发展的宽阔脉络；从一个特殊的侧面，还反映了中华民族从站起来、富起来到强起来的进程，见证中国走向更加灿烂辉煌的未来。

这套书系具有以下三个特点：

一是权威性。它由中国科普作家协会科幻专业委员会主持编选，并与国内多个科幻组织合作，其中包括得到了中国科普作家协会科学文艺专业委员会、科幻世界杂志社、南方科技大学科学与人类想象力研究中心、未来事务管理局、八光分文化、重庆钓鱼城科幻中心等的鼎力相助。编者从中华人民共和国成立以来的海量科幻文学作品中，精选出足以体现时代特征的作品。收入书系的作者，涵盖了雨果奖、银河奖、星云奖、晨星奖、光年奖、未来科幻大师奖、引力奖、水滴奖、冷湖奖、原石奖、坐标奖、星空奖等中外各类科幻大奖的获得者。

二是系统性。它收集了中华人民共和国成立以来不同时期作家的代表作。作者中有新中国科幻奠基者和老一代作家如郑文光、童恩正、萧建亨、刘兴诗、潘家铮、金涛、程嘉梓、张静等，也有改革开放后崛起的新生代作家刘慈欣、王晋康、何夕、韩松、星河、杨鹏、杨平、刘维佳、赵海虹、凌晨、潘海天、万象峰年等，以及以“80后”为主体的更新代作家陈楸帆、飞氘、江波、迟卉、宝树、张冉、程婧波、罗隆翔、七月、长铗、梁清散、拉拉、陈茜等，还有在21世纪崛起的全新代作家杨晚晴、刘洋、双翅目、石黑曜、王诺诺、孙望路、滕野、阿缺、顾适等，从而构成比较完整而连续的新中国科幻光谱，是对中国科幻文学发展历史的一次系统检阅。

三是丰富性。它比较全面地展现了广域时空中新中国的科幻生态和创作风格。这里面既有科普型的，也有偏重文学意象的；既有以自然科学为主体的核心科幻，也有侧重社会现象的“软”科幻；既有代表科幻未来主义的，也有反映科幻现实主义的；既有传统风格的写法，也有实验性质的探索。作品的主题涵盖了中国科技、社会、文化和民生的热点。从中可以看到，一个曾经积弱的民族，如今正活跃在地球内外、大洋上下、宇宙太空、虚拟世界、纳米单元、时间航线、大脑意识等各个空间。这里有中国政府和人民引领抗击全球灾难的描述，有脱贫的中国农民以新姿态迈出太阳系的故事，也有星际飞船和机器人在银河系中奏唱国际歌的传奇。

这套书系力求构建起一个灿烂的星空，并以此映射人们敏感而多样的心灵。爱因斯坦说，想象力比知识更重要。科幻是相伴人类发展进步而产生的新兴事物，是一个民族想象力的集中反映，是科技创新的艺术表达，在人们面前呈现出一幅幅奔向明天、憧憬和创建未来的美好画卷。许许多多杰出的科学家、工程师和企业家，在年轻时就受到科幻文学的熏陶和影响，因此走上了创造神奇新世界的道路。中国正在稳步建设创新型国家，需要更多富有创造力的人才脱颖而出。科幻文学也肩负着实现中国梦的责任，在点燃青少年科学梦想、激发民族想象力和创造力方面，起着不可或缺的作用。

这套书系将为广大读者尤其是年轻人打开中国科幻和未来世界的门户，有助于人们拓宽视野、开阔思想、激发灵感、探索未知、明达见识。它也将进一步促进中外科幻、科技、文化和文明的交流，为人类的共同发展做出中国的一份独特贡献。

中国科普作家协会科幻专业委员会

2020年10月1日

1963年，我读英国科学家莱伊尔写的《地质学原理》时，其中一句话引起了我的注意。书中说，在英格兰西北部兰开郡马丁湖底的泥炭层中挖出8只独木舟，“它们的式样和大小，和现在在美洲使用的没有什么不同”。不由得心中一震。因为我对考古学有一些了解，深知两个距离遥远、素无来往的民族，其文化特征是不可能完全雷同的。

从我所从事的第四纪地质研究的角度，可以推断埋藏独木舟的泥炭生成于四五千年前，当时正值墨西哥古印第安文化的一个渔猎时期。一些出海捕鱼的印第安独木舟很容易被横穿北大西洋的墨西哥湾流冲带入海。在哥伦布发现新大陆的500年前，同一海流曾将热带美洲的树木冲带到荒凉的挪威海岸，引起诺曼海盗的遐想，扬帆西航发现了冰岛、格陵兰和纽芬兰，为什么不可以将同样性质的古印第安独木舟带到英格兰？其多数或已在途中葬身鱼腹，个别漂到彼岸则是完全有可能的。

值得注意的是，发现独木舟的地点不在英格兰的西海岸，而是在内陆湖区，竟有8只之多，至少应有8到16人操作。倘若上述推断属实，这必定不是最初到达的古印第安独木舟，而是一批仿制独木舟。

由于这是一个偶然事件，不是有意识的探险活动，不可能有成群的独木舟同时到达。从常理推想，一只独木舟不能装载多人，也无妇女随船捕鱼的可能性。唯一的可能是一只侥幸脱险的独木舟抵岸后，其乘员深入内陆湖区，与当地土著通婚，发展成为一个小部落。后来，他们按照美洲故乡的方式，制作了一批新独木舟安然生活在新的领地。

如果这一切的推想属实，可以得出一个十分重要的结论：

墨西哥湾流曾将古印第安独木舟漂送到英格兰。

在诺曼人和哥伦布发现美洲新大陆前，被狂妄无知的欧洲种族主义者所蔑视的印第安人早就发现了他们的欧洲，还在他们的“高贵的”血统中，滴进几滴有色血液。

无论从考古科学的角度，还是从对种族主义无情批判的角度，这都是很有意义的题材。我决定用科幻小说的形式把它写出来。

遗憾的是，当时我还不能立即着手写这篇作品。因为我必须排除一个可能性——古代欧洲有和美洲相同的独木舟。假如真有文物特征的巧合，上述推想便完全不能成立了。为了解决这个疑难，我不得不中止这个写作计划，转而寻求解决欧洲有无同样独木舟的问题。经过漫长的努力，我终于在1979年弄清楚了事实：古代欧洲绝无和美洲印第安人完全雷同的独木舟。屈指算来，时间过去了整整16年，这篇科幻小说终于可以提笔写了。

话虽然这样说，我却不能马上就写。因为这还涉及三个场景：墨西哥、英格兰和苏格兰。必须把所有的背景资料研究透彻方可动笔。为此，我参阅了大量资料和图片。只有把握住各个特点，才可以如实描写。

墨西哥一段，我使用了一个古遗址实际场景。其中涉及的文物，没有一件是我杜撰的。

英格兰湖区一段，我按照实景照片和文字资料，联系多变的阴霾天气加以描述。

这篇小说写的是一次模拟航行。如果让现代模拟者乘坐独木舟到达同一地点，未免显得人工斧凿痕迹太重。我参照了海流图，让他漂到附近的苏格兰海岸，也有同样的意义，因此又出现了苏格兰海岸的场景。从照片可见那是一道峭壁海岸，可它是什么颜色呢？最后我查出是石灰岩峭壁，颜色便可定为灰色了。

由于有了这些准备工作，所以小说很快一气呵成。但我心中却还有些不踏实。当时没有电脑，也没有复印机，又刻写为油印稿。广泛寄送给一些朋友，请大家挑毛病、提意见。上海少年儿童出版社的姜英认为漂洋过海一段写得太容易，这是我没有注意把握的一个环节，立刻改写了一遍，最后科幻作家金涛先生认为我“好像真喝过几两海水”才罢手。后来这篇作品被科幻评论家饶忠华评为“中国科幻小说重科学流派的代表作”，也许有一点根据。

这篇作品发表后，还有一个尾声。1986年，有一个英国伦敦大学的考古学研究生Alice Childs访问我，我请她回去落实一下这个问题。她回国后研究了一番，给我寄来一张地图，查明了莱伊尔所说的马丁湖，今天名叫Marton Mere，距离海滨城市Blackpool只有2公里左右。当年是被一个名叫Thomas Greenwood的人排干湖水，才发现那8只独木舟的。我的推想如实，故事是真的。我把一段被忘却的历史发掘出来，写成这篇科幻小说，越深入研究，就越坚信这是一段曾经发生过的真实历史。这符合我的科幻小说创作观——“科幻小说是科学研究的直接继续”。

我认为科学研究有直接、间接两种。上述从资料研究是间接的研究，另一种是自己科研项目的直接研究，我和周国兴、童恩正共同开展的柳州白莲洞遗址研究工作，引出了附近著名的柳江人的来源问题。在所掌握的资料尚不足以写出论文的情况下，周国兴、童恩正推我完全实境地摊开科学材料和我们的观点，写出的《柳江人之谜》，并且试图按照正规论文的格式，在文末附上参考文献，就是直接研究的继续的例子。

附启：

2010年3月，我在一个幽静的海滩别墅，遇见一个二战时期的英国皇家空军飞行员，因为我们有共同的二战经历，聊得非常投入。他的儿媳随行，听说《美洲来的哥伦布》的故事，帮助我找到那个兰开郡马丁湖的详细地图。我又委托一个留学生前往调查，准备收集更多的照片和其他资料。我一直将其作为自己的一个研究项目来处理，坚信这是一个被历史遗忘的事实，绝非凭空想象的东西。这个问题的发掘，比这一篇小小的科幻小说有意义得多。

包括这篇作品，以及《海眼》《柳江人之梦》等作品，都是研究的心得体会，所以我说科幻还有另外一个模式，就是我常常说的“科学幻想是科学研究的直接继续”。科学幻想建立在真实的基础上，不放过一切细节，对其考察到底，这样的作品才有真实感，才更加具有实际意义。否则茶余酒后编造那些虚无缥缈的故事，奇则奇矣，不过博人一笑，又有什么意义？我一定要出版一些附有参考文献的科幻小说，就像另样的论文。

我的创作原则是先研究，再写作。如果研究结果和原来的想法不一致，宁可放弃也决不写出来。

目
录
Catalogue

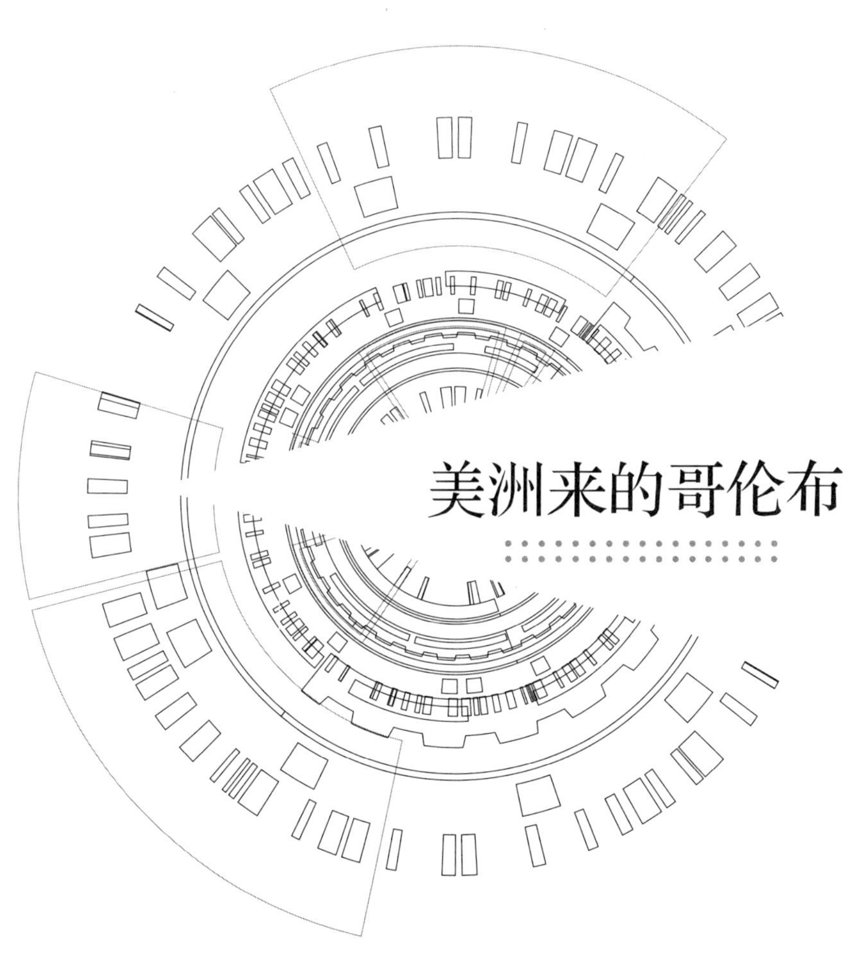

美洲来的哥伦布

……兰开郡的马丁湖排干之后，露出了一层泥炭，其中至少埋着8只独木舟。它们的式样和大小，与现在美洲使用的没有什么不同。

——（英）李依：《兰开郡》，1700年版，第17页

对一个水手来说，有什么能比处女航更能激发起他那充满渴望和好奇的心，并燃烧起献身于海洋的熊熊火焰般的热情呢？

人们或许会问我："你，威利，大海和风暴的宠儿。你可能记得自己的处女航，它是否曾真的点燃了你纯真的心？"

是的，这话一点也不假。可是，需要说明的是，我的处女航并不是在那个阴霾沉沉的早晨，当我背负着简单的行囊，在利物浦的第27号码头，踏着一条两旁安装着绳网的钢铁跳板，初次登上这艘古旧的"圣·玛利亚"号货轮甲板的时刻。对我来说，那个神圣的日子还要久远得多，至少还得上溯10多年，约莫在我整天流着鼻涕、跟在妈妈的屁股后面到处乱跑的时候。

那一次的航行并不在波涛翻滚、到处喷吐着水雾和盐沫的大海里，而是在我居住的那所简陋的农舍附近，一个梦也似的平静的小湖——苔丝蒙娜湖上。它虽不见得十分惊心动魄，航程也不太远，然而在那样一个雾气迷蒙的清晨，乘坐着那样一艘奇特的小舟，却充满了无穷无尽的趣味和瑰

丽的幻想。它不仅使我初次尝试了水上行舟的滋味，还在我幼年的脑际里打下了一个永不磨灭的烙印，引导着我一步步走向海洋，过着头顶赤道的烈日和极地的风暴，两脚终年踏着摇晃不定的甲板的远洋水手生活，而且还在我的心灵深处埋下了一个神秘的、疑问的种子，不停息地对自己发出探询的声音。最后终于促使我采取了一个不可思议的方式，横漂过波涛滚滚的大西洋，发生了你们都曾知晓的那一条轰动一时的新闻。

这一切，都得从我那次古怪的处女航说起。

亲爱的朋友，请耐心聆听吧！我将毫无保留地把整个故事都原原本本地讲述给你们听……

泥炭沼里的独木舟

我的家乡苔丝蒙娜湖；独木舟是怎样发现的；倒霉的“处女航”，我们因此结结实实地挨了一顿狠打。

我出生在美丽的英格兰北部的湖区，那儿是诗和传说的故乡。

华茨华斯、科尔利治、骚塞[①]都曾在这里留下许多脍炙人口的诗篇。牧人和渔夫会告诉你许多关于坚毅勇敢的狮心王查理[②]，侠义无双的英雄罗宾

① 华茨华斯（1770-1850）、科尔利治（1772-1834）、骚塞（1774-1843）：英国著名的诗人，都曾在英格兰北部的湖区生活过，被称为“湖滨诗人”。

② 狮心王查理（1157-1199）：英格兰国王，是第三次十字军东侵的领袖之一。

汉[1]，云雾缭绕的七姊妹峰，神秘莫测的万特雷毒龙[2]，或是别的什么扣人心弦的山精和水妖的传说。

当我漫步在湖畔的那些玫瑰战争[3]时代遗留下来的花岗石古堡之间，或是溜达在夕阳和朝霞染红了的小山的巅尖，默默地凝视着变幻不定的湖上景色时，可以看见那里时而飘忽着一朵朵梦幻般悠闲的白云，灿烂的阳光把整个湖区都浸染成天国花园般的金黄色；时而在雨后的晴空里闪现出一道彩虹，好似天使头上的圣洁光环放射出璀璨的异彩；时而又笼罩着一阵阵稀薄得如同轻尘一样的迷雾，好像温柔的湖上女神正披着半透明的曳地长纱衣，踮起脚尖从水波上悄悄走了过来。这一幕又一幕的风光，在我的心目中更增添了它的无限美丽和难以描述的神秘感，使人恍然觉着，这儿、那儿，仿佛到处都隐藏着一个个未知的疑谜，我的故乡苔丝蒙娜湖，还是一个谜也似的神秘国度啊！

可是，这一切有什么能比泥炭层里的那只橡树独木舟，更能诱惑我的幼小的心灵呢？

我还十分清楚地记得那一天，如同我作为一个水手，确凿知晓横暴的大西洋和地中海之间的直布罗陀海峡的奇峭的山形一样。

那一天，天气十分晴朗，人们的心也从未这样爽朗过。因为排干一个湖湾挖掘泥炭的计划就要如愿以偿了。

整个湖湾充满了喧嚣的人声、犬吠，以及一种节日般的、喜气洋洋的气氛。

在所有的人之中，孩子们要算是最高兴的啦！因为原本是一泓清波的

---

① 罗宾汉：英格兰民间传说中的农民起义英雄。

② 万特雷毒龙：古英格兰传说中的妖怪，后来被一个勇士踢死。

③ 玫瑰战争：指1455-1485年间，英格兰封建贵族兰开斯特族（红玫瑰徽章）和约克族（白玫瑰徽章）之间争夺王位的战争。

湖湾一下子亮了底，本身就是一件了不起的新鲜事儿，何况还能指望在湖泥里拾到种种稀奇古怪的物件呢？那股高兴劲儿就甭提了，比一年一度的圣诞节，甚至比充满苹果布丁香味的圣诞大餐还更加快活。

我打着赤脚，跟在苏珊姐姐的后面，和一群野孩子在泥淖里到处乱翻乱找。这群孩子的“首领”叫托马斯，是一个满脸雀斑，长着一头乱蓬蓬的红头发的十五六岁的男孩。他和苏珊姐姐特别要好，他处处小心翼翼地迁就着她，此刻正和她一起踩在没膝深的湖水里，起誓发愿地哄她说，要在水下为她寻找到一个真正的公主丢失的钻石戒指，或是女水妖遗落的魔法项珠。

眼看大孩子们都像长脚的鹭鸶似的，扑通、扑通，跳下水去了，我真是又羡慕、又着急。急的是，深怕他们会把所有的“宝物”都捞光了，而我由于气力微弱、个子瘦小，根本就甭想到湖水里去寻找什么，只能远远地落在后面，在乱糟糟的烂泥地里捡拾他们所不屑于理睬的、剩余的东西。为了不放过每一个微小的机会，我找了一根细铁条，逐块逐片地仔细翻看每一个地段。虽然在污泥里也发现了一些东西，但大多数是看不上眼的破罐头盒、碎玻璃瓶之类的玩意儿，毫无收藏的价值。转了好大一个圈，依旧两手空空的。

我不禁有些灰心了，干脆一屁股坐了下来。眼望着别的孩子在湖滨的水里忙忙碌碌地四处奔跑，听着他们每获得一件“猎物”时，发出的一阵阵欢呼声，心里真不是滋味。尤其妒恨托马斯，他拾到的东西最多，几乎全都送给苏珊了。他们俩是那样地高兴，简直把我完全丢在脑后不予理睬，我不由得感到十分委屈，低声抽咽着哭了起来。

我坐在地上哭了许久。因为没有一个人理睬我，自己哭得实在太没趣，才慢慢地收住了。这时，暖洋洋的太阳从云朵里露出了面孔，在我的脸上慈爱地吻了一下。我揉了揉被阳光照得几乎睁不开的眼睛，偏过头无意中朝前面不远处的一块泥炭地里瞥了一眼，突然有一段埋在泥里的树干映入了眼帘。

睁大眼睛再仔细一看，可不是嘛，千真万确是一株大树。我虽然不能找到什么有趣的纪念品，但是只要把这株大树刨出来，运回家去作为过冬的劈柴，妈妈也准会奖赏给我一件小小的礼品，让自鸣得意的苏珊看得眼红呢！

“啊哈！”我再也坐不住了，跳起来把头上的帽子往空中一抛，就朝那株半露在外面的树直冲过去。我有一个想法，先要绝对保密，不声不响地只凭自己的力量把它从头到尾地挖出来，然后再向大家骄傲地宣布，让所有的人都大吃一惊。

由于在泥炭里埋藏了很久，树干已经被染成黑黝黝的了，只在污泥里露出了一小段树干，前后不见首尾。在我的想象中，它一定是一棵枝叶扶疏的大树，不知是什么原因导致湖岸坍塌了，才倾倒在湖中的。在它的枝梢上，说不定还残留着一些未曾腐烂尽的硬壳果，树身上也许还刻有“侠盗”罗宾汉，或是别的英雄好汉的亲笔签名呢！要真是这样，那可太好了。

我费尽了力气才把它表面上的污泥刨掉，忙不迭地一看，啊！这是怎么一回事？既没有枝叶，也没有树根，而是被砍削得光溜溜的，前面带一个尖儿。从侧面再一刨，另一个意想不到的景象把我弄得目瞪口呆。原来，这根“树干”已被从头到尾剖开，只留下了一半。就是这半片树身也被凿得空空的，像是有谁特意这样制作似的。

为什么树梢被削得尖尖的，树身被凿空了？这是谁干的事？为什么会埋藏在湖底的泥炭层里？一个又一个的问题在我脑中飞快地翻动着，都迫切要求得到满意的解答。

太阳再一次从流云中显现出来，金色的阳光在凿空的树身上闪耀了一下，突然我的脑子一亮，想出了这是什么东西。船！这是一只古代的独木舟。啊哈！它可比妈妈讲给我听的狮心王、罗宾汉和克伦威尔大将军[①]都要久远得多啊！

“船，快来呀！这儿有一只船。”我不由得心花怒放，再也无法沉住气，手舞足蹈地大声喊了起来。

我的喊声惊动了所有的人，大家一窝蜂地拥了过来，绕着它看来看去，议论不休。最后，一致同意，这是一只古代的橡树独木舟。几个壮年汉子把它扛起来，放到水里试一试，果真能像小船一样在水上漂浮。孩子们跳着闹着，眼巴巴地瞧着他们在水上划了一圈，那种既高兴又妒忌的劲儿就甭提了。谁都想爬上去玩一玩，但是家长们都严厉禁止自己的孩子靠近这只船，生怕它不牢靠，会翻过身子把我们淹死。甚至勇武有力的托马斯也被他的妈妈揪着耳朵从水边拖回去，不准往前再迈一步。

那天夜晚，我起初躺在床上翻来覆去地睡不着，后来又梦见我乘坐着那只独木舟，张挂了一面五彩缤纷的船帆，像是《一千零一夜》中的水手辛巴达似的，驶进了波光闪闪的大洋。

天快亮的时候，我忽然被一个轻轻叩击窗玻璃的声音惊醒了。支起耳朵一听，外面有一个男孩子压低了嗓子在悄声呼唤：“苏珊，苏珊……”抬头一看，只见一团蓬蓬松松的红头发在窗外晃了一下。不消说，准是托马斯这个家伙，他肯定和苏珊姐姐鬼鬼祟祟地约好了。

苏珊姐姐还在磨磨蹭蹭地穿衣服，红头发托马斯又着急地催促道：“快一点！要不，我们就来不及了。”外面还有几个隐藏在暗处的男孩子发出不耐烦的声音：“汤米[②]，雾快散了！”

---

① 克伦威尔（1599—1658）：英国政治家，1649年处死英王查理一世，建立军事独裁的“共和制”，自任“护国公”。

② 汤米：托马斯的爱称。

他们这一说，我猜出是怎么一回事了，准是想去划那只宝贝独木舟。我的睡意一下子消失得无影无踪，从床上一骨碌跳起来，披上衣服就往窗口跑。

“威利，你来干什么？”苏珊姐姐扭转身子，皱着眉头质问我。

“哼！独木舟是我找到的。想偷偷撇开我去划着玩，没有那么便宜。”我一面扣衣服，一面气呼呼地回答。

“你年纪太小，到水上去太危险。”托马斯哄骗我说。从脸色可以看出，他是硬捺住性子的，表现得很不耐烦。

“如果不要我去，我就要放声喊了。爸爸妈妈起来，谁也别想去玩。”我气鼓鼓地威胁道。

托马斯和苏珊你瞧瞧我，我瞧瞧你，说不出话来。外面那几个孩子沉不住气了，催促道：“算啦，就带他去吧！”苏珊姐姐无可奈何地叹了一口气，点了点头，托马斯才皱着眉头，伸手把我从窗口里拖了出去。

外面静悄悄的，浓密的雾气把所有的一切都罩裹起来，正是进行冒险活动的好时机。

一路上，大伙儿叽叽喳喳地议论个不停。有人探问：“我们在水上扮演什么呢？”

“海军上将纳尔逊[①]的舰队和拿破仑的舰队开战。”一个伙伴嚷道。

“德雷克大将[②]打败西班牙‘无敌舰队’。”另一个伙伴说。

---

① 纳尔逊（1758-1805）：英国海军大将，1805年在特拉法尔加大败法国和西班牙组成的联合舰队，但他也在这场海战中阵亡。

② 德雷克（1540？-1590）：英国海军大将，1588年击溃入侵的西班牙“无敌舰队”。

“我想当科克船长[①]，去发现太平洋上的珊瑚岛。”

“还是扮演哥伦布[②]吧！”

……

“别嚷啦！”托马斯不耐烦地说，“我们要去发现新大陆，但是不做早就听得发腻了的哥伦布。让我们扮演勇敢的海盗——红头发埃立克吧！他比哥伦布整整早500年就发现了美洲。”

“太妙啦！托马斯的头发也是红的，就让他扮演埃立克吧！我们都做他手下的海盗。”所有的孩子都高兴地喊道。

“我呢，我是什么角色？”我揪住他的衣角，焦急地探问。

“苏珊是海盗掳来的一位公主，你是她从前的卫士，也是一个俘虏。”托马斯指派说。我细细一想，自己不仅要随船经历探险，还要暗中保护苏珊，帮助她脱逃，这个任务更加富于神秘的气息，也高高兴兴地同意了。

我们在雾中找到了那只独木舟，一个接一个地爬了上去，握住事先准备好的船桨和篙杆，悄悄划进了湖心。

托马斯用花手帕包着脑袋，有意在前额露出一绺卷曲的红头发。拾了一根木炭，在嘴唇上画了两撇往上翘的胡子。腰间扎了一根从家里偷出来的宽皮带，一边插了一把木手枪，威风凛凛地叉开两条腿，站在船中央指挥航行，活像是一个真正的海盗船长。

我紧挨着苏珊姐姐蹲在船头上，根据我们所扮演的人物身份，不能随便活动。说句实在的，独木舟的船身圆溜溜的，像是一根漂木，不住左右摇晃，坐在上面真是吓得要命，我挨靠着苏珊姐姐，紧紧攥住她的裙子，

---

① 科克（1728-1779）：英国著名航海家，曾进行三次环球航行，在太平洋上发现了许多岛屿。

② 哥伦布（1451-1506）：热内亚人，著名的地理发现家，1492年发现新大陆。

压根儿就不敢随便挪动一下。

“注意啦！我们现在是在北海上航行，小心风浪和雾里漂过来的冰山。”托马斯神气活现地发布命令说。他还把两只手的食指和拇指圈起来，贴在眼睛边上，装作使用望远镜在朝远方窥望似的。

后面几个男孩用力划着桨，激情地唱起了一支水手的歌：

我愿做一个水手去远航，
驾着船儿航行在海上。
波涛滚滚，大海茫茫，
勇敢的水手驶向前方。

风儿吹着船帆呼啦啦地响，
我的心儿也随风飘荡。
冲过暗礁，冲过急浪，
小船儿张开了幻想的翅膀。

大海啊！我为你而歌唱，
你一望无边，无限宽广。
蓝色的大海，美丽的大海，
永远滚动在我们的心上。

神秘的新大陆，你在何方？
我们驾着小船，要把你探访。
狂风怒号，波涛汹涌，
不能把我们的脚步阻挡。

这天早晨的雾气特别浓密，只见四周迷迷蒙蒙，一片白茫茫的，分不清哪儿是天，哪儿是水，更甭想望见对面的湖岸了。歌声一停，水上一片静悄悄，只有船桨一下又一下轻轻划开水面的“拨拉，拨拉”的声音，打破了湖上的岑寂，充满了使人感到特别兴奋的神秘感，更加使人恍然觉着真的是在望不见边的北方海洋上航行似的。

“喂，孩子，你是第一次在海上航行吗？”托马斯“船长”绷起面孔，威严地问我。

“是的。”我的声音由于对“海”的恐惧和对他的敬畏而变得嗫嚅不清，整个身心已经完全被这场游戏的神秘气氛所感染了。

“那么，你记住，这就是你的处女航，让我给你施行一次海盗的洗礼吧！”他把一根当作长剑的木棍放在我的前额上，态度庄严地说。

我闭上眼睛，挺起腰板，屈着一只腿跪在他的面前，希图用自己的幻想，来把这场神秘的仪式补充得更加完善。

想不到正在这时，前面忽然传来一阵狗叫和人们奔跑的脚步声。

“前面有人。”一个扮演小喽啰的孩子向托马斯报告说。

“肯定是印第安人。”托马斯说。他随即把双臂高高伸起，伸向冥冥的天空，拖长了嗓音喊道：“感谢上帝，我们就要踏上新大陆的海岸了。”

“好啊！”大伙都心花怒放地跟着喊了起来。

唉，想不到这一阵欢呼没有赢得天使的青睐，却招惹了一场倒霉透顶的麻烦，喊声刚刚一停，前面就传来了一阵粗野的叱骂声。

“汤米，快回来！”这是他妈妈的声音。

“哈利，你的胆子真大，小心我剥了你的皮！”

“江尼……”

“弗里克……”

一声又一声的喊叫，夹杂着咒骂和威胁，好像就来自我们的鼻尖面前不远的地方。准是托马斯这个笨蛋在浓雾里迷了方向，指挥着独木舟在水上转了一个圈子，又晕头转向地划回原来出发的地方了。我吓得用手捂住耳朵，一头扎到苏珊姐姐的裙兜里。就在这时，对面传来了爸爸和妈妈的怒不可遏的声音：“苏珊，威利……”

“糟啦！遇见了西班牙巡洋舰队，赶快回航。”托马斯的嘴唇打着哆嗦，脸色变得铁青，小声发出命令。但是时间已经晚了，“海盗”船上已经乱成了一团。他手下的那些勇敢的水手，一个个被催命鬼似的喊叫声弄得心慌意乱，在船上手足无措，身子东倒西歪，弄得独木舟左右直晃荡，船身猛地一下倾斜，朝侧面翻了过去，所有人都落到了冰冷的水里。

“救命啊！”不知是谁吓得大声喊了起来。我还来不及张开嘴巴，便咕噜咕噜地接连喝了好几口水，身子直往下沉。说时迟，那时快，托马斯一手托住苏珊，一手拖住我，两只脚扑通扑通地踢着水，推送着我们往前游。

还不到一分钟，对面的雾气里出现了一只小船。爸爸怒气冲冲地站在船头，一把揪住我的衣领，像抓小鸡似的将我从水里湿淋淋地提了起来。

那天回家，所有人都结结实实地挨了一顿狠打。我们的宝贝独木舟被爸爸用斧子劈得粉碎，真的当作劈柴了，我只来得及偷偷拾了一块碎片作为纪念。

那年冬天，英格兰北部的雪下得特别大。当我坐在暖洋洋的壁炉边，眼巴巴地瞧着爸爸和妈妈一面不住嘴地唠叨，一面把独木舟的碎片投进炉火时，就不由得感到一阵阵说不出的悲伤，泪水忍不住流了下来。

唉，这就是我那倒霉透顶的“处女航”！

我怎么变成了“说谎”的孩子

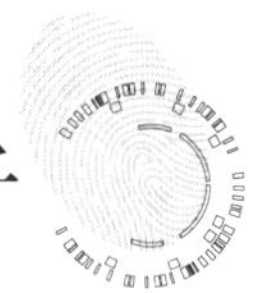

郡城历史博物馆；博学多闻的古德里奇教授对我的印象。

神秘的独木舟虽然在壁炉里化成了灰烬，可是那一次在苔丝蒙娜湖上的“处女航”却始终萦绕在我的心上，产生了难以平息的回响。随着我的年龄增大，它越来越困扰着我。一个压抑不住的声音在心底里不停地呼唤：“谁是独木舟的真正主人？它在湖底沉睡了多少岁月？为什么会沉没在这里……”

几年以后，我已经成长为一个少年。有一次随着乡村学校的一批学童来到郡城的历史博物馆参观。在那儿，陈放着大不列颠及北爱尔兰联合王国的土地上所发现的许多珍贵文物，从石器时代的燧石手斧到中世纪的青铜大炮，真是琳琅满目、美不胜收。

但是其中最使我感兴趣的，是搁置在最偏僻的角落里的一艘古代的独木舟。我注意到，它虽然也是由一株大树做成的，样式和大小却和我在苔丝蒙娜湖里所发现的不同。时间悄悄地过去，天色逐渐昏暗下来，参观的人们几乎都散尽了，我还呆呆地站在那儿，目不转睛地盯视着它一动也不动。

我沉浸在思索中，没有注意到头发斑白的博物馆馆长古德里奇教授悄悄走到我的身边。

“孩子，你对它感兴趣吗？”他态度和蔼地问道。

“是的。”我答道。

“为什么呢？”他笑眯眯地又问。

“因为它和我从前看过的一只独木舟不同。”

“你曾经在什么地方看过一只独木舟？”他对我的回答显然产生了兴趣。

“在我的家乡苔丝蒙娜湖。”

“等一等，孩子，让我想一想。”古德里奇教授的头脑是全郡最好的一部考古收藏记录，他皱着眉毛只略略思索了一下，就笑着说，“不！你弄错了，苔丝蒙娜湖从来没有发现过什么独木舟。”

“请您相信，这是真的，”我分辩说，“因为它就是我发现的。”

窗外，夜色已经徐徐展开，远远近近的灯光像是一大把撒向人间的星星，一盏接一盏地都闪亮了。一个工作人员走过来，像是表示催我赶快离馆的意思。古德里奇教授连头也没有回，便挥了挥手示意他走开。他亲自从旁边搬了两张凳子，吩咐我坐下来，像是面对一个尊贵的客人，极有礼貌地要求我把事情经过从头到尾告诉他。当我一口气说完之后，他感到非常惋惜，静静地坐着不做一声。这样珍贵的一只史前时期的独木舟，竟然化为一缕青烟从屋顶的烟囱里飘散了出去，过去在本郡还从来没有发生过这样严重的毁坏文物的事件呢！

“你还记得它是什么模样吗？”隔了好半晌，他才轻声地问我。

“当然记得啦！”坐在这样一位态度严肃、很有学问的老教授的面前，我感到受宠若惊。为了说得更清楚，我向他要了一张纸和一支笔，凭记忆画出了那只已经被劈碎烧掉的独木舟的草图。

画笔虽然不够工整，但是我自信已将它的基本形态特征准确无误地表达出来了。

谁知，古德里奇教授只把这幅画凑在眼镜边略微瞟了一眼，便用手把眼镜从鼻梁上一扶，目光从镜片下面溜出来，瞅着我问道：“你敢保证，没有画错吗？”

我满怀自信地点了点头。

“嗨！你这个孩子，怎么和老头儿开起玩笑来了。”他颇为失望地叹了一口气，“咱们这儿根本就没有这种样式的独木舟啊！”

“我敢起誓，真有这么一回事。”我感到受了委屈，心里发急了。

“不可能！这绝对不可能。”古德里奇教授的面容严肃，极其坚定地摇了摇头。

“为什么？这明明是在苔丝蒙娜湖底发现的嘛！”

“因为这是美洲印第安人的，不仅在英国，就是整个欧洲也不会找到这种样式的独木舟。”他解释说，眼睛里刚才的那种表示关切的神色已经没有了，代之以一种不以为然和嘲笑的意味，好像在说：“嘿！你这个拖着鼻涕的毛孩子，还想捉弄人呢！难道我这堂堂的郡城博物馆长，竟连英国的独木舟和印第安人的独木舟都分不清了吗？”

“天哪！印第安人，这是一个多么遥远而又神秘得不可捉摸的种族，怎么能和我那闭塞的苔丝蒙娜故乡扯到一起来呢？”我惊奇地张大了嘴巴，喉咙里像是堵上了一块硬邦邦的塞子，几乎说不出一句话。隔了好半晌才转过神来，涨红了脸，吞吞吐吐地探问：“难道咱们英国的独木舟都是一个样，没有一只和印第安人的相同？”

“你这个坏小子，别再想骗人了，”古德里奇教授哈哈笑了起来，“索性告诉你吧！两个互相隔开的古代民族，文化遗产是绝不可能完全相同的。”

“为什么？”我被一口气憋得哭丧着脸，可是心里还像想捞救命稻草似的继续追问。

“这是历史的法则。”他加重了语气，一字一顿地回答说。他的脸色

变得很严峻，但是当他瞧着我因为委屈流下了眼泪，误以为我已经对这场恶作剧表示了忏悔，便重又展开笑容，宽厚地伸出手掌抚拍着我的金黄色的乱发，像最慈祥的老爷爷那样用教训的口吻说："得啦！别哭了，只要以后不再撒谎，就是好孩子。"

经他这么一说，不知为什么，我倒真的伤心地哭了起来，任凭他牵着我的手，把我一直送到博物馆大门的台阶前。

回家以后，我把经过一五一十地告诉了苏珊姐姐和托马斯。红头发托马斯已经是一个身强力壮的小伙子了，在格拉斯哥的一艘南极捕鲸船上找了一份工作。这时，他正休假回到家乡，带着许多异国风味的稀奇的小玩意儿和一双燃烧得更加炽烈的眼睛，来看我的苏珊姐姐。

"别哭了，好兄弟。"他像一个真正的捕鲸海员那样沉着坚定，把一只大手按在我的肩膀上，安慰我说，"以后有机会，咱们再挖一只好啦！"

"你不骗人？"我抬起头瞧着他，还在不住地抽泣。

"海员怎么能骗人呢？放心吧！我一定要用事实来证明你没有弄错，哪怕流血也没有关系。"他的态度装作十分严肃，一面说话，一面用眼角朝我的姐姐偷偷地瞟了一眼，苏珊姐姐温柔地笑了。

神秘的印第安古都

我成了一个真正的水手，不得不承认古德里奇教授的话有几分道理；我在萨尔凡多博士那儿瞧见了什么？

托马斯虽是做了这样的保证，每年休假回家的时候，在我的撺掇下，也曾真的当着苏珊姐姐的面，脱光了膀子跳下湖去捞摸了几次，可是却什么也没有发现。不久，我在中学毕业以后，也走上了苔丝蒙娜地区的许多年轻人所走过的生活道路。揹着行囊，吻别了瘦得干瘪瘪、目光变得迟钝的父亲和流着眼泪的母亲，当然也少不了吻了吻亲爱的苏珊姐姐，迈开大步走向利物浦的海边，在那儿找了一份和托马斯同样的、整年与波涛和风暴嬉戏的差事。

我，妈妈从前最宠爱的小儿子，摇身一变，成为“圣·玛利亚”号货轮上的一名身份低微的舱面水手了。

现在，我才算是真正走向大海了。它是这样辽阔，比我所能想象的还要广阔得多；它是这样碧蓝、这样深沉，散发出蓝幽幽的光彩，活像苏珊姐姐的大眼睛那样美丽、那样明亮；它又充满了那么多的奇闻轶事，几乎每一朵浪花里都隐藏着一个奇异的故事，比小时候靠在炉火边，妈妈对我所讲的每一个神话传说都更加美妙动人。我随着“圣玛利亚”号漂过了五洋四海，见识了许多异乡土地上的稀奇景物。可是，每当轮船停泊下来，我斜倚在船舷边最喜爱观看的，还是那些各式各样的，平头的、圆头的、翘起一个船尖儿的，宽身子的，窄身子的，带尾舵的和不带尾舵的小船了。因为，我始终在琢磨那个老问题，并对郡城博物馆馆长古德里奇教授的话感到有些不服气。

“难道不同地区和民族的小船真的都存在着天渊之别，竟没有一只完全相同？”

起初，我是怀着这种不服气的心理来观察一切的。但是渐渐地，我就对古德里奇教授口服心服，不得不承认他所说的那个“历史的法则”是颠扑不破的真理了。因为经过反复比较，我竟找不到一个实例来说明他的话有半点不确切。剩下的问题只是怎样想出一个办法，向那位可敬的老人证明我是诚实的，并且要寻求一种合理的解释，来说清美洲印第安式的独木舟在苔丝蒙娜湖底出现之谜。

这可真是一个比沉默的司芬克斯①还更加难解的疑谜啊！

但是，想不到一次偶然的机会，我竟在几千海里外的新大陆上得到了解决这一难题的钥匙。

有一次，我们的“圣玛利亚”号在墨西哥湾尤卡坦半岛海外的珊瑚礁上，倒霉地碰撞了一下，船头的龙骨上擦破了一个洞。船长不得不下令采取紧急措施，在墨西哥的一个港口靠了岸，驶入船坞进行检修。这件事虽然万分不幸，被船长带着沉重的心情记在航海日记上，然而对我们整天在钢铁甲板上忙忙碌碌的舱面水手来说，反倒是一件极其有趣的大好事情。因为这样一来，我们就可以暂时摆开那些绞盘、锚链、吊货杆，无忧无虑地在这个有欢乐的吉他和仙人掌的国度里尽情游逛几天了。

有一位伙伴提议乘此机会到举世闻名的印第安人的一个古国遗址去参观，我掂了掂荷包，仔细计算了费用之后，便欣然同意了。

这是一个美丽无比的湖上古城，建筑在湖心的一个小岛上，有三条宽阔的堤坝和湖岸相连。湖岸边环绕着枝叶飘拂的热带丛林，一片葱葱茏茏望不见边。隔着宽阔的湖面，还能随风吹送来一阵阵浓郁扑鼻的林木的清香。它宛然像是一颗光华四射的金刚钻石，镶嵌在柔软的绿色地毯上似的。

虽然由于年代久远，经过了无情的时光的消磨和西班牙殖民者的疯狂破坏，大多数房屋已经毁坏了，但是仍然有一些保存得比较完好的建筑物在废墟中耸立着。其中，主要是一些用巨大石块砌成的庙宇和宫殿。

① 司芬克斯：埃及的狮身人面塑像。传说它千百年来都蹲伏在沙漠里，让过往行人猜测一个难解的疑谜。

墙壁、门槛和粗大的大理石圆柱上，到处都装饰着一组组刻凿得异常生动的浅浮雕像，记录了许多有趣的古代神话故事。甚至，在这儿还有一座像是我们在埃及所曾见过的雄伟的金字塔呢！墨西哥朋友告诉我们，这是祭祀太阳神的，塔顶缀饰着一个金色的太阳光轮，据说，在有些地方，太阳神的宏伟的宫殿建筑在截去了尖角的金字塔顶端。人们怀着虔敬的心情，沿着金字塔的阶梯状斜坡走上去，金光灿灿的宫殿仿佛就坐落在天穹的中央。灿烂夺目的太阳光从头顶洒落下来，就像是从庙宇的神龛上直接照射下来似的。

我们怀着好奇的心情，沿着废墟里的碎石路漫步前行，纵目浏览着古城的风光。它是这样瑰丽多彩，使整个城市看起来就像是一座规模宏伟的古物陈列馆。热带的阳光映照着它，弥漫着一种无限庄严、雄伟和神秘的气息。

啊！这是一个多么了不起的国度。亲爱的朋友们，也许读到这里，你们都能猜测到，自从古德里奇教授对我的那幅独木舟的图画做出鉴定以来，我的头脑深处就一直萦牵着美洲的印第安人，总觉得苔丝蒙娜湖底的那只独木舟和这个遥远的民族有着某种难以描述的、隐秘的联系。如今来到这里，怎能不找个机会弄个水落石出？

好客的墨西哥朋友听了我的追述以后，极其热情地把我们带到了当地的博物馆，去拜访馆长萨尔凡多博士，相信他一定会给予我满意的解答。当地的博物馆汇集了印第安各民族的古代文化的精华。我无法用适当的言语来描述我们步入博物馆大门时的心情。这是一座具有浓厚的民族色彩的花岗石建筑，凹凸不平的墙面上绘着大幅的、五颜六色的彩色壁画，门楼上塑有一个带翅膀的蛇首人身的神像。只消对它看上第一眼，就会使人不得不对古代印第安人的灿烂文化产生无限敬佩的心情。

馆内宽敞明亮的大理石廊道两边，陈列着数不清的珍奇的展品。包括

原始时期的狩猎工具——吹箭筒和带黑曜石尖的投枪，充作货币的可可豆，装满金沙的鹅毛管，用彩色颜料书写在棕皮纸上的诗歌手稿，龙舌兰织成的绳索和布，编织巧妙、色彩鲜艳的羽绣，青铜和黄金铸成的器皿，宝石、软玉和绿松石镶嵌的首饰……我们看得眼花缭乱，不知该首先观察哪一样才好。

“古代印第安人的文化多么丰富多彩啊！”一个伙伴不禁发出了赞叹。

“可惜大多数已经被西班牙殖民主义者破坏了。”另一个伙伴十分感慨地说。

“说得好！”陪伴的墨西哥朋友说，“西班牙殖民主义者毁灭了这里的高度文明，还自称是带来了文明的火炬的使者呢！”

接着，他回过头来问我们：“你们知道这帮海盗在新大陆掠夺了多少财富吗？只是在这儿的一个王宫的地下室里，他们抢走的珠宝就值15万金比索。这帮匪徒离开这里的那个夜晚，每个士兵的荷包里都装满了宝石，脖子上挂着金链，皮靴里塞满金条。在秘鲁的印加古国，他们毁坏了一座用纯金铸成各种树木和花卉的神秘‘花园’。为了抢夺金框，竟把镶在框内的图画文字[①]全部捣毁了。在那里，有些殖民主义者的骑兵，甚至在马蹄上也钉上了白银。”

“强盗！”我的一位伙伴激动地喊了起来，“他们还把创造了这样灿烂文化的民族称为野蛮人，不感到羞耻吗？”

“遗憾的是，至今还有一些种族主义者坚持这种观点，认为欧洲人‘发现’新大陆之前，这儿是一片‘文化的荒漠’呢！”那位墨西哥朋友提醒我们说。

---

① 图画文字：一种图解式的古文字。

“多么可耻啊！”我心里想，“如果我有机会，一定要设法证明古印第安人的勇敢和智慧，它是一个永远值得人们尊敬的伟大民族。”

我们边谈边走，在廊道尽头的一间整洁的办公室里见到了萨尔凡多博士。他是一位十分和蔼，并具有墨西哥民族所特有的热情的老人，一见面，便忙着张罗座位，招呼我们坐下。

“是的，这肯定是美洲印第安人的独木舟。如果我没有弄错的话，这属于居住在尤卡坦半岛的古代印第安人的。”他含着笑容耐心地听完我的叙述，又十分仔细地审视了我画的一幅草图后说。

“来吧！朋友们，请到这儿来参观。”他拉着我的手，走进旁边的另一间展览室，那里陈列着各种各样的水上工具。在许多网具和鱼钩、鱼叉之间，横躺着一些船只。有渔船、战艇和为了适应海上的风浪而制造的双身独木舟。还有一座“水上花园”，是用涂抹了淤泥的芦苇编成的“芦筏”，上面种植着西红柿、南瓜和别的蔬菜。

“印第安人不只是草原和高山的主人，也是一个海上民族。”萨尔凡多博士解释说。他笑滋滋地把我们引到展览室的一个角落里，那儿静静地放着一只橡树独木舟。我只瞥视了一眼，就不由惊奇得张大了嘴巴，说不出话来了。因为它和被我的父母劈成木柴的那一只简直一模一样。如果不是船身上显出清晰的木纹，没有被泥炭染黑的痕迹，我会真的以为出现了奇迹，从烟囱里升上天空的青烟，像神话中的魔鬼一样飞到这儿凝聚成形，重新出现在我的眼前呢！

“你所见过的那一只，就是这种样式吗？”萨尔凡多博士问我。

我的伙伴们都围在他的身后，眼睛直勾勾地瞅着我，等待我发表意见。

“是的。”我忙不迭地直点头，竟说不出更多的话来。然而，这一次是突如其来的巨大喜悦所造成的，而不是多年前站在古德里奇教授面前的那副丧魂失魄的狼狈模样。

“感谢你，亲爱的朋友。你可知道，你已完成了一件多么了不起的发现吗？”萨尔凡多博士热情洋溢地张开手臂，把我紧紧拥抱在怀里。

“我知道这是怎么一回事了，美洲印第安人曾经到过我的故乡英格兰。”我激动地说出自己的意见。

“是的，朋友。”萨尔凡多博士也同样万分激动，“这就意味着，不是欧洲的殖民主义者‘发现’了新大陆，而是美洲来的‘哥伦布’首先到达欧洲。请把你保存的那块独木舟碎片给我，我要使用放射性碳-14法测定它的年龄。”

“好啊！”我的船友们都高兴得喊了起来，不由分说便把我抬起，一次又一次地往天花板上抛。萨尔凡多博士含着宽宏大量的微笑站在一旁观看，似乎毫不关心我会否落下来碰损了陈列的古物。

但是，证实了苔丝蒙娜湖底的独木舟是印第安人的遗物，并不等于问题的终结。现在，我必须圆满解答另一个新冒出来的、更加困难的问题：古代的印第安人怎样驾驶着这种小小的独木舟，横穿白浪滔天的大西洋，从几千海里外的墨西哥到达英格兰？难道他们有什么神奇的法术，能够平息海上的风波，并能顺利导航，安全到达目的地吗？

在回来的路上，我们一直议论不休。当“圣玛利亚”号起航返回英国的途中，我们还在甲板上展开了热烈的讨论。

夜，披着嵌满了繁星的黑天鹅绒大氅，蒙盖在茫茫的大海上。

每一颗星星都在不住地眨巴着眼睛，像是也在用心思索着这个古怪的疑谜。

“也许他们是随风飘去的。”一个伙伴猜测说。

“这样小的独木舟，怎么能安全漂到大西洋对岸？”另一个伙伴反驳道。

“很可能绝大多数都沉了，只有少数几个幸运儿才逃脱了危险。”刚才那个水手解释说。

“不管你怎么说，我总不相信独木舟会漂那样远。”

“我看，这完全有可能。”一直坐在黑影里，咂巴着烟斗没有作声的鲍勃大叔说。他是全船水手中年纪最大的一个，海上经验非常丰富。用海员的行话来说，真是一头不折不扣的老“海狼”，深受伙伴们的敬重，就是船长和大副也对他敬畏三分。他一说话，所有的人便都安静了下来，准备仔细倾听他的意见。

“孩子们，别争吵了。瞧瞧你们脚下吧！”他用沙哑的嗓音说道。

“我们的脚下是什么，那不是涂满油污的钢铁甲板吗？”他的话使人感到有些摸不着头脑。我小心翼翼地挪开脚板，瞅着刚才放脚的地方，弄不明白是怎么一回事。

很可能大伙所想的都和我相同。一个和我年龄相仿的年轻水手涨红了脸，结结巴巴地问：“鲍勃大叔，脚底下不是甲板吗？”

“是呀！我们脚下踩的除了钢铁甲板，再也没有别的东西了。”

别的人也忙着点头称是，大家都转过头来瞅着鲍勃大叔。他却不慌不忙地吸了一口烟，接着又发问：“你们想过没有，甲板下面又是什么呢？”

“货舱。”黑暗中，一个冒失鬼不假思索地回答说。

“货舱的下面呢？”

“是船底。”

“船底再往下呢？”鲍勃大叔一步紧似一步地追问。

“是海嘛！唉，鲍勃大叔，您真会开玩笑，简直把我们当成小孩子，欺侮我们连大海也不认识了。”大伙不觉松了一口气，忍不住嘻嘻哈哈地哄笑起来。

“是啊！是大海。”鲍勃大叔意味深长地眨了眨眼睛说，“但是要认识咱们这个古老的海洋，可不是那么容易啊！”

“大叔，您别卖关子了，快告诉我们是怎么一回事吧！”一个小伙子态度诚挚地恳求道。

“说吧，大叔，快告诉我们吧！”大家觉得他的话里有话，都一股劲地催促他说。

经我们这么一催再催，鲍勃大叔才张开嘴，慢慢从肚皮里倒出了谜底。

“海倒是海，可是海里的情况各处都不一样。”他说，“现在，咱们的‘圣玛利亚’号在什么地方？是在墨西哥湾流上啊！”

啊！墨西哥湾流，他的这句话像黑夜中的闪电一样照亮了我的头脑。嗨！我怎么这样糊涂透顶，把它给搞忘了。大名鼎鼎的墨西哥湾流，宽20多海里，以每小时3～4海里的速度穿过古巴和美国之间的海峡，像一条浩浩荡荡的海上“河流”，一直涌向大西洋对岸的欧洲。它抹过了大不列颠群岛的西侧，冲到挪威的海岸边。在那儿，当地特有的峭壁像一堵高墙似的挡住了它，迫使它偏转了流向，绕过欧洲最北端的海岸，一直流到新地岛附近，用自身从暖和的南方海洋上带来的余热，融化了极地的冰块。

远古时期，人们传说海克利斯之柱①以西的大海漫无边际，最后泻入了深不见底的海渊，谁也不敢冒险驶到那儿去。正是它，宽阔的墨西哥湾流，从热带的美洲大陆的岸边和加勒比海上的群岛，冲带来许多南方特有的树木，推送到荒凉贫瘠的北欧海岸边。它像是一个智慧的海上老人，在人们面前默默展开一个司芬克斯式的哑谜，让人们猜测这些常绿阔叶树木

① 海克利斯之柱：直布罗陀海峡的古称。

的由来。

聪明的诺曼人终于猜出了是怎么一回事。这意味着在大洋的极西处有一个终年常春的极乐世界，鼓励着他们去寻找它、占有它。正是在这一启示下，他们在公元9世纪的中叶，从挪威航行到了冰岛，在那儿建立了居留地。公元920年，贡布尔到达了西边的一个更大的岛屿。接着，红头发埃立克也到了那里，经过长久的探寻之后，在阴沉沉的冰川盘踞的海岸边，终于发现了一块长满新鲜青草的平原，给它取了一个十分美丽的名字，称作“格陵兰”，就是“绿色的草地”的意思。后来，他的儿子里奥尔又从这里出发，在11世纪初到达了更南边的纽芬兰。就是伟大的地理发现家哥伦布本人，也是在这样的启发下，才扬起他那骄傲的船帆啊！

“鲍勃大叔，你的意思是不是说，墨西哥湾流有可能把一只失去操纵能力的印第安独木舟冲带到了英格兰？”我问道。

“是的，亲爱的孩子，我正是这个意思。”鲍勃大叔又在黑暗中衔上了烟气缭绕的烟斗，眼睛里闪露出一丝赞许的笑意。

我有了一个新主意

古德里奇教授又摇了摇头；世界怎样在我的面前忽然分成了两半，我被淹没在邮件的浪潮中；血，托马斯的鲜血；古德里奇带来了一件意外的礼品。

我无法用言语来形容，当我返回英国以后，趁着假期回到故乡时的激动心情。

我和苏珊姐姐来到了湖边。这是一个典型的英格兰仲夏的晴天，天空中散布着一些羽毛状的纤云，在暖洋洋的太阳下，仿佛一切都睡着了。别说是山岭、田野和湖边的树林，甚至就连最喜爱到处晃荡的风儿，也收敛了翅膀，不知溜到哪个隐蔽的岩洞里或是浓密的槲树丛中打瞌睡去了。湖水静悄悄的，像一面平滑光亮的镜子，连一丁点儿涟漪也没有。故乡的湖上女神就是用这种异乎寻常的缄默，来迎接我这个从远方归来的孩子。

可是，苔丝蒙娜，你这美丽而又狡猾的女神啊！现在再也别想用这种神秘面纱来遮住自己的面孔，用沉默来掩饰心中隐藏的秘密了。我可明白在你的怀抱里究竟隐藏着一个什么样的宝贝，那可是有关你的传说中的最震撼人心的一个啊！

“印第安人曾经到过这儿，这是多么不可思议的事情！”苏珊姐姐睁大了眼睛，不知道该怎么说才好。这个惊人的消息通过她的嘴传了出去，很快就传遍了整个湖区。我相信，或许郡城和伦敦桥上的人们也都知道了吧！

我怀着胜利者的喜悦，再一次到郡城博物馆去会见古德里奇教授。从上一次见面以来，他已经苍老了许多，头发完全变成雪白的了，好像洒上了厚厚的一层银粉。但是他的精神状态还很饱盛，仍然和过去一样，笑容可掬地在会客室里接待了我，以英国学者所特有的那种彬彬有礼，却又一丝不苟的严谨态度来倾听我的谈话。

“年轻的朋友，我很高兴看见你已经成长为一个有为的青年。”

“这一次，你又有什么新鲜事儿要告诉我呢？”他用语调低沉，然而却十分柔和悦耳的乡音欢迎着我。

当我说明了新的情况，他又像当年那样展颜笑了：“唉，威利，我很佩服你的这种孜孜不倦的好学精神，我相信你说的也许不是假话。但是，科学需要确凿的证据，没有令人信服的证据来证明你所说的话，即使我举手赞成，全世界也会不相信的。”

他的话像一瓢冷水又浇在我的头上，把满怀的高兴一下子化为乌有了。现在我更加恼恨我那无知的父母，要是我有一只魔法师的戒指，或是《一千零一夜》中的阿拉丁神灯，能够施用法术使那只独木舟重新出现在眼前，那该有多好！

古德里奇教授看出了我的心思，语气平和地安慰我说：“别难受，孩子，科学研究的道路从来都不是一帆风顺的。鼓起信心来，我相信你一定会获得胜利。”

稍稍歇了一会儿，他又对我说：“让我们来帮助你吧！在苔丝蒙娜湖挖一下，看看是不是真有那么一回事。”

哎，这句话才是最悦耳中听的啊！我高兴得从铺垫着绿天鹅绒的背靠椅上跳了起来，也不顾老人愿意不愿意，紧紧搂抱着他的脖子，在他那长满胡髭的脸颊上狠狠地吻了一下。

短促的假期不允许我在故乡过多停留，我很快就辞别了年迈的双亲、苏珊姐姐和可敬的古德里奇教授，重新回到簸摇不定的海上。说也稀奇，自从我在地球上的那个最偏僻的角落——苔丝蒙娜湖边，发表了一通关于美洲印第安人曾经踏上过我们这个古老的国土的议论以后，命运女神就以一种从未见识过的奇特方式紧紧追随着我，给我带来了许多令人喜悦的和不那么令人喜悦的消息。

几个月以来，不管我们的“圣玛利亚”号行驶到什么地方，欧洲的汉堡、那不勒斯，美洲的纽约、里约热内卢，非洲的丹吉尔、蒙巴萨，甚至在遥远东方的上海和香港，总有一大包邮件在港口静静地等待着我。这些不相识的朋友都对我的发现表示善意的关怀和支持。有的人长篇累牍地抄录了许多相干的或是不相干的材料，供我进一步研究时作为参考。还有人提出了一些艰深得令我摸不着头脑和幼稚得同样令我瞠目结舌、无法回答的问题，使我感到既兴奋又惭愧，同时觉得自己在世界上并不是孤立无援的。

“威利，世界在向你欢呼呢！”伙伴们对我说。

是的，相识和不相识的朋友都为我的发现而感到高兴，鼓励我继续努力，彻底解决这个考古学上的重大疑谜。

他们为什么要这样做？除了学术上的原因以外，还如一位美洲黑人朋友在信中所说的那样：“因为这个问题揭破了老殖民主义者吹嘘自己是万能的，因而也是最高贵的神话，也灭了现代种族主义者的威风。所以它不仅是一个纯学术的考古问题，还具有极大的现实意义。”

但是，在来信中也有极少数怀着明显的敌意：咒骂我是不学无术的江湖骗子，心怀不满的邪说散播者；质问我到底怀有什么不可告人的秘密，凭什么说野蛮落后的红种印第安人，居然能在伟大的哥伦布把文明带到新大陆之前，首先到达神圣的欧洲海岸，并且还能在美丽动人的苔丝蒙娜湖边住了下来，玷污了那儿的山水；污蔑我得到了“低贱的”有色人种的金钱，把灵魂出卖给了异教的魔鬼。还有人表示怀疑，我自身的躯体里是否流有美洲印第安人的血液，声称要成立专门委员会来对我的族谱进行彻底清查。甚至有人在所谓的“种族法庭”上对我进行了缺席审判，随信附寄来一粒子弹，扬言要结果我的性命。

感谢上帝，我的父亲只是一个贫贱的庄稼汉。既不是大名鼎鼎的白金汉公爵，也不是维多利亚女皇的显赫勋戚。从来也没有带烫金封面，并且印有贵族徽章的“族谱”，以供这些大人先生们的“清查”。但是这些过激的言论却使我目瞪口呆，不知该怎样来回答才好。霎时间，便觉得我这个周身油污的舱面水手，忽然成了咱们这个星球上的议论的中心。整个世界一下子在我的面前分成了两半，不是敌人，便是朋友。而我要再一次感谢上帝的是，在命运的天平上，好心的朋友有很多，咒骂和威吓我的人只有那么微不足道的几个。要不，我早就被人吊起来，像个稻草人似的随风乱转了。

话虽这样说，每逢踏上一个新的港岸的时候，总有一些好心的船友自告奋勇地紧紧伴随着我，以防我遇着不测。他们大抵是来自苏格兰高地和英格兰密林中的好汉，再不就是我们船主从世界各地招募来的英雄豪杰，捏紧了拳头，足以揍翻任何一个种族主义者的暴徒，叫他七窍流血，三天也别想从地上爬起来。

但是，种族主义者罪恶的手并没有因此而停止行动，终于使我为此流下了眼泪。

那是一个细雨蒙蒙的早晨，轮船停泊在北美洲东北部的一个港口。我像往常一样怀着兴趣拆着新收到的一堆信件。忽然，一个贴着女王头像邮票的洁白信封引起了我的注意。那是苏珊姐姐的笔迹，我连忙拆开就看。

万料不到，映入我眼帘的第一行字就是：

威利，亲爱的弟弟，我流着眼泪告诉你一个不幸的消息……

这是怎么一回事？我立即急匆匆地读了下去。信上是这样写的：

……汤米被谋杀了。因为他实践了自己的诺言，在苔丝蒙娜湖底找到了一把绑在木棍上的燧石战斧。据古德里奇教授鉴定，这无疑是属于美洲印第安人的，汤米决定要亲自送到你的手里。

想不到，消息传出去。当他乘坐的船在南非的德班港停靠的时候，当天夜晚就被人从背后捅了一刀，石斧也被抢走了。留下一张字条，用木炭写着“卑贱的狗”！署名是“种族纯洁委员会”。

亲爱的弟弟，你可要留神一些，别遭了他们的毒手。

泪水顿时顺着我的面颊流了下来，压抑不住的怒火在胸膛里炽烈地燃烧。

“畜生！”鲍勃大叔看了这封信，气愤地重重一拳打在桌面上。船上的伙伴们都感到万分愤怒，当天便簇拥着我，在当地的海员俱乐部里召开了一个记者招待会，宣布了我誓把这项研究工作进行到底的决心，警告种族主义者暴徒不得继续胡作非为，并提请南非当局协助捉拿凶手，否则便会遭受全世界进步舆论的谴责。

这个港市的群众对托马斯之死表示了极大的愤慨和同情。报纸上立即刊登出苏珊姐姐来信的影印件和我的照片，许多人亲自来到船上向我表示慰问。

但是，从非洲极南端传来的反应却是极其令人不满的。他们不仅不积极缉捕凶手，反而在一家报纸上公然刊登了一篇文章，标题是《圣·玛利亚号水手威利的骗局》。旁边还罗列了好几条引人醒目的副标题：“一块棺材板，冒充古代‘独木舟’碎片”“并不存在的托马斯和他的‘石斧’”“原始独木舟能够漂洋越海吗？”尽管公正的人们都不会全然相信其中的一些造谣中伤的语言，但是由于许多人一时还不明真相，在这篇文章的影响下，也不得不提出一些疑问来要求解答：在苔丝蒙娜湖底发现的独木舟真是古代印第安人的吗？他们是怎样漂洋越海的呢……

为了最终揭破这个意义重大的疑谜，同时，用严格的科学证据来彻底粉碎种族主义者的诽谤，向全世界宣告历史的真相，美洲的一所大学提议举办一次专门的学术讨论会，邀请世界各地的许多著名学者参加。会议开幕的那一天，根据大会主席的安排，在我做了发现经过的报告以后，墨西哥的萨尔凡多博士发表了有关我保存的那块独木舟碎片的碳-14年龄测定报告。

“这怎么会是什么棺材板呢？”他说，“它距今5000多年，应该归属于采集和渔猎时期的印第安早期文化。当时是原始公社社会，一些在近海捕鱼的印第安人，完全有可能被风暴冲带到远方去。”

静默的会场里出现了一阵轻微的骚动，不少人发出啧啧的赞许声。但是不难看出，由于缺乏更确凿的证据，感情不能代替严格的科学，还不能就此做出最后的结论。许多学者企图用种种推理和旁证的方法来加以解释，但也无法圆满地回答一切需要正面答复的问题。会议整整开了3天，陷入了僵局。眼看会期就要结束了，依然不能觅求到一种办法来证实这件事，我心里十分焦急。

想不到在最后的一刹那，会议主席正要宣布这次学术讨论会结束的时候，大门一开，走进来一位白发老人。我一看，高兴得快要喊了起来。原来，这正是我的故乡郡城历史博物馆的馆长古德里奇教授。

“对不起，由于发掘工作还没有收场，我来晚了一步。”他笑容可掬地向大家招呼说，“我给学术讨论会带来了一件最好的礼物。”

说着，他不慌不忙地朝大门那边打了一个手势，4个小伙子立刻就扛着一只被泥炭染得乌黑的橡树独木舟走了进来。

“印第安独木舟！”萨尔凡多博士几乎和我同时喊了出来。

“这只独木舟是在托马斯发现石斧的地方找到的，”古德里奇教授说，“托马斯做出了可贵的贡献。在那儿，我们一共找到7只独木舟。威利的姐姐苏珊证实说，无论尺寸和样式都和当时他们在苔丝蒙娜湖上划过的那一只一模一样。”

“现在，我修正了自己的观点。”他接着说，“不仅认为美洲印第安人曾经到过英格兰，还可以判定他们曾在那里居住过，过着和美洲老家同样的渔猎生活。否则，就无法解释这些独木舟不是保存在海滩的沙层下面，而是在与大海隔绝的苔丝蒙娜湖里。”

“您的意思是说，这是在他们自己的‘新大陆’上，按照美洲的样式重新制作的吗？”一位科学家感兴趣地提问。

“正是这样。”古德里奇教授点了点头，“我使用碳-14法测试过独木舟和泥炭的年龄，都是5000多年以前。这个时期是冰河时代结束以来的最温暖潮湿的阶段，植物非常繁茂。从发掘到的化石证明，当时在湖畔的森林里有许多食草和食肉的动物。食物丰富，水草肥美，非常适宜这些从美洲来的‘哥伦布’生活。泥炭就是那时的森林死亡以后堆积形成的。”

从独木舟在会场门口出现的第一分钟起，所有科学家的注意力就被紧紧吸引住了。当古德里奇教授宣布了他对独木舟的年龄测定结果和萨尔凡多博士测验的数值完全相同时，这些举止沉着稳重的老科学家也不由得纷纷站了起来，发出一阵阵由衷的欢呼。

“祝贺你们完成了一项重大的考古发现。”他们一个个离开座位，走到古德里奇教授、萨尔凡多博士和我的面前，握手表示庆贺。

“现在已经有充分的材料，可以证明苔丝蒙娜湖底的独木舟是属于美洲来的‘哥伦布’的了。只是还没有办法弄清楚，这些原始时代的‘哥伦布’究竟是怎样乘着独木舟漂过辽阔的大西洋。这个问题如果没有满意的答案，还不能算是彻底解决。”一位态度严肃的科学家握着我的手说。

“如果有必要的话，我愿意去试一次。”我无比激动地说。

“年轻人，你疯啦！”他的眉毛略微向上一扬，紧紧抓住我的手，像是担心海浪立时就会从这儿把我卷走似的。

“不！”我说，“我坚信，古代印第安人能够完成的航行，现代的海员一定也能够在同样的情况下做到。我已经打定了主意，要用这种方式来证明美洲来的‘哥伦布’曾经到达过欧洲海岸。”

“说得对，你去吧！”他凝视着我的眼睛，神情非常激动。隔了好半晌才说出一句话：“我相信你一定能获得成功，因为你是我所见到的最勇敢的人。”

整个会场都轰动了，摄影机的镁光灯在我的身旁带着“砰、砰”的响声闪个不停。古德里奇教授和萨尔凡多博士走过来，噙着激动的泪水，轮流把我紧紧地搂抱在怀里……

孤舟横渡大西洋

告别墨西哥；海上的种种险遇；谁站在峭壁上等待我？

预定出海的那一天终于来到了。在此之前，曾有许多好心的朋友劝告我，不要以生命为儿戏，去冒这种吉凶未卜的风险。也有不少人表示愿意无条件供给各种现代化的航海设备，从压缩饼干到海水淡化器，从无线电台到涂有防鲨鱼药剂的救生衣，甚至还有人自告奋勇要驾驶直升机和汽艇护航，或者干脆就和我同乘一只独木舟，以便同舟共济互相帮助，我全都婉言谢绝了。因为我下定决心，一定要严格按照几千年前的古代印第安人的方式去完成这次航行。只有这样，才更加具有说服力。我也不愿牵连更多的人，因为这毕竟是一次危险万分的航行啊！

我乘坐的独木舟是根据古印第安的样式制作的。为了使这次航行更加具有象征性的意义，特地在尤卡坦半岛的那座印第安古城废墟的郊外砍了一棵老橡树，在萨尔凡多博士的指导下制成了这只独木舟。船身上散发出新砍伐的树木的清香，船头用鲜艳耀眼的红漆涂写着它的名字——“托马斯”号，因为我那永不能忘怀的老朋友汤米的头发是红的。

那一天，港岸上的群众拥挤不堪，纷纷热情地挥手欢送我。这个港市的市长亲自率领了一支印第安民间乐队和一大帮记者，乘坐着一艘漂亮的小汽艇，把我一直送到外海，才依依惜别转回去。

而所有停泊和行驶在两边的船只都从前桅直到后桅悬挂满了色彩缤纷的“全旗”[①]，并且拉起长声汽笛向我致敬。这个十分隆重而又充满了欢乐气氛的热烈场面使我非常感动。这一切，正如当地的一张报纸在第一版的通栏大标题上所写的那样：《航程5000海里，美洲在欢呼，送别自己的“克利斯托芬·哥伦布”——一个现代的“原始”航海家》。

墨西哥土黄色的海岸线渐渐消隐在海平线下，前面是一派动荡不定的碧波。在开阔的海面上，波浪发出一阵阵哗啦不息的响声。航行的目的地——我的祖国英格兰，就在这一排排起伏无穷的浪涛后面，此刻四顾茫茫，我正处在天和海的中央。漂浮着一朵朵泡沫似的柔软白云的蓝湛湛的天空，像一个大碗覆盖着更加碧蓝的大海。

然而，我并不是孤独的。头顶上，一群群雪白的海鸥疾速地扇动着翅膀，环绕着我的独木舟上下飞掠，像是印第安庙宇墙壁上雕塑的那些长翅膀的古代神祇都飞了起来，为我祝福和送别。水下，时不时地有许多游鱼在舟前舟后闪现出身影，似乎对这只崭新而又式样古老的独木舟怀有兴

① 全旗：在欢庆的日子里，船上把所有的信号旗都挂出来，称为“全旗”。

趣，争先恐后地为我在海上导航。

在烟波缥缈的更远处，我知道还有许多友好的眼睛在密切注视着我。

根据太阳的位置，判断出小船正向东北方漂行。从海流的速度和稳定不变的航向，可以推知我已驶入了墨西哥湾流的主流线。

一切都很正常，这是一个好兆头，使我对整个航行充满了信心。如果没有意外的情况，便可以在预期的日子里顺利到达大洋彼岸的欧洲。

现在，除了提防风浪之外，需要特别操心的是粮食和清水。因为古代的印第安人并不知道地球的另一面还有一个大陆，不会有意识地做好一切远航的准备。我扮演着一个在海上捕鱼，偶然被风浪卷走的“原始”渔民。除了随身携带的少量粮食和一小罐宝贵的用于活命的清水，就再也不能贮存什么食物。否则就将违背历史的真实，这次航行也就会随之而失去了意义，不能用事实来说服任何人了。

为了补救这一点，在离港的时候，萨尔凡多博士手捧着一根用磨尖的黑曜石制成的古印第安式鱼叉，走到我的面前，双目炯炯地注视着我，对我说：“朋友，带上它吧！也许会给你一些帮助。”

我对这根古怪的鱼叉瞥视了一眼，心里不禁浮泛起一股无法形容的奇异感觉。这可不是一根普通餐叉，只消握住它，便可以随心所欲地在碟子里叉起一块油汁滴滴的小牛排；而是一柄和海神波塞冬手里的三叉戟相似的庞然巨物，一路上很可能就要凭仗它在浩瀚无边的大海的“汤盆”里来回翻搅，捞取为了维持生命所必需的果腹品了。

前面已经说过，海上的鱼很多，鱼身闪烁的银色鳞光，在波光浪影中不住地诱惑着我。当几天以后，随身携带的一丁点儿食物消耗殆尽，饥肠辘辘的时候，这种诱惑就变得更加使人不可抗拒了。我眼望着那些在碧波里来回梭游的鱼儿，忍不住抓起鱼叉站了起来，小心翼翼地保持着独木舟的平衡，朝其中最近的一条使劲刺去。

但是，唉！实在太遗憾了，这条狡猾的金枪鱼在水里猛地一转身，鱼叉落空了。连它那像舵片似的尾巴也没有沾上半点，就眼巴巴地瞧着它摆了摆身子，在水浪里隐身不见了。我只好重新选择目标，一叉接一叉地往水里刺去。可是，尽管我累得汗流浃背，气喘吁吁地折腾了好半天，最后依旧两手空空。有一次，由于用力过猛，没有站稳身子，一骨碌跌进了水里，弄得像落汤鸡似的攀上小舟。

只是在这个时候，我才注意到在鱼叉的木柄上刻着一行小字：

信念，勇气，耐心。

毫无疑问，这是萨尔凡多博士赠给我的一句临别箴言。也许他早已预察到我在海上可能遭逢到的一切，才把这根刻写了箴言的古代鱼叉赠送给我。是的，为了探索一个早已被人们遗忘的远古秘密，驳斥一切怀疑和偏见，证实古印第安人曾经首先横渡大西洋来到另一个大陆，我必须满怀必胜的信念，鼓足勇气和耐心来迎接一切严酷的考验才行。眼前一个迫在眉睫的问题是，我必须尽快学会使用这根鱼叉，从海里捞点儿东西出来填饱肚子。这不仅关系到自身的生存，还决定着整个航行计划的成败。

想到这里，精神不由一振，站起身紧握住鱼叉，重新朝水里刺鱼。好不容易才摸索出一些使用规律，费了很大的劲儿，叉住了一条活蹦乱跳的大鱼。当把它从海里拎起来的时候，我早已饿得肚皮贴着脊梁骨，浑身酸软，没有半点劲了，只好像真正的原始人一样，皱着眉头把它生吞了下去。这时我才深深明白，这种原始的捕鱼技术并不比我在“圣玛利亚”号甲板上的活儿更轻松，从而不得不对那些只凭着一叶小舟和一柄鱼叉，漂洋越海的先驱们表示由衷的钦佩。

于是我就是这样，依靠所能抓到的、极少数的几条生鱼，搭配着极少量的剩余干粮，饱一顿饿一顿地勉强支撑下去。

在开阔的洋面上，风浪很大，这是过去我在大轮船上从来没有认真体验到的。独木舟好像是一根光溜溜的漂木，在浪头上来回晃荡着，顺着汹涌的海流向前疾速地漂去，真是危险极了。不知有多少次，几乎被风浪掀翻，幸好我及时保持住平衡，才没有发生覆舟的悲剧。

但是，我终究不能像神话中的百眼巨人似的，时刻都能及时觉察到来自各方的危险。有一次，小舟刚从一个大浪下面逃出，另一个像小山般的更大的浪头又迎面猛扑过来。我被折腾得晕头转向，还没有弄清是怎么一回事，立时就被腾空抛了出去，跌落在深陷的波谷里。

糟啦！我连忙奋力挣起身子，向四处寻找独木舟。要是丢掉了它，纵使我有天大的本领，也休想逃脱性命，更甭提漂过大洋去完成那不平凡的使命了。这时，我已被卷在汹涌的波涛中，四周都是飞速滚动的海水。蓝玻璃般半透明的水浪像拳击师手上的皮手套似的，一下接一下无情地扑打在我的脑门上，眼睛也被海水迷住了。要在这一片咆哮不息的怒海中找到一叶小舟，可不是一件轻松的事情。

“怎么办？要是丢掉了独木舟，一切就都完了。”我暗自思忖道，尽力在海水里挣扎，企图探起身子朝四面观看，寻找丢失的小船。可是在疾风的驱赶下，海浪像发狂似的翻翻滚滚地奔流着，在这一片喧嚣不息的风暴的中心，要想保持住身子的平衡不被大海吞噬下去，已经是很不容易的事情了，还指望找到独木舟，真是比登天还困难。

“海浪会不会把它冲得太远？”

“它该不会已经沉掉了吧？”

一个又一个可怕的念头在我嗡嗡作响的头脑里飞速地闪动着。如果其中任何一个是真的，那么后果将不堪设想。

但是，萨尔凡多博士赠给我的那句可贵的箴言——“信念，勇气，耐心”，在这生与死、成功与失败的关键时刻，忽然在我脑海里浮现出来。是的，只有充满信心，耐着性子，寻找一切机会，付出百倍的勇气，才有可能把握住命运达到愿望。尽管无情的巨浪接连不断劈头盖脸地压下来，四处飞溅的海水盐沫把我的眼睛刺得红肿发疼，我的头脑却开始冷静下来，暗暗下定了决心，哪怕只存在着百万分之一的希望，也要设法抓住它，找回自己的独木舟——那涂写着为这项科学探索献出了生命的亲爱的伙伴红头发托马斯的名字的印第安式独木舟。

海神啊！我向你宣告：我，威利，不是一个任凭你随意拨弄的软木塞。在我的心胸里，渴求真理的火焰在熊熊燃烧，决不允许无知的风浪来摆布自己和这项科学研究的命运。

我咬着牙，一面加紧挥动着手臂拨开层层海水，一面在头脑里飞速地盘算着一切，把过去在头脑里所积蓄的全部航海经验都运用起来，仔细分析当前的紧急形势，寻找最妥善的行动方案。

从现有的情况判断，由于这是一只新砍伐的树木制成的独木舟，并没有负载任何重物，只要不经受极其沉重的打击，也许不至于马上就沉没，我刚被风浪从独木舟里抛出来不久，当时的风势还没有变化，正一股劲儿地朝东北方吹刮，它若是还没有沉下去，就不会漂流得太远。

我开始定下心来，看清了水势，顺着海流的方向，努力泅浮到波峰最高的位置，设法探明独木舟的下落。可是，尽管浪涛一次又一次地把我举起，却总也看不见向往中的独木舟，我心里真的发急了，开始怀疑贪婪的大海会不会真的张开大口把它吞了下去。

正在危急之中，又一个大浪把我高高抛送到它的浪尖上。趁着这一刹那抬头一看，才瞧见我的那只独木舟正在前面不远的地方。它也随着波涛起伏，像一根火柴棍儿似的在水浪里上下浮沉着。我立即瞄准了目标，排开层层波涛的障碍，直朝那边游去。但是，在这汹涌不息的海面上，它竟像是有人操纵着似的，始终在前面不远的地方漂浮着，若即若离的，一会儿消失在浪花中，一会儿又露出一丁点儿头尾，把我逗得心痒痒的，却始终赶不上。好不容易才挨到风势稍稍平息下来，海面恢复了平静，使尽最后的力气赶上了它。当我伸手抓住船舷，精疲力竭地爬上去的时候，一下子就晕倒在船舱里了。

不知过了多久，我才慢悠悠地醒了过来。这时，天色已经晚了，一轮血红的落日缓缓沉进了大海。它在临沉下的刹那间，像是无限依恋地斜瞥了我一眼，轻轻揭开它亲手披在我身上的霞光织成的被子，让黑夜把它那冰冷的大氅覆盖住我。在朦胧的夜色里，我支起疲乏的身子，借着星光查看了一下舱里的情景，这才发现除了鱼叉由于用绳子缚得很牢，还没有丢失外，其他所有的物件，包括水罐和最后一点儿舍不得吃的干粮，全都被海水冲走了。前面不知还有多远的路途，这可怎么办才好呢？

由于失去了清水，我更加感到说不出的焦渴。但是一时也想不出更好的办法摆脱困境，只好躺在狭窄的船舱里，仰望着天空中不住闪烁的星星焦急地思索，任随海流把我连人带船往前推去。

海，在远处模糊不清地吟唱着。小船像摇篮一样在水波上轻轻晃荡，就像是在可爱的英格兰故乡的农舍里，妈妈正坐在我的身边，轻声哼吟着一支最悦耳动听的摇篮曲催我入睡似的。但是瞻望前途茫茫，心中十分烦躁，躺卧在狭窄的船舱里始终无法合上眼皮。我十分明白自己的处境，虽然眼前已经逃过一场风暴的袭击，但是漂泊在这风云莫测的大洋上，会不会遭逢新的危险，未曾被墨西哥湾流冲带到彼岸，就在中途葬身鱼腹？这可真是毫无半分把握的事情。

我的顾虑并不是多余的。第二天早晨，当太阳神阿波罗驾驭着金色的马车，从霞光万丈的东方大海里冲开波涛跃上了天空，把光和热的金箭尽情撒向下界，还不到晌午的时候，我就被晒得头昏眼花、舌焦唇燥，在光溜溜的独木舟里无处躲藏，简直难以多忍耐一分钟。眼前虽然置身在一片迷迷茫茫的水域的中央，波光粼粼极目不见边，在热带的骄阳下面闪烁着星星点点诱人的亮光，但是它又苦又涩，怎么能解除焦渴呢？我就像沙漠里的遇难者一样，被折腾得头晕目眩，喉管干沙沙的像是要冒火，差一点又昏厥过去。

更糟糕的是，不知从什么时候开始，有两条鲨鱼出现在独木舟的后面，越游越近，一直逼近到跟前了。这是一种热带海洋上特有的宽纹虎鲨，黄褐色的躯体上横布着许多暗褐色的条纹，两双狡黠的小眼睛紧紧盯视着我，毫无掩饰地流露出不祥的凶光，张开可怕的大嘴巴，活像是两只在丛林中一蹦一跳的猛虎。瞧着瞧着，其中一条倏地直冲过来，用它那略带方形的额角猛撞了独木舟一下。它们的策略是十分明显的，企图撞翻独木舟，使我跌下大海，然后从容不迫地大嚼一顿。

它们在波涛里一腾一挪，从左右两边绕过来夹击我的独木舟，互相更替着，一下又一下地猛撞船身，激烈的震荡，加以大海本身的波动，使小船危险万分地来回摇摆，我在船里几乎坐不稳身子。

此时此刻，我的每一根神经都像是绷紧了的弦，真是紧张极了。刹那间我记起了许多老水手讲述过的各种各样的鲨鱼吃人的故事。在那些充满了血腥味的悲惨记录中，不乏先例说明这种凶猛的“海上之虎”如何主动进攻一只小船，把它撞沉或是从水下拱翻，然后极其残酷地噬食不幸的落水遇难者。当我一面竭力保持住小船的平衡，使其不至于倾翻，一面和咫尺之间的虎鲨互相紧张地打量着的时候，心里可真不是滋味。

不，我决不能困坐在这小小的独木舟里束手待毙。我的手中并不是没有武器，要驱赶开它们，只有拿起萨尔凡多博士赠送给我的那根鱼叉，像古代的印第安战士那样和这两个该死的畜生做一场殊死的搏斗。

“勇气！”我想起了刻写在鱼叉上的箴言中的两个字，一股不可阻遏的力量陡地从胸间升起，推动着我霍地站起身子，不再只是为了防备跌入水中而消极地躲避，而是改变了一种方式，看准了从左面冲过来的一条虎鲨，出其不意地猛刺过去。这一下真是刺得准极了，黑曜石刃尖一下子刺穿了它的背脊，一股红殷殷的鲜血顿时像喷泉般迸射出来，染红了周围的海水，由于刺得很深，受伤的鲨鱼疼得直打滚，以致我一时无法把鱼叉拔出来。

海浪疾速不歇地滚动着，那条鲨鱼猛地一扭身子，险些儿弄翻了小船，把我拖下海去。只听到咔的一声，鱼叉的木柄折断了，受伤的鲨鱼的背脊上插着大半截鱼叉，载沉载浮地从侧面游开了。

几乎同时，另一条鲨鱼又猛袭过来。这一次，它采用了一条更加诡谲的计谋，笔直潜游到我的船底，猛地一拱身子，独木舟被撞得船底朝天，我被抛下了大海。鲨鱼不慌不忙地在海上兜了一个圈子，准备扑上来捕食我。

正在这个时刻，在急速动荡的波光浪影里，我仿佛瞥见了一条更加庞大的黑影从水底迅速升起来，慌乱中没有看清是什么东西，好像是一条体形特大的灰黑色的鲨鱼。天呀！这一来我的海上冒险事业可就真的要完蛋了。

但是，一个意想不到的奇迹立刻出现了。这条怪鲨鱼竟不朝我这个唾手可得的“食饵”进攻，而是朝那只凶恶无比的宽纹虎鲨扑去。在迅速翻卷的浪花里，我似乎瞥见它们在水下猛撞了一下；接着无论是刚才张开大口想吞噬我的虎鲨，还是那条奇怪的大鲨鱼全都消失了踪迹，眼前只是一片蓝幽幽的海水，显得异常冷清。

我这才得到了喘息的机会，游过去把船底朝天的独木舟翻转过来，坐在船舱里，用手拭了拭眼睛，怀疑自己是不是做了一个梦。

然而金灿灿的热带太阳正当头暴晒着，海上漂浮着一团未曾消散尽的鲨鱼血痕，一切都表明这是一个极其真实的环境。也许是善良的普洛透斯，那古希腊传说中变化无穷的海中智慧老人，化身为一条大鲨鱼在最危急的时刻搭救了我的性命吧！

然而，我再也无法仔细琢磨这个古怪的问题了，经过一场激烈的搏斗之后，周身变得酸软无力，饥饿、焦渴和疲乏都一下子袭了上来，只觉得眼前一黑，就仰面跌倒在船舱里人事不省了。

我在独木舟里不知躺了有多久，一阵冰凉得沁人心脾的水点洒在面门上惊醒了我，朦胧中只觉得小船在剧烈地簸动，连忙睁开眼睛一看，原来下雨了。

这场雨把我的周身淋得透湿，使我完全恢复了清醒。过去我在航途中曾多次尝过这种暴雨的滋味，老是埋怨它突然在天空中降落，使人猝不及防，淋湿了舱面上的货物，给我增添了不少麻烦。可是却从来也没有像今天这样令人高兴过，因为它可以源源不绝地供给我清水，帮助我沿着古印第安人的足迹横越过辽阔的大西洋。

这时只见天空中布满了灰沉沉的云块，紧压在头顶上方不远的地方，使天和海之间只剩下很狭窄的一道缝隙。在这一丁点儿的空间中，到处都飞溅着密密匝匝的雨点，远处、近处一片水雾迷蒙，仿佛天河的底被捅漏了似的。

热带的暴雨虽然来势凶猛，可也有来去飘忽无踪的特点。机不可失，我连忙用双手掬住，接了一些雨水喝了几口。船舱里也积了不少水，又伏身下去咕噜咕噜地喝了个痛快。在热带地区经常有这种暴雨，再往北去，进入如今正是阴雨霏霏季节的西欧沿海，只要注意节约用水，就有可能勉强撑过去了。

但是，食物仍是一个难以解决的问题。失去了鱼叉，我总不能跳下海去赤手空拳地抓鱼吃啊！

我把目光转向大海，海是缄默的，微微起伏的水面闪烁着捉摸不透的波光。海啊！神秘的大海，难道你不疼惜一个水手，悭吝得竟不肯付出哪怕只是一条小鱼，让我维持住生命？

雨后的海上是宁静的，天空像是被雨水彻底冲洗过一遍，显得特别明净。我饿得奄奄一息地半躺在小船里，眼巴巴地望着一群又一群的鱼儿在面前游来游去却束手无策。想不出半点捕捉的办法，我感到十分懊恼。唉，善良的普洛透斯，要是这时你能施展出神通，重新给我一柄印第安鱼叉，该有多好啊！

忽然，像是对我的心事做出回答，平静的海面泛起了一阵浪花，一群热带所特有的飞鱼冲开波涛，扇动着翅膀般的前鳍，一条接一条地从水上飞了起来，横越过小舟，就在我的鼻尖下飞过去，其中一条气力不佳，半途跌落在船舱里，还想挣扎着飞起来，我连忙扑上去一把抓住。接着又像捕捉蝴蝶似的，用手掌迅速击落了跟在后面的几条飞鱼。现在可以饱饱地吃上一餐了。但是我忍住饥饿，并没有把所有的鱼都吃完。因为我很明白，这只不过是侥幸而已，同样的情况绝不可能再发生第二次。我灵机一动，打定了一个新的主意，要留下一些鱼肉来做饵，在海里钓鱼，以维持食物的经常性来源。

这项工作说着似乎很容易，做起来却十分困难。因为我缺乏挂饵的鱼钩，只能把系着鱼肉的绳子挂在船边引诱鱼群，待它们游近的时候，突然伸出手去捕捉一条。过去在苔丝蒙娜湖边，红头发托马斯曾经教我用这种方法抓过鱼，心里还是有几分把握的。想不到这种儿时熟稔的伎俩真灵，或许是由于大洋里的鱼对人们缺乏应有的警惕，当我感到万分心疼地损失了几块饵料以后，终于使出一个闪电般的动作，逮住了一条行动略为迟缓的大鱼。我尽量节省着吃了好几天，最后用鱼骨磨制成了一个真正的“鱼钩”。这样，我就不愁没有鱼儿来上钩了。

时间一天天地过去了，每过一天，我就用指甲在船身上划一道痕迹，就像海上鲁滨孙似的，在独木舟上坚持了很长一段日子。

滚滚滔滔的墨西哥湾流像是一条巨大的传送带，日夜不息地把我送往东北方向。南方夜空中特有的美丽的星座，一个个在起伏不定的海平线上逐渐沉沦下去，北极星带领着灿烂的拱卫群星在天穹上越升越高。拂面的海风开始夹带着一些儿凉意，这一切都表明我已经接近了高纬度的欧洲海岸，向往中的目的地已经不远了。

在航程的最后两三天里，我没有钓上一条鱼，也没有得到一滴雨水来浸润干渴得快要冒烟的喉咙眼儿，身子变得极度虚弱，几乎没有气力支撑起来了。甚至由于又饥又渴，还曾几次昏厥过去，在横扫过小舟的浪花的淋洗下才慢慢清醒过来。但是在即将取得最后胜利的希望的鼓励下，我却满怀信心地忍受着这一切灾难的煎熬，整天伏在船头上朝远方察看，冀图眺见那随时都可能在眼前浮现的海岸影子。

大海的远处闪烁着模糊的波光，一眼望去，海面无限空旷，海平线是那样遥远，远得既听不清那儿的波涛声响，也无法从沉沉的雾霭中分辨出任何具体的形影。独木舟顺着海流缓缓地漂浮着，直朝那不可捉摸的远方驶去。

这时，我的精力已经消耗殆尽，头晕眼花地伏在小船上，几乎不能动弹一下，开始认真考虑一个严肃的问题：海上一切未可预料的事情随时都可能发生，我再也没有精力来应付不测的事件。

我对自己是否能够活着漂过大西洋，把探索胜利的消息告诉亲爱的故乡英格兰和所有关心这一问题的人们，完全没有一点把握。但是当我把耳朵贴着船底，倾听见海流在船身下面发出一阵阵十分清晰的、哗哗不息的声响，就不由得又从内心里发出宽慰的微笑。因为水声表明了流势很正常，正载负着我的独木舟直朝欧洲方向驶去。如果独木舟漂到了岸边，即使我不幸在途中牺牲了生命，也能在一定的程度上证明我的推测的合理性，说不定还能激发起后来的人们继续探索的信心。我慢慢伸出手去，在船身上又划了一道表示日期的痕迹，并把记录本从怀里掏出来，写完了这一天的航海日记以后，用防水的塑料袋小心地包裹好，紧紧缚在船上，准备万一波浪将我卷走了，还能把原始记录完整无缺地呈现在全世界人们的面前。

在海上的最后几天，就是这样不饮不食，奄奄一息地躺倒在船舱里度过去的。突然在一个寒冽的清晨，睁开眼睛时，看见有几只周身雪白的水鸟在头顶上不住飞旋。它们逐渐降低高度，围绕着独木舟飞了一圈又一圈，仿佛对我和这只陌生的小船感兴趣似的。

“水鸟是陆地消息的最先报告者，有了它们，陆地就不会太遥远了。”我兴奋地想道。

几个小时以后，当眼睛已经望得酸疼的时候，我终于在海的远处瞥见了一抹陆地的阴影。起初它极其模糊不清，只是蜷伏在天穹下面的一条位置极低极低的黑线，在浪隙间不住闪现着影子，仿佛每一个掀起的波涛都可以把它吞没似的。后来随着小船越漂越近，它在海平线上便愈升愈高，我渐渐分辨出这是一道深灰色的陡峭崖壁。多年的航行经验告诉我，这不是别的地方，应该就是我亲爱的祖国的极北端，苏格兰高地的海岸线。啊，我有多么高兴呀！我终于通过自身的实践，十分圆满地解释了苔丝蒙娜湖底的独木舟之谜，证实了确曾有少数的古印第安人，作为海上遇难的幸存者，在哥伦布发现新大陆之前的很久，首先随波逐流到达了我们这块古老的旧大陆。这应该是考古学上的一个重大的发现，对于种族主义者所散播的所谓“白种人永远高于有色人种”的谰言，又是一个多么辛辣的讽刺啊！

在巨大的胜利喜悦的鼓舞下，我使出了一股就连自己也无法想象的力

量，摇摇晃晃地在独木舟上站了起来，使劲挥舞着手臂，企图引起岸上的注意。想不到正在这个时候，使我万分惊诧的是，忽然在我的面前浮起了一艘小型潜水艇。舱门一打开，走出来古德里奇教授、萨尔凡多博士、鲍勃大叔和好几个记者、医生、佩戴氧气面罩的潜水员。原来，他们极其关心我的安全，又不愿公开露面打扰我，一直隐伏在水下悄悄跟随着独木舟，从美洲直到这里，准备在最危险的时刻才出面营救我的性命。从船体的外形和大小，我悟出了帮助我摆脱开虎鲨进攻的那条“怪鲨鱼”，原来正是这艘由朋友们所驾驶的潜水艇。

抬头看，峭壁顶上也出现了一大群人。那是潜水艇里的朋友们仔细测量了海流的方向和独木舟的漂行速度以后，用无线电通知他们预先到这里来等候我的。他们挥舞着鲜花，不住呼喊着：

“欢迎，欢迎，热烈欢迎美洲来的‘哥伦布’！”其中一个是苏珊姐姐，她第一个从山崖上奔跑下来，跳上涂写着红头发托马斯名字的独木舟，把我紧紧搂抱在怀里，在我的脸颊上吻了又吻，说：“亲爱的弟弟，你还记得我们在苔丝蒙娜湖上的那一次航行吗？你真的像汤米当时所说的那样，在大洋彼岸‘发现’了一个‘新大陆’。”

听着她的话，我笑了，回答说：“可是这一次是由西向东，而不是红头发托马斯由东向西的航行啊！”

“航向并不重要，”她热情洋溢地说，“重要的是你漂过了大西洋，解决了一个重大的远古疑谜，这可比哥伦布要早得多呢！”

“好啊！”崖上和崖下的人群齐声欢呼着，声音震动了山崖和大海。回头看，初升的太阳的霞光已把西边极远处的海面照亮了。

我深深相信，霞光一定会把我们的欢呼也传带到独木舟出发的地方，那边，美洲的朋友们在翘望着，将会为一项蒙罩了历史的灰尘的事件被重新证实，同声发出由衷的欢呼吧！

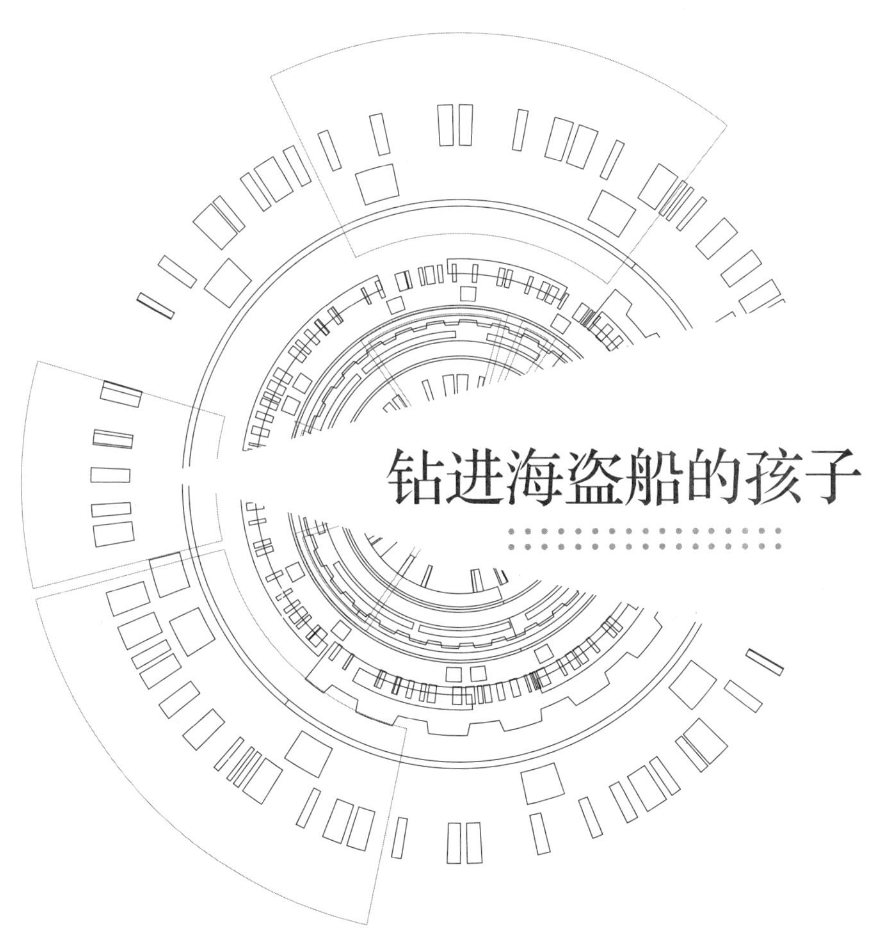

钻进海盗船的孩子

一　电视、魔法、海盗船

阿波和王阳是同桌的伙伴，却又是冤家死对头。阿波说东，王阳偏要说西；王阳说西，阿波偏要说东。放了学，两个人不知怎么聚到一起看电视，一下子又争吵起来了。阿波要看哈利·波特的故事，王阳偏要看动画片，噼噼啪啪抢着换频道。电视屏幕不停闪烁着，谁也看不好。

王阳生气地说："你喜欢魔法，就钻进去，跟着哈利·波特好好学吧！"

阿波也挖苦他："你喜欢动画片，也变成唐老鸭，钻到电视里去表演呀。"

噼噼啪啪，啪啪噼噼……

电视机被他们折腾得受不了，忽然嘣的一声，冒出一股青烟，把他们紧紧罩裹住，呼的一下就吸了进去……

过了很久很久，他们觉得空气闷沉沉的，才迷迷怔怔睁开了眼睛。

啊，这是什么地方呀！

不是原来看电视的地方，不是电视里的哈利·波特的魔法学校，也不是动画里的场景。想不到竟是一个没有一丁点儿缝隙，暗沉沉的大木头盒子。伴着哗啦哗啦的声音，整个盒子都在不停地摇晃。

隔了好半晌，他们才习惯了眼前的一切，弄清楚了身在何处。原来这不是什么木头盒子，而是一只正在海上航行的船的底舱。不知道他们乱弄一气，碰着了电视机的什么机关。要不，就是哈利·波特施展的魔法，把他们稀里糊涂弄到这里来了。

这是什么船？这里有人吗？

阿波伸手一摸，摸着一个大木桶，抓起一大把叮叮当当直响的金属片。借着从木板缝里透进来的唯一一丝灰蒙蒙的光线一看，想不到竟是许多古代金币。王阳伸手一摸，摸着一个软绵绵的东西。不像是棉花，不像是沙袋，一下子动了起来，还轻轻呻吟了一声。

哇，这是什么玩意儿呀！莫不是藏在这里的一个妖怪？

“我不是妖怪，是被抢来的小公主。”那个软绵绵的东西呻吟道。

两个孩子惊奇地张大了嘴巴，简直不相信自己的眼睛了。

古代金币、小公主、海盗船。

啊，这该不会是做梦吧？

两个孩子使劲掐了自己一把，疼得要命。这不是虚幻的梦境，是活生生的现实。他们真的不明不白落到一只古代海盗船上了，这该怎么办才好？

阿波安慰被绑着的小公主：“别怕，我们会救你出去。”

王阳也硬着头皮说：“我们懂得魔法，有办法的。”

他们到底有没有办法，只有自己才明白。你看着我，我看着你，心里直打鼓。

正在这个节骨眼儿上，头顶上忽然传来一阵脚步声，听见一个粗嗄的声音对另一个冷冰冰的声音说：“我们下去看一下吧，那个小妞是不是闷死了。”

冷冰冰的声音回答道：“可不能让她就这么便宜地死掉，她的身价值好几桶金子呢。”

脚步声越来越近，两个家伙说话的声音越来越清楚了。

嘘，海盗来了，千万要藏好，别出声呀！

二　海盗来了

咿呀，头顶的盖板被掀开了。两个海盗手提着一盏风灯，踏着咯吱咯吱响的楼梯走了下来。

阿波和王阳吓坏了，连忙躲在一个大木桶后面，大气也不敢出一下，偷偷盯着两个海盗，看他们打算干什么。

两个海盗走到被绑住的小公主跟前，忽然发现她身上的绳子松开了。

那个粗嗄声音的海盗感到奇怪说："我亲手把她绑得紧紧的，怎么会松开了呢？"

冷冰冰声音的海盗怀疑地朝四周扫视了一眼说："该不会有谁钻进来了吧？"

"不能啊，"粗嗄声音的海盗大大咧咧地说，"盖板关得紧紧的，一只苍蝇也飞不进来，怎么会有人钻进来。"

冷冰冰声音的海盗说："那可难说了。这个小妞是公主，会有人想方设法来救她的。这种事情在书里写得多啦，得要好好搜查一下才行。"

粗嘎声音的海盗也点头道："好的，如果真的抓住混进来的奸细。扒了他的皮，抽了他的筋。"

听见海盗这样讲，两个孩子吓坏了，挤得紧紧的，大气也不敢出一声。

海盗们边说就边动起手来，开始在底舱里到处寻找。看到快要翻找到两个孩子藏身的地方，小公主急中生智，用力挣扎起来，挣脱了身上的绳索，弄翻了身边一个空桶，骨碌碌顺着地板滚到了一边。

“哼，原来是你不老实呀！”粗嗄声音的海盗刚走到两个孩子藏身的木桶边，停住了脚步，回转身子冲过来，就对站起身子的小公主踢了一脚。他转身对他的伙伴说：“这个丫头不老实，该给她一点儿颜色看才行。”

另一个海盗也踱过来，满面怀疑地上上下下看了她一眼，喝问她：“快说，谁给你松了绳子？”

小公主忍住疼痛，低声回答道：“你们把这个底舱关得这样紧，一股风也吹不进来。如果有谁进来，就要问你们自己了。”

两个海盗对她拳打脚踢，狠狠踢打了她一顿。小公主咬紧牙关不承认，他们没有办法，只好停了手。

粗嗄声音的海盗低声对另一个海盗说：“外面的板盖加了锁，没有钥匙怎么能够打开？没准儿她没有说谎，是她自己挣扎开的。”

另一个海盗还有些犹豫，紧紧皱着眉头咕噜道：“难道咱们自己一伙里有人……”

他的话没有说完，留下一个大问号，把小公主重新捆紧了，两个人转过身子匆匆离去。

头顶的板盖嘣的一声又关紧了，底舱里恢复了一片黑暗和寂静。阿波和王阳从藏身的地方钻出来，仔细揩干净小公主身上的血迹。三个人聚在一起，焦急地商议，下一步应该怎么办，怎么逃出这个老鼠洞似的恶臭的底舱。

三　“耗子洞”里的计谋

海盗走了，现在该怎么办？

阿波说："看样子，海盗不会马上回来。咱们应该利用这个时间，好好弄清楚情况再说。"

王阳也点头道："说得对，咱们稀里糊涂地闯进这只海盗船，总该知道这是什么地方，怎么一下子冒出来许多在古装电影里才见过的人。"

阿波问小公主："你是谁？是不是好莱坞的演员，在拍一部古装海盗电影？"

小公主的话把他们吓了一跳。

她说："我不知道什么'哈来屋'，也没有听说过'锭银'。我是西印度群岛的西班牙总督的女儿。这些海盗抓住我，打算向我的爸爸勒索一大笔赎金，就不是什么一锭银、两锭银的问题了。"

啊呀！想不到她竟是西班牙总督的女儿。那是哥伦布发现新大陆不久的事情，难道时光竟倒退了好几百年吗？

两个孩子不由得面面相觑，不明白这是怎么一回事。

阿波想来想去，准是换错了电视频道的问题。他问王阳："你还记得吗？咱们钻进这艘该死的海盗船的时候，电视里是什么画面，有没有外国古装片？"

王阳没好气地回答他："我还想问你呢。你硬要看哈利·波特的电影，抓住遥控器胡揿一气，准是哈利·波特的魔法作怪，才把我们带到几百年前来的。"

阿波也咕噜道："你要看动画片，动画片里面的妖法更加厉害，把咱们害得好苦，怎么回家呢？"

旁边的小公主反倒安慰他们说："别着急，我爸爸必定会派兵来救我。只要我脱了险，就让爸爸派人送你们回家。"

现在轮到小公主打听他们的来历了。她瞧见他们是黑头发、黑眼睛，就问他们："你们是哪个印第安部落的，怎么被这些海盗抓住，也关进这艘臭烘烘的海盗船？”

王阳说：“什么印第安部落不印第安部落的，我们从21世纪的中国来，和你们隔老鼻子远了。”

阿波说：“我们不是被他们抓住的，是自己闯进来的。”

小公主叹了一口气说：“唉，别人想躲海盗还来不及，你们怎么要自投罗网？”

嗯，她说得对，阿波和王阳倒霉透了，真是不明不白自投罗网呢。没法对她说清楚，只好苦笑着，摇了摇头，不停地叹气。

小公主又问：“21市集在什么地方？我爸爸的管辖下，没有这个集市呀。”

噢，这个傻乎乎的古代小丫头呀，竟把“世纪”弄成了“市集”。和她一下子解释不清楚，干脆别扯下去了，还是现实些，好好商议怎么对付眼前这群穷凶极恶的海盗吧。

阿波问小公主：“你知道这些海盗有什么打算吗？”

小公主愁眉苦脸地说：“他们想要赎金。如果得不到，就要把我撕票。

哇，撕票！听着这两个字，两个孩子就忍不住全身战抖。他们和小公主是拴在一根绳子上的蚂蚱，如果小公主被撕了票，他们还跑得了吗？

不成！得好好想一个法子，对付这些杀人不眨眼的狗强盗，安全脱身逃出去才行。

这话说得容易，实现就非常困难了。他们只是三个孩子，像耗子一样被关在这个耗子洞一样的底舱里，手无寸铁，有什么办法应付眼前的局面？

阿波皱着眉毛细细一想，对大家说：“知己知彼，百战百胜，我们必须首先弄清楚，这条船上有多少海盗。知道他们的力量，才能想办法对付他们。”

小公主担心地问："我们要和他们硬拼吗？"

阿波说："来硬的不行，得用脑筋呀！"

小公主和王阳都不明白，怎么动脑筋呢？

阿波胸有成竹地说："打他一个时间差。"

王阳好奇地问："什么时间差？"

阿波解释说："就是21世纪和哥伦布时代的时间差。我不相信，咱们运用21世纪的智慧，斗不过古代头脑简单的海盗。"

这个时间差怎么打出来呢？王阳和小公主还是半信半疑的。

四　底舱里的"大耗子"

阿波打定了主意，要弄清楚海盗匪帮的情况，牵着他们的鼻子走。

小公主还有些不放心，问他："你别忘记了，我们是俘虏，怎么牵他们的鼻子？"

王阳也怀疑地说："我听来听去，你这个办法很像一个老掉牙的寓言故事，老鼠给猫脖子上挂铃铛。难道你吃了豹子胆，真的敢在那帮海盗头上动土吗？"

阿波大大咧咧地说："这有什么不可以？我们现在要做的事，就是想办法先派一个人溜出去，侦察一下船上的情况再说。"

要从这个关得紧紧的"耗子洞"里溜出去，岂不是痴心妄想吗？

王阳问他："你有什么办法出去？"

阿波说："叫海盗来开门呀！"

海盗不是傻瓜，怎么会给他们开门？简直是痴心妄想。

阿波说："这还不好办吗？请小公主闹吧。"

这的确太好办了。等到王阳藏好了，阿波也藏在楼梯下面的暗影里，小公主立刻扯起喉咙大喊大叫，好像有谁掐住她的脖子似的。

外面的海盗听见叫声，打开了门一下子冲进来。那个粗嗄声音的海盗手提着皮鞭大声喝道："你想找死吗？吵闹得叫人心烦。"

说着，他就扬起鞭子，劈头盖脸地打下来。小公主躲避不及，额头上挨了一下，鲜血立刻顺着脸颊流了下来，她疼得呜呜地哭了起来。

海盗不解气，还想再抽一鞭，冷冰冰声音的海盗举手挡住他说："别打啦，小心把这个宝贝儿打死了。"

粗嗄声音的海盗怀疑地盯住他问道："你为什么老是护着这个小丫头？是不是想讨好他的爸爸，多领赏钱？"

冷冰冰声音的海盗解释说："我早说过了，她是软软的肉黄金，你把她打坏了，咱们怎么索要赎金呢？"

粗嗄声音的海盗更加怀疑了，没有好气地说："哼，我看你好像是她爸爸派来的保镖，现在应该好好研究一下你的问题了。"

"我有什么问题？"冷冰冰声音的海盗不服气反问他，"这个小丫头是我设计抓来的，要说我是她的保镖，岂不是天大的笑话。"

粗嗄声音的海盗搔了一下脑门，嘴里咕噜道："你这个家伙从来就是阴阳怪气的，谁知道现在你的肚皮里打的什么小算盘呢。"

冷冰冰声音的海盗一下子火了，双手叉着腰质问他："你把话说清楚，谁打小算盘？谁不是一心一意顾着弟兄们？如果没有这一条，还能够在风口浪尖的大海上混到今天吗？"

粗嗄声音的海盗抬头瞅他一眼，紧紧盯住他问："你说没有私心，敢赌咒吗？"

冷冰冰声音的海盗拗不过他，只好举手朝天起誓道："你仔细听着，如果我有半点私心，就翻船进海里喂鱼，不得好死。"

他赌完了咒，也盯住对手问道："你叫我赌咒，你也赌一个咒吧。为什么老是和我过不去，是不是有什么坏心眼？"

粗嗄声音的海盗急了，连忙也赌咒说："我是一个大老粗，说话直来直去。如果有坏心眼，也翻到海里喂鱼。"

海上的水手最忌讳"翻船"和"喂鱼"两个词，都赌了这样狠的咒，就没有什么好再说的了。两个人争吵一阵，这才转过身子审问小公主："你这个不知死活的小丫头，好好地待着不好吗，为什么乱叫乱嚷？"

这一问，把小公主问住了。她没有和阿波、王阳商量好，只好随口答道："我瞧见一只大耗子。"

"耗子有什么可怕的？"粗嗄声音的海盗说，"这里不是你爸爸的王宫，瞧见一只耗子有什么稀奇的。"

他扬起鞭子，吓唬了小公主一下，又恶声恶气咒骂了几句，就抽身想走出去。冷冰冰声音的海盗却停住了脚步，说道："这里有吃的东西，如果真有耗子那可不行，得要好好检查一下。"

说着，他就拉住粗嗄声音的海盗，一起在底舱里寻找想象中的耗子了。

啊呀，这儿没有真正的耗子，却有两个外来的孩子。如果被他们发现了，那可不得了。小公主非常后悔，觉得不该随便乱说。眼看两个海盗一步步逼近，阿波和王阳紧张得心脏几乎要从嗓子眼儿里蹦了出来。阿波躲在进门的扶梯下面还算好，王阳可就糟了，只好屏住呼吸，悄没声息地移动着身子，在黑暗中东躲西藏。

近了，近了，海盗一只脚险些踩着王阳的身子。如果再往前跨一步，就露馅了。多亏小公主及时喊叫一声，才使他停下了脚步。

粗嗄声音的海盗没好气地问她："这里没有耗子，你叫嚷什么？"

小公主故意装得很害怕的样子说："我瞧见那边有一只大耗子。"

粗嗄声音的海盗连忙转过身子，朝另一边找去。正在这个时候，忽然听见背后的扶梯那边传来一阵窸窸窣窣的声音，好像什么动物发出来的。

那是阿波。他趁着舱室里一片混乱，悄悄偷跑了出去，不小心发出一丁点儿声响，吸引了两个海盗的注意。

冷冰冰声音的海盗说："我听见一个声音，好像有什么东西跑出去了。"

粗嗄声音的海盗说："你莫不是听错了吧？"

冷冰冰声音的海盗说："我的耳朵管用，绝对没有听错，准是有什么东西跑出去了。"

粗嗄声音的海盗说："这是什么东西跑出去了呢？咱们赶快上去看一下吧。"

两个海盗没有心情搜索了，警告了小公主，不准她再叫喊，急忙顺着声音追了出去。小公主和吓得半死的王阳，在黑暗中长长地舒了一口气。

五　海盗的晚餐

阿波趁着底舱里一片混乱，悄悄溜了出来，外面天已经黑了。在朦朦胧胧的夜色的掩护下，阿波飞快地在甲板上钻来钻去，找到一个隐蔽的地方躲藏起来，大气也不敢出一下，生怕发出声音，暴露了自己。

两个海盗大声呼嚷着追出来，提着风灯东看西看，没有瞧见一丁点儿可疑的东西，只好停住了脚步。

冷冰冰声音的海盗说：“这可奇怪了。我明明听见一个声音，怎么一下子就不见了？”

粗嗄声音的海盗说：“你莫不是听错了吧？”

他说：“我的耳朵不会骗我。那个声音不小，不像是耗子，倒像是一只小狗跑出来。”

“哈哈！”粗嗄声音的海盗笑起来了，取笑他道，“要说咱们的船上有一只耗子还行，哪会有什么小狗。难道小狗会从海里蹦出来吗？”

听见他们说话，又有几个海盗出来了，纷纷议论着，谁也不把甲板上钻出一只小狗当成一回事。阿波躲在暗处，这才看清楚了，船上总共有七八个海盗。冷冰冰声音的海盗和粗嗄声音的海盗像是头儿，别的都是小喽啰。等到他们胡乱咋呼一阵，全都回到舱室里，阿波就悄悄从藏身的地方溜出来，在锁好的底舱盖板上轻轻叩打了七八下。这是约定的暗号，表示上面的海盗的人数。

往下再怎么办呢？

阿波想，该弄些东西吃，填饱早就饿瘪的肚皮了。

刚想到这里，就闻到一股浓浓的香气。他趴在窗子上，偷偷往里看，瞧见海盗们正大鱼大肉吃得欢呢。一股股香气溢流出来，馋得他直流口水，恨不得推开门也冲进去，和他们一起大嚼一顿。

不成啊，他们是哥伦布时代的海盗，自己是21世纪的小学生，现在的身份是从天而降的不速之客。如果冒里冒失地闯进去，后果难以设想。还是忍一会儿吧，等到这伙狗强盗吃完了，再想办法填饱自己的肚皮吧。

唉，世界上最难受的事情，就是饿着肚皮看别人吃饭。这伙海盗一边大口吃肉，一边大口喝酒，不一会儿就吃得饱饱的，加上酒力发作，一个个横七竖八躺下来，呼噜呼噜睡着了。冷冰冰声音的海盗手里拎着一块油漉漉的大排骨，还想再啃一口，无奈酒力发作了，也扑通一声倒下来，稀里糊涂睡着了。

这正是好机会！

阿波侧着耳朵仔细听了一会儿，判定船上所有的海盗全都睡得像死猪一样，这才悄悄站起身子，蹑手蹑脚推开门，一步步小心翼翼跨了进去。

头一件事，就是把冷冰冰声音的海盗手里的排骨拿出来，先啃一口解解馋。再喝一口水，润一下喉咙。然后又搜集一些海盗们没有吃完的面包和别的食物，用一个盘子装好，拿出来坐在甲板上一个隐蔽的角落慢慢享用。

只是自己吃饱了不成啊，下面的底舱里还有两个挨饿的伙伴，也得给他们也弄些东西吃呀。

他趴在底舱盖板上低声问下面："喂，你们肚子饿吗？"

板盖缝里传来王阳的幽幽的声音："那还用说吗？我还是看电视以前吃的东西呢。"

王阳给小公主松了绑。她也悄声说："海盗给我的发霉的干面包片，还不够喂一只小兔子。我和王阳两个人分着吃，怎么吃得饱？"

王阳又问阿波："你也饿吗？"

"不，"阿波说，"我刚刚啃了一块肉排骨，还打饱嗝呢。"

"你从哪儿弄的肉排骨？"王阳问他。

阿波说："当然是从海盗那里弄来的呀！"

小公主问他："他们请你吃饭了吗？你是不是参加他们的匪帮，成为一伙了？"

"不，"阿波急忙声辩，"咱们是一伙的，我怎么能够和这些狗强盗同流合污呢？"

王阳和小公主不明白了。海盗们不是吃素的，怎么放得过阿波，还请他啃肉排骨？如果阿波没有和他们成为一伙，怎么弄到东西吃的？

阿波说："现在和你们说不清楚，我先给你们送些吃的东西进来吧。"

现在吃的东西有的是，怎么给受苦受难的伙伴送进去呢？

阿波说："你们别着急，我去拿钥匙。"

他这一说，下面的王阳和小公主更加疑惑了。

王阳质问他："钥匙拴在海盗的腰带上，你不是他们一伙的，他们怎么会给你？"

常言道，人心难防，小公主也有些害怕了，心里想："看不出阿波这个伙伴，说变就变，居然可以随便向海盗要钥匙了。他送来的食物，会不会掺了耗子药，打算毒死我和王阳？"

唉，阿波真冤呀！没法和他们隔着密不透风的底舱盖板说清楚。现在不是解释的时候，先弄来钥匙，把吃的东西送进去再说吧。

到哪儿弄钥匙？

当然是海盗的腰带上呀。

他打定了主意，只好硬着头皮返回去，重新蹑手蹑脚走到海盗身边，东找西找，在粗嗄声音的海盗的腰带上，找到一串钥匙，只是不知道哪把是开底舱地点的。管它呢，一起取下来，都试一下再说吧。

他刚伸出手，海盗翻了一下身，没法摸着钥匙串。转到另一边，这个该死的海盗又翻了过去，干脆把钥匙串压在肥胖的肚皮下面，接着打呼噜。

阿波生气了，用力推他一下，想把他翻过身子，不料用力太猛，他一下子醒了，迷迷糊糊咕噜道："谁在给我搔痒？"

这个家伙一巴掌打过来，正好打在阿波的手上。

六　海盗腰间的钥匙

粗嗄声音的海盗一巴掌打在阿波的手上，把阿波吓了一大跳，连忙缩回手，躲在旁边连大气也不敢出一下。他心里想："坏啦，如果被他抓住，就没什么戏可唱了。"

好在那个粗鲁的家伙并没有完全清醒，在梦中用手抓了一下，什么也没有抓到，似乎半睡半醒地闭着眼睛，嘴里叽里咕噜念叨道："这是谁呀，在我的腰上搔痒痒？"声音越来越低沉，后来就再也没有下文了。

噢，这个家伙是在说梦话呢。阿波屏住呼吸，等了好一会儿，没有听见什么动静。侧着耳朵一听，他又呼噜呼噜睡着了，阿波这才完全放下了心。在暗沉沉的光线里，瞧见他翻了一个身，把别在腰间的一串钥匙压在身子下面了。要想下手，也没有门啦。

现在该怎么办才好？

阿波仔细盘算了一下，既然来了，就要干到底。要想救出关在底舱里的伙伴，就得取到钥匙，绝对不能打退堂鼓。问题只在于用什么办法，才能够达到目的。

夜已经很深了，船像眼前这些喝醉的海盗似的，在浪头上不住摇晃着，弄得阿波几乎稳不住身子。这些醉倒躺卧在地板上的海盗们，也随着船身晃荡，轻轻晃来晃去，仿佛船是一个特殊的摇篮，使他们睡得更香了。

瞧着这些躺在地板上摇摇晃晃的海盗，一个大胆的计划从他的脑瓜里冒了出来。阿波立刻猫起身子重新走过去，轻轻推了那个海盗一把，正好把他的身子翻过来，露出了那串宝贵的钥匙。阿波再也不迟疑了，伸手过去一把就将钥匙取了下来，连忙转身溜出去。

这一下，真的把那个粗嘎声音的海盗弄醒了，他抹了一下惺忪的睡眼，下意识地摸了一下腰间，原来挂钥匙的地方空荡荡的，什么也没有。

啊呀！他一下子酒醒了，发现腰上空荡荡的，没有了钥匙，急得一翻身坐起来，一把揪住躺在旁边的那个冷冰冰声音的海盗，喝问他："是你偷偷拿了我的钥匙吗？"

冷冰冰声音的海盗没有好气地回答："你的钥匙不见了，凭什么说是我拿的？"

粗嘎声音的海盗瞪着一双牛眼睛吼叫道："你挨着我睡，不是你，还会是谁？"

冷冰冰声音的海盗也急了，大声申辩说："你有钥匙，我也有钥匙，我拿你的钥匙干什么？"

粗嘎声音的海盗怀疑地朝他上下打量了一下说："鬼知道你想干什么。自从把那个丫头弄上船，你就鬼头鬼脑地处处护着她。是不是想拿了我的钥匙，你一个人摆布这个肉花瓶？"

他这样一说，冷冰冰声音的海盗当然不答应。两个人你来我往，一下子涨红了脖子争吵起来，一个推一把，一个还一拳，打斗成一团。

这场打斗把别的海盗也吵醒了，纷纷围上来，把他们拉开，劝说道："都是自家弟兄，有什么不好说的。大家帮助找一下，是不是掉下来，落在什么角落里了。"

在大家的劝说下，两个人才恨恨地住了手。可是找遍了整个房间，又十分认真地摸了每个人的身子，也没有找到那串钥匙，好像一下子从空气里蒸发了似的。

“咦，这可奇怪了。”冷冰冰声音的海盗皱着眉头沉吟道，“钥匙不在这儿，该不会有谁溜进来，悄悄偷走了吧？”

他一说，海盗们七嘴八舌地议论起来了。

有人说：“这怎么可能呢？船上除了我们就只有耗子了，难道是一只耗子精干的？”

有人提醒道：“谁说没有别的人，下面关着的那个丫头，不是现成的外人吗？”

啊，底舱里的小公主。

冷冰冰声音的海盗首先清醒过来，似乎想起了什么，连忙三脚两步赶去一看，只见底舱盖板关得紧紧的，一条缝也没有张开。上面一把大铁锁好好的，也没有破坏的痕迹。打开锁进去一看，小公主依旧绑在那儿，动也没有动一下。

咦，这是怎么一回事？

他赶忙指挥着手下的海盗们，顺着甲板仔细搜查，边看边说：“我的感觉告诉我，一定有外人上了船，这件事没有那样简单。”

一个海盗不明白，问他：“谁吃了豹子胆，敢到这里来送死？”

冷冰冰声音的海盗说：“可别小看了这件事。别忘了，那个丫头是一个公主。她的爸爸准急了，会派人来救她。国王手下什么能人没有？派一个水鬼和武林高手悄悄爬上船，就有好戏看啦。”

啊呀，海盗们听他这样一分析，一下子就酒醒了一大半，不用他下命令，就慌里慌张各自抄起斧头和砍刀，一窝蜂咋咋呼呼地在船上到处搜查。可是把整条船翻了一个底朝天，也没有发现一丁点儿外人的影子。

咦，难道国王派来的是一个隐身人？难道他偷偷上了船，又偷偷溜掉了不成？

咦，偷了钥匙的阿波到底藏在哪儿，会不会融化在空气里了？

七　一块口香糖

从船头清查到船尾，又从船尾找到船头，还是什么都没有找到，海盗们议论纷纷，断定必有一个神秘的不速之客偷偷上了船，不声不响偷了钥匙，准是打算搭救关在底舱里的小公主。

冷冰冰声音的海盗瞧着这股乱劲儿，皱着眉头说："敢上咱们的船，必定是高手。这样乱找一气不是办法，得要好好动脑筋才行。"

怎么动脑筋对付那个神秘的高手？

冷冰冰声音的海盗首先指派两个膀宽腰圆的海盗，手提亮闪闪的大砍刀，守候在底舱盖板旁边。只要封住这个进出口，外来者就别想闯进去，囚禁在里面的小公主也别想逃出来。牢牢把守住这个地方，再慢慢搜查船上，就不怕那个偷钥匙的家伙插翅飞上天了。

"好呀！你这个小偷，竟敢在老虎屁股上摸一把，偷了我的钥匙，看你还能往哪里跑？"

别的海盗也装腔作势胡乱咋呼："看见你啦，赶快乖乖出来吧！"

"你往哪里跑？抓住你，可没有好果子吃。"

"抽你的筋！剥你的皮！"

"把你丢下海，喂鱼吃……"

"哇呀呀……"

在冷冰冰声音的海盗的指挥下，他们又重新仔细搜查了一遍。海盗们不放过每一寸地方，仔细检查了每个可能藏身的角落。搜索船头上、船尾边，扯下吊挂在船舷边的救生艇的篷布，爬上光溜溜的桅杆，抖开卷成一团的缆索，甚至揭开了厨房里的锅盖，也没有找到那个想象中的外来者。船只有这么大，难道他会飞了不成？

咦，这是怎么一回事？莫不是粗嗄声音的海盗稀里糊涂，自己不知在哪儿把钥匙弄丢了，发了神经病，咬定有人偷了他腰间的钥匙？

“你的酒喝多了吧？”别的海盗不客气地问他。

“嘻嘻，是不是说梦话？”

粗嗄声音的海盗急了，涨红了脖子赌咒辩解道：“如果我说了半句假话，让大鲨鱼把我咬成两截。”

瞧他这副模样，不像是说假话。既然如此，为什么海盗们费尽了气力，也没有在他们熟悉得不能再熟悉的船上找到可疑的对象呢？

一个海盗忍不住问他：“你敢保证，钥匙真的丢了吗？”

“谁还骗你不成！”他没好气地回答说，“我明明挂在腰上的，睁开眼睛就不见了。”

另一个海盗也忍不住提出疑问：“如果这是真的，为什么找不到偷钥匙的人？”

第三个海盗嘴里自言自语咕噜道：“这可奇怪了。没有外人，是不是我们自己有谁干了这件事情？”

第四个海盗问：“大家都是兄弟，谁会干这种事情？”

第五个海盗阴阳怪气地冒一句：“人心隔肚皮，这可说不准啊。没准儿有人想偷了钥匙，把那个小丫头弄出来，自己去向她的国王爸爸讨赏钱呢。”

这正是粗嗄声音的海盗心里一直怀疑的，他立刻瞪圆了牛眼睛，发了牛脾气，大声吼叫道：“说得好呀！准是有人的心眼坏了，想独吞那个小丫头的赎金。”

他嘴里说着，却把眼睛直盯着站在面前的冷冰冰声音的海盗。这一来，大家都转过目光，紧紧盯住了他。一股股的不信任和利剑一样的目光，足能把他刺死。

粗嗄声音的海盗一步步逼过来，没有好气地对他说：“我早就怀疑你不安好心眼了。你偷了钥匙，又贼喊捉贼，导演了一场闹剧，带着大家抓压根儿就没有的外来者，妄想转移目标，实现你的目的。现在事情已经明摆着了，哪有你说的外人，你还有什么好说的？”

他这一说，身边的海盗们全都围上来，恶狠狠盯着他，恨不得一下子就把他撕成碎片。

冷冰冰声音的海盗有口难辩，只好摊开双手，哭丧着脸说：“弟兄们这样不相信我，就请你们搜吧，看我是不是真的偷了那把钥匙。”

在粗嗄声音的海盗的指挥下，海盗们一拥而上，三下两下就扒光了他的衣服，全身搜了个遍，也没有发现那把神秘失踪的钥匙。

正在这个节骨眼儿上，一个海盗忽然急匆匆跑过来，手举着一个从来也没有见过的东西，呼嚷道：“瞧呀，这是什么东西？”

大家转过身子一看，想不到竟是一块古代人从来也没有见过的口香糖。打开花花绿绿的包装纸，散发出一丁点儿淡淡的香气。粗嗄声音的海盗接过来用力一咬，嘴巴一下子被黏住了，噎得鼓圆了眼睛，再也说不出一句话。

八　遥控器的奇迹

那块口香糖的确是阿波在逃跑的时候，不小心从裤兜里掉出来的。想

不到小小的口香糖，竟把凶神恶煞的海盗们一下子镇住了，你看着我、我看着你，不知道这是什么玩意儿。

“有鬼！”隔了好半晌，才有一个海盗吓得面无人色，嘴里嗫嗫嚅嚅地说道。

“不是鬼，是神。”另一个也吓坏了的海盗说。

粗嗄声音的海盗用尽力气，啪的一下把嘴里的口香糖吐出来，牢牢黏在脚下的甲板上。海盗们都用敬畏的目光瞧着它，围着它看了又看，谁也不敢走过去轻易碰一下。

噢，不管是鬼是神，都是阿波呀！此时此刻，他到底藏在什么角落里呢？莫非他真的变成了隐身的鬼神，融化在空气里？

不，他正死死抓住船尾水下的舵叶，像一只水耗子似的泡在海水里呢。

现在他该怎么办？

他虽然偷到了钥匙，底舱的进口却被海盗把守得紧紧的，想溜进去也不成了。不能老是泡在水里，也不能再爬上到处都是海盗的甲板，真是狼狈极了。

他想来想去，实在想不出别的办法，只好轻轻叩打着舱板，想办法和里面的王阳联系。

王阳在黑暗中挨靠着小公主，心里正在纳闷，阿波出去这么久，为什么没有一丁点儿消息。侧着耳朵听，上面的甲板上响起一阵阵跑来跑去的脚步声，夹杂着海盗们的大呼小叫，好像出了什么事情。该不会是阿波被他们抓住了吧？如果阿波出了事，下一个就该轮着他们了。

他心里正想着，忽然听见船板外面传来几下非常熟悉的叩击的声音。

哒、哒、哒……哒、哒……哒、哒、哒……

好像密电码似的声音，是他和阿波早就玩腻了的游戏，怎么会在船板外面发出来？难道阿波躲在外面的海水里吗？

接着的密电码，更加使他相信这是真的。阿波用手指叩打着，又发出一连串密电码。

哒……哒、哒……哒……哒、哒……哒、哒、哒、哒……

这是“我要进来”的意思。

隔着船板，他怎么钻进来呢？阿波又发出了指示。

哒、哒、哒……哒……哒、哒、哒……哒、哒……

这是“你有小刀吗？”

王阳一下子明白了，连忙掏出小刀，在船板上使劲挖着，累得满头大汗，终于挖出一个窟窿，正好可以让外面的阿波缩着身子钻进来。

“哇……”阿波哇的一下吐了一大口咸得要命的海水，这才慢慢缓过气来，把外面的情况一五一十讲给王阳和小公主听。

“噢，原来你偷了打开这个底舱的钥匙，却没法再出去开门，还是和我们一起关在这个耗子洞里呀。”王阳失望地叹了一口气，像泄气的皮球一样，再也说不出一句话了。

“现在该怎么办才好呢？”小公主着急地问他，眼睛里一下子冒出了泪花。

阿波累得精疲力竭，一时也拿不出主意，只好硬着头皮安慰两个伙伴说：“别急呀，船到桥头自然直，总会有办法的。”

想不到他刚说完，头顶上的盖板就咿呀一声打开了，噼里啪啦冲进来一群穷凶极恶的海盗，领头的正是他们的死对头，那个阴险狡猾的冷冰冰声音的海盗和凶恶的粗嗄声音的海盗。一股突然闪亮的强烈亮光照射下来，一下子照出了他们的身影，想躲起来也不行了。

“啊哈，原来这儿还有两个小兔崽子。是不是你们溜出去，偷了我的钥匙？”

“咦，你们是从哪儿来的，是不是国王派来的小间谍？”冷冰冰声音的海盗感到奇怪地盯住阿波和王阳。

别的海盗都七嘴八舌嚷叫起来。

“吊死他们！把他们吊在桅杆上打秋千！”

“丢下海喂鲨鱼！”

他们一面呼叫着，一面就一步步逼上来，要抓住三个孩子，立刻付诸行动。阿波和王阳紧紧护住背后哭哭啼啼的小公主，心情紧张一步步往后退，背脊骨贴着船板，再也没法往后退一步了。

更加想不到的是，正当他们和海盗面对面相持的时候，背后忽然传来一阵咕噜噜的奇怪声响。那是从船板窟窿里涌进来的海水，想堵也堵不住啦。

噢，前面有海盗，后面有海水，现在该怎么办才好？

眼见船漏水了，海盗们也慌了。粗嗄声音的海盗嚷道："这准是这几个小兔崽子干的。先吊死他们，再补漏洞吧。"

说着，他就和海盗们一齐扑上来，想抓住孩子们。

啊呀，在这些凶狠的海盗面前，要抓他们，还不是像抓小鸡一样吗？

说时迟，那时快，海盗们正要抓住他们，忽然啪的一声，眼前的一切都消失了。

咦，这是怎么一回事？

这是电视机的遥控器。王阳不知怎么的，在裤兜里摸着了它，对着海盗们一揿，周围的一切一下子全都变了。哪有什么海盗和海盗船？他和阿波依旧坐在电视机前面。不过，现在他再也不为争着乱换频道，把手里的遥控器揿来揿去了。

可怜的小公主呢？

多亏当时阿波紧紧一把拉住她，把她也带出了恐怖的古代海盗船。刚才的一切还使她吓得发抖，她望着周围陌生的环境，泪眼汪汪地问道：“我怎么回家呢？”

阿波和王阳安慰她：“别哭啦，21世纪比古代更好。明天我们带你到博物馆去，看你的国王爸爸留下来的东西吧。”

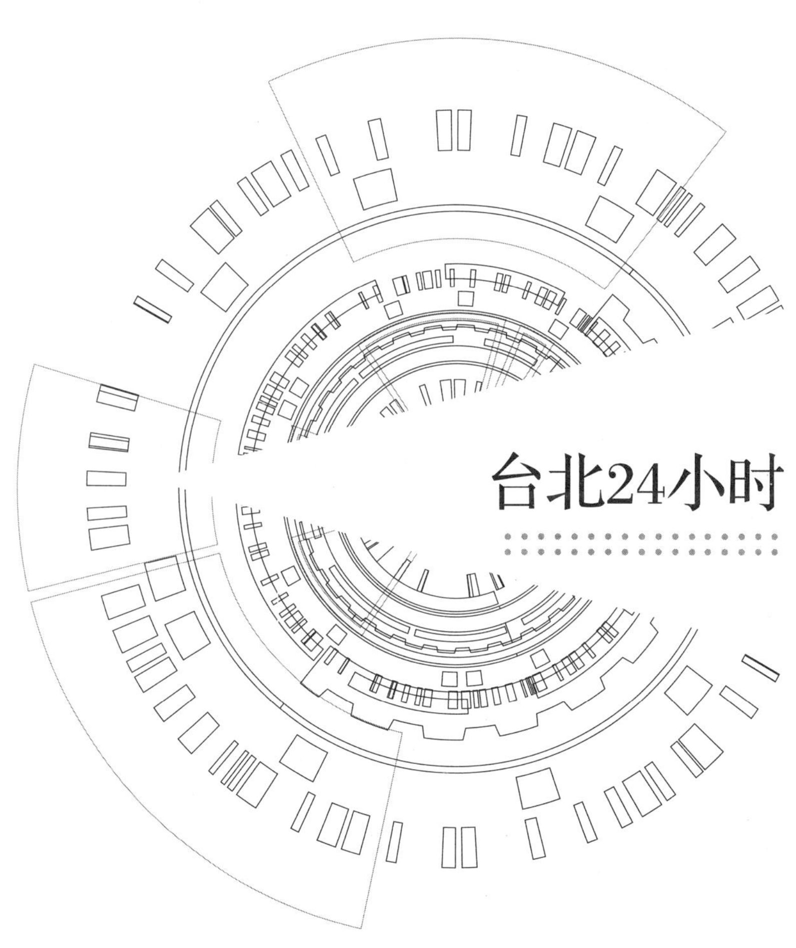

台北24小时

一　月球X日18时：夜空母星异相

玫瑰色的太阳火球慢慢沉下去了，月面转瞬就变得十分黯淡。在最后的霞光映照下，远远近近的笠形山丘，像是一只只蹲伏不动的怪兽，使眼前的异星风光显得更加神秘荒诞。

严士先和一个衣衫褴褛的伙伴，并身站在铺满沙砾的荒地上，面对暗沉沉的宇宙，缄默着一声不吭。

这里是太空遗忘的角落。他们是地球的弃儿，被母星遗忘的不幸者。

他们曾经诅咒了千遍万遍。不知是谁，想出了这个该死的点子，把地球上一切不为社会喜欢的人，包括杀人犯、强奸犯、小偷、妓女和失意政客，当然也包括革命者、思想犯、政治犯，以及一切被视为危险和可疑的人物，统统流放到这里，达到所谓净化地球的目的。在这个与世隔绝的地方，他们日日夜夜眼望天外的故土却不能归。这里比当年囚禁拿破仑的厄尔巴岛，流放俄国十二月党人的西伯利亚防备更加严密，绝不会有任何人能越狱逃跑。更加麻烦的是，由于月球上没有空气，包括管理人员和所有的囚徒在内，全都生活在一个硕大无朋的玻璃天棚下面，只有棚内才有充足的氧气供给。倘若没有配备特殊的氧气面罩，即使外出半步也别想活命。可怜的流放者一旦踏上月面，除非遇着大赦，否则注定要在这个荒凉的广寒宫里终老一生了。

夜，无限寂静。现在，在月野的另一边，流放者们的母星升起来了。亮闪闪的，活像是一个硕大无比的银盘。

严士先情不自禁地抬头望了一眼，忽然失口喊出了声。

“瞧，那是什么？”他头也不回地对身边的伙伴说。

伙伴眯着眼睛仔细看，瞧见漂浮在夜空里的地球表面，此起彼伏地迸发出一串串异乎寻常的小亮点，像是千眼妖魔的眼睛，显示出不祥的征兆。

火光，这是火光。

绝不是通常的火灾，也不是森林大火。因为这些遍地燃亮的火光，似乎还伴随着剧烈的爆炸景象。

瞅着这些不平常的火光，伙伴担心地问：“地球上发生原子战争了吗？”

黑暗中，另一个伙伴不无庆幸地说：“好呀，多亏我们在这里，要不，也会像当年广岛居民一样遭殃了。”

“不，”严士先轻轻摇了摇头说，“这不是战争，是火山爆发。”

严士先是阅历丰富的地质学家，由于旅居境外时，说不清是种族歧视还是误会，也被无辜流放到这里。作为一个专家，他的判断自然不容置疑。

他们屏住气息，不再多说一句话，像是一个局外人观察一个庞大无比的地球仪似的，聚精会神地辨别着此时此刻母星上那些发光的亮点的位置。

冰岛、意大利、土耳其、东非大裂谷，以及环绕太平洋两岸所有的火山带，甚至包括南极大陆在内，几乎他们所知道的一切火山全都复活了。还有许多平时不为人们注意的断裂带，也闪烁着一阵阵红色的亮光，显而易见是从一条条地裂缝里迸发出的地火。地球上一派火光熊熊，变成了一个名副其实的火星。

透过漆黑的长空，严士先目不转睛地注视着东亚“花彩列岛”中的一

个岛屿。这是他的故乡，台湾岛最北端的一个小小的亮点。

啊，那岂不是他的家园？那个亮闪闪的发光点，岂不就是他十分熟悉的台北郊外的大屯火山群吗？他感到纳闷的是，当史前第四纪更新世末，桃园台地砾石层堆积后，早已停止活动的这些覆盖着林木的死火山和休眠火山，为什么忽然一下子随着别处的火山喷发，也重新动起来了？

不容否认的是，就在台北市郊不远，那里也有一个终日冒出烟雾的硫黄谷，到处都是喷气孔和温泉，表明这儿有的火山还有一些生命迹象。但是大多数火山毕竟已经平息了许多世纪，怎么可能一下子统统激烈活动起来？

这必定是一个不同寻常的事件，他用尽了积存在脑细胞里的一切知识都无法解释。一股冷飕飕的寒流陡然袭过了他的全身，使他禁不住发出一阵震颤。

燃烧的台湾，苏醒的大屯火山群，会不会给书珍和孩子带来麻烦……

二　台北X日18时：窗外无名火光

台北，正是皎洁的月夜。可是今宵却无人入眠，更加没有人有心情赏月了。

李书珍紧紧搂着孩子，惊恐地望着窗外的火光，不知道出了什么事情。

斜坐在对面沙发上的邻居太太也放下了手中的毛线针，和她一起望着火光发怔。

李书珍问："什么地方起火了？"

邻居太太朝窗外瞥了一眼说："好像在士林、北投那边，隔得还很远。"

熊熊的火光映红了半边天空，时不时还传来一阵阵闷雷般的爆炸声，使人捉摸不透，这是一场寻常的火灾，还是别有原因。

李书珍猜测说："莫不是军火库和汽油站出事了吧？"

邻居太太站起来看了一眼说："这不太像炸药和汽油爆炸的样子。打电话问一下，就知道情况了。"

她说着就拿起话筒，急速地拨了一连串号码。奇怪的是，无论消防队、警察局、电台、电视台和报社，统统无法接通。

"所有的电话线路全都占满了，这到底是怎么一回事？"她回过头，一脸茫然地说。

"让我来试一下吧。"李书珍想起一位好友，一个退休记者万中柱。虽然他已经老了，但是作为一个思维敏捷、行动活跃的老社会活动家，也许比我们普通市民多了解一些情况。

电话接通了，万中柱在电话线另一端仅急促地吐出几个字："大屯火山！"声音就一下子中断了。不知他要立即赶赴现场调查，还是电话线路出了问题，为此更加增添了几分神秘感。

李书珍和邻居太太最终弄清了情况。原来这是火山爆发，和近处的市区火灾没有一丁点儿关系。

提起大屯火山，李书珍心里有些纳闷。上周周末她还带着孩子进山去玩，望见矗立在群山中的大屯火山还是好好的，怎么连警报也没有，一下子就爆发了？

她一时琢磨不透，这场火山爆发会有多大的影响，忧心忡忡地半对自己、半对邻居太太说："那边火山爆发，不会影响到这里吧？"

邻居太太定住了神，安慰她说："放心吧，中间还隔着基隆河和整个台北市区，无论如何也烧不到我们这里来。"

话虽是这样说，李书珍却总有些放心不下。火光和远处隐隐的爆炸声，加上尖声呼啸飞驰而过的救火车、救护车和警车的声音，扰得她心神不宁。这个恐怖的夜晚，到底会带来什么结局呢？

似乎和她的思维相呼应，窗外陡地又蹿起了一派更加明亮的火光，伴随着越来越猛烈的爆炸声响。熊熊燃烧的火焰不仅映红了整个夜空，还把天上一轮明月也映得红通通的，似乎会把贴着李书珍面孔的窗帘也点燃起来。

窗外，忽然响起了杂沓的脚步和喧嚣的人声。这事，有些不对劲了。

邻居太太打开电视，屏幕上的播音小姐一副凝重的面容，声音明显有些不自然。

"市民们，刚才的响声，是七星山爆炸。距离台北市区还远，请大家务必保持镇静。"

啊！七星山也活动了，一步步朝着台北越逼越近。李书珍闭着眼睛也能想象，当火山爆发的时候，一股股滚烫的熔岩流顺着山坡，向人烟稠密的地方流淌过来，会毫不容情地摧毁沿途的一切。树林、房屋、桥梁、道路和蚂蚁般奔跑的人群，转瞬间全都灰飞烟灭。从窗外传来的一阵阵疯狂的叫喊声和汽车喇叭声，她也可以想象到，整个大台北的人一定都跑出了屋子，拥挤在露天广场和街头上。所有通向外界的公路必定都塞满了车流，到处都是外逃的人群。狭窄的基隆河是一道脆弱的防线，谁知它能不能挡住不断滚滚推进的火焰的脚步呢？

天哪！台北莫非会变成第二座庞贝古城？

在这个非常时刻，她和孩子怎么办？留在屋子里不动，还是随着大流往外走？

她望着邻居太太，邻居太太也望着她，两个女人无声地默默对望着。

不懂事的孩子吓得哇的一声哭了。

过了好半晌，邻居太太才缓过神来，抬头轻轻地对她说："关在屋子里不是办法，出去看一下也好。"

三　月球X日19时：板块漂移

冷漠的月球上沸腾了。操着不同口音的流放犯们拥挤在一起，像古时观看日食灾难天象的惊惶人群似的对着悬浮在夜空里的地球指指点点，焦急地大声议论和争辩，一个个神情异常激动。

严士先的忧虑不是多余的。一系列不平常的火山爆发，已经引起了严重后果。现在即使没有经过特殊专业训练的普通人，也能看出地球出了大问题。

情况明摆着，再清楚不过了。人们熟悉的地球图形已经有些走样。五洲四洋中的一片片陆地仿佛生了脚似的，纷纷离开原来的位置，发生不可思议的扭曲和移动。

有人还怀着一线渺茫的希望，低声喃喃说："这是空气折射的影响吧？"

黑暗中，立刻有人大声斥责他："笨蛋，我们头顶上是绝对真空，哪有空气折射？"

"那会是什么呢？"一些人转身望着严士先，期望他们中间唯一的地质学家能给一个满意的回答。

严士先也惊呆了。歇了好半晌，才从紧闭的嘴唇里机械地吐出几个字："板块漂移。"

板块漂移是常见的地质现象，往昔得要用数以亿万年的尺度来计算，为什么忽然加快到这个程度？连同同时发生的全球性火山剧烈活动，就更加不可思议了。这场空前未有的灾难的诱因是什么？难道是一次地心岩浆大迸发？

不，这绝不可能。自从地球诞生以来，还从来没有发生过这样可怕的灾变。

诱发这场灾难的原因，只能是一种惊人的非常因素。

严士先猛然想起来，自己在监狱管理大楼的路边，偶然拾起一张旧报纸。许多国家竞相进行深层地下核爆炸试验。一次比一次深，一次比一次猛烈。是不是一系列极端猛烈的深层核爆炸，引发了火山和板块活动机制，才造成了这一场空前的灾难？

他又想起了，几天前一颗巨大的星球紧挨着太阳系擦边而过。它的巨大引力造成了整个太阳系的行星和卫星系统运动规律紊乱。包括地球和月球在内，自转突然加速运转。地球毕竟只是宇宙中的一粒沙尘，无法抗拒强大的宇宙力量。如此强大的非常外力影响，会不会引起板块突然漂移？

要不，就是地球内部爆发了一场前所未知的激烈变动。

不管什么原因，只因为地球和人类都太渺小。人类积累的科学知识，实在微不足道。

多么愚蠢的人类！多么无知的"万物之灵"！在浩瀚无边的大宇宙面前，人类是多么渺小！

可是现在他再也没法儿沉住气多想一下了，周围人群发生了骚动。有人大声喊叫："我们不能待在这儿，眼睁睁看着不管。"

这一声呼喊，一下子就点燃了人们心头的无名火焰，一个个暴跳如雷，歇斯底里般又喊又跳。

“回家去！”

“我们要和亲人死在一起。”

“回家！”

“回家！”

……

喊爹叫娘的凄厉声音震动了荒凉的月野。在昏晦不明的地球辉光映照下，很快就聚集了一大群人，他们一窝蜂拥向建在一座环形山顶的监狱管理大楼，把所有的委屈、所有的怨恨、所有的怨仇，全都一股脑儿倾泻在那座架有无线电天线，安放有天文射电望远镜的黑色玄武岩石头碉楼上。

四　台北X日19时：火圈里

李书珍紧紧牵着孩子的小手，跟随着邻居太太，挤在乱糟糟的人群里，焦急地四处打听消息，想尽可能多了解一些情况，决定应急的办法。

人们的议论千奇百怪，无不耸人听闻。

一个刚从出事地点逃出来，额头裹着沁血的绷带的男子，绘声绘色地描述说：“地上淌着火河，天上撒落烧红的石头雨，到处都在起火冒烟，简直像是掉进了地狱。”

另一个中年妇女也神情激动地补充说：“我亲眼看见，观音山、纱帽山、辨天山、磺溪山也冒火了。南边的山脉也靠不住。台北掉进火圈里，在劫难逃了。”

有人神情颓丧地说：“想坐飞机跑也不行了。熔岩流已经切断了桃园

直达公路和1号、4号公路。桃园国际机场已经完全封闭了。”

有人似真似假地说：“听说阳明山医学院和荣民总医院也烧起来了，所有的病员都在紧急转移。新受伤的人无处送，有的就死在街头。”

还有一个老者叹气道：“你们看，河水正在上涨，一定是熔岩流堵住了淡水河口，河水正在倒流，这是天意难违。不被烧死，也会被水淹死。”

街头上的马路消息真是林林总总，使人一时真伪难分。

李书珍记起了，曾经听士先说过，史前时期的火山熔岩流曾经堵塞过淡水河，使台北盆地成为一个山中大湖。此时此刻的情景让人不由得担心，莫非远古的历史又要重演，人人都将成为鱼鳖？

唉，士先在身边就好了。

她禁不住抬起头，隔着漫天的烟尘和火光，寻觅天外的月亮。团团的月面朦胧不清，两人相隔十万八千里，谁知士先此刻是死是生？他是否知晓人间的灾难，忆想起她和身边的幼儿？

眼泪不由自主地扑簌簌流了下来。她，真命苦啊！

邻居太太劝她：“严太太，不要伤心难受。我也孤寡一人，难中都是姊妹。要死，要活，我们在一起。”

李书珍感激地紧紧握住她的手。两人正要转身，从人丛中挤出去，忽然脚下的地皮像发疟子般抖动起来了。许多人猝不及防，一下子摔倒在地，被推来搡去的人群践踏着，发出凄厉的喊声。

人们顿时醒悟，大屯山和七星山那边的灾难已经顺着地脉传递到这里来了。有人尖声叫喊：“地震！”原本纠结在一起的人群，立刻向四周散开。

他们想走已经来不及了。说时迟，那时快，紧接着又是一阵更加猛烈的地震波，坚硬的地皮像波浪一样上下起伏。一股看不见的冲力笔直穿过大街，朝对面的街区冲去。力量所及之处，房屋像搭起的纸牌般纷纷坍倒，飞溅起成团成片的尘土，发出震耳欲聋的轰鸣。

在这场剧烈的地震波冲击下，电缆全都损坏了，远远近近残存的房屋和街灯柱上的灯光一下子熄灭，使困在街头的人群突然坠入一团漆黑中。霎时间，呼喊声、呻吟声、咒骂声，喧嚷成一片。断裂的屋梁和染满血迹、灰尘的肢体遍地横陈。人们像没头苍蝇似的，跌跌撞撞、东奔西逃，铸成了一幅活脱脱的地狱场景。

李书珍被人群推挤着，站不稳脚跟，也往前一倾，跌倒在地上。多亏邻居太太奋力把她拉起来，才没有被仓皇奔逃的人群踩死。在不住跳跃上蹿的火光映照下，回头一看，身后的房屋像是融化在空气里，已经不见原形了，只留下一堵残缺不齐的高墙和一团团随风弥漫的尘土。李书珍居室窗口的窗帘还高高悬挂在原处，由于背后空荡荡的毫无遮掩，被一股风吹卷着飘得更加厉害了。

她们就这样两手空空，带着一个啼哭的孩子，被命运一下子抛到毁坏得不成样子的街头。

“现在我们该怎么办？”李书珍紧紧地搂住孩子，两眼惊恐地望着邻居太太，心里失去了一切主张。

邻居太太毕竟年纪大些，沉住了气，且不回答李书珍的问题，凝神瞑目，双手合十感谢冥冥中的神灵，口里喃喃念叨：“谢天谢地，我们总算捡了一条命，这就好！”

五　月球X日21时：暴乱的囚徒

睡眼惺忪的监狱长披着衣服坐起来，望着窗外喧嚷的人群，不由心中有

些纳闷。在这个远离母星的天外飞地，从来也没有发生过类似的事件。这些狂呼乱叫的囚徒们想干什么？难道他们真的胆敢造反，妄想返回地球去吗？

他心里想，这些家伙与人世隔离太久，心理早已变态，必定都发疯了。必须给他们一点儿颜色看，让他们明白自身的处境，才会老老实实低头服从管教。

他打定了主意，拿起扬声器走到阳台上，对簇拥在外面的流放犯们大声训斥："赶快解散！不许在这里闹事。"

说也奇怪，往日服服帖帖的流放犯们，忽然一反常态，不仅不听命散开，反而越逼越近，高声喊出他们的要求。

"我们要回家！"

"不行！"监狱长斩钉截铁地回答，"难道你们不明白监规吗？无端闹事者一律处死。最轻也要发配冥王星，永世看不见地球的影子。"

他刚说到这里，黑暗中就有人操着浓厚的爱尔兰口音，在人群里大喊大叫起来："请你看一下地球，再和我们说话吧。"

监狱长心里想："啊哈，原来是一只爱斗的爱尔兰公鸡。必须先拿他开刀，才能杀一儆百，镇压得住这场暴乱。"

"你是谁？站出来让我看一下你的臭脸。"他傲慢地对人群中那个爱尔兰汉子厉声喝叫。

想不到的是，那个看不见的爱尔兰人还没有挤出人群，一个身材瘦削的黑头发亚洲人却排开身边的伙伴，挺身先站了出来，昂首走到碉楼外的铁栅栏边，和两个警卫迎面对峙。一束雪亮的强光灯立时就攫住了他。监狱长认出来了，这是一个从美洲某国遣送来不久的重大科技事故的嫌疑者。由于案情一时不明，为了防止他逃跑，委托月球监狱暂时看管。一旦查清情况，将会把他遣返地球。他的代号是CH281225，名叫严士先。他的身份和别的囚犯略有不同，想不到他也会掺和在这伙人里惹是生非。

“你想干什么？”监狱长恶狠狠地盯住他喝问道。

严士先在耀眼的强光灯照射和虎视眈眈的警卫逼视下，不慌不忙，手指着天上的地球，对他说：“请您自己看一下，那边出了什么事情吧。”

这是一个奇怪的回答。傲慢的监狱长对他的建议毫不在意，轻蔑地讽刺他说：“你有千里眼，看见了联合国大厦门前，飞来了几只讨厌的苍蝇吗？”

他的嘲弄引起身边警卫们一阵哄笑。

谁知那个文质彬彬的中国人却十分沉静，再次提醒他：“监狱长先生，地球也是您的故乡，请您耐心看一下，再考虑怎么说话吧。”

这番话的音调不高，声音极其平和，却蕴有一种不容抵御的力量，使监狱长和全副武装的警卫们感到有些纳闷，不由自主地顺着他手指的方向看去，果真瞧见地球表面冒出一串串奇异的火花，熟悉的地图图形也有些变样了。

“这个中国人不简单。”监狱长心里暗自惊叹了一声。现在他没有心情在这里和闹嚷嚷的流放犯们纠缠了。为了弄清情况，他急忙转过身子，三脚两步朝屋顶平台上的天文望远镜跑去，眼睛紧紧贴着镜片，朝他最熟悉的地方细细检查，立刻吓得脸色煞白。

啊呀！纽约的心脏——曼哈顿岛，真的成为一座四不沾边的孤岛，完全脱离了大陆，漂浮在白浪滔天的大西洋上。

难怪这些流放犯胆敢聚众闹事，他们一定是想趁母星出事的时候，无暇顾及天外领地，造反夺取月球的控制权。

监狱长顿时睡意全消，本能地抓起打往母星的热线电话，接连呼唤了好几次都毫无回音，只得手臂无力地放下电话，转身对早已列队警戒的警卫士兵做了一个手势。士兵们立刻举起手中的武器，做出瞄准发射的样子……

六　台北Y日6时：地标消失

经过了混乱的一夜，情况渐渐清楚了。人们猜测得不错，台北真的被火圈包围住了，被熔岩流堵住的淡水河水正在上涨。水和火威胁着市区里的人群，随时都有意外丧生的可能。

晨光熹微中，天空中依旧阴霾沉沉，压抑得人心更加难受。尽管距离还远，从火山口里抛射出来的石雨，暂时还不能轰击到这里，但是大股大股的浓烟和灰尘，却铺天盖地撒落下来，在地面和残墙断垣上积了厚厚一层。每个人都是灰头灰脸的，谈不上衣冠楚楚、面容整洁了。空气中弥漫着浓烈的硫黄气味，呛得人难受得要命。

李书珍和邻居太太带着孩子，呆呆地站在到处是瓦砾的街头，不知道该怎么办才好。

李书珍紧咬住嘴唇，低头想了一下，对邻居太太说："待在这里不行，得要想办法走出去。"

邻居太太摇了摇头，绝望地说："现在已经晚了。"

李书珍着急地问她："难道我们就在这里等死吗？"

"不，"邻居太太说，"人生一世，生死有命。先别想这个问题，找一个地方躲一下再说。城里有这样多的难民，总会有人来救我们的。"

这话也有几分道理。李书珍不再言语，跟随她转身钻进路边一座半毁的楼房，气喘吁吁攀上了最高层。

邻居太太说："如果再来一次地震，在哪儿都是死。这里位置高，视野广阔，倒是眼前防水的一个好地方，也能看清周围的情况。”

这幢楼房空无一人，住户都不知去向。房门原本关得紧紧的，不知什么原因，此刻却全都敞开了。没准儿有别的难民来过，要不就是地震破坏的。如今在这非常时期，生存第一的前提下，整个城市已经混乱成一团，也顾不了那么多礼教的约束了。

透过只剩下空空的框子的窗户往外看，可以看见台北全景。李书珍一眼就瞧见了高高耸入云天的101大厦。这座总高度508米，地上101层，地下5层的大楼，是21世纪以来，台北的新地标。瞧见它还好端端的，像是一个无言的安慰，似乎对惊惶的市民说："别担心，我还在这儿呢。"

把目光再放向更远处，远远的阳明山下的圆山饭店也是好好的。远近这两个台北最瞩目的建筑，依然巍巍屹立不动，就给了李书珍以极大的抚慰，乱成一团的心稍稍平静下来。

"谢天谢地，情况还不像想象中那样糟糕。"她轻轻地拭了一下额角的汗水，长长地舒了一口气说。说也奇怪，瞧见妈妈的神态变化，原本还满脸是鼻涕泪水、又哭又闹的孩子，居然也安静下来。他觉得肚皮饿了，拉扯着李书珍的衣角要东西吃。

不消说，经过一场紧张的逃亡历程，李书珍和邻居太太也感到饥肠辘辘，需要填一下自己的肚子。可是此时此刻她两手空空，能够从哪里弄东西给身边的孩子吃呢？没办法只好暗地道一声惭愧，打开这所空屋子里的冰箱，看看屋主人留下什么可以果腹的东西。

想不到正在这个节骨眼儿上，远处忽然响起一阵猛烈的爆炸声。邻居太太连忙往窗外一瞥，立刻失声尖叫起来。

啊呀，这是怎么一回事？刚刚还好好的圆山饭店，忽然从中间破裂开，好像有一把看不见的利刃，把它一下子劈为两半。

紧接着，近处竹节形的101大厦也剧烈地摇晃了几下，立时腾起一团冲

天烟尘，坍塌得无影无踪，简直像是“9·11”纽约世贸大厦悲剧的重演。

两个女人吓呆了。李书珍停住了拉着冰箱门的手，惊恐地注视着这一幕，嘴角不由自主地一阵哆嗦，一句话也说不出来。

邻居太太首先醒悟过来，使劲拉着她的说：“快跑！慢些就没有命了。”

七　月球Y日7时：攻占监狱碉楼

月球监狱管理大楼内外还在紧张对峙着。由于双方互不相让，终于引爆了一场真正的“战争”。

流放犯们坚持要回母星，守卫大院的执法者理所当然地拒绝了他们的“无理”要求。眼看天上的地球图形越变越快，双方都急了。

人群中的那个爱尔兰汉子激动地喊道：“弟兄们，冲呀！我们没有时间和这些糊涂虫磨牙了。再不动手，等到我们的家园彻底完蛋就晚了。”

在他的煽动下，早就窝了一肚子委屈的流放犯们都鼓噪起来，从四面八方乱哄哄地扑了上去，企图夺取唯一的飞船返回故土。

这是地地道道的暴动。

无组织的流放犯们肆无忌惮地又冲又砸，把一切怨恨都发泄在面前的障碍物上。他们推倒了铁栅栏，冲垮了少数警卫组成的脆弱防线，迫使他们退进这座碉堡似的大楼，不敢再和暴乱的人群较量。

发狂的流放犯们红了眼睛，见东西就砸，杂七杂八大声地叫喊：“打回老家去，救出受难的亲人！”

“回家！回家！”

……

还有人喊出另一个蛊惑人心的口号：“绞死楼里的混蛋，建立第二个地球！”

这一派目无法纪的行动和口号，使监狱长心惊肉跳。鸣枪示警已经不起作用了，通过无线电话向远在母星的上级紧急请示也不得回音。他不得不援用月球监狱管理规则里最严厉的一条：“在不得已的情况下，外星行政长官可以便宜从事。”

现在既然母星也一片混乱，顾不上这里的事情，他就要“便宜从事”了。他狠下了心，用手一挥，使出了最后的杀手锏，警告暴徒立即止步，否则一律格杀勿论。

他完全没有估计到，这个最后的警告不仅没有吓唬住暴乱的流放犯们，反倒火上浇油，更加激怒了他们。发狂的人群抓起一切可以利用的武器，发动了最猛烈的进攻。楼内的警卫端起枪，立即响起了激烈的枪声。

密集的弹雨虽然击倒了一些冲在最前面的流放犯，可是并没有挡住凶猛的人潮。造反的囚徒们心里明白，既然走上了这条路，迟早都是一个死，他们已经对一切后果毫无畏惧了。他们一个个红着眼睛，像踩不死的蚂蚁似的，一浪又一浪从四面蜂拥上来。随手拾起月面的石头，像雨点般投掷过去，丝毫也不示弱。

往后的一切不用细述了。造反的囚犯不知死伤了多少，终于攀上了笔陡的碉楼和警卫扭打在一起。为数不多的警卫很快就被黑压压的人潮吞没，监狱长也被那个性情暴躁的爱尔兰汉子抓住，爱尔兰汉子举起手中的石头将监狱长活活砸死了。暴乱的流放犯们完全控制了月球领地的这个中枢神经机关。

严士先随着人群冲进大楼，三脚两步跑到屋顶平台的天文望远镜边，强抑住内心的激动，对准台湾岛最北端那个熟悉的角落仔细察看。

高倍望远镜里的景象更加清晰，台北已经被一道火圈紧紧箍住了。两条不同方向的、又长又宽的裂缝迅速伸展过来，马上就要结合在一起，好像切蛋糕似的把中间的大台北和周围切开了。

他情急之下，连忙抓起身边的无线电话，拨通了家里的号码。可是接连拨了好几次，话筒里却没有任何反应。

在这个要命的时刻，书珍带着孩子，跑到什么地方去了？

八　台北Y日10时：分裂的地块

李书珍紧紧牵着孩子，跟着邻居太太三脚两步地跑下那座废弃的楼房，加入了街头的滚滚人潮，既紧张又漫无目的地朝向前面拥去。

他们的目标在哪里？前面是什么地方？

李书珍从身边原本十分熟悉，由于地震破坏，又显得有些陌生的街道，认出了现在正沿着重庆南路往前走。旁边有人说：“火山活动在北边，东西两边也被火圈围住，只有南边一条生路了。过了新店溪就安全了。”

当他们走到重庆南路的尽头，眼看就要过河了。前面忽然涌来另一股人流，惊惶失措闹嚷嚷地说：“前面的桥断了，西边的华中桥也被震垮了。只有赶到东边的福和桥，才能冲出去。”

两股人流纠结在一起，进没法进，退不能退，没办法只有掉转方向，沿着罗斯福路继续往前走。大家心中只有一个念头，赶快过了那里的福和桥，过河到了永和市那边，也许就有逃脱的希望了。

走啊，走啊，渐渐接近了向往中的目标，地底忽然传来一阵雷鸣般的劈裂声。脚下的地皮忽然裂开一条缝，迅速扩宽延长，转眼就把面前的一座楼房吞没了。

随着地块裂开，一股巨大的气浪把李书珍抛在一边，仰面跌倒在街心的瓦砾里。邻居太太和孩子，躺倒在另一边。

“孩子呀！”

李书珍预感到不祥，不顾身上疼痛，奋力翻身爬起来，想跳到对面去，却不料又一下剧烈的震动，裂缝里喷出一股呛人的烟雾，整条裂缝张开得更宽，把她和对面完全隔绝开了。

脚下的地块动荡起来，像是波涛中失控的小船一样迅速漂开。慌乱中不知从哪里钻出来几个警察，拖着一根又粗又沉重的铁链，想把两边的地块牢牢拴住。可是在巨大的地块拉力下，铁链像细麻绳一样啪的一下绷断了。那几个警察猝不及防，一个跟着一个滚下了黑漆漆的地裂缝里，转眼就不见了踪影。有一些人不知是想跳过去和亲人团聚，还是站不稳脚跟，纷纷落下了深不可测的地裂缝里。只有极少数人腾空跳起来，飞扑到对面的地皮上，侥幸达到了目的。

“孩子！”

李书珍也发狂了，披头散发，两眼直直的，想跟随前面的人跳过这条地裂缝。当她冲到断块边缘，正要踊身一跳的时候，后面一只手紧紧拽住了她。另一个人抱住了她的腰。旁边一个威严有力的声音呵斥她道：“你疯了，想找死吗？”

李书珍用力挣扎着，顿足号啕大哭，眼巴巴望着两边的地块越漂越远。面前的黑雾渐渐散尽，看不见对面断裂的地块和死死搂住孩子的邻居太太。

歇了一会儿低头一看，面前卷起了汹涌的波涛。

噢，这个小小的地块好似一只失控的船，已经漂进了汪洋大海。

九　月球Y日12时：新地球图形

胜利的流放犯们麇集在刚刚占领的监狱大楼的屋顶平台上，无限焦急地注视着母星的影子。

现在地球上的板块漂移更加迅速了，原有的陆地沿着一条条断裂带纷纷解体成许多形状不规则的小板块，在由西向东的地球自转作用力的影响下，一个接一个，像走马灯似的飞快东移。

由于板块大小不一，加上本身重心和复杂的运动轨迹的影响，漂移方向和速度各自不一。有的飞快漂进开阔的洋面，有的互相碰撞在一起，暂时拼凑成一块新的陆地。随着继续向前运动，又逐渐分解开，和另一些地块又组成新的图形。

看，沿着北美西海岸，分裂出一条狭窄的新土地。那必定是著名的圣安德列斯断层捣的鬼，把加州和往北一些地方一分为二，却又藕断丝连搭靠在大陆上，没有即刻分离。

南美安第斯山麓的阿塔卡马断层也活动了，使它的西侧地块变得更加狭窄。另一边的巴西地块却像滑板一样游离出去，迅速漂进大西洋。

S形的大西洋正在飞快合拢，向外突出的巴西地角，几乎笔直楔进对面非洲的几内亚湾。原本非常宽阔的洋面几乎成了一道浅浅的海峡。格陵兰岛和冰岛不知什么原因向南漂移，对面的爱尔兰岛却又像一只航船似的，远远离开了旁边的英格兰和苏格兰，缓慢向着北方移动。

东非大裂谷，连同它北延的大断裂带，包括红海、死海、约旦河一条直线，如同地质学家们早先预想的一样，慢慢扩张开来，构成一个新的大洋的雏形。在这个裂谷活动的影响下，约旦河西岸的一大片地方游离开了，慢慢脱离了西亚海岸，漂移进了地中海，成为和塞浦路斯一样的孤岛。

印度半岛明显缩短了。这是漫长的地质时期以来，印度板块持续不停向北移动，俯冲进西藏板块下面的结果。在这个顶推挤压过程加速发展的影响下，包括珠穆朗玛峰在内的整个喜马拉雅山脉飞快抬升，估计世界最高峰将会超过万米。

中国西南部的四川省安宁河谷明显扩大了，出现了成串的湖泊。地质学家曾经预言过，这是一个新的裂谷，和东非大裂谷一样，蕴藏有丰富的矿产，此时完全应验了。

东亚大陆外围的花彩列岛变化最大。其中的日本四岛歪的歪，倒的倒，一个个面目全非。北海道微微倾斜，已经半沉没了，海水几乎浸漫了整个岛面。本州岛像沉船似的大半个身子没入水中，只露出最北边的半截尾端，高高翘在海面上，和真正的遇难船只一模一样。这个“沉船”的“烟囱”富士山重新活动冒烟，却向一边歪斜了，转眼就会完全倾倒。较小的四国岛和九州岛好像脱了缆绳的小船，正各自向东西逃命，一起一伏在海上颠簸不定。

看着地球上飞速变化的图景，那个性急如火的爱尔兰汉子再也控制不住自己了，泪如泉涌地喊叫起来：“啊，我的爱尔兰！如果再这样往北方漂去，万一漂进了北极圈，岂不会成为新的冰岛？我一定要立刻回到你的身边。”

他大声吼叫着，带领一帮人朝停放在发射场的飞船冲去。在那里还有两帮人，正为争夺飞船打得不可开交。加上这帮刚刚赶来的爱尔兰佬，打斗变得更加激烈混乱，几乎要把银光闪闪的飞船撕成碎片。

这场新的战斗继续了一阵，终于有了结果。那个爱尔兰汉子骁勇非常，带领同伴又冲又打，终于打败了另外两伙强悍的对手，占领了整个飞船。开启一扇通往外界的玻璃门，逼迫俘虏的飞行员驾驶着硬冲出去。在失败者的咒骂和威胁声，别的流放犯们的嫉妒、羡慕和失望的目光注视中，摇摇晃晃地飞上了天空。

严士先也目送着飞船升空，胸中翻搅着说不出的滋味。他还没有理顺思路，飞船就已经爬升到半空中了。

飞船正在抬头冲飞，眼看就要进入轨道，不料一下子发生了谁也想不到的变故。不知是负载过重，还是驾驶失灵，忽然一个倒栽葱从天上跌落下来，砰的一声冒出火光和浓烟，溅起一大团月尘直冲夜空。

聚集在地面的流放犯们大喊一声，连忙一窝蜂朝飞船坠落的地方赶去。严士先留在原地没有动，依旧紧紧贴着望远镜密切关注着地球上板块漂移的继续发展。这时候，一个新情况使他愣住了。空中的地球已经缓缓转过身子，完全露出了东半球的景象。

不知什么原因，他的故乡中国台湾的最北端已经完全裂开了。其中一小块渐渐离开了本岛，像一段无根的漂木般随波逐流漂进了汪洋大海，尾随在后面的是缓缓移动的台湾本岛和别的岛屿。

忽然他瞧见一个大岛朝那个小小的裂块高速撞去，只有毫发之差，就会把它撞得底朝天，重演日本本州岛倾翻的悲剧。

从那个岛的轮廓，他认出了，那是毗邻台湾不远的九州岛，忍不住举起双手，朝向空中呼唤。

十　台北Y日14时：浮块上的众生

李书珍站在分裂出去的地块上，痛不欲生地目送着对面的半个台北南部市区在烟雾里越漂越远，最后完全消失在视线以外。

夜降临了。现在她举目无亲，孤零零地跌坐在一片废墟上。脚下的土地像是没有根的浮萍，顺着翻翻滚滚的波涛往远方漂去，不知将会把她带往何方。

周围的难民和她一样，一个个丧魂失魄的样子，不是吓得目瞪口呆、嗒然木立，就是捶胸擂脯、痛哭流涕。还有一些人似乎疯了，尖声怪叫着用力撕扯自己的头发和衣服，好像只有用这种不寻常的方式，才能打开压抑心灵的沉重枷锁，把痛苦全部散发出去，使伤痕累累的灵魂得到一丁点儿歇息。

在这炼狱般的恐怖场合里，只有一个皓首苍苍的老者显得特别沉着飘逸。他慢慢踱着方步，捋着胡须，好像在无人观看的舞台上静静独白似的，悠悠然低头吟着屈原的诗句：

灵氛既告余以吉占兮，
历吉日乎吾将行。
折琼枝以为羞兮，
精琼靡以为粻。
为余驾飞龙兮，

杂瑶象以为车。

何离心之可同兮，

吾将远逝以自疏。

李书珍眼看着他踱步到地块尽头，又安详自若地折转身子踱回来，忽然觉得这个老者十分可怜。眼前的他简直像是一个疯子。可是在这乱纷纷的废墟里，或许只有他一个人才是清醒的。

放眼朝前面看去，月华下一片波光渺渺，台湾本岛早已漂流得不见踪影。远远的海平线上，有一片闪烁着微光的夜光云，没准儿台湾本岛就隐匿在那片异样的云彩下面。好心的邻居太太带着她的孩子，一定也在那边。只是谁也不知道两个地块相距多远，是否还有重新契合的机会。

此时此刻她的身心都十分疲惫，经历了先前发生的一切，现在已经不知道害怕，也不觉得干渴和饥饿了。她仿佛也像那个银发老者一样，感觉身边四大皆空，只有自己孤独地身处于冷漠的大宇宙。她不再寻死觅活，也不再放声哭啼，任随泪水沿着腮边默默地滴流下来，任随脚下起伏动荡的地块把她带往迷茫的远方。

南无阿弥陀佛。

救苦救难观世音菩萨，保佑士先和孩子平安无事，保佑我们一家人平平安安度过这个劫难……

她眼望着空阔的长天和大海，心里一遍又一遍默默地暗诵神佛菩萨的名字。此刻，在她心目中，只有无处不在的神佛和菩萨才能庇佑士先和孩子，保佑她一家和万千生灵平安渡过劫海，到达向往中的彼岸。

默默中，她听见身边两人的对话。

一个人嚅嚅地问："这一天两夜，到底发生了什么事情？我们漂到什么地方了？"

另一个人低声回答："我不是地质学家，怎么知道呢？"

噢，地质学家，听见这个词儿就使人心疼。

此时此刻李书珍深情钟爱的地质学家在天外何方？他知晓这里发生的事情，知晓妻儿身边的这场大劫难吗?

这样的事情，他还是不知道好些。他被无辜发配到冷酷的月球静候审查，已经受尽了莫大的委屈和苦难，不能再让他失去最后的温馨期望，再使他的心房流血受伤。

啊，救苦救难观世音菩萨，但愿人长久，千里共婵娟。

啊，冷冷的月光女神，无有感情的婵娟，你可识得人生疾苦？休用银样光华照亮这里，让士先眺见孩子在一边，我在另一边的残破地块上随波逐流，朝向未知的命运漂泊。

无灵性的婵娟月没有反应，依旧亮闪闪地映照着夜海和这个动荡不定的小小地块。

难道观世音菩萨没有听见书珍心中的默默祷告，或是命运之神在冥冥中另有安排，任随光亮的月面和地面相对，没有一丝云气相隔，让月狱里的士先清楚瞥见地面另一个悲惨无比的炼狱。

李书珍仰面望月，仿佛和士先含泪相对，泪花顿时模糊了眼睛。

迷迷怔怔中，海上迎面袭来一阵凉风。

啊，夜海上起风了。这股风越来越大，吹得海面波涛汹涌，使小小的地块颠簸得不能安宁。惊魂不定的难民们又紧张起来，不知还会发生什么事情。

他们的忧虑不是多余的。不知怎么一回事，黑暗中忽然从侧面冒出一个大岛和一个尖尖的礁石的影子，正顺着风浪直端端朝这个小地块冲撞过来。别说是被那个大岛撞一下，就是被那个游动的礁石撞上，难民们栖身的这个小地块也必毁无疑。

现在该怎么办才好？

脚下的地块不是船，可以设法驾驶改变方向，也没有刹车装置，能够在移动中停下来。大家眼睁睁地瞧着对面那个大岛越来越近，惊恐得吓白了脸，不知道该怎么办才好。

两边相距越来越近了，已经可以远远瞧见对面岛上的幢幢人影。死神就在面前，一场可怕的海上冲撞几乎不可避免了。这一天发生的事情太多，李书珍已经对幸存不抱希望了，紧紧闭住双眼，等待着那最后一刻的来临。地块上大多数的人几乎全都和她一样，完全失去了生存的信心，顿时混乱起来。

是啊，现在他们困在这个小小的地块上，周围大海茫茫，真是上天无路，下地无门，只有祈祷上天保佑，出现奇迹才能挽救大家的性命。

奇迹出现了。

当对面那个大岛快要漂到跟前的时候，不知什么原因突然岛身一侧，一骨碌就斜着翻沉下去。沉没的过程极快，转眼就在海上消失得无踪无影。

随着这个岛屿沉没，黑压压的一群人跌落进大海里，用难以听懂的语言哇里哇啦大喊救命。可惜绝大多数人都没有浮起来，全都被波涛卷得无踪无影。只有一个人拼命挣扎，好不容易才游到这个小地块旁边。这边的难民们也不顾自身危险，七手八脚地把他捞了起来。他湿淋淋地跪倒在地上，双手作揖，泪眼汪汪，直向搭救他的人群磕头谢恩。

刚才沉没的是什么岛？这个人是谁？

他嘴里念念叨叨不知在说什么。

有人听懂了，告诉大家：“他说的是日本话，感谢我们的救命之恩。”

弄了好半天，大家才明白。原来刚才沉没的是日本最南边的九州岛，岛上所有的人全都淹死了，只剩下眼前这个幸存者，自然天良发现，感激涕零地趴下来，要向搭救他的中国人谢恩了。

啊呀！这简直是日本科幻作家小松左京写的《日本沉没》的真实翻版。冥冥中似乎有一只大手，操纵了这个海上列岛的命运。自从这部脍炙人口的小说和同名电影问世后，仿佛就有一只大手牢牢抓住日本列岛。正应了那位日本作家的预言，现在日本列岛竟真的遭逢同样的命运了。这可是日本人自己先说的呀，不是谁硬套上去的。

说话间，海上那块漂浮的礁石也到了跟前。众人又是一阵紧张，担心它会撞沉大家栖身的这个小小地块。这块礁石虽然比不上沉没的九州岛，可是个儿也不小，一旦撞上难民们脚下的地块，胜过一枚超级鱼雷，地块即使不被击沉，也会严重受损。

忙乱中，有人不知从哪里找到几根铁棍和挠钩，七手八脚地撑住了随波漂移过来的那块礁石，让它慢慢靠上岸，用缆绳系好，人们这才长长舒了一口气。

有人一眼就认出来，不由高声喊叫道："啊呀！这是钓鱼岛呀！"

听了他的话，身边立时爆发出一阵欢呼："好呀！钓鱼岛回归了。"

人群中有人立刻纠正说："你这话错了。钓鱼岛本来就是咱们中国的，他国不曾拥有它，哪是什么回归？"

噢，这真是一个奇妙的、悲喜交集的夜晚。在海上漂移的地块上的难民们，不知道应该是喜还是忧。

十一　月球Y日16时：严士先在行动

从天文望远镜里，严士先看清楚了这里发生的一切。他的心中不知是

高兴，还是说不出的同情、怜悯和忧虑。

他高兴的是这个从台北分离出去的小小地块，经过一番惊涛骇浪般的周折，终于稳定下来，脱离了方才被一个大岛冲撞的危险。他为地块上的难民庆幸，能够在如此惊险的过程中逃脱覆灭的命运，真是罕见的奇迹。

他同情的是沉没的九州岛。出于人道主义的心肠，不免也对那些落海丧生的日本人感到有些痛心。人，毕竟是人，如此草草灭绝了一个种族，何人不有些许怜悯的心情？

他忧虑的是书珍和孩子。在这样翻天覆地的劫难中，不知他们此刻身在何处。是在眼前这个风雨飘摇的小小地块上，还是留在同样漂移中的台湾本岛？实在令人放心不下。他的心，像摩天巨浪一样澎湃起伏着。

失去了飞船，所有滞留在月球上的人们的还乡梦完全落空了，一个个只能面对头顶的地球，看着母星的剧烈变故干着急。

唉！严士先不由深深叹息。无情的命运斩断了包括他在内的所有的天外逐臣的羽翼。他如何能像屈原《离骚》所吟唱的那样，前有羲和弭节，望舒先驱，后有飞廉奔属，驷玉虬，乘鹥鸟，驾车凌空，临睨旧乡，重执伊人玉手？

噫！“不思量，自难忘。”屈指算来，虽然未曾分隔数载，竟然如此天上人间生死两茫茫，怎不使他悲怆难忍？如今远隔碧海青天，怎样才能平息这苦苦思恋的夜夜心？

严士先心中忐忑不安，在屋顶平台上彷徨徘徊，不知该怎么办才好。他研习科学，本不信佛，如今也不免学着书珍的旧日口气，在心底默默诵念着救苦救难观世音菩萨。

是啊，大难当头，他也只能听天安命，乞求冥冥之中菩萨的安排了。

大慈大悲的观世音菩萨啊，你在哪里？是否看见了芸芸众生的苦难？该是出手相助的时候了。

回头看身边的同伴们，尽管攻占了月球监狱管理大楼，取得了第一步胜利，但是由于飞船坠毁，返乡彻底无望，全都精神颓丧，一个个呆若木鸡，再也没有先前拼命冲击监狱堡垒时候的疯狂勇气了。沉沉的夜色下，到处发出低沉的啜泣和叹息。

严士先问自己，难道就这样低下头向命运屈服，不能对自己，也对亲人所在的母星有所作为了吗？

不！

他记起了儿时听取的一句教诲："常念人者，人常念己。"

书珍和孩子音信茫茫，只好付诸命运。眼前板块飞速旋转的母星上，许多无辜生灵坠入苦难深渊，他扪心问自己身从何来，岂能坐视不救？尽管母星上有人亏待了他，然而此刻却不是诉说个人恩仇的时候。

现在他力所能及的，就是利用眼前超然的外空间位置，向母星及时传达情况。在举世通讯中断，到处情况不明的混乱中，充当一名特殊的空中观察哨，这就是他的一点赤诚，能对母星贡献出些许绵薄的微力吧。

严士先认准了自己的职责，不再彷徨叹息。他重新打起精神，转动天文望远镜，仔细观察天外母星的情况，并拿起无线电话，设法向母星传递消息。

他看见了什么？

凭着地质学家的知识，他忽然捕捉到一个十分重要的信息。经过将近24小时疯狂的板块漂移运动后，现在速度已经明显放缓了。地球上一个个板块漂移正在放慢速度，眼看就要停止活动了。当这场活动结束后，各个板块就会固定在新的位置，形成新的布局。他怀着极大的兴趣注视着，在这场活动终止的时候，地球上的陆地分布将会是什么样子呢？

出于对书珍和孩子的关怀，他十分自然地首先把视线投向移动中的台湾本岛，不由得大大松了一口气。

在这场疯狂的转动中，环绕东亚大陆的花彩列岛分解了。日本四岛完全沉没，只留下一片空荡荡的海水。所幸的是毗邻的台湾本岛受害不大。虽然它的最北端发生破裂，分出一个小小的碎块，却没有更大的损伤。在地球加快了由西向东的自转运动中，它并没有在惯性作用下，加速冲进太平洋中心，也没有如同严士先最初担心的那样，一下子撞上对面的北美大陆。与此相反的是，中国大陆却在它的背后加速赶上来，好像伸出一只手紧紧拉住它，不让它漂移得更远。

啊，这就好了！严士先忍不住拿起无线电话的话筒，也不管对方是不是能够听见，大声呼叫道："台湾！台湾！你就要和大陆连接在一起了。"

直到这个时候，严士先还有一个问题不明白。过去需要亿万年才能漂移一丁点儿距离的板块，怎么会在短短一天内发生这样大的变化？现在又像松了发条似的，突然一下子停顿下来了。

这是由于人类智力落后，还不能真正洞识天地的一切秘密？

这是他幽闭在月球上太久，头脑中产生的一个幻觉？

这是一篇荒诞无稽的科幻小说？

噢，也许这就是一篇狂人笔下的科幻小说吧！

不管这样或那样，眼前的图景却是真实的。

他再次拿起话筒，无限兴奋地高声呼唤："台湾！台湾！你就要和大陆连接在一起了。"

十二　台北、厦门Y日18时：大结局

往下的事情就简单了，只用几句话就能说完。这篇充满了荒诞色彩的故事太冗长了，让我们三言两语把事情赶快讲完吧。

李书珍经过连续两天两夜的焦虑和疲劳，神经高度紧张，不知不觉倒头睡着了。

她做了一个奇异的梦，梦见自己忽然和失散的士先、孩子在海上重逢。他们紧紧拥抱在一起，流下喜悦和辛酸的眼泪。

突然一阵震耳欲聋的声音，把她从梦里惊醒了，她连忙翻身坐起来一看，简直不相信自己的眼睛了。

眼前出现了一片广阔的陆地，前面还有一个小岛。这是什么地方？

有人看着看着，忽然高声欢呼道："啊呀！这是厦门的鼓浪屿呀！"

大家抬头仔细一看，可不是吗？在红艳艳的夕阳映照下，一座陡峭的小山头上，高高耸立着一个威风凛凛的古代将军的巨大雕像。

那不是傲然屹立在日光岩上的郑成功吗？

回来了，漂泊在海上的这半个台北地块，经过24小时的惊涛骇浪，终于平安靠岸了。这里是坚实的祖国大陆。有了这样的依靠，永远也不会再分离了。

李书珍再一看，更加不相信自己的感觉了。只见岸边挤满了欢迎的人群，其中有两个非常熟悉的身影。

啊，这不是那个患难与共的邻居太太吗？她两手高高地举起的一个孩子，朝着这边的李书珍大声喊叫："妈妈！妈妈！"

咦，这是怎么一回事，是不是梦境的重演？

不，这不是梦。原来台湾本岛连同金门、马祖和澎湖列岛，早就一个接一个漂流到大陆岸边。当地从太空电波里捕捉到一个微弱的声音，那是严士先从月球上发出的观察报告。加上别的情报汇集在一起，所以事先计算出这个受难的地块到达的时间和地点。救护人员和厦门人民齐齐聚集在岸边。善良的邻居太太得到消息，也连忙带着孩子赶来了。

严士先呢？地球秩序一旦稳定，就不会忘记月球上的飞地。星球间的交通总会恢复，无辜的冤狱总会昭雪。

李书珍在心中默念：

感谢您，救苦救难的观世音菩萨。

感谢您，情同手足的祖国人民。

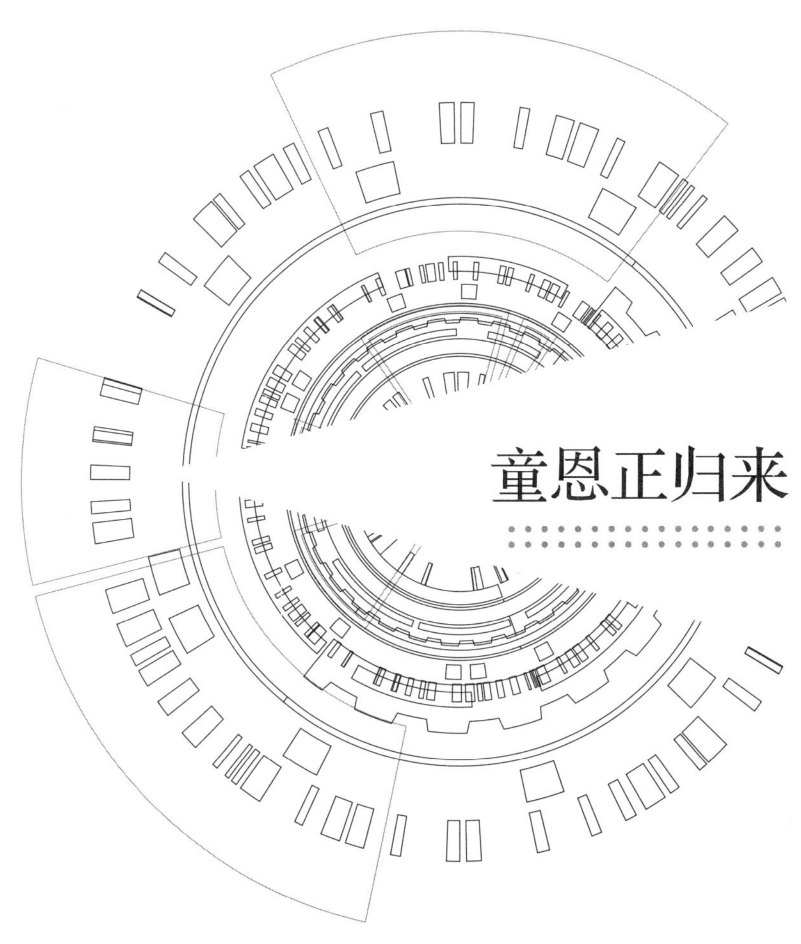

童恩正归来

一　墓地重逢

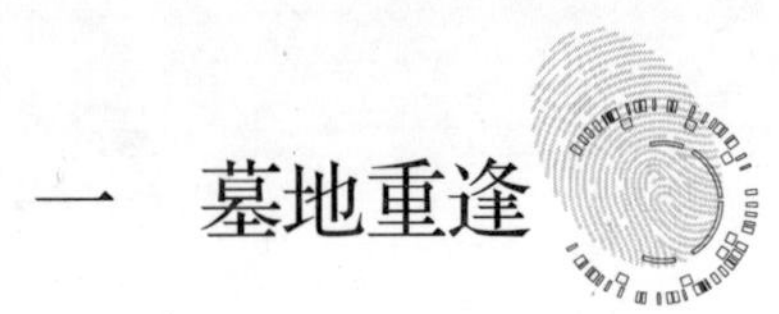

成都，清明，凤凰山公墓。

阴沉沉的天，低低的云，黯然的心情。不过是傍晚时分，却已黯淡似夜色悄然来临。蜀中天气就是这样的，幽幽然、暗暗的，无有他处之爽朗，仿佛有些幽明不分。

人云，这正是幽灵活动的时刻。孤身一人独处在这冷清清的墓地里，似乎感受着什么异样征兆，顿时觉得有些不自在。心里提醒自己，此处非久留之地，天色也不早了，还是早早离开回城吧。

我面对着故友墓碑，低声说："恩正，我回去了，改日再来看你。"

话未毕，忽然觉得身边一股凉飕飕的冷风骤起。虽然身穿一件毛线衫外加秋衣，但是背脊依旧一阵发凉，身子不由自主地一阵颤抖，仿佛电击似的。

咦，这是怎么一回事？

正寻思着，背后忽然传来一个十分熟悉又极其陌生的声音。音调很低很低，含含混混的，好像在飘着一样，却显得异常沉着清晰。

那个有些把握不住的声音，仿佛在低声说："何……必……呢……"

它要对我说什么？何必忙着离开，何必匆匆言别，还是何必想别的事情？

我出于本能反应，立刻转过身子，飞快朝四周扫视了一圈，想弄明白是谁躲在这里说话。可是周围空荡荡的，除了成排成列的冷冰冰的墓碑，一个人影也没有。莫非还有谁故意开玩笑，躲藏在空气里不成？

噢，这是神经过敏吧？

要不就是风。这个看不见、摸不着的精灵，习惯在人们不留神时，发出种种奇异的声响，作弄得愚昧者心荡神摇，神魂不定。

要不就是第六感在作怪。人在此时此境，难免会有一种说不清的心理，产生各种各样的幻觉、幻听。作为一个自然科学工作者的我，难道还会相信有鬼魂出现不成？

我释然了，又对恩正的墓碑看一眼，心里默默念叨：“再见，朋友，好好安息吧。”

说也奇怪，我话未出声，耳畔居然又一下子传来刚才那个声音。这一次，声音变得清晰些了。

它在说：“别走，再陪伴我一会儿吧。”

这个声音再清楚不过了。我陡然一下子听出来，这是一个再熟悉不过的声音。

那是……

往下的事情发展得很快，简直不容人有一点儿思考的时间。我还来不及多想一下，身后突然飕飕沙沙的，卷起一股小小的旋风，带着一阵尘沙和几张发黄的落叶，从地皮直蹿起来。那个奇异的声音，仿佛就是这股带着尘沙的旋风里传出来的。

此地非久留之地。

我觉得有些奇怪，正要拔步离开，那个声音又说话了。

这一次，我听得十分真切，正是从那股越升越高的旋风里冒出来的。只不过由于尘沙阻隔，看不清内里有何物体隐藏。

这是带着浓浓的湖南腔的成都话。

“怎么搞的，老朋友也不认识了？”

我正诧异间，眼前那股旋风一下子散开，灰沙飞快地凝聚成一个十分熟悉的人形。

瘦削、颀长，一副玻璃镜片在面孔上微微闪光。

啊呀，这是童恩正呀！

我一下子惊呆了，顿时手脚无措，不知该怎么办才好。

再仔细看他，容颜依旧，风度宛然，正是已故旧友童恩正。只不过面色略微有些青绿色，恍然像是一尊刚刚出土的青铜塑像。

我不由自主使劲掐了一下自己，怀疑是不是一个虚妄的梦境。要不，就是在这特殊的墓地环境里，心情变异产生的幻象。

不，我没有看花眼睛。

这就是他，一个活生生的童恩正！

我目瞪口呆来不及说话，他含着微笑先开口了："别怕，我不会伤害你。"

或许他为了解除我的顾虑，说话间脸色渐渐变化，先前那股铜绿色逐渐褪去，只剩下一丁点儿淡淡的青色，几乎和常人无异了。

"你……"我讷讷地问他，心中早已惊怖不安，不由自主后退一步。

他又淡然一笑："兴诗兄，你还怕我吗？"接着，伸出了手。

看他笑得那样自然，我不由得也伸出手握住了他。

一种冷冰冰、空荡荡的感觉。

眼前的童恩正，仿佛界乎于实体和非实体之间。

他重新绽露出笑容，露出了两排白齿，口齿间略微带着一丁点儿闪烁的磷光。

"别走，我有话要对你说。"他轻声讲。

"就在这里？"我吃吃地探问他。

"不是这里，难道还要到望江楼找一个茶座？"

我也禁不住哈哈大笑。随着一笑，紧张的心理一下子冰消雪融。

他，还是那个老样子，幽默、诙谐，却又干脆利落一丝不苟，任何建议都使人无法拒绝。他，还是他，我熟悉的那个老友童恩正。

“说得对！我也有话要和你说。”

一股陡然升起的激情鼓动着我，也忍不住了，快步冲上去紧紧拥抱住他。

我双手张开，拥抱住一团几乎是空虚的肢体。

这是一次奇怪的会晤。没有盖碗茶，没有竹凉椅，我与他面对面相向，席地盘腿坐在他的墓碑旁边。

一个出墓的幽灵，一个实实在在的我。

我问他：“你有什么话要对我说？”

他目光炯炯反问我：“你呢？”

我张口正要讲，他忽然十分神秘地一笑道：“把话写在手上吧。”

这是一个好主意，往昔赤壁之战时，诸葛孔明和周公瑾不也曾使用同样方法，亮出各自的心扉吗？

我写了，他也写了。

两人相望，同时舒开手掌。

他的掌心里写着“三星堆”。

我的掌心里，也是同样三个字。

哈哈！哈哈！心同心、情同情，我们都想到一处了。

这是一段未了的情缘。

他幽幽然脱口而出，加了两个至关紧要的字：“人鬼未了情缘。”

好一个人鬼未了情缘。

看他说得那样轻松，似乎并不在乎自己眼下的境况，十分旷达地“幽”了自己一“默”。

他注视着我莞尔一笑，我也十分牵强，酸酸地笑了。

我迫不及待对他说：“去吧，我们现在就去三星堆。”

他的面孔黯然了，低声回答说：“你说得太简单，好像还是我们从前那样说走就走。如今我身不由己，还需要做一些安排。”

面对故友，我也不由黯然了。我的确想得太简单，忘记了此时此刻我们阴阳相隔，人鬼两分。眼下他身为鬼籍，必定还有什么隐衷。我不便探问，只好略表遗憾地试探问他：“你说吧，什么时候再去那里？”

考察三星堆，这是我们早先的一个约定。恩正禀性正直，为人痛快，不是爽约的人。何况这也是他的夙愿，即使瞑目也不会忘记。我相信他，一定会答应的。

他低头蹙眉略微沉吟一下说：“明天这个时候，还在这里等我吧。”

话未毕，耳畔又响起一阵轻微的风声。只见在一股贴地卷起的旋风里，他的身影渐渐黯淡模糊，转眼就消散得无影无踪了，只留下我独自面对着一排排冷冰冰的墓碑发呆。

身边的暮色更浓了，渐渐传来一阵凉意，使人觉得黑夜快要来临。我立足在原处不动，还痴痴回味着刚才的情景，全然没有留意到，身边暗沉沉的暮色里，正有一双闪烁着黯淡绿色荧光的眼睛，隐藏在暗处悄悄注视着自己。

二　激辩古迂夫

第二天傍晚，我如约赶到凤凰山。上山时，天上忽然下雨了。密密的雨点越来越大，沾着路面变得泥泞不堪。我出门时没有带雨具，这时候就吃苦头了，脚下一溜一滑，周身淋得湿漉漉的。这里本来就位置偏僻，时间已近黄昏，远远近近没有一个来往行人。抬头看黑乎乎的山头，距离墓园还远，得要找一个地方暂时躲一下雨才好。

正着急，忽然转身瞥见路边不远处有一个小土屋，狭窄的窗缝里露出一丝微弱的亮光。这条路我十分熟悉，记忆中仿佛没有这个屋子，不知一下子是从哪儿冒出来的。一时急忙中，也不管这是什么处所，就急急忙忙赶了过去，冒着雨几步跨到跟前。抬头一看，只见屋门忽然呀的一声开了，里面闪出一个人影，双手抱拳将我请进屋内。仓促间没有看清他的模样，进屋定睛一看，顿时使我惊异非常。

这个人体形瘦削，面容清癯，鼻梁上架了一副犀角眼镜。圆形镜片上凸起一圈又一圈的螺纹，准是一个高度近视眼。更加奇怪的是，此人竟身着长袍马褂，脑后拖了一根发辫，活脱脱一副清代打扮，好像是从今天银幕上泛滥成灾的清宫戏里，直接走下来的一个角色，使人惑然不解。

环顾四周，只见屋子里堆满了一摞摞发黄的线装书，一筐筐破碎的陶片和青铜器皿。屋子另一边的帘幕后面，隐隐约约露出一个长方形的物体，占据了好大一片地方。由于光线黯淡，一时看不真切，只感觉它似桌似床，不知道究竟是什么东西，也不知这是什么地方，心中满怀狐疑。

这土屋里十分闷沉，宛如一个封闭的罐头，空气里弥漫着一股特殊的霉味儿，不免呼吸有些困难。不是为了躲雨，我决不会冒里冒失跨进这样的屋子。

再抬头一看，不由使我不寒而栗，全身打了一个冷噤。只见面前这个拖辫子的怪人身上奇异非常，也闪烁着恩正那样的点点暗绿荧光。

我猛地一惊，心里想："咦，这是什么地方？这个怪人莫非也是……"

我还来不及细想，他似乎看透了我的心思，站在原地向我深深一揖道："在下剑南古侗，字迂夫，别号酸斋，乃是天子门生，得与刘先生相识，实乃三生有幸。"

天子门生？

他怎么知道我姓刘？

听着这样说话，我不由心中一惊。当今是什么时代，哪有什么"天子门生"一说？

他似乎猜透了我的心思，微微一笑说："刘先生乃是后来人，自然不识从前规矩。在下乃是道光皇帝御前钦点进士，自然是天子门生了。"

啊呀！这真是活见鬼！道光皇帝是什么时代？怎么能够和21世纪扯在一起。初次见面，他怎么对我如此清楚？我也觉得惊诧非常。看他这副神秘兮兮的模样，周身闪烁着绿荧荧的磷光，如果不是我做梦，就是真的遇见鬼了。刚刚想到这里，背心就不由冒出一股冷气，整个身子冰冰凉。

这个酸斋夫子见我害怕，漫步踱过来，笑吟吟地说："刘先生休得恐惧。实不相瞒，在下辞世已经百年有余。在世时执掌国子监，素有金石癖好。举凡尧典禹坟、经史子集无不精通。尤其爱好古玩鉴赏、拊经考古之学。所以在入葬时，后人将不才平生收藏，尽都陈列在这墓室内，不时可以把玩研习。如今虽然与世界阴阳两隔，独自幽居在此斗室内，倒也悠闲自在。只是孤居一室十分寂寞，亦无机会与同好切磋研究。今日有幸得蒙刘先生大驾光临，实乃蓬荜生辉，还望先生多多赐教才好。"

言毕，他又深深一揖，显得十分彬彬有礼。

哇，这真是见鬼了。我用目光一扫，这才看清楚那边鼓鼓然的长方形的物体，乃是一口朱漆棺材。上面挂着帷幕，装扮得宛如床榻一样。四周墓门已经关闭，先前门窗完全消失不见，要想抽身出去也不能了。

罢，罢，罢，事已至此，我只好硬着头皮和他周旋，见鬼说鬼话了。

我大胆问他：“我有一点不明白，阁下怎么知道我的姓氏，知道我也喜爱考古？”

他十分诡秘地一笑说：“刘先生忘记了，昨日这个时分，曾经和一个鬼魂在墓园里议论三星堆吗？”

他这一说，我才陡然醒悟，定是昨天我和恩正的幽灵谈话，被他偷听了。恩正叫我名字，他也听见了，难怪见面就称呼我“刘先生”。我心中有些好奇，便问他：“你生在道光年间，那时候三星堆遗址还没被发现，怎么知道这个古迹？”

他听了哈哈笑道：“三星堆文物在土内，不才如今亦身存土内，有什么不知道的？今日恭请刘先生来，只是交流见解，以同道会友，别无其他意思。”

呵呵，原来这是一个儒雅鬼，也是一个考古迷。我倒定下心来不怕了，感兴趣地问他：“阁下在土里自由穿行，不知在三星堆地下，还发现了什么世间未见的宝物？”

他见我相问，便得意扬扬地转过身子用手一招，忽然从背后暗处闪现出一个十分熟悉的高大身影，双手捧着一大箩青铜器物，动作十分僵硬，一步步迎面走了过来。待其慢慢走到面前，我抬头一看，一下子惊呆了。想不到竟是三星堆遗址中，那个号称“群巫之长”的青铜大立人！

啊呀，这是怎么一回事？

古迂夫见我吃惊，十分诡秘地笑了，对我说：“精诚所至，何事不可为？幽灵世界不同凡间，无论何物‘招之即来，挥之即去’，有什么不能办到的？”

我目瞪口呆地望着面前这个神秘的青铜巨人，好半晌才转过神来，启齿问他：“这就是三星堆博物馆里陈列的那个青铜大立人标本吗？”

古迂夫摇头说：“已经出土者属于阳间，沾有阳气，在下岂能获得？

这是尚未出土一个雷同者，方能施展小小伎俩召唤至此。出土者能有几多？未出土者千千万万，尽可运用土行之术招来。刘先生不识幽冥地府许多秘密，自然觉得奇怪了。”

噢，原来是这么一回事。他说得有理，地下文物数不清，雷同者自然存在。这个青铜大立人乃是古蜀先祖蚕丛氏的塑像，有如今日许多领袖人物的塑像无处不在。地下留下这个相同的，就不必大惊小怪了。

古迂夫手指面前这个青铜大立人问我：“刘先生可识得这是谁吗？”

我说：“谁不知道这就是蚕丛氏呀！”

古迂夫点头说：“刘先生所言极是，但不知是否知晓其纵目秘密？”

我对此早有研究，毫不思索脱口而出：“这是一个甲亢患者。”

古迂夫生活在道光年间，不知甲亢为何物。经我反复解释方才弄明白，说道：“你说的甲亢，就是《医经》中所谓的消渴症。如此譬喻，大谬不然。”

我胸有成竹高声争辩道：“你看它，眼球突出，脖子肿大，身材消瘦，就是甲亢三大特征。如果依我说的，立刻住院进行碘131同位素治疗一个疗程，然后再看如何处理。”

古迂夫摇头不满道：“刘先生此言差矣，颇似今日阳间流行之科幻小说，仅可供笑谈之资，岂能登大雅之堂？”

话说到这里，我也寸步不让道：“我虽然也是科幻小说中人，写了几十年的科幻小说，这番话却绝对没有半点幻想色彩。你知道吗？虽然我是地质科学出身，也是一本正经的史前考古学研究员。这是1994年在柳州举行的一次国际古人类学和史前文化研讨会议上，贾兰坡院士和我的好友周国兴教授，当着举国考古文物界豪英和各国代表授予我的，同时还获过奖，没有半点水分。现在我说话也不是随随便便，毫无任何根据的幻想。”

古迂夫听了，耐住性子问我："先生有什么根据，说与在下听听。"

为了说清楚问题，我就毫不客气，一五一十地对他宣讲了。

我提醒他，探讨这一问题，必须注意三个先决性条件。掌握了这三个前提条件，讨论就方便了。

其一，个性和共性的正确区别。

我说："先生既然学富五车，熟读古书，那么必定十分熟悉《华阳国志》，乃是研究古巴蜀文明最权威的经籍。我们就从这本书说起吧。"

古迂夫点头说："是也，老夫早已读过，可以倒背如流，岂有不知之理。"

我说："好的，咱们这就有讨论的基础了。《华阳国志》说得十分明白，'有蜀侯蚕从，其目纵'。纵目，就是鼓眼睛。接着叙述三个次王，无一提到纵目现象。请问，应当作何解释？"

古迂夫说："纵目乃是古蜀民族共同现象，后来阳间有人以为是氐羌体系，或是外来之高加索人种，可以与中土其他种族相区别。"

我早知道他会这样说，再次提醒他："先生研习古文，从来在故纸堆里做文章，不可效法陶渊明的'好读书不求甚解'。渊明夫子如此飘逸潇洒，别有仙家情怀。认真进行科学研究，就必须反其道而行之，'好读书求甚解'才对。一字一句不放松，才能真正领悟文章的精神。"

古迂夫一听，面露愠色道："刘先生怎么这样出言不逊，侮辱先贤，有伤陶老夫子。"

我争辩说："你没有听明白我的话，别乱扣帽子。我只不过提倡读书必须求甚解，有什么损伤陶老夫子的？"

他听明白了，不再多说，转身取出一册古本《华阳国志》，催促我别卖关子，快点把话说完。

我翻开书，手指着刚才讲的那句话中的一个"其"字问他："请看，这个字在这里做何解释？”

他斜瞟了一眼随口说：“这是一个虚词，没有什么意义。”

“不，”我说，“这个字的意义非常重要。按照通常的理解，在这里只能作为‘他的’来解释。也就是说，‘蚕丛’他的眼珠是鼓出来的。后面接着叙述几个‘次王’，没有一个再提‘纵目’现象。”

我对他说：“咱们用普通逻辑分析，倘若古蜀作为一个种族是鼓眼睛的，有无必要专门提及其中一个有这个特异特征？犹如我们都是黑头发、黑眼睛，有无必要专门提到一位祖先是黑头发、黑眼睛？假如这样讲，岂不意味着只有这位祖先是这个样子，我们都不是黑头发、黑眼睛了吗？古时书写使用竹简、龟壳，材料来之不易，行文言简意赅，决不会如此故意画蛇添足，在这里多写一个毫无任何意义的‘其’字。”

他听了，一时语塞没有作声，不知心中有什么想法。我不放松接着说：“由此看来，这个鼓眼睛的‘纵目’现象，仅仅是蚕丛本人的个体现象，或者是蚕丛居住在岷江上游时期，当时当地的一个小群体现象而已。到了后面的一个次王柏灌搬家进山，再一个次王鱼凫翻过山在成都平原生活的时代，整个种族群体内就不再存在这一现象，书上也不再提及了。所以，绝对不能把‘鼓眼睛’现象作为古蜀族的普遍特征。对纵目的研究不可扩大于整个种族，似应仅局限于探讨蚕丛在当时当地何以产生这个现象的原因。”

我见他默不作声，接着又开讲第二个问题。

其二，应正确区别头像和面具，现实主义和浪漫主义表现手法的差别。

我告诉他：“请你注意观察三星堆遗址出土的青铜头像和面具，鼓眼睛的程度有很大区别。就是在青铜面具中，有的眼睛也不是太鼓，和一般头像一模一样。极其突出的、好像两个竹筒的也仅是个别现象。为什么会这样？因为头像是以现实主义手法如实刻造的，面具却是突出夸张某一个特征，是典型的浪漫主义手法。二者性质有极大的差别，不可以此代彼，混为一谈。”

他默不作声，我接着讲下去。

其三，整体与局部的关系。

我说：“我们看一个东西，不能只看局部，必须全面观察才对。青铜头像仅仅是蚕丛形象的一个部分。要研究他的特殊形象是怎么产生的，必须对他的整个身体特征全面观察、分析、研究才行。眼前这个青铜大立人像，就是最好的研究标本。”

我指着这个青铜大立人像说：“你看他，眼球突出，脖子肿大，身形消瘦，这就是甲状腺功能亢进的三大体征呀！这是最普通的生理医学常识，表明蚕丛患有严重的甲亢，还需多说吗？”

他仔细听到这个时候，才抬起头来，双目炯炯地盯住我质问道：“你这番奇谈怪论，简直像是荒诞无稽的科幻小说，有什么根据？”

我一本正经地告诉他：“我虽然是写科幻小说的，但绝对不会胡说八道。不信，你看书吧。”

我翻开《华阳国志》，叫他自己看。上面明明白白写着，蚕丛居住的地方“有碱石，煎之得盐。土地刚卤，不宜五谷”。注解这件事的《后汉书》也描述说：这里“地有咸土，煮以为盐”。

我提醒他：“什么是‘卤’？就是不生谷物的咸卤地，一语就道破了当地的地球化学性质。蚕丛时代的古蜀族生活在岷山上游的汶山郡，这就是当地的环境特点。”

古迁夫不理解，质问我：“你这话是什么意思？”

我告诉他：“说白了，这就是那里的岩石和土壤的化学特点。我是地质工作出身，亲自带队在这一带考察过。我做过化学分析，这里的岩石和土壤统统缺碘，难道还会有错吗？用这样的‘碱石’和‘咸土’煎煮出来的盐，必定也严重缺碘。长期食用这种缺碘的劣质盐类，不得甲亢才奇怪了。”

我见他还有些不相信，再提醒他：“你不信，自己到那里去看吧。直到今天为止，那儿山里还有许多人的脖子下面长着‘猴儿包’。根据四川省有关防疫部门的资料，那里还是甲亢高发区之一。而在三星堆、金沙等遗址所在的广汉、成都一带的平原地区，却是甲亢低发区。根据这个情况，和《华阳国志》对照，就可以看出来，为什么书里只讲蚕丛鼓眼睛，后来一些搬迁到外地的一个个‘次王’们，不再提这件事。其中的玄机岂不就非常清楚了吗？”

这个古迂夫真是一个迂夫子，任随我说得口干舌燥，也一个劲儿直摇头，脑后的长辫子跟着摇来摆去，压根儿就不信，鼻孔里轻轻哼一声，道：“刘先生，你别说下去了。圣人论古，唯有先贤文章与金石文物，遵循这个方向才是正道，其他一切皆属旁门左道，无足与论。我看你走火入魔，一派妖言惑众，已经不可救药了。可惜！可惜！”

我争辩说：“你这话就不对了。世间万物均有千丝万缕的联系，必须从多方面进行综合研究。倘若只是一脑袋钻进故纸堆里做文章，抓住片言只语咬文嚼字、争来争去，钻进了牛角尖，不考虑其他科学方法，已经彻底过时了。现代考古学应该认真使用多学科工作方法，从更加全面的角度审视，才有广阔的出路。现代埃及研究金字塔，创立了包罗万象的金字塔学。我也想推动建立一个多学科的三星堆学，曾经组织了包括冶金、机械工程、建筑和医学等各方面专家前往考察，取得新的突破。不管旁人怎么说，我决心沿着这条道路走下去，绝对不会半途而废。”

古迂夫塞耳不听，又从竹筐内取出一个烧饼大的、圆圆的东西，质问我：“你说，难道这个早已定论的器物，也需要搞什么多学科研究吗？”

我定睛一看，原来这是一个小型青铜太阳轮，和今天三星堆博物馆中陈列的那个一模一样，只是尺寸小得多。

我故意反问他："你是怎么看的？"

他见我相问，立刻滔滔不绝地说道："这个太阳轮乃是太阳崇拜之象征。人尽皆知蜀中天气阴沉，常常阴云密布，历来有蜀犬吠日之说。三星堆古人铸造众多太阳轮，乃是祈祷太阳多多露面，恩布四方，所谓太阳出来喜洋洋也。"

"不，"我摇头说，"依我看，意思恰恰相反。"

"此话什么意思？"他的脸上陡然升起一团疑云，两股绿莹莹的目光直视着我，显露出一派不信任的神色。

我不慌不忙地告诉他："阁下大概不太熟悉古气候学。三四千年前的三星堆时期，气候和现在大不一样。这不是太阳崇拜，乃是厌恶太阳的意思。"

"你说什么？太阳普照四方，滋生万物，法力亘古不变，世人唯恐崇拜尚不及。你怎么胆敢厌恶神圣，真是岂有此理！"他听我这么一说，立刻变了脸色。

我提醒他："你知道'后羿射日'的故事吗？那就是当时毒日为害，人们恨不得把它一箭射下来的活生生的写照。"

他不容我说完，就打断我的话头说："子不语怪力乱神。神话故事不足为证，岂能当真！"

我解释道："远古神话大多是古人对一些自然现象无法理解而编造的，包含了许多珍贵的科学信息，不能随便否定。仔细分析'后羿射日'的故事，难道不能得出这样的结论吗？"

他一下子沉下脸，皱着眉头说："刘先生，我请你来，是看重你有几分学识。如此信口雌黄，叫我怎么能够和你谈下去？"

我不管他怎么说，继续耐心讲："阁下不明白，三四千年前的古气候状况的确和现在不同。那时候是一个全球性的灾变气候期，早有科学定论，叫作第四纪全新世亚大西洋期，以长期干旱和突发性洪水为特点。传说中的皇帝和尧、舜、禹、汤时期，全都在这个时期内。因为毒日为害，所以才铸造这个太阳轮。在光芒四射的太阳外面，紧紧围绕一个青铜箍，好比孙悟空头上的紧箍，限制太阳烈焰不能穿透出来伤害大地生灵。做成这个样子不是盼日喜日，而是恐日仇日的心理写照，和后羿射日有异曲同工之妙。"

我这么一说，他的脸色陡然变了，一下子变成可怕的青绿色，朝着我恶狠狠叫嚣道："轩辕黄帝和尧、舜、禹、汤，乃是至高无上的圣人。当时化被万方，到处莺歌燕舞，乃亘古未有之极乐世界，岂有灾变环境之理？好呀！你亵渎神圣，罪恶重大，天理不容。休怪我无情，不能放过你了。"

话说完，他就腾地站起，面露凶光手指着我吼叫道："好一个刘兴诗，我原本以为你是一个读书人，好意请来谈论考古学问，却不知你竟是离经叛道的家伙。乱臣贼子，人人得而诛之。你不要走，今天就怨不得我了。"

我急了，问他："你要把我怎么样？"

他恶狠狠地狞笑道："你来了，就别想出去。我立刻禀报阎罗天子，看如何处置你。"

言罢，他一转身便不见了身影，撇下我独自幽闭在暗淡无光的墓室里，不知该怎么办才好。

这个死脑筋的迂夫子，一旦变脸什么事情都做得出来，准是真的去找阎王老爷，要对我下毒手了。难道我堂堂一个大活人就这样束手待毙，困死在这个发霉的墓室里，成为他的殉葬品吗？

三　童恩正盗墓

现在我该怎么办?

环顾四周，墓室里一片黑沉沉。原来幻化的门窗早已不见踪影，四壁宛如铁桶般坚固，找不到一条缝隙可以钻出去。此时此刻，难道我就像一只关在铁丝笼里的耗子，等待着不幸命运的降临，只能任人宰割了吗?

不，我必须想办法逃出去。我第一个反应就是立刻掏出手机报警，想不到这里处在地下，密不透风的墓室具有特殊屏蔽作用，根本没有信号。只好想法自救，在身上东摸西摸，摸出一把小小的瑞士军刀，一下子有了几分底气。凭仗着这把21世纪的现代利器，加上勇气和智慧，就有突破眼前这个19世纪古坟的希望了。

我看准了进来的方向开始动手。自以为这里必是墓门，只要挖开面前墙壁，就有逃生希望。打开手中的军刀，先用开罐头螺旋钻使劲儿钻砖缝，再用刀片刨削，锯片磨蚀。把军刀上各种各样的附件都使用完了，才好不容易钻开半块砖。由于用力过多，加上心情紧张，早已弄得汗流浃背，气喘吁吁了。这样不知过了多久，手掌也被磨破，流血了，终于刨开了这块砖。我松了一口气，自以为这就突破了樊笼，可以脱身逃出来了。想不到这块砖挖开，后面又露出一层铺砌得整整齐齐的砖块。所有的砖缝都抹了作为胶合剂的糯米浆，黏结得紧紧的，要想在变了脸的古迂夫返回前一下子刨开，不是简单的事情。

我正急着，耳畔忽然传来一阵轻微的叩击声，一短一长，又一长一短，连续敲击个不停，好像密电码似的。这可奇怪了，谁会在此时此刻，选择在这个古里古怪的地方，发出这样一串神秘的讯号？从急迫的敲击频率和传播方向来看，显然是由墓外向墓内发送，有什么重要信息想对墓内传达。

我屏住呼吸仔细谛听，听出来这是一套摩尔斯明码电文。多亏我受过几天训练，很快就破解了简短的电文，说的是："刘兴诗，你还活着吗？"

啊，我一下子兴奋起来，准是外面有人来搭救我了。

这会是谁呢？谁会知道我陷身在这座古墓中，及时赶来救我？

是一生休戚与共的老伴吧？

不可能。她一时急了，最多不过打电话给报警台，怎么会自己找到这里来。

是警察吗？

也不可能。他们只能根据线索上凤凰山搜索，绝对不可能想到我会被禁闭在古墓里。即使嗅觉灵敏的警犬，也没法嗅察到地下墓室里的我的气味。

这也不是，那也不是，到底是谁呢？

我忽然一下子想起了一个海底蛙人营救被困潜艇中的水兵的故事。不管三七二十一，也握紧手中的瑞士军刀，用力敲打面前的墙壁，发出了长短不一的SOS讯号。

回答马上就来了。那边的神秘援救者立刻应声回答："别急，我这就来救你出去。"

紧接着，头顶传来一阵阵用力撞击的声音。声波越来越近，好像有一只手穿过厚厚的土层和墓室砖墙，笔直地对着我的天灵盖伸了过来似的。

我的心怦怦跳着，不知道那个死鬼古迂夫会不会在这个节骨眼儿上赶回来，破坏了外面不知名朋友的营救计划。我就这样紧张无比地、眼巴巴地等待了十多分钟，觉得比一个世纪还长，身上也完全被汗水湿透了。

奇迹终于出现了。

只听见头顶砰的一声，随着一大团砖头泥土坠落，忽然伸进来一个半圆形开口的铁制器械。

我认出来，这是考古探察和职业盗墓者惯用的洛阳铲。

难道恰巧遇着一个盗墓者?

盗墓者怎么知道我的名字，发出电码暗语和我联络?

我正狐疑间，一个熟悉的湖南口音从上面开通的窟窿眼儿里传了进来。

“刘兴诗，别怕！我来救你。”

啊，这是童恩正呀！

只有他，才可能知道我陷身的幽冥处所；只有他，才能纯熟使用洛阳铲；只有他，才会侠肝义胆冒险前来搭救我。

往下的事情还消多说吗?

他飞快运用手中器械，十分熟练地扩大了洛阳铲开通的空洞，放下一根长长的绳索。我双手紧紧攀住，飞快地钻出了黑暗腐臭的墓室。外面的雨已经停了，云缝里绽露出几颗昏晦不明的星星。一股晚风迎面吹来，顿时使我感到无比清新，精神不由一振，紧紧握住他的手说：“多谢你。如果我不能及时脱身，那个拖辫子鬼回来，准没有好果子吃。”

恩正淡淡一笑说：“咱们是哥们，有什么好说的。你一生什么大风大浪没有见识过，怎么会阴沟里翻船，中了这个家伙的诡计？被他骗进了他的墓室，还会有好结果吗？”

我这时才定下心来，问他：“这个古迂夫到底是什么人？”

恩正说：“你已经见了他，还消我多说吗？这个老古董，迂夫子，贯酸斋，一听名字就知道是什么货色。不能说他不是考古中人，虽然他熟读古籍，擅长金石考证之学，也算得一个人物，可是他的那一套学问和单打一的研究方法，正如脑后拖的辫子一样，早就落在时代步伐后面，大大过时了，属于大浪淘沙，应该淘汰之列。”

我颇有些感慨，叹了一口气说：“唉，你别只说他。我觉得这样的迂夫子观念，现在也还不少，还自命正统主流睥睨一切，才是最令人惋惜的。”

恩正点头道：“你说得对。习惯势力不可轻视，这才是最值得忧虑的问题。不过新旧学术思想交替，总有一个过渡过程。但愿今日考古界同仁早早跨出故步自封的圈子，尽快扭转排他性思想，认真接受其他科学的观念和方法，这样才有广阔前途。单纯文献加文物本身的研究方法，早该埋进这样的古坟了。”

我和他短暂交谈几句，不敢在此停留，向他珍重道别就要转身离开。

他一把拉住我道：“眼下天色已经晚了，山下公共汽车早已收班。山路荒凉，你往哪里去？那个拖辫子鬼马上就会回来，见你逃出墓穴，能够轻饶过你吗？”

我说：“我已经恢复了精神，不信那个酸酸的古迂夫跑得过我。”

恩正提醒我：“你别自以为是地质出身，可以翻山越岭、健步如飞。你的身子重，怎么比得过鬼魂灵活轻巧？在这阴风习习的坟山上，你绝对不是他的对手。”

他这么一说，我倒没有主张了，愣痴痴地看着他，不知该怎么办才好。

他略微低头一想，说道：“你跟我走吧。有我在，总比你一个人好。”

话说到此，再没有好主意了。我只好转过身子，跟随他一步步朝山上墓园走去。此时天色已经一片漆黑，远近没有任何灯火，只有道边一座座坟头、一块块墓碑，这里那里到处闪烁着点点磷光，好似无数忽明忽暗的萤火虫，无声无息飞来飞去。看身边恩正背影，也闪亮着同样磷火，想来眼前所见并非全都是无知的萤火虫，也有夜间出没的同类幽灵了。

我们正走着，恩正忽然低声叫喊一句不好，拉着我赶快闪进路边一个树丛。抬头一看，不是冤家不相逢，正是那个拖辫子的古迂夫，带领一个赤发蓝面厉鬼，手持一根绳索，从背后大步流星赶了上来。

那个面容狰狞的厉鬼问："闯进你墓穴的生人在哪里？"

古迂夫道："适才还在我的墓中，不知什么时候逃跑了。"

赤发蓝面厉鬼阴沉沉地说："这里是阴魂世界，谅他也跑不远。抓住他，打进十八层地狱，看他还能插翅飞掉吗？"

恩正压低声音对我说："这是阎王殿前的无常鬼，手中拿的是催命索，如果被他一绳子捆住就麻烦了。"

看样子，他们已经到过古迂夫的墓穴，发现我破坟逃跑了，才一路追赶到这里。他们刚刚快步走过去，那个赤发蓝面厉鬼忽然立住了脚，手指着我们藏身的地方对古迂夫说："那里好像有生人气息？"

恩正一听，暗暗叫声不好，连忙把自己身上的磷光摘几个，贴在我的外衣上，立马我身上也闪耀出一点点绿荧荧的亮光。

古迂夫瞟了一眼说："那是两个出墓晃荡的死魂灵，哪有什么生人。他有天大胆量，也不敢在这里停留，必定慌里慌张下山逃跑了，我们应该赶快追上去才对。"

经他一说，赤发蓝面厉鬼不多言语了，加快步伐带领古迂夫直往下山大路赶去，撇下我和恩正不加理睬。我们相望一眼，好半天才喘过气来。

恩正说："骗得过他们一时，骗不了多久，我们赶快再跑吧。"

他紧紧拽住我，不由分说就往自己墓地跑。刚刚跑到跟前，只见那个赤发蓝面厉鬼和古迂夫又像一股风一样转身回来了。

恩正说得不错，阴魂赶路快如一股风。如果我冒里冒失下山，准会在半路上被他们截住。

此刻赤发蓝面厉鬼边往回走边嘴里嘟囔说：“方才我看见那个可疑的黑影，没准儿就是他。这个家伙非常狡猾，必定认为最危险地方最安全，反其道而行之，跑上凤凰山墓园来了。我不信今天晚上抓不住他，除非他能飞上天、钻进地，融化进空气里。”

他说得咬牙切齿，抖动着手里的催命索，似乎恨不得一把抓住我，立刻就要我的命似的。

情况危急，我还能逃到哪里去?

我忙中无智地说：“暂时在你的窝里避一下吧。”

恩正一听，急忙摇手说：“不，你的身子这样大，别胀破了我的骨灰盒。”

话未毕，身后突然袭来一股冷风。我转身偷眼一看，正瞧见那个赤发蓝面厉鬼和古迂夫快步朝这边走来。躲避已经来不及了，怎么办才好?

四　越过三星堆“城堤”

古迂夫引着那个赤发蓝面厉鬼追踪而来时，我和童恩正站在他的家族墓旁。说时迟，那时快，恩正拽着我，一下子隐身在其父母的高大墓碑的后面。墓地里忽然又现出一个同样瘦削颀长的身影，伸手顺风一抓，握住地上一根树枝，喝一声：“疾！”转眼就比照着我的样子，变成和我一模一样的人形，手挽着手臂慢慢朝前面走去。

这变化正是时候。

那个人挽住我的树枝替身走不几步，古迂夫和赤发蓝面厉鬼就追赶上来。

古迂夫手指着树枝替身说："钻进我墓室的就是他。"

赤发蓝面厉鬼一把抓住我的树枝替身，厉声问道："你是阳间人，怎么胆敢冒犯阴间？如今你既然来了，就不能再回去了。"

那个酷似童恩正的人哈哈一笑，放开手中的树枝替身，嘲弄赤发蓝面厉鬼道："你睁开眼睛好好看一看，这是什么东西，不要疑神疑鬼抓错了对象。"

赤发蓝面厉鬼闻言，连忙定睛一看，想不到我的替身竟转眼化为一根枯萎的树枝，诧异地问道："你没事找事，把这根树枝变成人形做什么？"

他十分平静地回答道："我枯居墓内感到寂寞，变化一个人来聊一下天，也触犯了什么天条吗？"

这一说，赤发蓝面厉鬼倒无话可讲了，只好转身数说古迂夫："你不要神经过敏，大惊小怪胡乱报警。阴间鬼多过阳世人千千万万倍，阎王爷驾下治安队却只有这几个编制亘古不变。我整天东奔西跑维持秩序不易，哪有时间多管这种没由头的闲事？再这样故意报假警寻开心，谨防我上报阎王爷，判你一个骚扰警察罪，下一层地狱禁闭15天。"

古迂夫虽然还满肚子不服气，却无话可说了。只好嘟嘟囔囔白了那个救我的人一眼，自讨没趣灰溜溜下山了。

直到这时我才长长松了一口气，出来感谢那个救我的鬼魂。抬头一看，不由得惊呆了，想不到竟是童恩正的长兄童恩益，20世纪50年代初他是我在北大的同学。我在地质地理系，他在东语系。由于我在学生会工

作，交游很广，他也是好友之一。说起来，我和他相识，还比认识恩正早得多呢。

恩益见我，深深一揖道："兴诗兄，别来无恙？"

"哇，是你呀！"

我重重一巴掌拍在他的肩膀上，却拍了一个空。这才想起他也是一个有魂无形的鬼魂，真是应了杜甫老夫子所云的一句话："访旧半为鬼，惊呼热中肠。"

恩益幽幽一笑道："能够记起我就好，也不和你多絮聒。你和恩正有事，就去吧。"

言罢，形影渐渐暗淡，化为一缕青烟忽然就不见了。

眼见他去了，我这才转身问："恩正，我们现在到何处去？"

恩正说："三星堆！我归阴后也从来没有去过，如今我们正好结伴而行。"

说得对！不是那个酸溜溜的古迂夫拖累着，我们早去三星堆了。我正心中踌躇，此刻天色已晚，怎么能够找车。恩正诡秘一笑说："你还以为是从前那样，没有四个轱辘就不能挪步？如今我才尝到阴间好处，比阳世多多了。你就跟我走吧，不要想得那样复杂。"

说话间，恩正挟着我的手臂，耳畔呼呼一阵风响，转眼已到三星堆面前。

抬头一看，这又奇了。只见这里没有现时建筑宏伟的博物馆踪迹，连公路和停车场也没有。面前是一道完整的城墙，几个衣衫古朴的人径直翻过城墙进进出出。

恩正一见，不禁脱口而出："刘兴诗，我服你了。还记得我们那次考察说的话吗？"

是啊，我怎么不记得。他说的"那次"，是在1997年冬天，我们最后一次并肩战斗的野外考察。那一年，他从美国归来，忙不迭呼唤我一起，前往成都平原几个古蜀文明遗址看一看。他的得意高足，成都市考古研究所所长王毅派车，连同四川省文化厅文物处处长赵川荣一起，驱车前往新津龙马古城考察。一路上谈笑风生，互相诉说着别后的种种情况，顺带各自发表一下对古蜀文明的见解。

王毅引路来到古城边，那里有一个他们挖的城墙考古探槽尚未回填，正好进行观察。

我手指着城墙剖面对恩正说："你看，为什么城墙剖面是倾斜的？"

他反问我："你说呢？"

我不假思索就脱口而出："必定原来就是这个样子。"

他蹙眉再问："这样的城墙有什么用处？"

我说："便于翻过去吧？"

他又问："为什么修成这个样子？"

我发表意见说："这不是传统意义的城墙，是防洪堤。"

他默然，没有出声。

我顺着城墙剖面仔细看，一下子瞧见倾斜的城墙外侧延展着一个水平砾石层。

这不是筑城时人工填充的卵石。沉积层理非常清楚，十分明显是天然砾石层。

砾石，城墙缺口，空阔的城圈……

我的头脑里忽然闪现出一道亮光，告诉他："这座古城必定是洪水冲毁的。"

恩正的目光也陡然一亮说："啊，刘兴诗，你立了一个大功劳！"

此时此刻眼前的景象印证了我的想法，又联想起和别的考古界朋友考察成都附近郫都区三道堰，另一个古蜀城址的情形。虽然经过了三千多年的时光消磨，那个古城的一圈城墙却保存得非常完好。四周完全封闭，只在东北角有一个豁口，正好和一条古河床连接，一眼就可以看出是这条河冲开的。不消说，这儿的城墙横剖面也是两边倾斜的防洪堤模样。

我手指着整整齐齐的城墙圈子，对同行的朋友说：“你们看，这岂不证明了我的想法。这是防洪堤，不是真正的城墙。为什么从前找不到这些城墙的城门？因为它是防洪堤，四面八方都可以自由翻过进出，压根儿就没有什么城门呀！”

一桩桩往事涌上心头，记忆犹新。

我和恩正没有停步，跟随着那些三星堆人，也大踏步跨过面前的城墙，进入了城内。

噢，不，这不是城墙，而是一道防洪的“城堤”。我们这一步跨越，一下子就进入了古时三星堆历史，揭开了考察的另一篇章。

五　鱼凫王和其他奇闻

我们看见了什么？

城圈里一片宽阔的田地，一座座低矮的房屋，点缀着一片墓地，组成了这个神秘城市的一切。

啊，这就是远古时代原始的“城市”图景。一道“城堤”保护住庐舍、田园和祖先坟墓，生活、生产场地以及生老病死统统在里面，和今日的城市概念完全不一样。

再一看，心里就沉重了。只见田地里的庄稼稀稀拉拉的一派枯黄，简直没有一丁点儿生气。

恩正蹙着眉头说："这里遭灾了。"

他说得不错，这儿肯定发生了一场旱灾。看来灾情不轻，所以才会成为这个样子。

我们不再多说话，径直朝向城内房屋密集处走去。到了那儿，自然能够得到所有的答案。

我们还没有得到答案，却被城里人发现了。他们想从我们身上，得到我们自己的答案。

必定是我们的生面孔和"奇装异服"引起了注意，走不多远就被他们发现了。十几个手持青铜戈的武士，飞快赶过来把我们团团围住进行盘问。

一个武士长模样的头儿，满怀狐疑地把我们从头到脚看一遍，问道："你们是什么人？从哪儿来？想在这里干什么？"

我沉住气回答说："我是成都理工大学地质学教授，这位是四川大学已故考古学教授，从二十一世纪来，打算到这里考古。"

我刚说完，身边的武士们就七嘴八舌叽里咕噜起来。

有的说："弟子学，这是什么玩意儿？你自称弟子，是不是想在咱们这里拜师学什么东西？"

有的说："叫瘦？我看你吃得白白胖胖的，还叫什么瘦？不看我们现在缺粮，才真的叫瘦呢，岂不是故意讽刺挖苦我们吗？"

还有的质问道："二十一，十几？到底是二十一，还是十几？说得前后矛盾，到底是怎么一回事？"

旁边立刻就有人叫嚷："这两个家伙鬼鬼祟祟的，必定不是好东西，先抓起来再说。"

言未毕，就有几个武士拥上来要抓我们。站在旁边冷眼观察的武士长却将手一摆，阻挡住道："先别动手。看他们身着异服，说话非常，必是异人。他们说来这里敲鼓，必定有备而来。现在大王求雨，正差敲鼓巧手。说不定能够敲出什么新花样，感动天帝恩赐甘霖，岂不是大好事。"

他这么一说，众人顿时改变态度，十分恭敬地拥着我们朝城内一座最大的房屋走去，一直推送到这个神秘"王国"的国王跟前。这倒好，一下子就让我们接触到所能指望见到的最高领导人了。

根据他手中握着的黄金权杖上的花纹，我和恩正立刻认出来，他就是古代蜀族的鱼凫王。武士长向他禀报了情况，他马上离座快步走过来，紧紧抓住我们的手说："我们这里接连几个月不下一滴雨，田地开裂，禾苗焦枯。求了几次雨也盼不到天帝开恩，不肯赐给救命雨水。必定有什么礼仪不恭，惹得天帝动怒。你们如果会敲什么好鼓点，讨得天帝喜欢，恩赐一场活命雨水，就是大恩大德了。"

这一席话说得十分恳切，令人感动。我正要向他解释，我们是来"考古"的科学工作者，不是"敲鼓"的鼓手。恩正轻轻拉扯一下我的衣角，一本正经抢先回答道："我们听说这里天旱成灾，正是前来帮助敲鼓求雨的。"

我急了，又不好当面问他，为什么这样回答。一时急中生智，谅古时三星堆人不懂英语，立刻用英语质问恩正："Why you talk nonsense?（你为什么胡说八道？）"

恩正白我一眼不回答，依旧面朝着鱼凫王谈话。

鱼凫王奇怪地问他："刚才你的伙伴叽里咕噜说什么？"

恩正面不改色地说："他在念经。"

鱼凫王闻言不禁大喜道："二位法师又会敲鼓，又会念经，必定巫术高强。倘若能够求得一场雨水，就是大恩大德了。"

说着，他就拉着我们要作法求雨。这一来，恩正有些稳不住了，把眼睛望向我，要我拿主意。

我心里明白，他是科班出身的考古学家，我出身地学，研究考古只不过是野狐禅的“票友”。气候学和我的本行沾一点边，如今要求雨，当然他就推我上阵了。

我十分气恼他不和我好好商量一下，就冒里冒失答应鱼凫王的请求。在这干旱的年份里，要想立刻就下一场大雨，岂不是硬逼着公鸡下蛋，叫我出洋相吗？不由又恶狠狠地瞪了他一眼。

恩正是何等的聪明人，一下子就明白了，转身向鱼凫王解释道：“求雨需要黄道吉日，过几天再说吧。”

鱼凫王似懂非懂，点头说：“难怪过去我们求雨总是没有结果，原来还有这样的奥妙。二位就在这里好好歇息，等候黄道吉日吧。”

这一来，暂时解除了眼前的尴尬。瞅一个空子，我才得到机会悄悄问恩正：“你这样装神弄鬼的，到底要干什么？”

恩正正颜对我说：“他们是三四千年前的人，怎么和他们说得清楚现代科学原理？只有这样才能够抓住他的心理得到信任，了解更多的东西呀！”

我问他：“你胡诌的黄道吉日是怎么一回事？到时候求不到雨，怎么向鱼凫王交代？”

恩正斜眼瞅着我说：“这就要看你的啦！”

这个鬼头鬼脑的童恩正，自己卖了乖，却给我出这样的难题。如果我求不了雨，岂不成了招摇撞骗的诈骗犯了？

我十分生气地对他说：“你也明白，三四千年前的三星堆时代，正是第四纪全新世亚北方期，全球性灾变气候阶段，以特别干旱为特点。这样的气候状况下，要下一场雨，多么不容易？”

恩正提醒我：“你说得对，这是三星堆时代的气候大势。可是在这样的气候期内也有突发性暴雨，造成洪水的先例呀。”

我质问他：“那得要等多少时间？”

恩正俏皮地眨一下眼睛说：“我对鱼凫王说的黄道吉日也没有期限呀，咱们就耐住性子慢慢等候吧。”

唉，事到如今，要想下马也不行了，只好硬着头皮等待机会了。恩正说得对，由于我们获得了鱼凫王的信任，可以在城内城外到处乱走，很快就获得了许多重要信息。

这里城外森林密布，野象成群，还有巨蟒、猛虎出没。林内林外雀鸟也很多，一只十分眼熟的鸟儿飞来。只见它翘起又尖又长的喙，头上竖着飘飘羽冠，脑后拖着长长的枕羽，周身颜色非常鲜艳，拍着翅膀在林间飞来飞去，十分自由自在。

恩正看了一眼，不禁脱口而出说道：“这不是三星堆博物馆里有名的青铜神鸟吗？”

我告诉他：“这是戴胜呀！三星堆时代的动植物种类极其丰富，应该请动物学家好好鉴定一下才对。不能再用老掉牙的考古学语言，老是停留在简单的‘神鸟’‘神兽’的解释水平。”

恩正点头说：“你说得对。三星堆博物馆的大门应该向多学科专家敞开，不能再满足于传统的考古学研究方法了。”

这里的神殿内陈列着一尊尊青铜头像，加上那个尽人皆知的鼓眼睛青铜大立人，十分引人注目。

恩正故意问鱼凫王：“这是谁？为什么眼睛这样鼓，和你们不一样？”

鱼凫王说：“这就是我们的老祖宗蚕丛王呀。他的长相奇特，是这里唯一的雕像。”

是呀！一个原始部落只有唯一一个领袖人物。好比今日的许多国度，墙壁上只挂一张领袖人物的照片一样。这就是他，至高无上的蚕丛氏。

我看看它，再看鱼凫王，心中更加有底。这个与众不同的相貌，岂不就是山中缺碘的特异环境里形成的病态生理现象吗？

恩正再问鱼凫王：“为什么你们把他的双手做得特别大，和整个身子不成比例？”

鱼凫王一下子哑口无言。我急忙解释说：“这是他持蛇祭天的形象。龙从雨，蛇就是龙。手里抓住一条活蟒蛇，要用大力气呀！”

恩正听了，忍不住赞叹道：“好一个‘大力气’！想不到三星堆人竟把‘力量’这个概念，也用形象化的方法表现出来了，真是世界雕塑史的杰作。”

不，三星堆文明表现出虚无缥缈的雕塑手法，还不止这一个呢。我手指着旁边一个青铜面具问恩正：“你看，这个面具的额头上高高冒起的是什么东西？”

恩正不假思索地说：“考古学界通常认为，这是犀角呀。”

“不，”我摇头说，“谁不知道犀牛角是尖的。这个东西却似云、似雾、似烟，哪有这个样子的犀牛角呢？”

恩正好奇地问：“你说，那是什么东西呢？”

我告诉他：“要想弄明白这是什么东西，首先得要弄清楚它的用途。这是巫师带着求神的面具。当时他神游天外，意欲和上界神灵沟通，岂不就是活生生的灵魂出窍吗？人人都说法国大雕塑家罗丹塑造的那个‘思想者’，是盖世无双的杰作。其实只不过是用手托住下巴，摆一个正在思考的姿势罢了。你说这是在思索，我还可以说是打瞌睡呢。哪有眼前这个青铜面具的表现手法高明，竟把‘灵魂’这个虚无缥缈的东西，也十分形象化地表现出来了，真了不起！”

恩正一听，不由精神一振，猛拍一下我的肩膀说：“刘兴诗，亏你想得出来，真有你的！”

话说这样多的器物，就涉及物质来源问题。鱼凫王亲口告诉我们，制作青铜器、玉器和金器的原料，统统来自西边的大山里。

听了这话，我不由想起今日阳间一些皇皇巨著中，有的学者侃侃而言，三星堆的铜料来自云南东川铜矿，玉石来自新疆昆仑山，黄金也是远道运输而来。因为这都是有名的矿点，无人不晓，自然作出这样结论。

我故意问鱼凫王：“会不会是云南东川的铜，昆仑山中的玉？”

鱼凫王满面疑惑反问道：“云南东川和昆仑山是什么地方？从来也没有听说过。”

我谅他也不知道这些地方，随手在地上画了一个地图，一一解释清楚。他看了哈哈大笑道：“这里西山里面有的是铜块、玉石和金沙，何必到那样远的地方寻找。就算要去，又怎么千里迢迢运回来？”

旁边一个巫师模样的人也插话道：“你们从远方来，可能不知我们祖先的历史。从前蚕丛先王无忧无虑安居在山后的江边，不料天有不测风云，气候忽然变化，无法耕种庄稼。其后柏灌先王才不辞千辛万苦，带领众人翻山来到这里。一路上走走停停，在山中居留了许多年，所以对沿途情况十分熟悉，发现了许多铜矿石、玉石和金沙出产处。既然掌握了这些情况，何必再到别的地方寻找？”

说得对！古蜀族最早先祖蚕丛居住在岷江上游的河谷里。从柏灌王开始，进行了一次部族大迁移。《华阳国志》记述，后来的鱼凫王时期，曾经“田于湔山”。所谓湔山，就是今天成都以西彭州的低山宽谷地带。有了湔山这个十分具体的地方，就能清楚画出古蜀族在山中的迁移路线了。其中必然经过一个叫白水河的地方，附近有一个大宝铜矿，地面散布许多颜色绚丽的孔雀石，就是风化的铜矿石，经过这里的人不可能发现不了。这里还是产金区，山中广泛分布的变质岩系中，玉石也很多。古蜀族缓慢搬迁的历史，也是逐渐熟悉沿途环境的过程，对沿途这些物产了解得非常清楚，三星堆许多器物的来源问题就迎刃而解了。何必夸夸其谈，说什么远处地点呢？

在鱼凫王的引导下，我们东看西看，悟得了许多道理。考古必须设身处地，从古时环境出发。一切用现代眼光看待，没有不出问题的。

恩正快人快语说道：“这个话，你不必对我说，去对古迂夫那样的腐儒说吧。”

六　“敲鼓”求雨记

我们在三星堆古城里不知不觉过了一些日子，该是求雨酬谢鱼凫王的时候了。久旱必有大雨，这是颠扑不破的道理。我们耐心等待，终于抓住了机会。

一天傍晚，抬头看星空，忽然觉得星光闪烁，月亮周围一圈红晕。我悄悄对恩正说：“有下雨消息了。”俗话说，星星眨眼，月撑红伞，雨水不远，就是这个意思。

鱼凫王跟随在身边，忙不迭发问：“黄道吉日来了吗？”

恩正十分严肃点头应道：“是呀！刘先生夜观天象，明天就是好日子。”

鱼凫王心中欢喜，连忙下令做好准备，一夜也没有入睡。第二天清晨，早早召集大众排列队伍。鱼凫王亲自伴着我和恩正登上祭坛。那里早已准备好一个牛皮大鼓，等待着我们敲鼓。

我抬头一看，西边地平线上已经冒出一团乌云，心中就有底了。只是这团云何时才能移动到头顶，一时还拿不定主意。

恩正悄悄提醒我：“别管它什么时候来，先敲鼓念经，慢慢磨时间吧。”

言罢，他就手持鼓槌，一面扭动着身子，一面按照一支美洲黑人摇滚舞曲击打起来。优美的舞姿带动着坛下的三星堆人，也跟着边学边跳，整个求神场合变成了一个欢乐的火辣辣舞会。在恩正的暗示下，我心领神会，连忙在嘴里不停念起了经。一时想不出别的点子，便硬着头皮念颂着《哈姆雷特》里那一段有名的台词：“To be, or not to be, that's a question...”反正莎士比亚的剧本很长，慢慢念着等待那一团乌云飘过来吧。地球由西向东转动，快速的风总会把雨云推送到跟前的。

雨，终于来了。风铺开了滚滚乌云，一下子遮满天空，雨点立时哗啦啦落下来，把坛上坛下的人统统浇得湿淋淋。然而没有一个人叫苦躲避，反倒跟随着恩正擂起的鼓点，在瓢泼大雨里载歌载舞跳得更欢了。

鱼凫王眼见这样的情景，高兴得紧紧拉着我和恩正的手道：“二位法师不要走，就留在这里担任群巫之长吧。”

先前带我们来的那个武士长也帮腔说：“你们说过，要在这里敲鼓，还走什么呢？”

我正得意时，不料觉得身边陡然刮起一股冷风。抬头一看，叫声不好，想不到死对头古迂夫竟带着那个赤发蓝面厉鬼，从人群背后钻了出来，手指着我大声呼嚷道：“那个闯进阴间的生人就在那里。”

赤发蓝面厉鬼一见，立刻抖起手中的催命绳索，如同轰雷般喝一声：“不要走，看我抓了你去。”

啊呀，我再也稳不住神了，连忙跳下祭坛扭身就走。慌乱中抓起一个青铜纵目面具戴在头上，和一群同样扮相的武士混在一起，摆出姿势站在路边不动，大气也不敢出一下。古迂夫和赤发蓝面厉鬼从身边匆匆经过，一时分不清真伪，没法发现我。

古迂夫说：“咦，这可奇怪了，刚才明明看见他，一下子躲到哪儿去了？”

赤发蓝面厉鬼转过身子，用鼻子在空中一嗅，手指着路边一排戴面具的武士说：“这里有一股生人气，那个家伙必定混在其间。”

说着，他就走过来，一一掀起面具察看究竟。眼看一个个检查过来，就要来到我的跟前，实在没法隐藏了。只好丢掉面具，冒险混进疯狂跳舞的人群中，也不住地怪声呼嚷，手舞足蹈，像巴西狂欢节的舞手一样发疯跳了起来。

好一个童恩正，眼见这个突发情况，一时急中生智，手里的鼓槌敲打得更响更快，咚咚不停的鼓点，只敲得人心蹦蹦狂跳。三星堆人全都合着暴风骤雨般的鼓点，跳动得更加疯狂了。把我紧紧包裹在人群中间，想瞅一条缝儿将我揪出来，也得不到一丁点儿机会。

恩正边敲鼓，边低头和身边鱼凫王不知说了几句什么话。鱼凫王突然怒容满面，指示武士长带领一帮武士冲向那个赤发蓝面厉鬼，质问道：“你在这里干什么？破坏求雨盛典，罪该万死！还不赶快滚开！”

赤发蓝面厉鬼还要申辩，禁不住一群身强力壮的武士用力推搡，不得不隐身离开。临走时怒火冲天叫嚷道：“反了！简直反了！看我禀报了阎王爷，再带牛头马面来教训你们。”

他一走，撇下满面铁青的古迂夫，孤零零不知该怎么才好。

没有了那个凶神恶煞的赤发蓝面厉鬼，我可不怕他了。索性从人丛中挤出来，手指着眼前的一切，和恩正一起数落他。

“你这个食古不化的迂夫子，睁开眼睛看一下吧。三千年前的毒日头把三星堆人晒得多么厉害，下一场雨才这样喜欢。怎么能用现代气候看古代，说什么那时候也是‘蜀犬吠日’，乞求太阳多多发挥其火辣辣的威力？”

“你仔细看清楚吧，三星堆的城墙是堤，还是墙？”

“你好好认识一下吧，这里有多么丰富的动植物种类。岂能自己不认识，也不许别人研究，一句‘神鸟’‘神兽’就了结？”

“哼！这是什么学霸作风？”

“你就在这里打听一下吧，三星堆青铜器、玉器、金器的原料，到底是从哪里来的？别老是翻着小学地理课本，胡扯什么云南东川铜矿、新疆昆仑山玉石。”

“你问一下，那个鼓眼睛青铜头像到底是谁？要不要带你到蚕丛居住的地方，看当时到底吃的什么盐？”

“你……”

一连串的质问，像连发机枪子弹一样毫不客气地射向他。气得他脸色由青转白，噎了一口气，有话也说不出来。

这里是活生生的三千年前的三星堆，不是他那自我封闭的墓室，他还有什么好说的？眼见样样如实，和他先前想象的大大不同。只好捶胸顿足，哀鸣一声，化作一道青烟消失得无影无踪。

气走了古迂夫，下一步该怎么办？

恩正走下祭坛，正颜对我说：“你还等在这里干什么？那个赤发蓝面厉鬼说话不是闹着玩的。看他转身带了神兵鬼卒回来，一索子把你套进阴曹地府，下油锅、泡水牢，打下十八层地狱永世不得翻身。”

我还要辩解，被他狠命一推，一下子推出眼前的人群。说也奇怪，脚下地皮忽然消失。我一骨碌就像从半天云里翻身滚落下来似的，一直坠进一片虚空里。一时不知身在何处，吓得哇呀呀乱叫乱喊。

这样天旋地转一阵，还来不及多想一下，身子忽然觉得“砰”的一下，接触到一个硬邦邦的实体。睁眼一看，哪有什么童恩正、鱼凫王？也没有三星堆的雨中狂欢舞会。想不到自己竟平躺在一个铺着雪白床单的医院病床上。周围环绕着老伴、孩子和白衣护士，见我慢慢睁开眼睛，都长长舒了一口气。

老伴欢喜得眼角沁出了泪花，连声说："谢天谢地，你终于醒了。"

孩子们紧紧握住我的手说："爸爸，你到哪里去了？嘴里不停说胡话，什么坟墓、恶鬼、三星堆的。"

护士和闻讯赶来的医生也说："你可知道，你的呼吸微弱，心电图几乎变成一条平平的直线，简直像是从阴阳界里走了一圈回来。"

我问周边人，也问自己，这是怎么一回事？我躺在这里，到底昏迷了多久？

一个星期？还是一眨眼？

创作絮语

这是一部科幻小说。假想已故著名考古学家、科幻作家，四川大学童恩正教授从幽冥中归来，为了往昔的承诺，与笔者共同并肩完成其生前曾经计划，未曾结束的古蜀文明和三峡考古的一些考古课题，了却一段人鬼未了情缘。在童恩正引导下，笔者反复穿过阴阳界线，来回于尘世和阴曹地府、现代和远古，不同时空领域之间，对包括三星堆、金沙等遗址，以及三峡大坝蓄水后淹没的若干水下遗址进行考察。根据切实的文物研究，提出许多作者独到的学术见解。包括古气候、古环境、古水文、古生物、古社会、古文化、古科技，以及其他种种有关的史前考古内容。实质上这是一本幻想色彩浓烈的故事体“考古专著”，所有科学根据绝对确切可靠。故事中穿插阴曹厉鬼对笔者的曲折追杀，在童恩正侠士般的友情保护下，顺利完成跨时空和阴阳世界的考察任务，澄清若干所谓的“三星堆疑谜”等。

为了加强本文的真实性和科学性。如果可以，准备如同正规学术论文格式，在文末列出参考文献目录。

笔者一贯主张适应现代化科学研究的大方向，提倡自然科学和人文科学综合研究。考古学必须现代化，不能再继续停留于单纯从文物本身和文献故纸堆进行研究的传统考古学方法，应该积极汲取其他学科，特别是有关自然科学内容，进行一次方法性的大胆改革。大声疾呼如同埃及已经建立的“金字塔学”，避免单一学科研究的片面性，建立多学科研究的“三星堆学”。为此曾经率领多学科专家小组，对三星堆进行研究，取得若干新的突破。已故老友童恩正十分支持这个研究方向，曾经与笔者制定详细研究计划。惜乎事未成，人已逝。本文是为了纪念恩正的一个作品，也是笔者的一个理想。

文学作品为什么不能和科学作品相互交叉，衍生出新的品种？万千文学、科学著作，壁垒森严，老死不相往来。为什么不允许有一本跨越二者界线的作品？在今日呼唤综合性研究的浪潮中，本文企图做一个新的尝试，来一个“奇兵”，请多多关照支持，多提意见，谢谢。

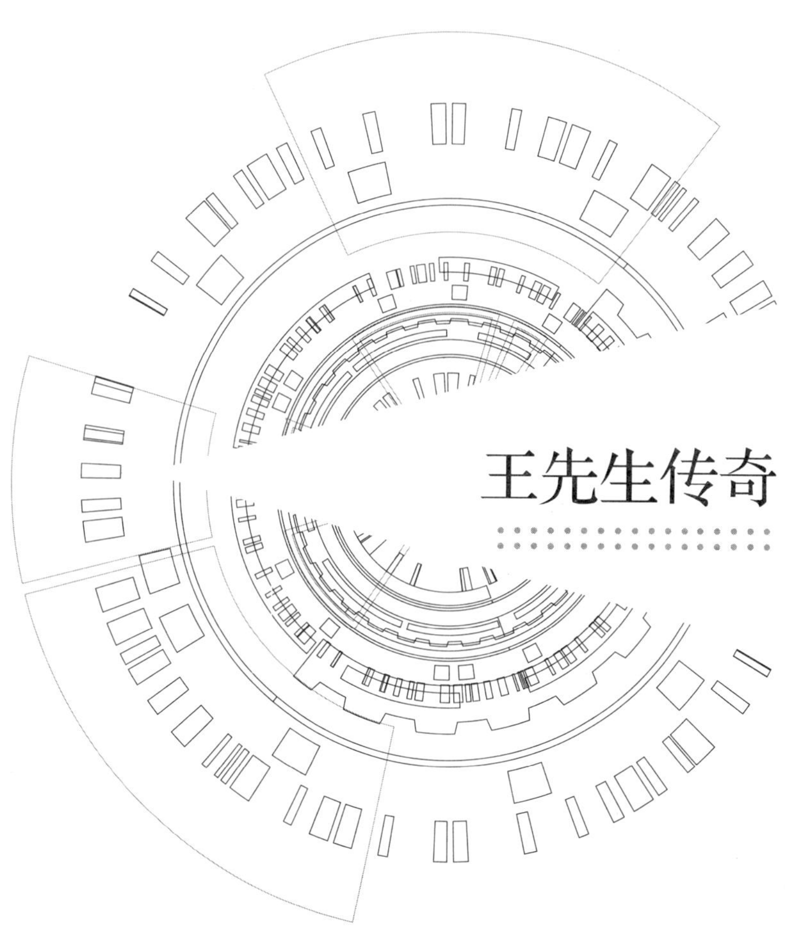

王先生传奇

王先生，何许人也？您读了这些故事就明白啦。

王先生有好处，也有毛病。

常言道：“金无足赤，人无完人”。往古诸多圣贤，有时也不免稍有微疵。圣者、贤者尚且如此，像王先生这样，除了祖宗留下三横一竖一个‘王’字，连大名也无人记住的一个小人物，忽然冒出一点儿小毛病，又算得了什么？大凡人们总有好有坏、时好时坏的种种德行和劣迹。王先生亦兼而有之，就不算奇怪了。

您笑也罢，您骂也罢。他，就是他。

但愿他安然做小人物，少冒出种种非分之想。

但愿他有过则改，从善如流，少在世间留下笑话和把柄。

但愿你我不是王先生。

一　预言机的好主意

你想知道河水会泛滥吗？

去问预言机吧！

你想知道今年会有一个好收成吗?

去问预言机吧!

你想知道关公打得过秦琼吗?

去问预言机吧!

你想知道中国足球队在世界杯决赛中能够打垮巴西吗?

去问预言机吧!

预言机，是划时代的最新产品。它那象征着周密思考能力的电子线路，显示出智慧之光的红、绿闪光灯，代表了当代科学技术发展的最高水平。

人人都喜欢预言机，人人都信赖预言机。因为他们相信科学，向往美好的明天。预言机储存了大量科学资料，可以向他们报告种种未来的信息，实在太棒了!

王先生对这种新发明半信半疑。可是又禁不住它那无法抵挡的诱惑，决定去试一下。

他问预言机："明天会下雨吗？我要出门呢？"

预言机飞快地闪烁着红、绿灯光，用甜美的声音回答说："放心吧!保证不会掉下一滴水珠儿。"

第二天，果然红日高照、晴空万里，王先生高高兴兴出了门，对预言机有了一点好印象。

为了试探，他又问："请告诉我，我会生病吗？我觉得肚子疼呢。"

预言机射出一束亮光，对着他仔细周身扫描了一阵，安慰他说："别疑神疑鬼的，您结实得像一头公牛呢！"

王先生满意了，果然觉得身子松快了许多。如果马上开奥运会，他准会夺得几枚亮光闪闪的金牌。即使有谁连喝三大瓶兴奋剂，也不是他的对手。

这样一来，他对预言机的怀疑一扫而光，成为预言机最忠实的信徒。

他东瞅西瞅，瞧见周围没有人，连忙关紧门窗，压低嗓门，对预言机吐露了藏在心底的秘密。

“喂，快对我说实话，什么地方有宝藏？我想发大财呀！”

预言机沉默了。

过了好一阵子，才俏皮地闪烁了几下红光，声音平平淡淡对他说：“去吧！到东大街369号，找一位黄先生，他会安排你该怎么办的。”

王先生无限激动地搂着预言机，在冰冷的铁壳上，‘吧卿’‘吧卿’亲吻了几下，兴冲冲地背着一个大口袋，出门找宝去了。

嗖，东大街到啦！

他静心屏息数门牌，犹如信徒寻觅圣迹一般。

1号、2号、3号……直到368号，已经累得他满头大汗。

下一个紧闭的大门，围着一道铁栏杆，就是向往中的369号了。

他的眼睛顿时放光，血液沸腾起来，忙不迭地敲开门，大步跨了进去。果真在一个小房间里，找到了黄先生。

只见他鼻梁上架着金丝眼镜，身披白色大褂，头上露出智慧的秃顶，一副慈眉善眼，令人崇拜景仰的样子。旁边坐着一位白衣姑娘，看样子就是他的助手了。

眼见这位智者，王先生的嗓音不由自主亢奋变调了，着急地探问：“快告诉我，宝藏在哪儿？”

黄先生不动声色，故作不解地反问他：“您说的什么宝藏呀？我不明白您的意思。”

王先生手舞足蹈地比画着，大声说：“不管什么宝藏都行。最好挑多的，多多益善。对金银财宝，我是不嫌多的。”

坐在旁边的白衣姑娘，忍不住问他：“谁告诉你，我们知道宝藏的秘密？”

王先生咧开嘴巴笑着说：“预言机呀！万能的预言机，大慈大悲的预言机，救苦救难赛过观世音菩萨的预言机，对我吐出了这个最甜蜜、最伟大、最可爱的秘密。”

白衣姑娘皱着眉头，压低声音问坐在桌前纹丝不动的黄先生：“您看，这是精神分裂症，还是妄想狂？”

黄先生透过玻璃镜片，瞥了笑痴痴的王先生一眼，感到严重地点头说：“两者兼而有之，马上给他开入院证明。注意，这种患者具有狂躁性格，要防备他突然发作，给他套上粗铁链子。”

二　安全牌隐身衣的说明书

大凡人们的幻想，总有实现的一天。幻想是现实的妈妈这句话，确有几分道理。

经过失败、失败、再失败的无数周折，人们梦寐以求的隐身衣，终于制造出来了。好不容易通过了许多大小衙门和学术机关的道德论证、安全检查和科学鉴定，出现在公众面前。

经过深思熟虑，出于种种道德、技术和心理原因，厂商将它正式定名为“安全牌”。正是：

安全隐身，神乎其神。

一旦拥有，别无他求。

安全牌隐身衣，男女老少皆宜。风雨阴晴均无妨碍，尺码样式一应俱全。

话说到这里，也要讲一句实在的：它的性能超凡。好，虽是好，只是价格高得惊人。每件十万元，概无折扣可言。人们见了，大多摇头叹息，不敢贸然问津。

也有少数几个人买了一件，兴致勃勃当众穿上身。噢，果然不假。在众目睽睽之下，人一下子就没有了。只在人们耳畔，留下一串嘿嘿得意的笑声，证实他的存在。

富有魔力的隐身衣，成为最令人艳羡的时装。人们穿上它，捉迷藏、拍电影、参加狂欢节，来无影、去无踪，其乐无穷。

平素生活节俭的王先生忽然一咬牙，也想买一件隐身衣。只是手中拮据，一时拿不出偌大一笔款子。绞尽脑汁、求亲告友，好不容易凑齐了。立刻昂首阔步走进商店，买了一件朝思暮想的安全牌隐身衣。

他乐滋滋地走到穿衣镜前仔细端详。妙呀！果然一片空空荡荡，什么痕迹也没有。透过自己的身体，可以瞧见背后的墙壁。

感谢科学的赐予。他，真的成为一个隐身人啦！

“啊哈，现在也该我风光一番了。”他心里想。

做了隐身人，的确与众不同。

他能瞧见别人，谁也看不见他。

如果他想把什么东西掖在袍子下面拿走，谁也不能发现。只不过他不愿意这样做，因为他是正人君子。

他最满意的是，不仅骗过了人们的眼睛，还骗过了狗的眼睛。

隔壁院子有一条大狼狗。每天他走过去，都会引起它的愤怒吠叫。他越心虚害怕，狗叫得越凶，甚至恶狠狠扑上来，做出要咬他的样子。多亏有一条铁链拴住，才没有扑到他的身上。每次王先生出门都心惊胆战，把这里当成畏途。

现在可好了。再从这儿经过，故意做出示威挑逗的样子，狼狗也毫无反应。即使它的鼻子嗅出了气味，朝天狺狺狂吠几声，也只好收住了势子，因为它看不见他呀！

王先生穿着隐身衣，尽情地到处玩耍，真是得意极了。处处吓着别人，自己只吓过一跳。

有一天，他在公园里走累了，瞧见一张空椅子，走过去休息。谁知，刚坐下去，忽然觉得像是坐着一个软绵绵的东西。紧接着，一只看不见的手伸过来，摸了他一把。朝四面一看，什么人也没有，吓得他一骨碌跳了起来。

“有鬼！”他吓得尖声喊叫起来。

“活见鬼啦！”身边传出另一个吃惊喊叫的声音。

“你是谁？”他心怦怦狂跳着问道。

“你是冤鬼吗？”那个声音小心翼翼地探问。

“你才是鬼呢！我是堂堂正正的人。”王先生没好气地说。

“我也是人呀！”那个声音说。

“是人，为什么鬼鬼祟祟的不露影子？”王先生问。

“我是隐身人呀，穿了安全牌隐身衣。”那个人说。

“噢，我也是的。”王先生也点头说。

两个人这才放下了悬吊在嗓子眼儿上的心脏，互相伸出手来握手问好。

“哈哈，原来我们都是隐身人。”

麻烦的是，谁也瞧不见谁。两个人像演京剧《三岔口》似的，胡抓瞎摸了一阵，王先生才摸着了那个人的屁股。那个隐身人连忙转过身来，一把捏住了王先生的瘦脖子。

哎，这叫什么握手呀！

两个人互相道了歉，猛地一拍脑瓜，这才恍然想起了。咳，怎么一下子转不过脑筋，既然都是隐身人，把衣服脱掉就得啦！

大家解开隐身衣，重新补握了一下手。

王先生瞧着这位同道，不由吓了一跳。只见他鼻歪嘴斜，皮肤皱巴巴的，活像是尖嘴猴腮的雷公。

他连忙道歉说："我是硫酸烧伤患者，整容花钱太多，没法完全复原，做手术也要冒风险。不如干脆买一件隐身衣，把自己包起来。"

王先生说："我是为了好玩，没有别的目的。"

他还想和这位"隐友"多交谈几句心得。抬头一看，那个人早已无影无踪，用隐身衣掩藏住自己，不知悄悄溜到哪儿去了。

王先生的隐身轶事说不完。

他最得意的，该是在家里的表演了。

和妻子捉迷藏，增添了无限家庭乐趣。其中好处多多，不是从前所能想象的。有钱难买感情深，单凭这一点，十万元也值啦！

他的妻子沉醉在甜滋滋的喜悦中，好似久违的新婚蜜月，却没有察觉他玩弄了一个狡黠的小聪明，趁机大有收益。

其一，是自由。

王先生本是自由民，于此本无问题。可是国有国法，家有家规，许多场合难免不稍有限制。

妻对他说："自由，不等于放纵。生活，不可黑白颠倒。早睡早起身体好，晚上十点必须就寝，倘若犯了，叫你好受！"

这番健身道理虽好，却苦了王先生。

王先生是铁杆球迷。自身虽不会玩球，却大球、小球什么都爱看。如遇中国队征战，激于爱国热情，通宵达旦呐喊助威也是愿意干的。

怨只怨当初择配，一切条件都满意了，却忽略了双方对足球的爱好。

十点钟上床是什么含义？

中央电视台每晚的“体育新闻”没法看了。

倘遇什么世界杯、奥运会在异国他乡召开。现场直播涉及时差问题，半夜不开电视，看得了什么？

为此，王先生屡屡犯规，饱受家法处置之苦。虽然痛哭流涕做了检查，其实心中并不服气。

有了隐身衣就好啦！

披着隐身衣起床，在床上做一个假人，就可以骗过半睡半醒的妻，悄悄溜到隔壁房间。关上音量，聚精会神看一场哑巴足球赛了。

其二，是金钱。

王先生本有工资，用钱不成问题。但是妻谆谆告诫，金钱乃万恶之源。必须将此恶物，悉数锁在梳妆台的小抽屉中，方可杜绝魔鬼诱惑，使道德灵魂更加高尚。

妻望他做一个高尚情操的君子，这种恶物自然万万沾染不得了。

殊不知恶物虽恶，都是世间诸事万万少不得的。王先生别无奢求，买一张球赛入场券、天气热急喝一碗冰冻酸梅汤，也是无可厚非的事情。倘若坊间出了一本球星传记，更是千方百计必欲到手而后快。

这一切，都需要那种令灵魂堕落的恶物。

从前面对妻的梳妆台不敢有非分之想。如今有了隐身衣，就可以向恶物发起进攻了。

第一步，偷偷配一把抽屉钥匙。

第二步，就按部就班，时时取出一些小恶物，转嫁给不知好歹祸福的小贩等人了。

这样一来，王先生日子好过多了，却不料妻的恶物是有数的。天长日久，自然有所察觉，决心抓住惯偷，把想象中的入室盗窃犯送往派出所严办。

也该王先生倒霉，在街上瞧见一本花花绿绿的刊物，封面印着马拉多纳的照片。马拉多纳就是足球，勾引得他心痒痒的，又向梳妆台伸手，想满足探知“马哥”故事的欲望。

妻正闭着眼睛，准是睡着了。

他立刻披上隐身衣，蹑手蹑脚朝梳妆台走来，轻轻拉开抽屉，取了两张恶物，正待转身走开。说时迟、那时快，妻猛地扑上来，一把揪住他的胸膛，高声大喊：“有贼！”

王先生急了，只好解开隐身衣，连称：“不是贼，是我。”涎着脸皮问她：“你喊什么，看见了我吗？”

妻啐他一口说：“没有瞧见你，怎么会抓住你？”

王先生申辩说：“我穿的是安全牌隐身衣呀？”

妻一板一眼地回答：“你的身子隐形了，一颗乌黑的心隐不住。”言罢，把一张从隐身衣里飘落下的说明书，递给他看。

上面写着冷冷的一句话：“本品不对黑良心负责。”

妻恨恨地数落说：“多亏这是我的梳妆台，不是银行。要不，你就完蛋了。”

王先生的脑袋“嗡”的一下晕了。唉，为什么他早没有留意到衣袋里塞的这个说明书呢？

三　令人苦恼的时间飞行衣

时间飞行衣问世了。

这对考古学家和一切喜爱研究往昔历史，癖好探求古时秘密的人来说，真是莫大的福音。

坊间报纸，立时刊满了通栏大字的广告。

> 您想和秦始皇见面吗？
>
> 请买时间飞行衣吧！
>
> 您想请诸葛亮题词吗？
>
> 请买时间飞行衣吧！
>
> 您想知道杨贵妃有几根白头发吗？
>
> 请买时间飞行衣，去问她自己吧！
>
> 时间飞行衣帮您访古，来去自如。实行三包，领导世界新潮流。

这样充满诱惑力的广告词，谁见了不动心？别说可以会见那些只在书本上听说过的古代大名人，就是再和已经成为古人的老爸爸再见一面，问清楚他咽气时来不及说的，把银行存折藏在哪儿，也值得！

有了时间飞行衣，历史再也不神秘了。从前那种围绕着残篇断牍，公说公有理、婆说婆有理的腐儒式治学方法，已经为一种新的观念所代替。

治史，必须深入真实的历史，取得第一手真实可靠的资料。不能隔代望文生义，随意为古人增删史实。如此，岂不冤枉了古人，也委屈了历史？

正儿八经研究历史都这样了，性情冲动的古人追星族们，均照此办理。

王先生便是一例。小时听故事、听评书多了，养成惯爱替古人担忧的毛病。为了一个问题和别人扯不清楚，不如自己钻进历史去当面讨教。

话虽说如此，他心里却不免还有顾虑。

进历史容易，万一钻不出来怎么办？岂不是和妻子儿女生死两茫茫，变成了活化石？

可是当他冷眼旁观，亲眼瞧见别人买了时间飞行衣，从汉、唐、宋、元旅行归来，喜滋滋捧了一大摞张飞、岳飞的亲笔签名，与孔老夫子、程咬金的合影照片，就不由心儿怦怦乱跳，也想去试一下了。

他走进商场，十分审慎地问售货小姐。

“请问，这种产品实行三包做何解释？”

售货小姐笑眯眯地回答：“包去、包回、包见着古人。”

“古人不见，怎么办？”他问。

售货小姐说：“子曰，有朋自远方来，不亦乐乎。你想见古人，古人也想见来者，焉有不会客之理！”

王先生听见售货小姐樱唇吐出如此妙语，便不由不信了。

君不见，两千多年前有一个陈子昂，在幽州古台上临风流泪，哀声吟唱“前不见古人，后不见来者”，多么寂寞心酸。如今“来者”来了，当然会破涕为笑，开门揖客了。

想到这里，他立刻掏钱，请售货小姐取货开票。

不料，售货小姐又面容端重，极其严肃地请他填写一份保证书。

王先生吓了一跳，问道：“公司实行三包，还要我保证什么？”

售货小姐说：“三包，只是公司责任。倘若顾客进入历史，遇见礼贤下士的明主，情意缠绵的姑娘，贪图富贵美色不归，就不是敝公司的责任了。”

“呸！”王先生生气地说，“我堂堂正正大丈夫，不是陈世美，怎么会做这等没脑子、没良心的事情。古代有什么可以勾住我的，有空调、冰箱、大彩电吗？”

王先生认为侮辱了他的人格，售货小姐却毫不通融，正色对他说：“人人都这样说，也有一去就不回来的。如果不亲笔签字画押，以后家属找上门来，我们怎么应付？”

王先生低头一想，这话也有道理。坐飞机尚且要买保险，跨越历史留下一纸自愿书，也是合情合理的，便十分爽快地签下了自己的大名。

谁知，回到家中，老婆又不答应了。酸酸地对他说：“古时候有西施、貂蝉，许多倾国倾城的美女，连一方霸主吴王夫差，盖世英雄吕布都经不起诱惑。你这样大一把年纪，一个人跑去干什么？”

王先生火了，对她说：“你说话怎么这样没见识。古代美人虽多，怎及现代美女如云。试看卡拉OK录像带，无论思乡、惜别、上战场，一律均是美人泳装三点式，我何尝动过心思？当今科学昌明，访古犹如旅游。就当我去一次新马泰，不出十天就回来，有什么了不起啊？别嘟嘟囔囔，让别人觉得我们太老土。”

言罢，他不顾妻子阻拦，披上时间飞行衣就出发了。

这时间飞行衣果真不平凡，只听得耳畔习习生风，转眼就来到古人中间。

他崇拜诗仙、诗圣，先请李白和杜甫各题了一首诗，十分欢喜地收藏好。

接着拜见了诸葛孔明，问他为何不劝说刘备，用赵云代替关羽守荆州？为何在白帝城吓得诚惶诚恐？为何不用魏廷计策，派遣奇兵直取长安？知晓了许多历史秘闻，胜读《三国演义》十倍。

他十分痛恨奸贼，还想当面去臭骂秦桧和张邦昌一顿。谁知这两个奸贼被来访的现代游客骂怕了，早已躲起来不见踪影。

他如鱼得水，在古史中游来游去，忽然想起庄子先生。将时间飞行衣一抖，就轻轻巧巧来到战国时期，与这位旷古未有的大师席地对坐，畅谈人生哲学。

庄子哲学玄妙无比。当其谈到梦中化蝶，不知此身是蝶，做了一个人之梦，还是做的是蝴蝶梦时。忽然启齿问他："先生自称从新世纪来，不知究竟那新世纪是虚妄梦境，还是此刻在梦中？"

这一句话，把道行不高的王先生问住了。用力掐了一下手腕，疼痛非常，知道此刻不是假的了。再回想过去，都如烟似梦。至亲至爱的妻子，竟如镜花水月一般，虚飘飘、岑渺渺，可望而不可即了。到底何者是真，何者是幻，他也稀里糊涂不明白了。

二人对坐许久，庄子长歌归去。王先生怅然若失，又过了许久，方才慢慢悟得自己的身份。

呀，自己姓王，来自两千多年后的东土神州。

家中有妻有子。绿窗人如花，嘱他早归家。

他身上披的，并非这战国时代的素衣缟布，乃是新世纪一大公司出品，可以穿日度月，直贯古今的时间飞行衣。

要不，他怎么能够到得这里。

归去来兮！他山虽好，不如归去。

想到这里，他立时归心如箭。

可是，来时明白，怎么一下子归法？那位樱唇售货小姐曾经教他一个口诀。他兴冲冲在几个朝代穿行了一阵，竟一下子忘记了。

天哪，这该怎么办才好？

心里一急，他一下子全都亮堂了。

想起了售货小姐曾经信誓旦旦做出保证，产品实行三包。也想起了消费者协会。还陡然想起，他亲自签字填写的自愿书。超时不归，老婆会不会把他当成陈世美？倘若时间拖久了，惹恼了她，法院做出缺席离婚宣判，又该怎么办？

他越想越严重，心情越来越紧张。

真该死呀！在这心乱如麻的时刻，那句引导穿越时间流，回返原地的要命的口诀，更加无法回忆清楚了。

救救王先生吧！他是好人呀！

A角夫人B角夫人

王先生惧内。此乃雅疾也！君不见当今世上许多总统、议员、经理、法官，何人不患此疾？唐明皇虽有六宫粉黛，尚让杨贵妃三分。

说虽是这样说，联系实际便是另一番滋味了。遥想那王夫人未嫁之时，花前月下谈笑间，何等娇羞柔媚。不意她腰渐粗、气渐壮，便露孙二娘本相。既无民主精神，又乏法治观念，活脱脱的一个秦始皇。王先生愿受上司痛斥三次，不愿聆取闺教一番。苦啊苦！不知那世间男儿还流泪苦追淑女干什么？难道不知“伴君如伴虎”的深刻教训？

佛云：有苦须解脱。王先生怎么解脱？离婚没门，买一包耗子药于己于彼无有勇气。思前想后，唯有借酒消愁，麻醉一分钟亦是好事。

不料一个酒友知情，安慰他道：“此事简单，我给你克隆一个尊夫人好了。”王先生大惊失色道：“一个都受不了，你还要叫我受两面夹攻吗？”

酒友微微笑道：“此情你有所不知。在下亦是道中人，家中妻子胜过尊夫人十分。后得一人指点，将其克隆一个抽去一神经，便如往昔少女时代一样柔顺。再克隆一个自己，去陪那悍妇受煎熬。不违道德，皆大欢喜。予君如法炮制，立脱苦海，有何不好？”

王先生闻之有理，便千恩万谢重托他，期望其言成真。酒友是过来人，技术十分高强，不久便送来一位王夫人的复制品，对他说：“此乃尊夫人B角。你们另觅居室和好相处。我已将君B角送到尊夫人A角处，打不还手、骂不还口，让她想出气时就出气，保管她满意。”王先生怯生生看着B角，问她：“我们先约好，一天早中晚只各打骂一次如何？”B角夫人嫣然微笑道：“我爱还来不及，为什么打你骂你？”王先生感动流泪，俯首敬礼道：“难得夫人如此贤惠，今生今世我必做牛做马报答。”B角夫人搀起他道：“官人赶快起来。谁把你吓成这般模样，我好心疼你。”

王先生聆听，如在梦中。提心吊胆伴她度日子，果然甜甜蜜蜜，无有半句恶言相加。过了没多久，他又不耐烦了。这就像演戏，能算正常家庭生活吗？顿时产生回归之意，趁着夜色悄悄摸回原住处。正好听见里面吵闹喧天，他那替身B角被兜屁股一脚踢出来，鼻青脸肿对他道：“你害得我好苦，自己去试一试。”

王先生说：“我正要重温旧梦，过那有声有色的日子。便推门一脚跨了进去。A角夫人怒冲冲道：“你这没男子汉气味的废物，挨骂连叹气也无一声，还回来作甚？”王先生道：“我正是想过从前唉声叹气的生活，这才是实实在在的生活，哪里也不去了。”

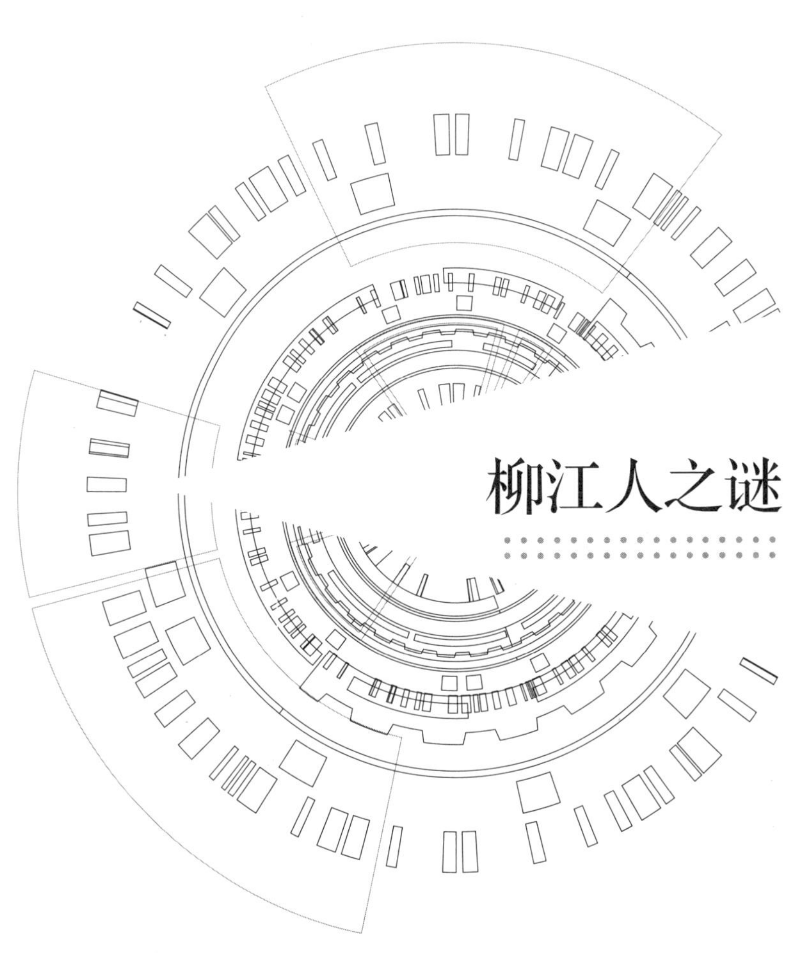

柳江人之谜

问题的提出

科学研究需要幻想，科学小说也需要认真研究，这是我从实践中悟出的一个简单道理。

今年夏天，我和周国兴、童恩正两个老友应柳州博物馆之约，前往柳州南郊新发现的白莲洞文化遗址，分别担任地层、化石和石器的研究工作。当时正值暑假，我把两个孩子——星星和毛毛也带去了。

距白莲洞不远处，隔着一片起伏不平的开阔的平原，是著名的柳江人化石出土地点。谁都知道：柳江人生存于旧石器时代晚期，是目前所知的黄种人的最古老的祖先。

不消说，它像一块磁石吸引着我们，我们当下便忙不迭地驱车前往考察。

过去有人说，这是一个原始遗址，也有人认为是墓葬地点，然而初步观察以后，却给了我强烈的印象。洞内漆黑无光，廊道极其狭小，附近缺乏天然水源，显然不适宜原始人类居住。据周国兴的意见，柳江人化石实际包括两个个体。头骨属于一个中年男性。分散在另一处的比较纤细的破碎体骨，结合骨盆特点，应是一个女性的遗体。这些骨骼极不完整，也没有任何殉葬品出土，视为墓地也缺乏充分的根据。

我注意到，从洞口向内，倾斜铺盖着三层薄薄的钙化板。其上下都是细腻的黏土，代表三个沉积间断，当时曾有流量甚微的坡面水流流进洞里，沉积了黏土。可是柳江人化石和同时出土的大熊猫动物化石，却掩埋在一层较厚的角砾层中。土质明显不同，是一股流势汹涌的急流沉积。我按亮手电筒，顺着角砾层追索，很快就在另一个方向发现了一个被堵塞的通道。柳江人和其伴生的动物化石就是从那儿被一股洪流冲带来的。登上山顶考察，原来是一个落水洞。天窗边长满杂草，胶结了零星的角砾，成分和洞内的完全一样。显然，这儿就是进水孔啦！

新的认识和发现，是科学工作者最大的愉快。怀着冲动的激情，我立即振笔疾书，撰写了一篇学术论文。周国兴、童恩正和柳州博物馆馆长易光远，都同意我的“洪流冲入说”的观点。

论文写完了，心情却并没有立即平静下来，另一个谜团还在困扰着我的心。既然这儿不是遗址和墓地，柳江人又是从哪儿来的呢？这神秘的一男一女肯定是外来者，不知什么原因死在这儿，后来被暴雨生成的洪流冲进落水洞。

周国兴和易光远提出，柳江人的故居，极有可能就是白莲洞，柳江人和白莲洞人属于同一个原始游群。

我一听，觉得很有道理，因为两者的时代相当，位置相距一箭之遥。从白莲洞内发现的大量石料是来自更远的柳江边的砾石石器，这儿距离更近，完全处于白莲洞人的活动半径之内。附近还没有发现新的原始文化遗址以前，这一推论是合乎逻辑的。

但是，科学研究的严谨性，却不允许我把这个还缺乏更直接根据的设想写入论文。我历来主张科学小说的创作方法之一是科学研究的直接继续。这不妨碍我以此为题，写一篇科学小说。过去我发表的《海眼》《美洲来的哥伦布》《死城的传说》《逝波》《沙湖梦》等作品，都是在同样的情况下写成的。

题材定下来，就得进一步考虑一系列更加细致的问题：两个原始人的身份如何？为什么来到这儿？由于什么原因致死？尸骨为什么残缺不

全，为什么女的在洞内掩埋得更深？他们的身边为什么没有遗留劳动工具？……这些，都需要作出明确的回答。

从白莲洞遗址的情况来看，居留处是一个半隐蔽的岩厦，面积不算太大。据童恩正分析，当时生活其间的原始游群，连老带小最多不过十余人。我注意到，迄今洞内出土的古人类化石，不过两枚臼齿，可见绝大多数人都因意外事故死在洞外。显然，他们抗拒严酷的生活环境的能力不强。这也隐约暗示出，迄今尚未发现其住所的柳江人和白莲洞可能存在的某种联系。

在洞内灰坑里，相当于柳江人生活时代的层位，有原始人遗弃的大量螺壳和动物骨骼、牙齿，都已成为化石。据周国兴鉴定，其中包括哺乳动物17种，计有：竹鼠、豪猪、野猪、水牛、斑鹿、水鹿、赤鹿、羊、熊、猪、大熊猫、中国犀、剑齿象、真象、猕猴、蝙蝠和一种鼠类。另有为数极多的双棱田螺、李氏环棱螺、鸟螺、大蜗牛、道氏珠蚌、青鱼、鲤鱼、陆龟等软体动物。鱼类、龟鳖类和另外一些种属待定的鸟类化石。

我认为，这份冗长的“食谱”也充分表明了洞内原始居民的狩猎能力不强，只能靠袭击温驯的草食动物、捞捕螺蚌鱼鳖和采集野果为生，透露了缺乏孔武有力的壮年男性的消息。

众所周知，原始人的寿命一般都很短。柳江人头骨属于一个中年男性个体，如果他真的来自白莲洞，就应是洞内富有经验的主要猎手之一。

原始游群是母系氏族社会的先期，女性是部族的首领，并主要承担采集任务，一般不会外出太远。属于柳江人之一的无头女人为什么穿过当时遍布密林的原野，走出好几千米来到这儿？很可能是出于一种特殊目的，寻找某种急需的植物。要不，一般的果实在附近也可以找到，何必冒险跑那么远？谁最有可能担任这种特殊任务？很可能是游群内的一个具有特殊身份的女人，也许就是首领本人吧！

由于遗骨上未见动物齿痕和别的损伤痕迹，死因暂时不明。他们死后，可能暴尸很久，才被一股湍急的雨后洪流冲进落水洞，所以骨骼分散解体极不完整。当然，也不排除曾被伤害，尸体早就被肢解，或带伤部分被水流冲失的可能性。

通过对实际材料的分析整理，当时的情景逐渐显现出一个尚为朦胧的轮廓。

柳州盛夏的白昼炎热难当，然而入夜坐定在微微摇曳的棕榈树下，四周飘浮着无数不知名的亚热带花的浓郁香味，却别有一番情趣，在激情冲动下，也许是这南国之夜特有的魅力感染了我，我便在柳州饭店内的一个幽静的水池边，坐在曲桥石栏上，给朋友们和两个孩子讲了一个臆想的故事。

猎人走向湖边

那是很久很久以前，这儿到处是茂密的林莽，一片郁郁葱葱，和今天的景象不大一样。放眼望去，远远近近耸立着一座座陡峭奇特的孤峰。有的像蟠桃，有的像乳房；有的像高踞坐在暗绿色丛林里的怪兽；有的乍一看，似乎什么也不像，可是定下神来仔细端详，又觉得心里想着什么，它们就有挂什么玩意儿的相貌，真是神秘极了。

内中有一座不高不矮的石山，朝南的半山腰上隐约可见一个黑黝黝的洞口。走进细细一看，洞门上边像是璎珞似的，垂挂着一排长短不齐的钟乳石帘。由于日久月深，下面也堆砌了厚厚的钟乳层，活像是一道残缺破败的短墙，只在旁边留下一道狭窄的进出口。

这个山洞尽管其貌不扬，不如某些外观轩敞的岩穴引人注目，可是对原始居民来说，倒是一个既能采光，又能遮风挡雨，易于躲避敌人侵害的理想栖身处所。如果再考虑到洞腹内还存在着巨大的地下厅堂，盘旋上下的蛛网状廊道，再加上最深处隐藏着一条穿山而过的阴河，可以举行神秘的原始宗教仪式，受到外敌袭击能够暂时往深处转移，还能不受外界干扰，安然涉水捕鱼。洞外一片低平的原野，视野开阔，狩猎、采集野果都很方便，就再好不过了。

我刚起头讲到这里，两个孩子就耐不住了。抢着说："知道啦！爸爸讲的就是白莲洞。"

"别打岔啦，"我告诫他们，"几万年前，还没有白莲洞这个名字呢！想听故事，就得老实些 。"孩子们满怀兴趣，紧傍着我不再作声，我又边想边接着讲下去。

那时，如果有谁绕过洞口的钟乳石帘往里一望，就会瞥见十多个身披树叶的原始人，围成一圈进食。其中有老有小，壮年男女并不太多。一个身体壮实的妇女像是部族的首领，不时地从篝火边站起来，撕下一块块烧烤得半生不熟的兽肉，分给围坐在身边的人们。

她分食的顺序，不是首先照顾体质孱弱的老人和孩子反倒是硬着心肠尽先递给强健的壮年人。

看来，这些原始人早已饥肠辘辘，只是迫于首领的威势和一种难以解释的无形纪律，才没有一哄而上，抢食那发出一阵阵诱人香味的食物。那些幸运儿们接过兽肉，便双手紧紧捧住，自顾自地大口大口咀嚼起来，毫不顾及身边同伴们的垂涎。

瘦骨嶙峋的孩子们一时轮不上，只能躲在一边眼巴巴地望着，希图谁发了善心肠，分给自己一丁点儿，填压一下咕噜噜直响的空瘪肚皮。有的孩子实在耐不住了，悄悄站起来，在火堆边和人们背后的灰坑里翻找。当他们侥幸拾到一块成人啃剩的骨头，或是被人忽略的螺壳，便互相争抢着，津津有味地吸吮起来。

“阿嬷，阿嬷……”胆小的孩子们坐在暗影里，乞怜似的呼唤着首领的名字，希望引起她的注意。但是阿嬷却严格按照分食顺序，毫不理会他们。她这样做，似乎有悖人之常情，然而在当时的情况下却是非常必需的。不消说，这也是无可奈何的事情。其实，道理非常简单：只消留意观察一下洞内外的情景，就会明白阿嬷为什么会这样做。洞外，从浓阴蔽日的密林深处，不时传来一声声令人毛骨悚然的猛兽的吼叫声。那是野熊，是巨犀，还有凶猛的林中之王——花斑猛虎。森林，是原始人追逐猎物，获得维持生命的食物的场所，也是他们被暗藏的猛兽觊觎，被无情追逐的地方。朝朝暮暮在这绿色囚笼般的原始舞台上，人与兽、兽与人，演出了多少幕惊心动魄的悲喜剧？通过无数次生死搏斗，人们逐渐懂得了，只有强者才能在森林里傲然生存。如果缺乏勇气和力量，就会被毫不容情地淘汰，成为强者果腹的食物。

从前，这个原始游群远不止眼前这几个人，还拥有一些强悍的猎手。可是在出洞狩猎的过程中，一个个都像天上的流星和林梢的风，在大森林里消失得无影无踪了，如今他们只剩下最后几个青壮年男子。整个游群若想在严酷的大自然争取到一线生存的权利，沉重的担子就落在他们的肩上。阿嬷硬着心肠，把仅有的一点儿食物首先分给他们，不是没有道理的。

在这几个猎手中，有一个古铜色皮肤、宽肩膀的中年汉子——我们就叫他阿蒙吧。他默默地啃了几口兽肉，抬头望见一个瘦得皮包骨的孩子守候在旁边，心中有些不忍，悄悄把肉递给这个可怜的小家伙。

不料这个隐秘的动作，被高高坐在一块大石上的阿嬷看见了。她怒气冲冲地一把夺去了孩子手中的骨棒，掷还给阿蒙，用几个断断续续的单词对他吼道：“你，石斧，肉。”意思是说：你忘记了自己的责任吗？过一会儿，还要握着石斧去打猎呢！”

接着，她又转身对着吓得脸色发白的孩子，把他轻轻搂在怀里，手抚着他的乱发，喉头发出了一阵充满了怜爱的低沉声音，似乎在安慰他：“好孩子，别性急，阿蒙大叔打着大山羊，就带回来给你吃。”洞里别的猎手只顾着大口吞咽自己的一份兽肉，连头也没有抬一下，似乎这样的生活小插曲，他们早就司空见惯了。阿嬷站在大石上，双手伸向从洞口外投射进来的一股明亮的天光，嘴里喃喃不绝地念着一串神秘的口诀，像是在祈祷，也像是在诅咒周围看不见的凶恶鬼神，然后才领头伴着他们走出山洞。孩子们和还能支撑着走几步路的老人，也跟随在后面，隆重欢送出猎的武士。在洞口，迎着灿烂的阳光，阿嬷走到阿蒙的面前，用混杂着鼓励、期待和担忧的眼神注视着他，默默地将一根投枪递到他的手上，投枪的一端，用兽皮筋牢牢缚着石尖。整个部族的希望，就寄托在阿蒙和他的伙伴们的黑曜石矛尖上！

阿蒙是一个有经验的猎人。除了手中的投枪，他的肩头上还斜挂着一张树枝做成的弯弓，他率领着伙伴，快步走进了森林。从枝叶缝隙里回头一看，阿嬷和站在岩洞口凝目送别的老人、孩子都看不见了。最后，就连整个山峰也被密密的树墙遮挡住，只剩下身边的一片无边无际的绿色海洋。这里，到处都存在着胜利的机会，也隐藏着危险的陷阱，必须全神贯注地睁大眼睛，随时留意四周的一切动静。每迈出一步，都应该仔细盘算清楚。要不，就会失去宝贵的机会，或是不幸蒙罹。

他们沿着一条弯弯曲曲的兽径，直朝西南方向走去。经验告诉阿蒙，这是最利于狩猎的黄金路线。因为那儿的地势开旷，有一条小河和一串浅水小湖。水滨不仅可以捞获大量美味的螺蚌，还是周围方圆数十公里内的森林动物饮水和觅食的场所。每种草食动物和肉食动物，都可以在这儿获得自己的好运气。不消说，这里也是考验原始猎手的勇气、力量和机智的地方。

湖边横卧着一列起伏的低丘，像是绿色的屏风。在嵯峨的怪石后面，有许多阴森森的洞窟。由于一个偶然的机缘，阿蒙追赶一头岩羊，曾经闯进了其中的一个山洞。他满怀兴趣地探看这个新发现的地穴，如果它可供居住，把整个部族都迁来，接近水草和猎物都极其丰富的水边，就再好不过了。

当他高擎着熊熊燃烧的火炬步入洞内，不由惊得发呆了，只见到处垂挂着像是仙桃、芒果、水菠萝般千姿百态的钟乳石花。远远近近还矗立着许多乳白色的石林，活像粗细不一的树木。在洞的深处，有一个露天原野似的宽敞洞厅，和外界唯一的差别，只不过缺少发光的太阳、月亮和会眨眼睛的满天星星。

“这必定是另一个世界的心脏。是死神和各种精灵居住的地方。”他想。

他握紧了手中的石斧，畏畏缩缩地往前走了几步。当他发现洞厅门的一端，在一处石林下，高高伫立着一只雄鸡的影子。就完全坚信无疑了，连忙扭转身逃出了这个神秘的山洞，把部族迁居的念头丢得一干二净。因为地下精灵的住所是不容生人涉足的。也许这便是他们宁愿长途奔波，也不敢贸然搬迁来的真实原因。

这时，我的女儿星星又插话了，她大声嚷道：“啊哈，这是都乐岩的石公鸡，我还有一张彩色画片呢！”

小毛毛也想炫耀自己，表白说：“谁不知道石公鸡？

买来的画片有什么稀奇！我还在小河里抓过螺蛳。我是原始小猎人。”

我正要平息他们的争论，在夜的暗影里，一位朋友对故事发表意见了。他提醒我说：“老刘，你别忘了，你自己说过，白莲洞附近有砾石层，曾经有过水流。白莲洞人为什么要迁居，住在那儿不是很好吗？”

是的，我的确在洞外发现过一些零星砾石，但却是间歇性水流的遗迹，不如都乐岩前的水域宽广，从水生生物繁殖和野生动物的栖息条件看，均以后者为佳。为此，我还想把都乐岩发现的另一个古人类活动遗迹也组织进故事里。

“这是科学幻想小说，不是论文，姑妄听听吧！”我解释说。

在座的童恩正、周国兴都是作家，易光远馆长也是文化人，便微微一笑，听任我把这个故事继续编造下去。

这一次，原始猎手们的运气不佳，在湖边丛林里静静潜伏了很久，也没有候着易于捕捉的水鹿、赤鹿等草食动物。好不容易才出现了一群大鬃羚，阿蒙做了一个手势，招呼伙伴们悄悄排成围猎的扇状队形，打算把猎物逼赶下水捕捉。不料一个没有经验的年轻伙伴不留神踩断了一根枯树枝，树枝折断的声音惊动了机警的带头大鬃羚，转眼间就带领整个一群拔腿就跑。脚下溅起一片水花，消失得无影无踪。眼看日头渐渐偏西，肚子早饿了，想起洞内的情景，阿蒙的心中非常焦急。

过了一会儿，从林子里又踱出来一头体形肥胖矮小、似马非马、似犀非犀的动物，不住仰起鼻子嗅察周围的气息，慢慢走向水边。这是胆小的貘，总是在森林里悄没声息地独来独往，白天躲在密林深处，夜晚再溜到水边洗澡和觅食，以多汁的水果和嫩树叶为生。阿蒙又举起了手，准备再次发动攻击。

但是他们动手晚了。在丛林的另一边，一只潜伏在草丛里的老虎，早就凝神注视着貘的动静了。它狡猾地隐藏在下风头，貘尽管不住地在风里抽搐着长鼻子，也无法察觉身边的危险，它正放心地慢慢地走下水，想洗净身上的尘埃和暑气，表现出一副怡然自得的样子。老虎抓住战机，飕地一跃而出。惊惶的貘想游泳逃走，但是已经来不及了。它徒劳无益地挣扎着，在浅水里翻滚，不一会儿就一动不动，成为老虎利爪下的牺牲品，翻腾起的浊血顿时就染红了湖水。老虎撕开还微微发出热气的貘的尸体，慢条斯理地嚼食完毕，把剩下的残渣留着给被血腥气诱引来的一群贪婪的斑鬣狗，才长啸一声回头走进了丛林。

阿蒙和他的伙伴们躲在不远处的矮树丛后面。屏住呼吸观看了这一幕林中的悲剧，不敢贸然出击。他们深深地明白森林里铁的生活规律，决不能和饥饿的猛兽争夺猎物。如果在虎口下争食，那将担受多大的风险呀！无奈，只好眼巴巴地瞧着老虎和斑鬣狗把貘肉吞噬得干干净净。耐心地等待着新的机会。

这时，太阳已经沉落到森林背后，散发出一片血红的霞光，空气似乎弥漫着一种不祥的气氛。原始猎手们一个个焦躁不安，只是由于阿蒙的沉着态度，才被震慑住，没有离开隐蔽地点，放弃这场费时间的围猎。

阿蒙相信勇气和膂力，也相信机会和耐心。黄昏，是炎热的白昼和沁凉的夜交替的节骨眼儿，也是林中野兽纷纷四处活动、觅食和饮水的黄金时刻。他相信，只要再坚持住一阵子，必定可以达到目的。

他的估计没有错。不一会儿，对面林子里果然传出一阵簌簌的响声。声音自远而近，向他们预告，一只孤独的野兽正穿过密林，朝他们走来。阿蒙握紧了投枪，紧张地注视着周围的动静，又发出了准备攻击的手势。在他的想象中，也许是一只雄鹿，一头野牛，或是另一只性情温驯的动物。

可是，出乎他的预料之外，走出森林的竟是一头体型巨大的剑齿象。它那粗壮的身躯，高高的头骨和弯曲的长牙，显示出凛然不可冒犯的样子，谁敢和它比试力量？伙伴们不禁露出了失望的眼神，又一个机会落空了。

剑齿象蹒跚着走下水，伸出长长的鼻子吸足了湖水，再慢慢举过头顶，像下雨似的尽情浇洗着自己的身子。它从嘴缝里发出一阵阵欢快的鸣声，一副怡然自得的样子，丝毫也没有觉察到正有一群身披树叶的原始猎人，躲在旁边窥伺着它。

天色越来越暗淡了，戏水玩耍的巨象身上不知不觉已悄悄蒙上了一层暗影。它如果不及时离开，就很少再有别的兽类到来。而时间已经很晚了，他们再转向新的地点也来不及了。今天无论如何也得设法弄到一点果腹的食物，决不能辜负阿嬷和部族老小的期望。阿蒙非常清楚，作为部族之希望的这些猎手，一旦丧失了信心，加以体力被饥饿进一步削弱，面对更加黯淡的明天，将会是一幅什么样的可怕情景。

难道他们不能捞取螺蚌，采集一些野果子带回去？丰富的自然世界当真要抛弃这些可怜的原始人？

不。大自然虽是无比慷慨，从不吝惜自己的财富，愿意分赐给每一个子民，但是，他们缺乏大型容器，怎么能够大老远地带回去许多螺蚌？至于采集水果，那是妇女和孩子的任务。只靠野果子，也不能维持整个部族的生命啊！

阿蒙焦灼地把视线转移到不远处的一片淤泥地上，忽然产生了一个非常大胆的主意。只要设法把身躯笨重不灵活的剑齿象诱引到那儿去，泥潭就会成为他们的帮手，大大削弱它的威力。要想战胜这头庞然大物，并不是没有一丁点儿希望的。

面对着迅速暗淡下去的天色，他只稍稍踌躇一会儿，就做出了决定。他指挥伙伴们做好了出击的准备，自己勇敢地高声呐喊，向水边的剑齿象跑去。他取下挂在肩头的弩弓，搭上一枝带石镞的箭，“嗖”地一下射中了它的前额。剑齿象被激怒了，不顾一切冲了过来。

阿蒙等待的正是这个机会，他扭转身子就朝泥潭飞跑，还不住挥舞着手里的投枪，逗引着剑齿象，把它一步步引向陷阱。

剑齿象果然中计了，不小心陷进了泥潭，再也没法拔出肉柱子样的粗腿。埋伏在周围的原始猎手们一拥而上，发出可怕的战斗喊声，箭镞、石斧和投枪从四面八方刺进它的身体。汩汩的鲜血掺和着泥水，顺着身子一道道流淌下来，使它的模样变得非常难看。

尽管如此，它仍是一个难以制伏的对手。它忍住疼痛，挥舞着长鼻子和利刃般的门牙，阻止人们走近身子。两个猎手不小心，被强劲有力的象鼻子甩得远远的，另一个人被象牙戳穿前胸，顿时就丧失了生命，阿蒙手里的投枪也像草棍儿似的，被拗成两段。进攻和防守的双方，谁也没有占着便宜。

夜幕终于带着凉气降临下来了，笼罩了湖面和整个丛林，这场残酷的战斗已经持续了很久，还没有分出胜负。阿蒙本来指望在泥潭的帮助下，能够迅速结束战斗。想不到的是，狡猾的泥潭张开了大口竟成为渔利者。受伤的剑齿象费力地挣扎着越陷越深，终于在潭心渐渐没顶了，完全消失了踪迹。失望的阿蒙想冲上去夺回胜利品，若不是伙伴们拉住他，他险些也在危险的泥潭里送掉性命。

这一场惊心动魄的人兽捕斗结束了。他们虽然击败了号称森林大力士的剑齿象，是搏斗场上的胜利者，可也是失败者。因为他们什么便宜也没捞着，反倒被弄得精疲力竭，好几个人受了伤。最后只好撇下伙伴的尸体，在夜色下灰溜溜地撤回山洞。丛林里像是根本就没有发生过这件事似的，重又归于沉寂。

我略微停了一下，把目光转向坐在树荫下的易馆长，开玩笑似的说："这件事过了几万年以后，柳州博物馆易光远同志，在都乐岩蘑菇洞外，发现了那个丧命的原始猎人的一枚右侧第二臼齿和一段残留的股骨，论文发表在《古脊椎动物与古人类学报》14卷3期。谁若不信，可以查证。"我这一说不要紧，却引起了朋友们的纷纷议论，他们把一个又一个尖锐的问题，提到了我的面前。

“你有什么根据说都乐岩的人牙化石就是故事里猎人的？”

“能够拿出充分证据说明白莲洞人和都乐岩人的直接联系吗？”

“请你说清楚，都乐岩前是否曾经真的有深泥潭，能够举出沉积剖面吗？”

“照你这样说，泥潭里还有一副剑齿象的完整骨架。如果有关部门按此线索去考察，找不到又怎么办呢？”

这些提问十分中肯，我不由想起了过去，曾有一位同志和我交换科学幻想小说的创作意见，指出：“科学幻想小说宜虚、不宜实。如果过于实在，有可能扰乱视听，反而不忠实于科学，造成不必要的被动。”

对于这种疑问，当时我的回答是：“科学幻想小说除了作为小说，应该塑造人物，提出值得思索的人生问题，是否还应该给予读者一些切实可靠的科学启发？联系实际总比不联系实际好。请注意，我是在现实的科学技术基础上，进一步提出事物发展的某种可能性，而不是必然性。设想或许会失误，但是它却是有可能存在的，这便是科学幻想的一种特殊功能，也是它区别于论文和文学小说之所在。”那位同志听了我的议论，不由莞尔笑了，如今我也用同样的观点来作答。

我的看法是，都乐岩尽管发现了古人类化石，却无任何居留痕迹。白莲洞是迄今所知的同时代的唯一古文化遗址，相距不过数千米，洞内遗有大量石器，却只发现了两枚人牙，表明岩洞主人多半遗尸洞外。在这种情况下，暂提出都乐岩人和柳江人一样，都来自附近的白莲洞，似于理可通的。

这一带的溶蚀平原上的确尚未发现深泥潭的沉积剖面，但是地形起伏不平，却不乏较深陷的局部性洼地，稠密分布的漏斗和落水洞更是岩溶景观的特色。过去，我曾在桂西都安地区类似的溶蚀平原上掘出深厚的泥炭层，含有许多哺乳动物化石。设想这儿有同样的情况，从逻辑上应是无可非议的吧？

至于有无完整的剑齿象骨架，柳州市博物馆馆长和在座各位，知道我是在讲幻想故事，想必不会兴师动众去认真发掘的。当然，我的朋友们深明事理，决非有意与我为难，只不过担心我说得过于认真。一个钉子一个眼，万一天真无邪的青少年读者当成教科书吞了进去，岂不误人子弟？我也少不了有一口不轻不重的黑锅可背。所以，我借一篇幅在此赶紧声明一番，是非常必要的。

湖边的剑齿象围猎失败，给整个部族蒙上了一层新的阴影。阿嬷皱着眉头，听了阿蒙简单的汇报，朝躺在角落里流血呻吟的受伤者瞥了一眼，向透过低垂的石帘从洞外射进的一束蒙蒙的月光，伸出了无助的双手。作为部族的首领，她肩头上承担着整个原始游群生存或灭亡的沉重压力。她对着洞外冥冥的夜空无声地乞求。在她的心目中，必定是冒犯了一位威力无边的天神。要不，为什么有经验的猎手接二连三地死去。饥饿和疾病无情地折磨着他们，不幸的命运总是笼罩在他们的头顶？

她把希望寄托在明天，但是迷茫的明天又会给他们带来什么？那必将是更加严酷的现实。因为部族在流血，他们的力量削弱了，在一场新的你死我活的角斗里，难获得取胜的机会。冷酷无情的大自然，从不给予弱者以喘息机会和特殊恩惠的。

也许是亵渎了剑齿象的精灵吧！它才把自己沉浸进深深的泥潭。不愿意把脂肪丰富的肉体赏赐给他们。

还可能得罪了林妖、风和湖沼女神。在原始人的眼睛里，每一种可见的形体和不可见的自然力量，都是一个精灵的化身。生活，就是在现实和无数超现实力量间展开的。

阿嬷决定在新的狩猎活动以前，先祈求自然界的精灵。庄严的仪式安排在洞穴的后厅举行。

在他们栖身的窟室右边，有一条弯弯曲曲的廊道通向漆黑的地腹深处。那儿是一个宽敞的洞厅，可容数百人活动。厅内到处是造型奇异的钟乳石花，散布着许多嵯峨怪石，充满了神秘气氛。他们深信，这个静悄悄的地下世界，是精灵聚会的处所。厅内许多伸向上下左右的罅隙，便是勾连天上人间的无数秘密通道。各种各样善良的、邪恶的精灵，经常在这儿徜徉，或是友好地悄悄相会。所以他们平时从不到这儿来，以免打扰了精灵，带来无穷无尽的祸害。

谁若是不相信，只消进去浏览一下，就会觉得原始人的想象是有充分根据的。看吧！其中的一些怪石酷似犀牛、大鸟和蹲伏在石隙间的野熊。一幢幢巨兽的怪影出没在道路两边，使人恍然觉着漫步在一座化石丛林里，一时把握不住。这究竟是许多毫无生命气息的天然石块，还是真实鸟兽的幻化物？不由不叹服原始人的敏锐观察力和丰富的想象力。是的，这是原始洞穴居民的想象的结晶。凝聚了他们的激情和心愿，表达出他们的认识水平，也寄托了他们对未来生活的朦胧憧憬。这些平凡的顽石，在他们的心目中，是石块，也是神明。每次狩猎活动开始前，往往围绕着它们顶礼膜拜，乞求想象中的野兽把肉身嫁给勇敢的猎手；或是做出恫吓和吞食的样子，希望孕育在它们体内的无穷无尽的力量，转化进自己的躯体，这样便会在未来的狩猎中无往不胜了。

但是，这一次他们却并不理睬这些天然石像，而在阿嬷的亲自带领下，走向洞的更深处。因为他们要祈求的，是那头陷入泥潭的剑齿象的精灵，洞内没有形似这种长鼻类动物的石块。他们将首先乞求它的宽恕，因为猎手们伤害了它。然后，他们将请求它把失去的生命种子和力量融进猎手的身体。让猎手代替它在丛林里生存、搏斗。他们深信，把人的智慧和象的力量结合在一起，将是不可战胜的，剑齿象的精灵必定会同意他们的请求。

这种神秘的原始宗教仪式，只能由部族首领、少数长老和孔武有力的猎手们参加，孩子和孱弱的病人决不允许从旁窥看。对怀有浓烈好奇心的孩子们来说，洞窟后厅是不容涉足的禁域，只有等到他们成长为体魄健全的少年，才能够跟随父兄，进洞举行神圣的猎手的洗礼。

现在，阿嬷高擎着熊熊燃烧的火炬，带领着一行人径直往深处走去，最后停步在一堵凹凸不平的洞壁面前。在同伴手中的火光映照下，她熄灭了火，举起还冒着丝丝袅袅青烟的木棒，凭着自己的想象力，在洞壁上一笔一画地慢慢勾绘出一头受伤的剑齿象：长长的鼻子，微微弯曲的门牙，形象惟妙惟肖。

阿嬷的脖子上，挂着一串用各种各样的兽牙缀成的项圈。这不仅是简单的装饰品，还蕴藏有原始人十分生动的想象力，认为野兽的锋利牙齿可以帮助他们增加狩猎本领，并且能够听懂兽类语言，和它们直接对话。

面对着壁画，阿嬷在项圈上挑出一块象牙碎片捏在手里，边用模拟的沉重象步跳舞，边贴在唇边对它悄悄地说话：原谅吧，把你的气力赐给我们吧！

她用平板单调的腔调，不厌其烦地反复叨念着。猎手门就在旁边手舞足蹈地做出大象蹬腿、甩鼻子等种种模拟动作。然后在阿嬷的指引下，一个个十分虔诚地走到壁画跟前，将胸膛和剑齿象的心脏紧紧贴靠一会儿，就算是完成了生命种子和力量转移的仪式。

当所有的人都依次完成仪式后，阿嬷便带领他们转向那块酷似犀牛的巨石。猎手们手持着锋利的石斧和投枪。高声呐喊着，轮番向屹然不动的石犀冲去。阿嬷嘴里念念有词，仔细在每一个击中的部位都涂上赭红色的赤铁矿粉，表示犀牛体内涌出的鲜血。不一会儿，它就浑身“血迹”斑斑了，猎手们心满意足地收回了自己的投枪。他们认为已经在剑齿象的精灵的帮助下，战胜了另一个可怕的犀牛的精灵。明天在狩猎场上的角逐中，就可以轻而易举地获胜了。

我的话音刚完，两个孩子就嚷起来了：“这是一个坏故事，爸爸宣传迷信。”瞧他们挺认真的样子，仿佛真把我当成了不可相信的“坏爸爸”。

怎么才能向他们解释清楚呢？告诉他们，原始宗教和原始艺术都起源于生产劳动。或者说由于原始人的认识水平的限制，世间万物在他们的眼里都是精灵的化身，他们生活在由想象力编织成的极其离奇古怪的神话世界里？

不，这个解释对小毛毛无论如何也说不清楚。我又想了想，想出了一个转移矛盾的好办法，手指着易光远和童恩正对他们说：“你们要是不信，就问易伯伯和童叔叔吧！”孩子们知道，易伯伯和童叔叔都是考古学家。易伯伯的满头银发赢得了他们的尊敬，童叔叔给他们讲过刚写成的《新西游记》，逗引得他们笑得在床上直打滚。他们是两个孩子心目中的崇拜对象。他们微微颔一下首，都具有极大的权威，就能给我解围了。

于是，我又继续往下编故事。

似乎这一套程序复杂的猎前仪式真的具有神奇的魔力，第二天拂晓，夜的凉气还没有在原野上褪尽，洞外不远处果真出现了一头踌躇独行的犀牛。它从枝叶茂密的丛林中漫步出来，直朝小山左侧走去。那儿的山根下，有一个黑咕隆咚的水洞。在附近地面有一条雨后生成的小溪，穿过一道造型宏伟的拱形大门进入洞内，成为一条暗河。

两岸尽是裸露的山石，洞顶高悬着一列列长短不齐的石钟乳。有的像是盘绕在石缝间的巨蟒，从高处低垂落下身子，伸出三角形的脑袋，吐出舌头，似乎想啜饮清凉的暗河水，并袭击任何胆敢闯入禁域的外来者。

这条暗河水深仅过膝，但是河面却很宽敞。雨季水盛时，可以延续到很远，即使在冬春旱季也从不枯竭。更富于吸引力的是，水内时不时还能瞥见许多小鱼，是被洪水冲带进来的，还是洞内原生的“居民”，就不得而知了。原始部落的孩子们得不到外出狩猎的权利，饥饿和好奇的天性驱使着他们，经常到这儿来戏水、捕鱼，探索水洞的幽秘，说它是哺育未来猎手的摇篮，一点也不夸张。

由于洞内沁凉异常并可饮水，偶尔也有一些野兽闯入。它们徘徊在天光充足的洞口，怡然自得。不消说，这些不速之客，一旦被原始人发现，就会引起一场激烈的争斗。受地形的限制，它们无法逃逸，往往变得非常粗野。即使温驯的羚羊和鹿，也一反其常，不顾一切地返身向猎人冲撞，以求打开一条生路。所以在水洞里和困兽搏斗具有很大的危险性，胜利者并不一定都是猎人。

野兽入洞多在闷热的正午和黄昏，像今天这样一大早就走进来的还不多见。因此，原始人认定是昨夜祭神仪式招来的牺牲者，毫不考虑这是一头凶猛的犀牛，就欢声鼓噪着，拿起武器飞身下山，围在洞口堵住了它的退路。

他们挥舞着投枪，站在最前列的是阿蒙。几个青年猎手怪声呐喊着，排成半月形的队形紧随在后面，就连那些平时从不参与这类活动的妇女和孩子，也在阿嬷的率领下，簇拥在洞外的安全地带，不住扔掷石块，喊叫着助战。

怒气冲冲的犀牛乱蹦乱跳着，低着脑袋，挺起鼻端的独角，对着阿蒙冲过来。论力气，阿蒙绝不是犀牛的对手。但是他具有丰富的狩猎经验。他朝眼前的战斗现场飞快地瞥了一眼，一个完整的计划就在脑袋里构成了。

他指挥着助手们死死把住洞门，不让犀牛乘隙出去。自己踩着暗河水，凭仗灵活的步法，在它的身边跳来跳去，不时瞅一个空子，用矛头猛戳一下犀牛的身子，尽管不能刺穿它那厚甲似的粗糙皮肤，却挑逗得它暴跳如雷，紧迫阿蒙不舍，不知不觉中被引入了水洞深处。

现在，阿蒙已经完成了第一步计划。伙伴们按照预先的安排，纷纷点燃了火炬，也从后而追逼过来。熊熊的火光使犀牛望而生畏，完全打消了夺门奔逃的念头，只顾粗声吼叫着和眼前的阿蒙作殊死决斗。火光也照亮了战场，使阿蒙能够及时看清周围的地形，飞快地奔跑着、旋转着，在水里和狂怒的犀牛周旋，而不至于在这场眼花缭乱的战斗中失手。沿着暗河进洞不远，左面有一条狭窄的通道。裂缝沿着洞壁笔直地向上伸展，通往上面的洞穴里，从祭神的洞厅蜿蜒而下，就能到达这里。阿蒙在挺身迎战犀牛之初，就已经指派了两个助手绕道赶到这里，埋伏在上面的岩石上，注视着犀牛的动静。

当他对准犀牛的额头猛刺一下，把它引入巷道后，埋伏在此的助手看准了，猛地推下一块大石头，堵死了后路，阿蒙这才招呼伙伴们，攀上陡崖，用密如雨点的石块砸倒了暴跳如雷的犀牛，胜利地结束了这一场惊险的围猎。

不幸的是，在搏斗中阿蒙也受伤了，只是由于他有非凡的毅力，才忍着疼痛战斗到最后。直到猎物躺在脚下，才一个踉跄昏晕过去。

胜利给部族带来了生的希望和喜悦，偌大一堆犀牛肉，足够他们维持许多日子了，但是阿蒙的伤势却带来了一道阴影。他是阿嬷的一个有力的手臂。她深深明白，要在这弱肉强食的热带丛林里生存下去，决不能失去这个富有经验的猎手。好在他的伤势不在致命部位，只要认真调理，依靠他体内的潜在活力，恢复健康还是有指望的。

原始部族的首领，既是掌管一切事物的头人，也兼有巫医的职务。阿嬷通过长期的采集活动和实践，熟悉了丛林里的许多植物的治疗功效。她决定亲自到洞外旷野对面的一片小山冈里去，寻找一种特殊的药草。

“那儿是发现柳江人的地方吗？”孩子们问我。他们曾在白莲洞外远眺过发现柳江人化石的地方，也到现场去参观过，十分清楚它的地理位置。

是的，我正是企图用寻找药草这个情节，把两个化石地点联系起来。往下，便转入解释柳江人化石来源之谜的问题了。

结局

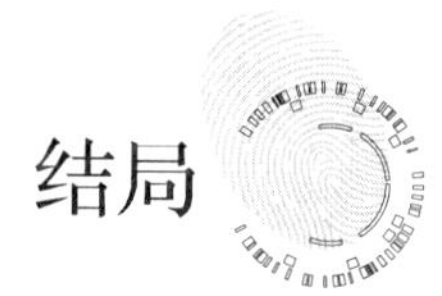

阿嬷离洞去采药草，一去好几天也不见踪影，洞里的人们都急了。

在原始人的心目中，她能够和一切精灵对话，具有法力无边的本领。也许正是由于这个原因，加以多年丛林生活的经验，更可能的是，洞内人手奇缺，实在抽不出人结伴而行，她才冒险孤身入林。过去，她也曾不止一次独自外出，虽然小有风波，总能化险为夷，所以并不把安全问题放在心上。但是这一次却一反常态，为什么一去不回？迷路了吗？不，她熟悉周围林中的一切秘密小径，犹如了解自己手心的掌纹。没有找到药草吗？不，原野上草木遍地，具有疗效的药草何止千万。阿嬷有丰富的采集经验，不会不认识，也不可能找不着。是和药草的精灵恳谈，没有获得同意吗？这也绝不可能。留在洞里的人想了又想，实在想不出是什么原因。最后，思路不得不引向最可怕的结果，难道她像一颗陨星，消失在绿色的林海里，在途中遭遇了不幸？

啊，这太可怕了！他们决定派人寻找。

在茫茫的林海里找人，比大海捞针还困难。全副武装的原始人一组组派遣出去，都空着双手走了回来。阿嬷到底在什么地方呢？谁也不知道。

阿蒙躺在岩洞里养伤。他的右肩被犀牛猛撞了一下，伤口已经溃烂了，眼巴巴地盼望阿嬷带着药草归来，他凭着长期丛林生活所养成的一种直觉，预感到了不祥。

但是，他却尽力驱散思虑的阴影，指望阿嬷还有活下来的一线可能性。林中的情况变化万千，时间就是生命。如果她真的尚未遭难，而是被困在什么地方，该多么盼望部族伸出援救的手啊！

他开始设想，阿嬷有可能流落在何方。在茂密的草木遮蔽下，周围一片起伏不平的丘岗和原野里，隐藏着无数洞窟、岩罅和陷阱般的落水洞，稍不留意就会失足落下去。即使侥幸不死，也会跌成伤残，或被困在洞里无法动弹。要找阿嬷，首先就得探察这些地方。

在窟穴遍地的原野上找人谈何容易，只有真诚友爱的眼睛、百折不挠的毅力和丛林生活经验异常丰富的人，才有可能洞察这一切，找到她的踪迹。她的失踪和他有关，部族生活决不能离开她。如今进一步寻找她的重担，便自然落在阿蒙的肩上。为了不影响正常的狩猎生活，给部族增添不必要的负担，他毅然谢绝了陪伴，忍着疼痛，独自出洞去寻找。他拄着树棍，走进了寂静的森林。在这儿，无论追逐的和被追逐的，都放轻了脚步，悄悄地在树丛间潜行，像捉迷藏似的寻找，或者躲避对方。作为一个猎人，阿蒙习惯于踮起脚尖不声不响地赶路，并随时保持警惕，倾听林间传来的最细微的声音，分辨地面的沓乱迹印，嗅察某些野兽留下的特殊气息，追踪狡猾的猎物。但是今天他却没有心思顾及它们，甚至有时还特意避开，以免除不必要的纠缠。

“阿嬷！”他放声呼唤着。但是原野一片静悄悄，总也没有回音。有几次却招惹来一些猛兽，发出可怕的咆哮，幸亏他身手敏捷及时闪避，才没有酿成大祸。

他不知疲倦地穿过丛林，几乎走遍了洞前的广阔平原，搜寻了所有可疑的地点，也没有找到阿嬷。他坐下来，擦了一把汗，把视线转入东南方向的一列低丘。他知道，那儿林密草深，阿嬷采止血药草，有可能到那儿去了。

这一带，山势虽然不高，起伏也很缓和，可是却重重叠叠占了好大一片面积。加以林木掩盖，彼此形态酷似，错综复杂的沟谷和洼地穿插其间，像是一个迷魂阵。和平原相比较，想找一个人，更加困难得多。

阿蒙捂住疼痛的肩膀，顺着山势盘来绕去，感到非常困顿。最后，他干脆在山坡上坐下来，几乎丧失了信心。就在这时，他抬起头，忽然瞧见几只秃鹫，张开翅膀在对面的山头上低低盘旋着，时不时地猛冲下去，像是攫取什么猎物，可是又被另一个看不见的对手惊开了。

那里发生了什么事情？经验告诉他，这是猎取腐肉的秃鹫和地面的猛兽争食。阿蒙站起来，握紧了树棍，打算走过去看看。

他顺着斜坡走上小山，山顶上的情景几乎使他惊呆了。只见四五只鬣狗正贪婪地围着一个人的残余肢体撕咬着。飞落下地的秃鹫只能隔得远远的、急急忙忙啄起一小段肠子和碎肉。草地上散弃着被扯断的兽牙项圈和别的物体，正是阿嬷身上佩戴的东西。情况已经非常清楚了，准是阿嬷一不小心被野兽残害了，以后又招来了鬣狗和秃鹫。

阿蒙的幻想彻底破灭了。

“阿嬷！”他悲声号叫着，挥起树棍奋力驱散了形态丑恶的鬣狗群。在那里，阿嬷的遗体已经残缺不全了，尸骨狼藉，竟没有一处是完好的。她的头颅和双臂都不知去向，很可能是被鬣狗叼走了。

不远处有一个山洞，阿蒙走过去，想探查一下，阿嬷的脑袋是否被抛弃在那里。他流着眼泪，刚拄着树棍走到洞门，一件意外的事情发生了。一条毒蛇猛地在草丛里昂起了身子，趁他不注意的时候，像闪电一样窜了过来，咬伤了他的脚趾。阿蒙虽然举棍打死了它，但是自己却蛇毒攻心，往回走了不远就倒在草地上，身子剧烈地抽搐了几下，便失去了知觉。

秃鹫群在空中盘旋着，目睹了整个过程。此刻，它们再也没有什么忌惮了，尖声鸣叫着，扇着翅膀落下来，扑向这新的牺牲品……

热带的天气变化无常。几天后，一场暴雨在山坡上形成了一股汹涌的洪流，把阿嬷残余的胸椎、腰椎、骶骨、右髋骨和左右股骨，以及阿蒙的头颅、夹杂着淤泥石块，冲进了附近的山洞，顺着岩隙一直带到地下深处，才停积下来。

“知道啦！这就是柳江人。”星星和毛毛兴高采烈地嚷了起来，“我们去过那儿，以后我们要把这个故事讲给妈妈听。”

“是的。”我点头说，“但是故事的结尾也可能不是这样。”

“还会有什么结果呢？”孩子们好奇地问。

于是我又列举了另外几个可能的结局。

结局一：阿嬷为什么没有脑袋？有可能和另一个猎头部落的原始人狭路相逢。根据资料，在柳江区甘前岩也曾发现过同时期的智人化石。当时尽管地旷人稀，但是几乎到处都有原始猎人游弋。旧石器时代晚期的原始人已有猎头习俗，为什么不能以此作为解释？

或有人问："既然如此，为什么非说柳江人来源于白莲洞不可？"

我的回答是，这也不是定论，只是根据目前所知的情况而做出的推测。如果今后有了新的发现，这篇科学幻想小说完全可以宣布作废。

如果又有人问："姑且承认有猎头部落，阿蒙的头颅为啥又保存下来了呢？"

我认为，这就可以放开幻想，做多方面的假设了。可以认为阿蒙到达时，袭击者早已远去。还可以做另一个戏剧性的设想，阿蒙驱走了外敌，自己却伤重致死。

结局二：考虑到与柳江人同时出土的，还有大熊猫等哺乳动物化石。是否可以假定，他们都失足落入了洞内陷阱以后，才被洪流冲进更深处。

结局三：由于残余的骨面没有动物的齿痕，可以想象是在灾害性天气中丧生，或由于蛇毒，并不影响到深部的骨面构造。

但是反过来说，死于兽害也并非没有可能性。可以解释为咬伤的部分被野兽叼走了，嚼碎了，或被后期的洪水冲失了！我在故事里安排了一群秃鹫来打扫残局，就是考虑到了，它们一般只啄食腐肉，并无啃嚼骨头的习惯。

一言而蔽之，真实的历史不一定就是这样，但是我现在相信，柳江人似乎和白莲洞人之间存在着某种联系。这便是我创作这个幻想故事的目的，无非不过希图引起人们的注意，开展进一步的研究而已。

两个孩子怂恿我："爸爸，把这些设想也写出来吧！"

我摇了摇头说：“不，写得太多，就头绪不清了，还是留给人们去想象吧！无拘无束的想象，是对故事最好的补充。”在夜幕的笼罩下，我的朋友也各自发表了议论。但是我尊重他们的意见，不把他们的话在此披露出来。

夜深了，我还沉浸在如潮汹涌的幻想之中。

噢，好一个迷人的南国夏夜啊，给了我一个多么难忘的仲夏夜之梦！

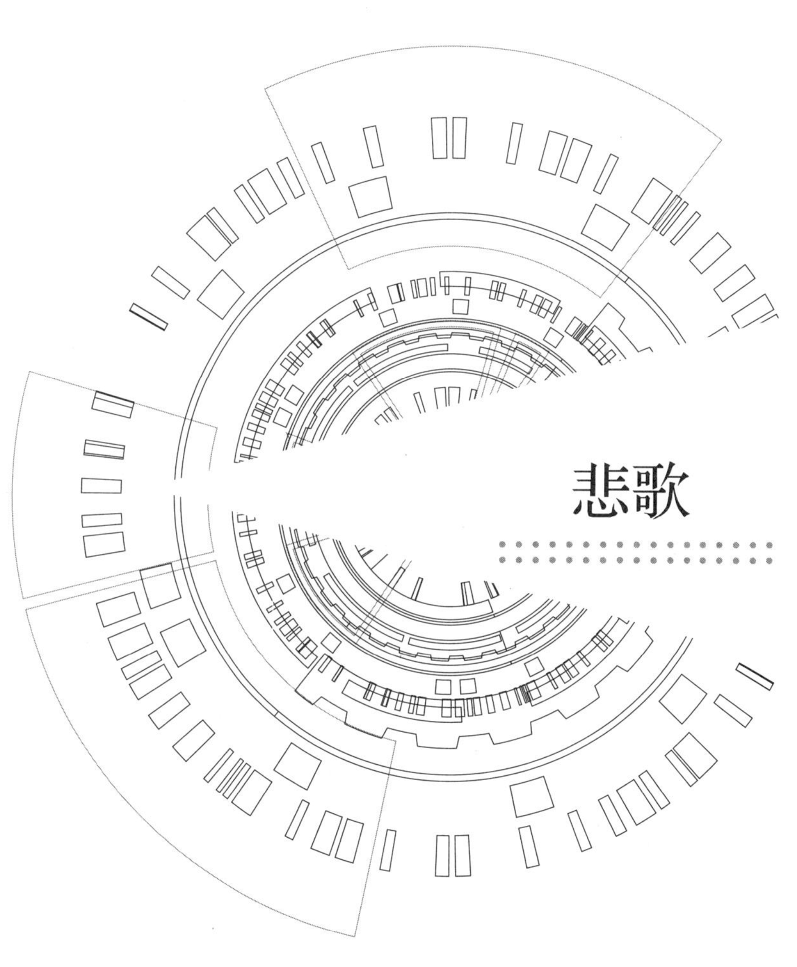

悲歌

沙海招魂

大漠深处，黄尘漫漫。漫天的尘沙随风卷扬，似霭霭黄云，似滚滚黄雾，弥漫了整个天地，到处都是一片灰蒙蒙的土黄色。分不清苍天，辨不明大地，过往行人沉沦在一团混沌中，不晓东西南北。

放眼看，高处的尘云，低处的沙丘，一切都在风里流动变形。

耳畔呜咽的风沙时松时紧、时远时近，像是一阵阵悲咽的胡笳，把人带进往昔的历史烟尘里。时间和空间，组成了一幅幅流动的图形，使人捉摸不透，此时此刻身处何时何地。汉代，还是唐代？抑或是开天辟地的原始洪荒时代？自身是今人，还是古代先民的化身？

心潮随着阵阵尘沙，澎湃起伏不定。

我在沙暴里追寻，寻找一个失落的遥远年代。我奔跑，我呼号，大声呼唤亲爱的伙伴。那个性情质朴刚烈的山东汉子，西域丝路考古队员，“大唐故将军”郜方聚。

啊，朋友，归来吧！不要躲避，不要执迷。让狂飙从地府卷起你早已消沉的魂灵，尘云重新凝聚你魁伟的形影，沙风吹送回你爽朗的笑声。来吧，莫迟疑。快回到我们的身边，回归进自己的队列，找到你本来的位置。我，在为你招魂。你可瞧见我泪眼涟涟，听见我哽咽的声音？

沉沉大地，默默荒原，一派空旷，一片寂寥。只有风，只有阵阵悲风。没有别的声音，没有心的回应。

西域兵马图

我记得，永远记得那个古怪的日子。

那一天，沙海里酷热无比。我和邵方聚、施丽，驾车飞驰过被烈日炙烤得滚烫的沙漠地面，沿着乱沙岗间的洼地，笔直往前驰去。

这不是一条寻常的道路，是古代丝绸之路的陈迹，是张骞西行、班超征战、玄奘取经时经过的地方。风沙湮没了原有的路面，岁月消磨尽了沿线许多绿洲和城镇，只留下一片片荒沙地，一座座阒无人迹的废墟，作为历史的凭证。废墟里，连狐兔蛇蝎也没有，毫无任何生命的气息，成了荒原的风的住所，使人不胜感慨嘘唏。

我们依据历史图籍和断续露出的残砖废瓦找到了它，正打算沿着这条模糊不清的古道向西，探明发生在其间的许多历史事件的真相。

这是西域系列考古的一个组成部分，一个崭新的观念是——考古，必须回到古代去，面对真实的古代社会进行研究。那种只知从残简断篇中寻章摘句，喋喋争论不休的腐儒的治学方法，早已被时代抛弃。我们是新世纪的考古学家，凭借着新的科学技术，像不畏惊涛骇浪、溯源行舟的大胆舟子，正雄心勃勃要穿过重重的时间屏障，直接深入历史的源头，仔细检看未曾被蛀虫啮蚀的历史原卷，从中查明自古以来的一处处史海疑云，恢复历史的本来面目。

我们的“时间之舟”是一辆奇特的汽车。

噢，不，准确地讲，这是一辆幻想与现实交织而成的“飞车”，可以奔驰，可以飞翔。更重要的是，它能以不可想象的速度，风驰电掣地突破层层叠叠看不见的时间屏幕，随意进入往昔的任何时代，透过车窗观看当时的生活图景。观史，胜于看全息电影，这就是它的奥妙处。说它是“时间之舟”一点也不过分。

时间到了，我们立刻就要加速进入历史。说真的，这可比崂山道士穿墙越壁有趣多了。我们热爱历史，刚从大学毕业，心里充满了热情和幻想，为自己首次跨进神秘的古代，能够亲眼看见那时的生活情景而兴奋不已。我们会在眼前的沙漠中看见什么？繁华的集市，冲霄的狼烟，一队回鹘商旅，还是一个貌美如花的楼兰姑娘？岑参的诗、班固的文，一一活灵活现，浮现在我们的眼前。噢，这真妙极了！我们生逢其时，科学家给予我们想象的羽翼，凌虚御空，纵横六合古今，比王国维、郭沫若幸运得多了。

我强稳住情绪，压抑住怦怦心跳，紧握驾驶盘，把时间定位在初唐。郜方聚和施丽准备好了记录本和摄像机，屏住呼吸等待那个激动人心的时刻。刹那间，耳畔一阵呼呼风响，眼前陡然卷起一片黄沙，把车身紧紧包裹住，不留一丝缝隙。我们的“时间之舟”像风筝一样在尘暴里漂浮起来了。轮下不是坚实的大地，而是滚滚尘云和虚空的时间流，把我们连人带车托起来，半浮半沉向前飞驰。

不一会儿风静沙散，重新露出了丽日、碧空、无边无垠的大漠，风光和先前似乎没有太大的变化。我们真的进入了唐时边庭的画框吗？大家不约而同地引颈四望，希望找到一点证据，判明此刻真实的时间和位置。

忽然，前方地平线上出现了一溜黑影，在迷迷蒙蒙的尘沙里缓缓移动，越走越近。

“瞧，骑兵！”郜方聚举起望远镜对准一看，激动地喊叫起来。

“古代的！”施丽看了一眼，也忍不住放声大喊。

我定睛仔细一看，可不是嘛！果真是一队顶盔掼甲的古代兵马。为首的一个将官黑面纠髭，身后的骑兵擎着一面残缺不全的三角黄旗。旗上刺绣着飞龙，大书一个“唐”字。他们的穿着打扮和唐太宗昭陵墓前的石刻武士一模一样，活脱脱一副唐代军旅装束。

我用力掐了一下自己，这不是做梦。再拭一下眼睛细细端详，也不是荒漠热空气里常见的海市蜃楼，这是实实在在的人影，脚下扬起阵阵尘沙，从远而近走过来，正是我们要探寻的对象。

看样子，他们像是经过一场激烈战斗，从远处跋涉归来。有的奄奄一息伏在鞍鞒上；有的失去了战马，互相搀扶着跌跌撞撞往前走，行动异常缓慢。袍铠上染着血迹，面容疲惫不堪。与其说他们是活人，还不如说是一群悄没声息的幽灵影子，仿佛一阵清风吹来，就会把他们连人带马像尘埃一样拂散似的。

他们是谁，从何处归来？是裴行俭征讨西突厥的部曲，还是侯君集麾下的一支劲旅？为什么一个个步履蹒跚周身血迹？莫非中伏战败，落荒绕道回营？莫非他们失去了向导，在大漠荒丘中迷了路？如此萎靡不振沉默不语，到底是何道理？

我们对这支古装骑兵产生了兴趣，驱车迎着他们驰去，贴近到跟前仔细观察。这才看清楚了，他们一个个尘土满面，嘴唇干裂。战马口边涂满了白沫，也不扬首嘶鸣，十分艰难地在松沙地里迈着步子，像是一串行进在无声电影里的人马。

我们一下子明白了。

干渴，此时此刻准是难以忍耐的焦渴在无情地折磨他们。他们一定在毒日蒸腾的荒沙地里走了很久，体力早已耗尽。如果再得不到一小口水浸润喉咙，准会像过去那些不幸的沙漠旅行者，一个接一个倒下去，成为茫茫沙海中新的牺牲品。

水，要是他们能有一口水就好了。

施丽看得入了神，忘记了不可逾越的时间障碍，忍不住扭开水壶盖子，想把水推送过去。

郃方聚也忘记了一切，身子扑向车窗前，挥舞着手臂大声呼喊："别急，再坚持一会儿，前面有泉水。"他想起了，刚才红外线地下水探测仪上显示出，沙海深处隐藏有一个地下泉眼。他想告诉这一队被干渴折磨得半死的唐代骑兵，却同样忘记了自身处在封闭的时间甬道里，彼此不相关联，可望而不可即。

他完全陷入了情感的深渊，无法克制自己。眼见呼喊不应，急忙从笔记本上撕下一张纸，匆匆写了几个字，揉成一个纸团，想打开车窗扔过去。可是，不管他用多大的劲，软绵绵的纸团却总也穿不过时间壁，无法抛到那一队兵马的面前。

他急了，打开车门想跳出去。我连忙一把拽住他，对他嚷道："你疯了！想跳到一千多年前去吗？"

"他们快渴死了，我给他们指点一个泉眼。"他解释说。

我提醒他："难道你不明白，这一去，就不能再回来了吗？"

施丽也清醒了，旋紧手中的水壶盖子，拉住郃方聚说："老郃，别感情冲动。像我刚才那样，还傻乎乎地想把水壶递过去呢。"

我再一次提示他："这只是历史的一幕，好比看电影，何必为古人担忧呢？"

"历史，毕竟和电影不一样。"郃方聚大声说，"难道可以见死不救吗？"

我正想告诫他，别忘了我们自己的身份，只能观察，不能参与历史，但是已经来不及了。当他抬头瞧见队列里一个负伤的骑兵坐不稳身子，从马背上倒栽下去，再也按捺不住性子。只见他圆睁双目，放开喉咙大喊一声，用力挣脱我们的手，一把夺去了施丽手中的水壶，从敞开的车门里蹦了出去。

我急得喊出了声，连忙飞身扑上去，却没有抓住他，眼睁睁地瞧见他一头撞破时间壁，落进另一边的时间甬道里。在空荡荡的时间隔壁这边，只留下一句话音："别管我，我会回来的！"可是他到底怎样返回？在这急匆匆的一瞬间，也许他自己也没有想过。

撞破的时间壁又闭合了。我和施丽双双扑在薄如纸膜的透明隔壁面前，用力捶打着大声呼喊，恨不得一步跨过去，把他拉回来，只是理智克制住自己，才没有撞过这一道分隔古今的历史藩篱。

我们顿足大呼，急得沁出了泪水，可是有什么用呢？

坏了，出事啦！唉，这个激动得像孩子似的郜方聚，这个性急如火的山东汉子。

跨越时间的会见

往下的一切，就像电影画面似的，在我们的眼前一幕幕接连展现。

郜方聚在空中翻了一个跟头，仰面跌落在骑兵面前的沙地上，水壶脱手落在一边，使他们大吃一惊。隔着时间壁，我听不清他们说话的声音，只瞧见带队的黑脸膛纠髭将官霍地拔出腰刀，带着几个骑兵奔驰过去，把周身尘沙的郜方聚团团围住，指手画脚地像是在盘问他的来历。后面的骑兵也纷纷围上来，手捏住垂穗的刀柄，做出随时准备扑上去的样子。然而他们一个个都太虚弱了，虽然眼睛虎虎有神，身子却疲惫不堪。老实说，如果此刻他们放下刀剑，和郜方聚一对一搏斗，谁胜谁负一时还说不清呢！

郜方聚用手比画着，尽力向他们表白，想说明自己的来意。他手抚着胸口起誓，想让骑兵们明白，他是朋友，并非妖魔和奸细。

可是他却无论如何也没法说清楚，怎么会从平地里忽然冒出来，言明他来自21世纪，穿越了漫长的时间长河，显身在这队唐代铁甲骑兵的面前。

他争论，他申辩，急得满头大汗，却越弄越使对手犯疑。

隔着时间壁，我们瞧见他面孔涨得通红，激烈地大声争辩，两手指天指地来回比画，不知说些啥。

“天啊！”施丽着急了，“他该不会露出底，说是来考察古代历史的吧？那些骑兵说什么也不会相信。”

“这可说不清了，”我毫无把握地摇头说，“无论如何他也不是唐朝人。如果他经不住盘查，答不出口令，一时说漏了嘴，没准他真会亮出自己的身份。”

“他会把咱俩端出来，给他作证明吗？”施丽问我。

“咱们是看不见的，怎么显灵给他当证人呢？弄不好，会把咱俩也当成使妖法的江湖骗子。三个蚱蜢拴在一起，想蹦也蹦不起来。”我回答。

是啊，这真太难办了。郜方聚只是出于一腔热情，想搭救这队濒死的唐朝骑兵，却没有考虑好怎样说清自己的身份，造成了怀疑和误会。如今越搞越糊涂，看来要取得这些古代武士的信任是很困难了。

我没有料错。黑脸膛纠髭将官怀疑地朝郜方聚周身上下打量了一番，皱着眉头略微一沉吟，挥手吩咐手下人把他抓住搜身。他这样做，并没有错。须知，他们刚脱离浴血奋战的沙场，身处危机四伏的异域险境，忽然在晴空白日下，见着这个平地显身的怪人，怎能不起疑心呢？说真格的，若是换了我，也会毫不犹豫这样处置。

郜方聚感到委屈不平，奋力挣扎着，仰面向天空大声呼喊，却双拳不敌众手，被几个跳下马的骑兵紧紧抓住，不由分说搜出了所有的贴身物件。

我紧张地注视着他们的一举一动，心脏几乎要从嗓子眼儿里蹦了出来。过了好一会儿，我才慢慢舒了一口长气。只见那个黑脸膛纠髭将官接过士兵递给他的物件，放在手中翻来覆去仔细逐一查看。特别是瞧见他的身份证上写着“民族：汉”几个字时，脸上渐渐消除了疑云，露出惊诧的神色，不由自主地抬起头，重新端详站在面前的郜方聚。瞧他那副模样，准是在心里暗自琢磨：眼中这个怪人身边没有胡人腰牌，也没有蜡丸文书，不像是番邦奸细。他的装束不俗，身怀许多异物，会是什么人呢？莫非大唐洪福齐天，天公开眼，他是……

他的情绪必定也感染了周围的骑兵，抓着郜方聚双臂的士兵不由自主地放松了手。郜方聚瞅空子使劲挣脱身子，拾起落在尘埃里的水壶，转身递给身边的骑兵，手指灰沙滚滚的沙海远处，张大嘴巴喊出一个字。从他的口形，我认出了，那是“水”！

情况起了戏剧性的变化。

带队的黑脸膛纠髭将官仰面举手加额，眼眶里沁出一片泪花，连忙翻身跳下鞍鞒，双手把郜方聚扶上自己的战马。自己另换了一匹羸瘦的坐骑，吆喝队伍拨转马头，跟随郜方聚踏沙往前走去！

他成功了！

临行时，郜方聚转身向空中招了一下手，脸上绽露出胜利的笑容，像是和我们告别，他，终于做出了进入古代的大胆实验。

这真太不可思议了！我们的伙伴，这个性情莽撞的郜方聚，果真执拗地达到了目的，冲破了时间障碍和猜忌的疑云，和这一队唐朝沙漠骑兵完全融合在一起，成为一个整体。这该感谢上苍的恩典，抑或归于他的坚强意志，还是科学的魔力？

眼下我们没有时间仔细琢磨这个问题，眼见他们在沙尘里愈走愈远，郜方聚的背影逐渐消隐在那一群旗幡招展、盔铠齐全的古代骑兵队伍里，不由又勾起了新的忧虑。

他，已经成了古人的一员。如今赤手空拳，没有仪器和地图，能在茫茫的大沙漠里找到那个隐蔽的泉眼吗？他能越过时空，平安返回到我们的身边吗？

我们可否帮助他一把？至少也要看清他的去向，赶快设法把他弄回来，我和施丽对视了一眼，心里打定了主意，准备驱车跟在后面，看他下一步怎么走。

可是当我低头瞥了一眼驾驶座前的仪表盘，心脏就不由猛地收缩了一下，只见允许逗留在古代的指针已经临近警告红线，如果多停留一会儿，便会连人带车陷入时间陷阱，万劫不复了。

我和施丽面面相觑。无可奈何，只好眼巴巴瞧着他们翻过一道又一道沙山，渐行渐远，连忙启动引擎飞了回来。

水井边的脚印

我和施丽丧魂失魄地飞出了时间甬道。荒沙地上，骄阳依然，风光如旧，身边却少了郜方聚，瞧不见那队擎旗行进的古代骑兵。这是梦、是幻，还是一种莫名的病象反映？我惶惑了。

想不到他，那个有血有肉，爱说爱笑，性情爽朗的七尺男儿，居然一下子从现实生活里隐去，融入一幅高适、岑参吟咏过的唐时边庭兵马画中，成为一千多年前的“古人”。这是科学的谬误，还是感情的过失，实在没法一下子说清。当我们返回基地，该怎样作出解释？我们竟在沙漠里丢失了一个大活人。眼睁睁瞧见他跌入时间陷阱却没法阻止，也不能施以援手，显得多么无能。唉，狡狯的命运之神给我们开了一个多么残酷的玩笑。一个考古队员，转眼间变成了考古的对象，永远禁锢进时间编织的樊笼，任随历史尘封万古不复。

不，我一定要想办法把他寻找回来。不能把他孤零零地抛留在那个早已消逝的时代，和那些古装骑兵一起，嵌藏在历史的夹层里，成为一个荒诞无比的活化石标本。

回头看向施丽，她已兴致全无，两眼发愣，呆痴痴地望着眼前坦荡宽阔的大沙漠，眼珠里升起一片模模糊糊的泪花，嘴里一句话也说不出来。

是啊，此时此刻我们有什么办法呢？我不由恨起这辆“时间之舟”了。为什么没有更加先进的装置，必须待到时间键盘彻底冷却复原后，才可再次进入历史，白白浪费了宝贵的时间。

如今我们无计可施，只好闷坐在“时间之舟”内，两眼盯住仪表盘，一分钟一分钟地耐心等候。好不容易才待到一切恢复正常，连忙启动车身飞进通向过去的时间流。滚滚沙尘伴着风的呼啸声，又在窗外搅得昏天黑地，直到刺耳的啸声消失，再度显现出地面景物。

不出我所预料，沙地上一片岑寂，早已没有骑兵队的影子。不知何时卷起的风，把近处沙地上的人马脚印拭抹得一干二净。不消说，郃方聚也随风而去、杳无踪迹。沙海如常，蓝天依旧，四周平静得可以听见心脏跳动的声音。

“还能找到他吗？”施丽问。

“能！”我注视着沙霾沉沉的大地，略微想了一下回答说。我知道，郃方聚不会脱离这个时间层，他和那队骑兵肯定在这片沙漠的不远处。他曾说过，要带那队焦渴得半死的骑兵去找水。我们只消找到泉眼，就能找到他们。

不消说，我心中也不是完全没有疑虑。他把骑兵队带离了大道，会不会在茫茫沙海里迷路，经不住烈日暴晒和饥饿、焦渴的折磨，没有找到泉眼就发生了意外？这是难以预测的未知数，不过，我心中仍有一些把握。因为我们和郜方聚分手不过一会儿，短时间内他们骑着马，能走到哪儿去？必定还在附近的沙漠里，只要耐心寻找，一定可以找到。

想不到施丽忽然提出一个我没有想到的问题。她皱着眉头半对自己半问我说：“常言道，天上一日，地下十年，谁知我们走的那一会儿，这里经历了多少时间？他们该不会走远了，或是困死在这个沙漠里了吧！”

听了她的话，我的背脊骨不由嗖地一下冒出了凉意。噢，想不到世间还有这样一说。如果这是真的，要想立刻找到郜方聚就有些棘手了。

事不宜迟，我们立刻动身往前驰去。因为进入异时领域停留时间有限，又遇着了这种令人头疼的“时间差”，担心一误再误地把事情越搞越糟，因此一秒钟也不敢耽搁。

按照常理，我们首先要做的事，就是直奔已知的泉点，实在找不到再说下文。

我们心急如焚，驱车横过沙漠，像闪电般找遍了一个又一个泉点，没有发现他们的踪迹，心里发急了。

我瞅着窗外的荒沙滩，不禁深深埋怨郜方聚。这个莽里莽撞的朋友，一时头脑发热，扎进了和人间阴阳相隔的古代。救人不成，连自己的性命也搭上了，值吗？

眼看时间键盘上的指针又挨近了警告红线，施丽失去了信心，担心超过时限，我们会陷进历史无法自拔，催促我赶快离开，待到下次轮回再重新进入。

我心中十分踌躇。心想，古今时间比例不一，下次的时间差更大。若不抓紧最后的时刻再看一下，以后更难找到他了。

我边用眼角瞟着时间键盘上缓缓移动的指针，边驾驶着“时间之舟”如飞般掠过沙漠地面，朝向另一个尚未巡察过的角落驶去。正当指针快要挨上警告红线的一刹那，猛地抬头瞥见沙地上有一口新挖的水井。我拉飞起“时间之舟”，从井口上滑翔过去，瞥见黑洞洞的井底，闪烁出一些水花的亮光，井旁沙地上散布着许多杂乱的脚印。内中有一个脚印与众不同，特别引人注目，匆忙间我认出了，那是一双42码的软胶底运动鞋的印模。唐朝哪有运动鞋？肯定是郜方聚留下的。从印痕的清晰程度看，他们分明刚离开不久。可惜此刻时间键盘上的指针已经挨上了警告红线，驾驶舱内铃声大作，再也没有时间追赶他们了。我无计可施，只好狠心猛踩油门，驾着摇摇晃晃的“时间之舟”飞了回去。

沙场上的一只血鞋

他们有了水，想必可以安全走出沙漠了。我们暂时舒了一口气，连忙驰回基地，报告事件经过。

“这种‘时间之舟’的内外时间差是1比365，耽误一天就是一年。”考察队长着急地说，“郜方聚进入的时间层，正是西域战乱时期。若不赶快采取行动，只恐他有性命之忧。”

由于器械性能的限制，队长也一时束手无策，只好吩咐我们带路，再派出几艘“时间之舟”赶往现场，轮番进入时间流寻找，务必查明他的下落。同时火速通报北京，希望有关方面能够设计出更好的营救方案。

我们心急火燎地立刻出发，不顾时间键盘上的警告红线的阻挠，一辆接一辆轮番进入时间流，沿着先导者的轨迹冲进又冲出，不停地穿梭飞驰，在广袤的大沙漠里到处寻找郜方聚和那一队骑兵。

由于这次救援工作耽搁了大半天，处在时间夹层里的郜方聚几乎又过了一年。时间差距越拉越大，找到他的机会就更加渺茫了。他随着一支戍边的骑兵队在战火烽烟中活动，行踪飘忽不定，谁知此时此刻他流落何处，身在何方呢？

烈日下的沙漠，似传说中的炼狱，蒸腾起丝丝袅袅的热气，弥漫了远远近近的起伏沙冈，看不清周围的景物。加上捉摸不透的龙卷风时不时平地窜起，卷扬着灰蒙蒙的尘沙，把我们罩裹在里面，只觉一团混混沌沌，更加无法辨识方向，给搜寻工作增添了难以形容的困难。我们冲风度沙，顶着烈日到处察看，可是除了一丛丛胡杨柽柳，一座座荒垒废堡，一堆堆破碎的白骨，哪儿有郜方聚的影子？

有好几次，我们远远发现了几个人影，连忙赶过去察看，却大多是深目隆鼻，装束奇异的胡骑。不仅找不到郜方聚，连大唐兵马也没有见着一个。一片不祥的疑云涌上我的心头。莫非他和那队疲惫的骑兵没有死于饥渴的折磨，却在冷酷无情的沙场上遭到了不幸？从基地提供的历史资料看，此刻正是中亚地区西突厥势盛，煽动西域各处竖起叛旗，围攻残余唐军之时，这种悲剧性的结局不是没有可能的。

似乎与这个想法相呼应，当我们驰过几道乱沙冈，进入一片开阔地时，忽然瞥见一幅古战场的情景。只见黄沙地上到处散布着盔甲、旌旗、残戈断矛和人马尸骸，一片狼藉，惨不忍睹。其中大多是唐人衣装旗号，显然有一支唐军在这儿遭遇强大的敌人，寡不敌众，受到歼灭性的打击。沙地上血迹殷红，许多尸体面目犹生，这场战斗必定刚结束不久，我们只来晚了一步。我的心陡然收紧了，这是不是郜方聚所在的骑兵队？他也难逃此劫，在此数中吗？

我正疑虑间，施丽失声叫了起来。她手指着一个周身血污、仰面平卧在沙地上的尸体大声喊道："瞧，这不是那个带队将官吗？"

我回转身定睛一看，可不是吗！果真是和我们打过照面的那个黑脸膛纠髭将官。这支覆灭的骑兵队，不消说就是郜方聚所在的队伍了。

郜方聚呢？这是我最关心的问题。古人往矣，难道还要他这个属于现代和未来的大活人一起殉葬，战死在一千多年前的西域沙场吗？

我放慢了"时间之舟"的速度，在战场上细细巡回寻找。忽然在血染的黄沙地上，一个白色的物体吸引了我的注意力。

那是一只鞋。

不是西突厥人的乌油皮靴，也不是唐军的高腰软底战靴，而是一只不折不扣的现代运动鞋。洁白的鞋面上沾满了尘沙和血痕，和战场上别的遗物静静地混杂在一起。

这是郜方聚的鞋！啊，他也遭遇了不幸吗？

"老郜！"施丽沁出了泪花，扑在车窗上声音哽咽地喊了起来。

我一时也没有了主张，只来得及举起相机，给那只染血的鞋拍了一张照片，算是给郜方聚留下最后的纪念。霎时间，我只觉一阵头晕目眩，鞋面的血痕在眼前越变越大，化成一个硕大无朋的殷红血团，完全障住了我的眼睛。

历史夹缝里流出的声音

我和施丽含着眼泪飞出了沙尘包裹的时间甬道，返回途中心里越想越

犯疑。

我们刚才一时过于冲动了，没有仔细思量。试想，如果郃方聚真的战死了，为什么不见遗体？是被流沙掩埋了，受伤被俘，还是被唐军救走？只凭一只沾血的鞋，不足以判明其存亡死伤。看来其中似乎还另有文章，需要进一步探明。

霎时间，我们觉得阴霾的天地重又闪露出一线亮光，不觉精神为之一振。可是我们费尽了心力，却找不到半个人影。无可奈何，只好垂头丧气返回基地。

基地内，伙伴们议论纷纷。有些人断言，郃方聚即使侥幸逃脱胡骑追击，由于身体负伤，又不熟悉路途，也会被无情的沙海吞噬。有的人则认为古往今来单骑沙漠脱险的事例并不罕见，郃方聚曾经过科学训练，不排斥在恶劣环境中逃生的可能性，何况骑兵队伤亡不详，谁知他是孤身一人，还是有人结伴而行呢？

听来听去，似乎都言之有理。问题的关键还在于，为什么我们反复搜寻，却没有发现他的影子呢？他是真的死了，像20世纪70年代，一位名叫彭加木的科学家在新疆罗布泊遇险，遗体被风沙掩埋，消失得无影无踪；还是我们追查不及，他已经从时间夹缝里远走他处，这就无法一时说清了。如今时间差越拉越大，倘若没有新的线索和手段，继续寻找就更加困难了。

现在，拯救郃方聚的行动，已经远远不是我们几个人的事了。

通过新闻传播，全世界都知道了郃方聚奋不顾身，投入历史舍己救人的英勇事迹。人们也注意到，他是第一个进入古代，参与了历史事件的活证人。现在他已经掌握了大量生动的历史资料，比我们隔着时间壁袖手旁观进了一大步。救出他，就意味着是抢救现代考古科学的最新成果。无论为了生命，还是为了科学，都应该尽快抢救他。

无数函电像雪片一样飞来，愿意提供各种帮助，极其关心他的命运。

几位白发苍苍的唐史专家，不顾年逾古稀、体弱多病，也兼程从四面赶来，打算向我们提供历史背景材料，也希望由此获得更多更新、更深入的认识。一些报纸、通讯社纷纷派出记者，前来采访这场史无前例的救援活动。有的报刊特别留下了版面，准备全文刊发郜方聚的历险记。如果他未能生还，撰稿的殊荣就落在我和施丽的肩头上了。

更值得我们兴奋的是，为了抢救郜方聚，制造“时间之舟”的工厂昼夜加班，精心研制出了一辆新型时间旅行器。不仅可以穿入历史烟尘看见当时的情景，还能偷听到从历史画面中传出的声音，无疑对抢救工作大有裨益。

噢，这真太好了。我和施丽立刻跳上这辆新的“时间之舟”，冲进了时间流。

现在，历史在我们面前，再也不是无声电影，而是充满了种种生疏的神秘音响了。悠悠驼铃，萧萧马鸣，悲咽的胡琴，幽怨的琵琶，像铜钟般沉雄的武士呼号，如莺啼样宛转的歌伎吟唱，一阕阕、一声声，紧紧扣住我们的心，使我们恍若身临其境，感到化为古人的伙伴就在身边，增添了无限信心。

为了获得郜方聚的消息，我们不厌其烦地驶往一处处村镇，靠近行进的商旅和草滩上的牧羊人，躲在时间壁后面偷听人们对话，希望从中捕捉到一点一滴有关他的信息。遗憾的是，他们的交谈多半是天气、路途、草地和羊，和郜方聚没有半点关系。只有两个赶骆驼的人在篝火边偶然谈到，几年前有一个驾云下凡的异装罗汉，能用慧眼看穿地脉，找到泉水超度来往行人；他有金刚不坏之身，能避刀兵水火，单人独骑从血海中逃跑出来，穿越大漠归营；据说他还能腾云驾雾，有呼风唤雨之术、移山倒海之功，等等。

不消说，这就是郜方聚了。他已经被神化成为救苦救难的观世音、吕洞宾、济公活佛一样的人物了。但是从人们口中勾绘出的形象，他仍旧是他，那个义烈刚毅的山东汉子郃方聚。

我们感到十分庆幸，因为他终于脱了险，尚生存在人间。然而听罢他们的对话却多少有些惆怅，因为西域路上沙海茫茫、人海茫茫，谁知此时此刻我们的朋友正栖身何处呢？

听历史画面中的人们谈话，更多的是关于西突厥汗国煽起的战火。锐不可当的西突厥骑兵正在横扫大漠南北，到处豕突狼奔。眼看唐室孤军危急，玉门关外半壁河山将被分离出母土，不再归属中国，莫不人心惶惶、不知所措。尤其令人头疼的是，西突厥首领为了击破唐军，依仗熟悉地形之利，派出游骑乘夜偷袭唐军寨外各处井泉。将所有水井悉数填塞，意欲逼使受困唐军不战自退。沙漠行军，全仗饮水。此一毒计胜过10万大军，使唐军焦渴难忍，形势凶多吉少，正不知下文如何分解。

“咱们到唐营去看看吧，”施丽提议说，“如果老郃还健在，多半在那儿。”

此话言之有理。但是黄沙迷茫，军机诡秘，局内人尚不尽知个里情况，我们时距千年，如何知晓唐营确切位置呢？从历史画面中偷听来的谈话，并无片言只语涉及此事，只有自行相机行事进入大漠探访了。

起初我们自以为是，不顾路途迢迢，直奔一些位置适宜、形势险要的地点。到达后却大失所望，发觉这些地方不是胡骑出没之处，就是荒无人烟的野地。原来我们运用现代地理观念，一切从当今自然环境出发，和古时地理情况大相径庭，当然无法觅得唐营踪迹。

我们这样在沙漠里钻来钻去，浪费了不少宝贵光阴。灼热如火烧的毒日，迅猛似海潮的尘暴，把我们折腾得晕头转向，只是出于对老友郃方聚的牵挂，怀着必成的信心，我们才坚持着这种极其枯燥乏味，却又紧张非常，使人心力交瘁的搜寻工作。

我们改变了路线，直向古代西域丝绸之路经过的一片沙荒地进发，顺着一道凹地进入了沙海腹心。天朗朗，地沉沉，一派洪荒时代般的宁静景象，似乎和纷扰的人间毫无任何关联。

忽然，在丽日晴空下，远方腾起了一片奇怪的沙尘，不像是常见的遮天蔽日的尘暴，也不是飞速旋转的龙卷风尘柱，低低地弥漫在地平线上，十分引人注目。这是成群的大型动物来回奔跑扬起的。可是这儿没有牧人的畜群，也没有成群结队的野生动物游荡，莫非和军旅征战有关?

我的推测没有错。当我们驰到近旁，果真听见连天的喊杀声，滚滚尘沙中显露出许多兵将的影子，旌旗飘飘，刀光闪闪，无数骑兵混战成一团，完全失去了队列和阵形。挥刀砍杀的，中枪落马的，使人目不暇接，无数马足扬起了滚滚黄尘，遮蔽住头顶的苍穹，少有阳光射入，使色彩鲜艳的战旗和拭擦干净的镔铁头盔都黯然无光。我万万没有想到，踏遍了大半个北疆没有找到唐营，却无意中在这儿遇见了一支离营远征的唐军。瞧他们一个个气势如虎，哪有由于缺水而疲惫困顿、不堪一击的样子？这又是一个难解的谜。

我正看得出神，施丽手指着战尘里闪出的一面黄旗叫了起来：“瞧！那面黄旗。”

我定睛一看，只见那面飞翻的战旗在马蹄扬起的尘沙里忽隐忽现，旗上绣着斗大一个“郜”字。

这是我看花了眼，还是巧合？我正惊疑，突然擎旗的骑兵跟随着一员挥刀左砍右杀的战将，卷起一溜灰沙，从斜刺里直朝我们奔来。马太快了，尘土太密，看不清马背上的战将的面容，只觉他气若长虹，奔驰如飞，有一种势不可当的样子，所到之处，西突厥兵马纷纷败退，他左右了战斗的形势。

由于我们处在不同的时间甬道内，虽然横在他们的面前，却不能造成

任何障碍。一片混乱中，只见一匹亢奋的战马腾空跃起，忽然像是电影中的叠影镜头似的，毫无遮挡地闯进了驾驶座前的挡风玻璃，一只蹄子踹在我的心窝上，奋力长嘶冲破车顶而去。马嘶声中，夹杂着一个十分熟悉的山东口音，高声呼喊着："跟我来，冲啊！"

啊，那是他！

我听出来了，那是郃方聚的声音。我的头脑一阵晕眩，觉得天地随着杂乱的马蹄扬起的那股越卷越快、越卷越高的灰沙飞速旋转，身边的一切都失去了本来的位置。我迷惘了，向着冥冥苍穹和无情的命运呼问：他怎么会跨上战马，怎么会披上了古时盔甲，成了唐军的领兵大将，厮杀在日月无光的沙场上，马蹄践踏过这辆本应属于他的"时间之舟"而无知觉？

施丽目送着战尘中的郃方聚越驰越远的背影，激动地推开我，握住驾驶盘想驱车追上去。可是，唉，时间键盘上的指针又挨上了那条该死的警告红线。

丰碑

命运，是善于捉弄人的。我们就这样，再次失去了郃方聚的线索。

不久，战火熄灭，西突厥退军，大漠内外重归平静。通过实境观察和窃听，我们获得了大量生动的材料，丰富和修正了过去的许多史学观念，但是陷入历史夹层的郃方聚仍旧下落不明。

一个月快过去了，屈指算来，他在历史中已经度过二十多个春秋，不知不觉年龄已经超过我和施丽一倍。多年在古代环境中征战的劳碌艰辛生活，他的双鬓是否已染上了霜丝？额头是否出现了皱纹？即使能够侥幸获救归来，相逢是否尚能相识？他是否还记得自己肩负的责任，设法携带所收集的史料归来？是否知晓为了搭救他，我们已付出了多大的心力？也许他也正巴望着我们设法解救他吧！

是啊，不管如今他已经沦为什么模样，即使转眼达到耄耋暮年，也要千方百计把他搭救出来。他，我们的亲密伙伴，一代历史的宝贵的见证人，必须竭力抢救。我向苍天和后土起誓，不达目的决不罢休。我不能眼巴巴瞧着他在历史中枯死，成为一个特殊的化石标本。

机会终于来了。在各方紧急支援下，工厂赶制出了第三代“时间之舟”，十万火急地送到了我们的面前。和过去两种类型不同的是，它可以敞开舱门让乘员直接进入历史，也能随意带走历史人物。车内有三个座位。那个空位子，就是特意给郜方聚安排的。

我们欣喜若狂，一分钟也不耽搁，立刻启动引擎，冲云破雾进入了指定的时代。

这一次，我们的目标十分明确，直奔郜方聚初入历史时，为了搭救那队焦渴的骑兵，在沙漠里找到的那眼水井。因为我们曾经不止一次从历史中偷听到一些谈话，说起了这口和“罗汉显身”有关联的“神井”。这是他进入历史的起点，也许可以得到一些关于他的消息。

谁知，当我们到达井边抬头一看，不由傻了眼。只见加了护栏的井边竖立着一块大石碑，碑面镌刻了一行笔力遒劲的大字：

“大唐故将军郜公方聚掘井处”。

啊，我们来晚了一步，无情的历史真的吞噬了他，他一声不语就溘然逝去，成为唐史新篇中的一位“故将军”。泪花顿时模糊了我的双眼，看不清石碑、水井和周围的一切。

施丽伏在石碑上恸声悲哭，泪水沾湿了石面，一直向下滴流进黄土。

啊，那不是石头，是郃方聚的高大刚强的身子，他还是那样硬朗，那样坚定，只是热血已经凝固，一片冷冰冰。

哭啊，哭啊，让我们用泪洪权作水酒，洒在碑前祭奠你的英灵吧！时空茫茫，友情依依，不意遽尔竟成永诀，怎不令人悲伤、惋惜、怨恨、痛悔！我恨我自己，为什么当时反应不灵，没有一把抓住他，听任他只身跳进了历史的陷阱。我怨“时间之舟”，为何不早具备来去自由的功能，让我们跟进历史拽回他。如今一切都不可挽回了，在已成的史书中，平白增添了一幕不该演出的悲剧。

我们，面对命运的嘲弄，却无能为力。

我慢慢拭干了眼泪，绕到碑后察看，这才注意到碑上还有一行行小字楷书，记述了郃方聚在当时凡间所留下的功绩。

他，被奉为天降的异人。这口水井，被视作是一处稀世仙迹。

我细读了碑文，心里明白了。

这口井，拯救了焦渴濒危的骑兵队；这口井，维持了唐营将士的生命和士气。我们曾在大漠中寻找过千百遍的唐营，原来就在这口水井边。依仗涓滴沁出的井水，疲惫的唐军恢复了元气。郃方聚请缨退敌，带队冲锋苦战击退了西突厥兵马。在最后一次战斗中，他不幸中箭为国捐躯，马革裹尸安葬在沙场，赢得了将军的封诰。

不，那不仅是大唐皇帝的赐予，也是西域军民的心声。他，掘出了地下清泉，拯救了一方生灵；他，奋战沙场，维护了祖国领土的完整，无愧是一位顶天立地的大将军；他，没有留下一句话，没有亲身带回珍贵的古史考察资料，却用自己的生命，书写了一页新的光辉史迹，谱出了一阕慷慨悲歌的西域边塞故事。

别了，我的伙伴。安息吧，“大唐故将军”郃方聚。

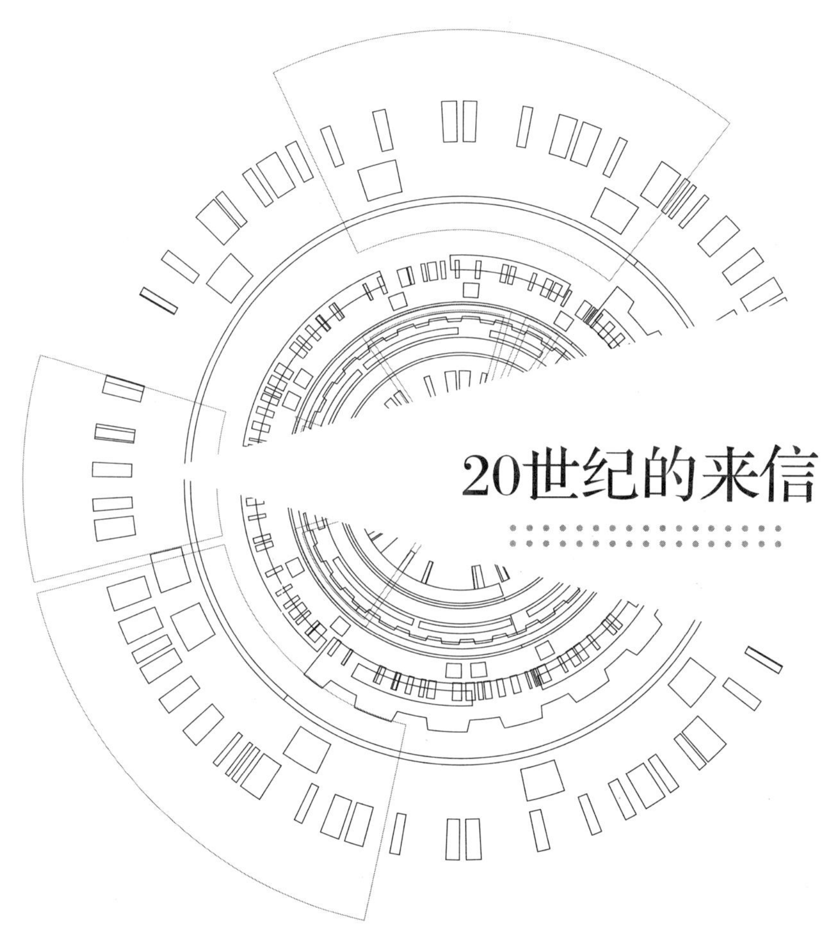

20世纪的来信

一

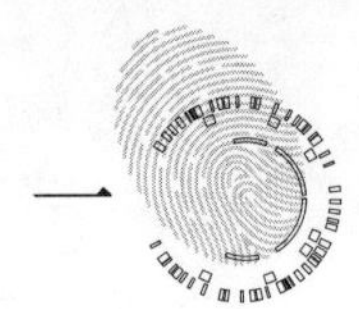

21世纪的一天，在渤海边，故事从这儿发生……这是一座热闹非凡的小岛。沙滩上到处是沐浴日光和兴高采烈玩海水的人群。陈卓明和汪雪离开嘈杂的人群，沿着松软的沙滩越走越远。

陈卓明是一个经验丰富的地质学家，他打算利用这次休假，研究一下海岛的地质构造。伴随他散步的汪雪是一个性情活泼的姑娘，是《少年科学报》的记者。她有着丰富的想象力和广泛的兴趣，很想从陈卓明那里学到一些新知识。

汪雪边走边打量着周围的一切，好奇心使她不放过一丁点儿值得注意的东西。忽然她转过视线，瞧见礁石上有一个红漆涂绘的箭头，旁边写着："前进，二十步。"字迹歪歪斜斜的，一眼就能看出是孩子的手笔。她对此产生了兴趣，连忙数着脚步往前走，到了一片光秃秃的石壁前，她发现头顶上有个很不显眼的岩罅。在陈卓明的帮助下，她攀了上去，在积满白沙的石缝里找到了一个锈迹斑斑的铁盒子，用力撬开一看，里面放着一大摞信。每个信封上，都写着："21世纪的科学家收"，下面的落款是："红领巾地学夏令营的各小组，1955.8.1"。可惜时间久远，盒内浸进了海水，大多数信件的字迹已模糊不清了，只有三封信还能辨认出来。

汪雪展开了第一封信，上面写着：

21世纪的科学家，您好！

海水这样咸，真讨厌！您能把大海变成淡水吗?

这是一个孩子的愿望，汪雪觉得很有趣，把信递给了陈卓明。

“我听见了100年前的一个孩子的声音。”陈卓明说，“他信任科学和未来，我们应尽力满足他的要求。”他决心研究一下这个有趣的课题。

汪雪的眼睛里也闪烁着幻想的亮光，说：“海水又苦又涩，简直没法进嘴。若是变成淡水，远航的水手再也不必为喝水的问题而发愁了，而且，海上遇难的人们，得救的可能性也就大得多了。”

看着满怀激情的汪雪，陈卓明笑了。海啊！这个大咸水盆，看来的确给人们带来许多伤脑筋的问题。

一股海风吹来，汪雪仰起脖子深深吸了一口气，提出一个疑问：“噢，我差点儿忘了。海边的空气里带着新鲜的咸味儿，像是一个天然的负离子发生器，使人精神爽朗，这也是好事情啊！再说，海边还可以晒盐，修建化工厂呢！”

“说得对呀，姑娘，”陈卓明含着微笑点了点头，“世间的事物从来都是复杂的，应该从多方面想才对。”

汪雪用手拂了一下海水，脑瓜子里又冒出了一个新的疑问：“大海变成了淡水，哪儿还有海带、咸水鱼，以及渤海湾盛产的对虾和海参呢？”她一时又拿不定主意了。20世纪的那个孩子提出的要求是否有道理？把大海变成淡水到底有没有必要?

陈卓明仔细打量着大海，默默沉吟了好一会儿，眼睛忽然亮了，像是有了主意，他转过身子对汪雪说：“看来咱们琢磨的这个问题有好处也有坏处，应该想一个新点子，创造一个一半咸水、一半淡水的新式海洋才行。”

汪雪惊呆了，抬头注视着陈卓明，心想：他是否异想天开，那会是什么样的海洋?

“我也只是一个初步设想，”陈卓明坦率地告诉她，“能不能利用水的天然性质——咸水和淡水的比重不同，把它们上下分开？美国的阿拉斯加北部，靠近北冰洋的海岸边有一个努沃克湖，就是这种上淡下咸的双层湖。”

“妙啊！”汪雪乍一听，觉得这个主意好极了。但是她仔细一想，又琢磨出了一些漏洞：大海可不是平静的小湖，汹涌的波涛成天上下翻滚。不用多久，咸水和淡水就会掺和在一起。再说，海鱼有不同的生活习性，如果表层全部灌满淡水，性喜光照和新鲜空气、追逐浮游生物为生的表层鱼类岂不无法生存了吗？

“你想得不错，”陈卓明点头沉思说，“我也在考虑这些问题。我们下海去看看吧，也许会得到一些启发。”

他们找来面罩和脚蹼，像青蛙一样分开海水，潜入了海底。在这儿，听不见喧嚣的波涛声响，也看不见明亮的天光，仿佛沉落古井底，进入了一个陌生的天地。陈卓明仔细谛听了一下水流缓慢滚动的声音，像是得到了启发，游过去贴着汪雪的耳朵，说：“有办法啦！”

陈卓明边说边用手势比画出他想表达的意思，“波浪只能影响到一定的水深。再往下，就很难上下掺和了。”

啊，原来是这么简单的道理，为什么以前从没有人想起过？

“咱们上去吧！”陈卓明牵着汪雪的手，分开层层海水，笔直地升上了海面。他攀到一块礁石上，手指着脚板心底下的航迹，解答了汪雪心里最后一个问题。

“就在这儿保留一个海水眼，喂养喜欢阳光的表层海鱼。

你想吃海鱼，就从里面捞好了。”

汪雪的眼睛里，还有一丝疑惑的影子。陈卓明微笑着说：“你担心周围的海水会漫进海眼吗？最新发明的玻璃钢这就用得上了。”

改造大海的计划通过了，陈卓明担任了这项工程的总工程师。仅仅一夜的工夫，一道横拦渤海湾的大坝就建成了。当来往船只缓缓驶过船闸时，站在甲板上的水手们好奇地打量着这道横卧在水面上的大堤，简直不相信自己的眼睛。

一艘潜水艇驶进渤海湾，从水下穿过了堤坝。当它浮出水面时，值班的水兵打开舱盖，回头一看，不由得大吃一惊。潜水艇是怎么过来的，难道堤下有一个大洞?

为了探明情况，潜水艇又沉下海去，打开雪亮的探海灯，仔细检查水下情况。不看不知道，一看吓一跳，想不到海上长堤下面竟完全是空的。原来，整座大堤都是用泡沫塑料预制部件拼凑成的，下面用钢缆在海底固定，怪不得一个晚上就砌成了。

艇长问站在海堤上的陈卓明："为什么海堤浮在水面上，不砌到海底呢？"

没等陈卓明开口，站在旁边的汪雪挺神秘地眨了一下眼睛，抢着回答说："下次您再来，一切都会明白的。"

不久，这艘潜水艇到外洋执行任务后又归来了。陈卓明邀请艇上全体船员登上海堤，参加钓鱼盛会。堤上人群熙熙攘攘，每人握住一根钓鱼竿，正在内海垂钓。

航海经验丰富的艇长朝周围飞快地扫了一眼，敏锐地觉察到堤内外的海水颜色有些不一样。他还来不及仔细琢磨，就瞧见一道银光，坐在旁边的汪雪钓起了一条鲜蹦活跳的金色大鲤鱼。

"这是耐盐的新产品吗？"他感到很奇怪。

"不，"汪雪提起金鲤鱼，笑嘻嘻地答道："这可是地道的黄河鲤鱼。"

"为什么它能待在海里？"艇长越来越糊涂了。

汪雪扑哧一笑，舀了一勺水递给他，说："您尝尝，是咸的还是

淡的？”

艇长满腹狐疑地接过来呷了一口，没有半点儿咸味，而是甜丝丝的清水。他弄不明白，海水怎么变淡水了，原来的鱼儿又都到哪里去了？

站在一旁的陈卓明看出了他的心思，他举起钓竿，抛出了长长的钓线。过了老半天，钓起了一条身子扁平的比目鱼，对他说：“瞧，这不是原来的海鱼吗？”

陈卓明指着不远处的海面，几个孩子划着舢板，正绕着一个玻璃钢海眼，兴高采烈地捞海鱼和对虾呢！

这儿准是一个魔术世界！艇长和水兵们按捺不住了，连忙驾驶着潜水艇沉下水底。在潜望镜里，他们瞧见了许多鲤鱼和鲫鱼正悠闲地摆动着尾巴，仿佛在清水池塘里随意遨游似的。浮在水上的大堤，隔开了外面的海水。再往下，出现了海鱼的身影。它们在堤下游来游去，丝毫也没有注意到头顶上迁来了许多新邻居。艇长还有最后一个问题不明白，驾着潜水艇重新浮出水面，问陈卓明：“上层海水怎么变成淡水了？”

陈卓明说：“这是人工快速蒸发脱盐的结果。提出来的盐分，建造了许多化工厂。”他指着堤上钓鱼的人群说：“这都是新办的化工厂的工人，他们正在这儿度假呢！”

二

陈卓明和汪雪坐在礁石上，拆开了藏在海边石缝中的铁皮盒子里的第二封信，这是一个到海边来参加夏令营的藏族放羊娃写的。

喂，21世纪的科学家。您应该给扎木措灌溉甜水，别让羊儿老是喝苦水！

放羊的旺多

藏语“措”，就是湖的意思。扎木措是藏北高原湖群中的一个小湖。

这是一个多么简单，可又令人感到无限困惑的问题。陈卓明思忖着。

“我们应该到那儿去，解决这道难题。”他对坐在身边的汪雪说。

汪雪激动地点了点头。她的眼睛里露出了希望、自信和一股压抑不住的好奇心。

扎木措在荒凉的藏北高原上，周围是一片空旷的原野。从空中看下去，它的景象十分奇特，像是一大串彩色的同心环。外面套着一圈白花花的盐滩和龟裂地，里面是青色和暗黑色的湖水，在阳光的映照下，闪烁着淡淡的亮光。

一个银光闪闪的飞碟像流星一样掠过长空，低低盘旋了一周，落在湖边的盐滩上。陈卓明和汪雪打开舱门走出来，好奇地打量着四周。汪雪俯下身子呷了一口湖水，苦涩得难以下咽。

“噢，我可明白了。”她十分感慨地说，“为什么从前那个藏族放羊娃，要向21世纪的科学家提出湖水的水质问题。”

陈卓明注视着死水潭似的扎木措湖水，提醒她说：“你要知道，像这样的盐湖，在藏北高原上不知有多少个。那个放羊娃的要求，是一个值得重视的普遍性问题。”

陈卓明驾着飞碟飞入高高的空中，观察周围的地形。他坚信，要解答20世纪那个藏族放羊娃提出的问题，必须和整个自然环境联系在一起。

“啊，我看见了许多湖泊，像镜子一样闪着亮光。”汪雪高声欢呼着。

一群小湖泊散布在广阔的盐滩和龟裂地上，这是古时候一个很大的湖泊的遗迹，湖水变干了，留下这些残余的小水潭。

陈卓明想：如果水位再下落，它们必定就消失了。

陈卓明仔细观察着那些大大小小的湖泊，它们也和扎木措一样，有一圈同心环状的盐滩构造，这充分证明了它们是在同一种环境条件下变得干涸的。

“我发现了古河床，”汪雪急促地喊道，“这是一个模糊不清的古水道网。地面上的干河床，比头发丝还多。”

“好了。”陈卓明说，“我们再拍一张红外线照片吧！”

红外线相机是特殊的“眼睛”，它可以十分灵敏地感应出地面的热辐射状况，查明岩石和土壤的含水性能。

陈卓明仔细地看了红外线照片，发现在遍布高原的古水道网里，存在许多暗斑和暗色线段，这表明在许多古河床底部还蕴藏着残留的地下水。大地宏观探测的结果，得出了十分清晰的结论：藏北高原曾经温暖潮湿，河流纵横交错，湖泊星罗棋布，水质良好。以后不知什么原因，才逐渐干涸消失，变成现在这个样子。

“这太好办了，”汪雪笑嘻嘻地说，“给天气管理局打一个无线电话，来一次人工降雨，再派飞机拖一个人造小太阳来就得啦。”

“你想得太简单了。”陈卓明不以为然地摇了摇头，“这儿的空气本来就很干燥，单靠人工的办法，能够挤出多少雨水?

要解决20世纪的那个放羊娃提出的问题，必须找出发生干旱的原因，彻底改变藏北高原的自然环境。”

“这是世界屋脊啊！”汪雪困惑地睁大了眼睛，“改造它的面貌，多么不容易。”

是啊，莽莽的高原，巍巍的群山，在哪儿才能找到改天换地的金钥匙？

问题已经扩大了，现在摆在陈卓明和汪雪面前的研究课题，早已不是那封20世纪的来信所提出的内容了。他们必须迅速对整个藏北高原作出判断，才能够寻求到最佳治理方案。

飞碟载着心情激动的陈卓明和汪雪，时而高高升入目光不能及的天顶，消失在冰晶凝成的高层卷云里，俯视整个高原的面貌；时而又贴着地面低飞，或是悬停在一座峭壁面前，仔细观察它的构造，寻找古气候变化的证据。

飞碟驰过了辽阔的藏北高原和雅鲁藏布江谷地。雄伟的喜马拉雅山脉，像是一道高耸入云的冰墙挡住了去路。汪雪驾驶着飞碟，迎着风雪贴着山坡往下飘，忽然闯进了一座枝叶茂密的热带丛林。一眼望不见边的林木像是一张硕大无朋的棕色地毯，覆盖着起伏不平的低矮山冈和山谷，看不见林下的地面，此处的景色和荒凉不毛的喜马拉雅山北坡迥然不同。

汪雪感到好奇地问：“为什么这儿和别处不一样？我们好像是到了另一个星球上。”

“这是喜马拉雅山墙玩弄的魔术，”陈卓明解释说，“从前藏北高原也非常温暖潮湿，后来喜马拉雅山脉上升了，挡住了从印度洋吹来的湿润的风，稠密的水网就消失了，湖泊干涸了，留下了大片的盐滩。”

他凝视着窗外夜空里迅速移动的雨云，像是得到了启发。

陈卓明掩饰不住无限激动的心情，像是对自己，又像是对汪雪宣布说：“瞧，这就是解开那道难题的钥匙。有了它，扎木措就会灌满甜水。”

陈卓明的思绪激烈翻腾着，构思出一个新奇大胆的计划：打开喜马拉雅山墙，放进印度洋的热风，让风把挟在透明羽翼下的雨点，洒遍藏北高原的干旱大地。

用什么办法打开这道牢固的山墙？汹涌奔腾的雅鲁藏布江岂不是已经冲开了一条出路吗？不，它迂回蜿蜒，在快要深入山墙深处时，忽然来了一个大转弯。南来的风，依旧被厚实的崖壁挡住了。陈卓明的想法是，在大转弯的地方打开一条笔直的通道，利用改造了的雅鲁藏布江河谷，就有可能导入温暖潮湿的印度洋气流，一直引向遍布盐滩的扎木措了。

电子计算机验算的结果证明陈卓明的设想是切实可行的。虽然在气流前方还有许多山岭阻隔，暖湿气流不能扩展到整个西藏高原，但是却能改造一大片干旱地区。取得了经验以后，可以在喜马拉雅山墙上再凿开几个缺口全面推广。

一个月以后，雅鲁藏布江大转弯处进行了一次特大规模的人工爆炸。寂静的群山被惊醒了，翻腾上升的烟柱直冲平流层顶，全世界所有的地震台都记录到了突然发生的震动波。爆炸云散开以后，在地图上预先精心圈划的地方，所有的山头都不见了。

飞碟紧贴着新开辟的谷地底部飞驰，汪雪刚眨了一下眼睛，就掠过了荒凉的扎木措。从舷窗里回头看，从印度洋吹来的海风已经挟带着黑压压的雨云，从走廊的另一端翻翻滚滚地涌过来了，不一会儿就扩散开来，遮蔽了扎木措的湖水和湖边白花花的盐滩。

汪雪驾驶着飞碟在雨云里飞上飞下，雨珠儿哗哗不停地洒在玻璃舷窗和金属板上，一直渗进了她和陈卓明的心田。她的心情十分激动，多么想伸出手去，掬一捧甜滋滋的雨水啜一口。不用多久雨水就会灌满扎木措，漫过湖畔的盐滩，荡漾起一汪清波啦！

三

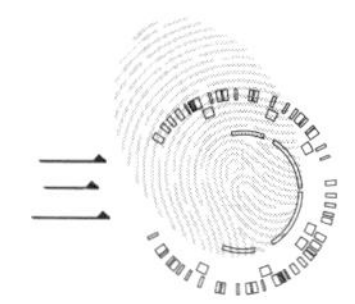

第三封信中的愿望能实现吗？

当汪雪拆开第三封信的时候，信封里簌簌地涌下许多干沙子，陈卓明就猜到写信的人多半是住在沙漠里。

信是这样写的：

没有见过面的科学家，我住在塔克拉玛干沙漠里，到处都是黄沙，瞧不见别的东西，无聊极了！我趴在沙岗子上，心里老是嘀咕：我们祖祖辈辈都住在沙窝子里，难道永远也不会有一丁点儿改变吗？不！我想不会的。

一位赶骆驼的老爷爷告诉我，沙漠里藏着一块‘魔毯’。若是找到它，把它铺在沙地上，就会遍地开放鲜花，塔克拉玛干沙漠就变成大花园了。

我不太相信这个神话。请您告诉我，塔克拉玛干沙漠的命运真的不能改变吗？如果您能想出一个好办法，那就太好啦！

这封沾满干沙子的信，像是有一股看不见的魅力，一下子感染了陈卓明和汪雪。

现在，陈卓明决定要到塔克拉玛干沙漠去，想办法用21世纪科学的力量，给沙漠铺上一块有生命种子的崭新“地毯”。

飞碟像一颗火流星，迅速掠过起伏的山冈和空旷的戈壁滩，飞进了黄尘漫漫的塔克拉玛干沙漠。汪雪在飞碟里瞥了一眼下面的沙地，心猛地一跳。天呀！要浇灌这一片无边无垠的大沙漠，需要多少水，哪儿才能找到足够的水源呢？

飞碟贴着沙地低飞，他们时不时停下来，观察伸展在荒沙地上的老河床和偶然发现的废弃的水井，可是它们全都干涸了，汲不出一滴清水。

难道塔克拉玛干沙漠真的永远一片沉寂吗？不，陈卓明的心里明白，塔克拉玛干从前并不是这个样子。人类出现以前，这儿曾经有许多河流和湖泊。地质队员在沙漠里钻探，还曾经找到过古代森林变成的褐煤呢！后来这儿出现了许多古老的王国。著名的丝绸之路就是经过这里，再翻越帕米尔高原，才伸展到遥远的中亚细亚去的。虽然后来气候变得干燥了，但很可能在地下深处，还埋藏着许多古代遗留的泉水。如今他要做的，是设法找到一个理想的泉眼，汲出地下的清泉。

在陈卓明的指令下，飞碟沿着一条模糊不清的古代驿道往沙海深处飞去。陈卓明想，这儿曾经有人居住过，他们熟悉沙漠的秘密，也许在一个隐秘的角落里，能够找到打开地下泉眼的钥匙。

这条驿道已经废弃了千百年，风沙几乎吞噬了所有的路面。只有从高高的天上往下俯瞰，每隔一段距离瞧见一处处半坍圮的驿站和烽火台的遗址，才能够依稀辨清它的存在。

陈卓明耐着性子驾驶飞碟，沿着这条荒芜的驿道往前飞。

这想必就是传说中的西域丝路。他从半空中俯冲下来，清楚地瞧见了沿途低矮的沙丘旁边，断断续续地遗弃着许多骆驼和马匹的白骨，旁边还有一些半露出来的陶器和瓷器碎片，想必是一支被风沙吞没的古代商队的遗迹。

“当风沙蔓延的时候，古人还居住在这条驿道上，这不是没有道理的。我们跟着追踪下去，也许就能够找到线索。”陈卓明对汪雪说。

“既然有泉眼，为什么他们不一直住在这儿？”汪雪的心里还有些疑惑。

“当时的情况也许很复杂。”陈卓明略微想了一下，回答说，“其中有自然原因，也可能有技术原因。如果整条驿道都荒废了，再住在这儿就失去了意义。再说，有可能浅层的井泉都枯竭了，而在古代又没有汲取深层地下水的技术。”

飞碟沿着这条寂静的驿道，忽高忽低地疾飞着。有的地方连古代驿站的残墙断垣也全都消失了，他们就操纵飞碟兜着大圈子，钻进荒沙地里去到处寻找。忽然，陈卓明和汪雪同时看见了一个异样的景象：在一片乱沙岗子里，露出了一丛丛茂密的胡杨林，林边有一段高低不平的土墙，很像是一座古城堡留下的痕迹。

“啊哈，这儿还有顽强的生命呢！”汪雪高兴得大声欢呼起来。

他们连忙飞下去，在林子里找到了胡杨树生存的秘密。林中有一口被沙土填满的古井。但是胡杨树的根伸得很深很深，能够着沙土下面的泉水。陈卓明用红外线探测仪勘查了周围的地面，仪器反映出在更深的地下隐藏着一个规模巨大的地下湖。也许这是人类出现以前的洪荒时代遗留下来的，这样的暗湖，在原来是河湖纵横的古塔克拉玛干的底部，也许还藏着许多处。

这里，就是通向沙漠深处的泉眼。在井栏边的沙土里，他们刨出了许多干瘪的种子，也许从前这儿是一座美丽的花园吧！

汪雪高兴极了，站在古井边，对陈卓明说：“赶快把泉水汲出来，浇灌荒凉的沙漠吧！”

“还不成啊！”陈卓明蹙着眉头说，“问题只解决了一半。请问，你有办法保证宝贵的清水不在沙地里白白地蒸发和渗漏掉吗？”

噢，这又是一个令人困惑的问题。

新的难题又困扰着他们，设想了许多方案都没有成功。陈卓明取出那封一百年前的来信看了又看，难道使用21世纪的技术，真的不能满足那个沙漠孩子的心愿，还必须再写一封信，委托下一个世纪的科学家，才能最终圆满解决这道难题？

不，决不能这样。只要还有一线希望，他也不愿意放弃最后的努力。突然，他把目光转到信笺上，“魔毯”两个字跳进了他的眼睛。

“有办法了！”他想，“只要在沙漠大地上铺一张吸水的‘魔毯’，水就不会渗漏下去了。”

“魔毯”“水分”“种子”……陈卓明的脑袋里忽然萌发出一个奇妙的想法。在这种饱含水分的魔毯上，撒播下有生命的种子，塔克拉玛干沙漠岂不就变成一座真正的大花园了吗？

为了验证他的设想的可靠性，并且寻觅出最佳方案，他把这个念头输入电脑。电脑上的红绿灯眨了几眨，立刻就在屏幕上呈现出结论：“请喷洒有机泡沫塑料！”

字幕旁边还映出一幅简图，指示制作和喷洒这种有机泡沫塑料的方法。

“好啊！”陈卓明和汪雪都情不自禁地欢呼起来。按照电脑的指示，神奇的有机泡沫塑料很快就在化工厂里制造出来了。陈卓明和汪雪带着几大桶产品飞到发现泉眼的地方。在他们的请求下，那儿早已有一支地质小分队，用钻机把静静沉睡的沙漠底层的泉水汲出来了。一股清亮的水柱笔直喷向天空，映着沙漠阳光散发出一道美丽的彩虹。

陈卓明和汪雪连忙把有机泡沫塑料喷洒到沙地上，从天空中洒下的水珠儿吸在这种涂料孔隙里，一丁点儿也没有渗漏和蒸发。更加神奇的是，沙地上洒了一层涂料，一阵旋风过去，再也吹扬不起滚滚的尘沙了。

啊，塔克拉玛干沙漠真的变样了。在21世纪的科学家面前变得温驯多了。

陈卓明和汪雪跨过一道道驯服了的沙丘，在沙地上撒播下从古井边刨出来的种子。几天后，干瘪的种子奇迹般地发芽了。在阳光和水分的催化下，没有多久就绽放出许多绚丽的花朵。殷红的玫瑰、黄灿灿的报春花……塔克拉玛干沙漠披上了花的“魔毯”，再也不是大地容貌上难看的“疮疤”了。

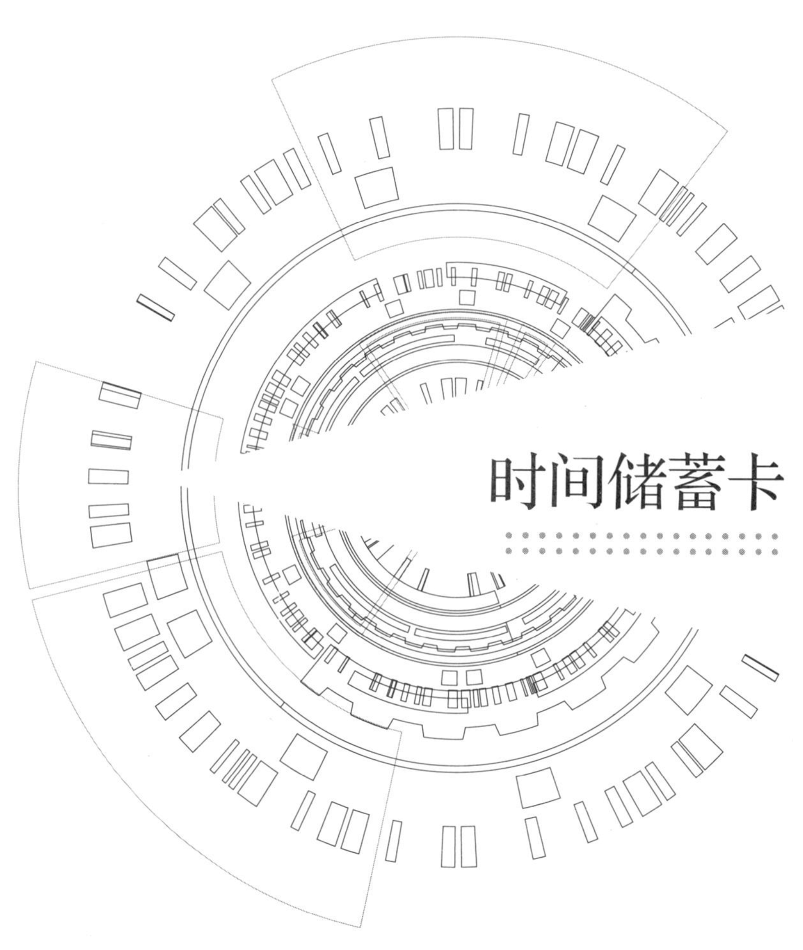

时间储蓄卡

漫长的星期天，真不好过呀！

亮亮做完了作业，吃午饭还早呢，加上下午和晚上，还有整整大半天，该怎么消磨才好？

“跳房子”吧！

那是小女孩的游戏，亮亮才不和她们一起玩呢。

玩电子游戏机。

老师早说过了，别泡在里面，那可不好！

踢足球吧！

院子里只有他一个像样的男孩。剩下的全是小姑娘和拖鼻涕的毛孩子，他和谁踢呀？

干什么都不成，亮亮只好顺着大街漫无目的地荡来荡去。走腻了，就坐下来，背靠着屋角晒太阳。街上的行人和汽车来来去去，像是一部乏味的电视剧一样，又长又平淡，总也看不完。暖洋洋的太阳照在身上，晒着晒着，他就想打瞌睡了。

唉，这个漫长的星期天真难挨啊！

亮亮半眯着眼睛，昏沉沉地都要睡着了，忽然，耳畔传来一个声音：“喂，孩子，你在这儿干什么？”

亮亮睁开眼睛一看，原来是一个笑眯眯的老伯伯。

“我什么也没有干呀！”亮亮说。

“大好时光，什么也不干，多可惜。”老伯伯说。

“没有事情干，叫我怎么办呢？”亮亮无可奈何地辩解道。

“存进银行吧，留着以后慢慢用。”老伯伯挺和气地劝他。

“银行？”

亮亮骨碌碌转着大眼睛，心里不明白，这和银行有什么关系。

“我没有钱，只有用不完的时间，怎么存银行呀？”他莫名其妙地望着这个奇怪的老伯伯。

“我说的就是时间，”老伯伯说，“把暂时没有用的时间存起来，以后要用的时候再取出来用。”

“时间也能存吗？”亮亮觉得非常奇怪。

“可以呀！”老伯伯说，“我就是这个银行的工作人员，帮你办理吧。”

亮亮转过身子，这才瞧见自己正好坐在一个银行门口。上面写着四个大字：时间银行。

老伯伯问他：“你多余的时间，存活期，还是定期？”

亮亮好奇地问：“时间也能这样存吗？”

“可以的，”老伯伯说，“如果你拿不定主意，干脆办零存整取吧！把每天多余的时间都存起来，要用的时候一起取出来，多好！”

“好的！就这样办。”亮亮高兴地说，可是心里还有些不明白。

他问：“时间看不见，摸不着，怎么存银行呢？”

“这好办！”老伯伯给他一张亮闪闪的金属储蓄卡说，“你把它放在衣兜里。存的时候，只消按一下按钮就得啦。要取，按两下按钮。”

噢，原来这样简单。

亮亮接过来一看，只见在薄薄的时间储蓄卡上写着两行红字：

寸金难买寸光阴，

爱惜时间爱生命。

他说：“让我试一下，先把今天多余的时间存起来吧。”

他边说边轻轻按了一下按钮。说也奇怪，只听见呼的一声，天就黑了，到了吃晚饭的时间。摸了一下身子，一点也不疼，存时间比存钱还方便。

看一下手里的时间储蓄卡，上面闪现出一串新数字：“结存5小时36分48秒。”亮亮高兴得跳了起来。

妈妈问他：“今天你为什么这样高兴？”

亮亮掏出时间储蓄卡，在她的眼前晃了一下说：“瞧，这是什么？”

“你哪来的银行存款？”妈妈奇怪地问他。

“我没有存款，只有存进时间银行的时间。”亮亮一五一十告诉妈妈是怎么一回事。

妈妈高兴了，说道：“时间比钱更宝贵，你好好存起来吧！”

亮亮开始存时间了。

上学的路上多余5分钟，存起来！

下课的时候，多余2分钟，也存起来！

同学们只瞧见他伸手在衣兜里不停地按啊按，不知道他在干什么。

“你的衣兜里有一只小虫子吧？”一个同学问他。

“是不是一块糖？”另一个同学问。

“都不是的，我在存时间呢。”亮亮说。

“嘻嘻，你骗人，时间怎么能存呢？”大家嘻嘻哈哈地嘲笑他，不管亮亮怎么解释他们都不相信。

有人说：“就算你能够把时间存起来，要用，怎么取出来呀？”

听了他的话，亮亮心里也犯疑。是呀！自己只顾傻乎乎地把看不见的时间往里存，谁知道是真是假。那个不认识的老伯伯，会不会是和我开了一个大玩笑？

他决定支取一些时间来试一下。如果没法兑现，就是假的了。

他正在做一道头疼的数学题，眼看快要下课了，时间不够了，他立刻伸手在衣兜里轻轻按了两下，奇迹立刻发生了。

瞧一下手表，表上的指针忽然飞快地往后倒退了大半圈。他一下子就多了半个多小时，顺顺当当做完了这道题，真妙啊！

转身看向旁边一个同学，正咬着笔杆发愁。他的时间也不够了，急得要命呢！

“别急，”亮亮安慰他，“我借给你十分钟吧！”

“借给我十分钟？”那个同学像听见童话故事一样诧异，“你以为借时间像借一块橡皮一样吗？别跟我开玩笑啦。”

“这是真的，”亮亮说，“你把这张时间储蓄卡放在衣兜里按两下，就有时间了。”

那个同学半信半疑地接过来，赶紧塞进衣兜，贴着身子使劲按了两下。下课铃响了，什么奇迹也没有发生。

“你骗人！”他气恼地把薄薄的时间储蓄卡扔回去，冲着亮亮大声嚷道。教室里的同学们都听见了，嘻嘻哈哈地嘲笑亮亮，谁也不听他的辩解，他气得快要哭了。

第二天，他跑到时间银行问老伯伯。

老伯伯告诉他：“自己的时间，只能存着给自己用，不能借给别人。如果大家都把时间借来借去，岂不乱套了吗？”

噢，原来是这样一回事。

亮亮对同学们说：“你们也存时间吧。存着给自己用，比存钱还

有用。”

“嘻嘻！说谎话，鼻子会变长。”

同学们谁也不信他的话，把他当成说谎的孩子。亮亮说不清楚，真委屈呀！

“你们总会相信的，”他嚷道，“我的鼻子不会变长，有用的时间会变得比你们的时间都多。”

亮亮不和他们争辩了，自己埋头存时间，把多余的时间一分一秒都存进衣兜里的储蓄卡。日子一天又一天地过去，转眼就快要过年了。看一下时间卡的记录，高兴得跳了起来。

瞧，上面这样写着：

结存61天17小时9分29秒

啊哈，他的努力没有白费。一年算下来，多了整整两个月。对他来说，一年变成了14个月！实在太不可思议了。

现在正是寒假，同学们都在忙着制定自己的假期计划。寒假没有暑假长，过了年转眼就开学，甭想到别的地方去玩了。

亮亮可不一样，他有的是时间。北方太冷了，过了年，跟着爸爸妈妈到海南岛泡海水，躺在沙滩上晒太阳，整整玩了两个月，带回许多美丽的贝壳和照片。同学们看了，都羡慕得要命。

现在，谁也不怀疑亮亮的话了，争先恐后地向他打听：“快告诉我们，时间银行在哪儿？我们也要去存多余的时间。”

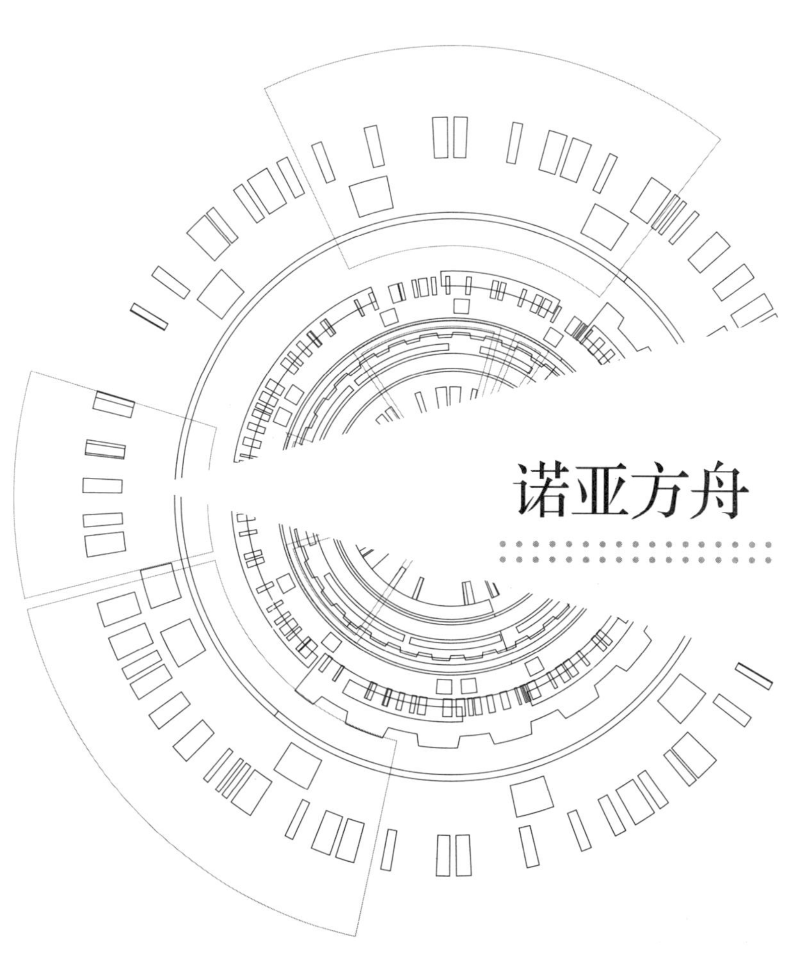

诺亚方舟

一　小小方舟之争

告别圣城伯利恒，我和柳风想买一件纪念品，遇着一个急性子竞购者，活灵活现的堂吉诃德，想不到我们吵闹了一阵，竟意外地走到了一起。

伯利恒[①]，万分崇敬的圣城。

伯利恒，我们“圣经”之旅的起点和终点。

抬头看高高的苍穹，无限深邃，碧净如洗。没有云气、没有烟雾，唯有一束束圣洁的金色太阳灵光，均匀洒在天空和大地之间。好似耶和华对人间的慈爱，没有一丝偏颇，照亮了一切事物。所有的木石水土、所有的灵与肉，无论外在的和内在的，全都透彻光明。映照着我们的身心，也感受到一派暖洋洋的气息。

我和柳风结束了这次旅行，正准备启程返回北京。班机起飞前还有几个小时的闲暇，不知道该往哪儿去。

柳风的眼睛里闪耀着一种难以说清的莫名的亮光，恋恋不舍地回头望着犹太山顶的这座古城，激动的心似乎还留在那里，脑海里遗存的许多画面似乎还在上下翻腾不休。

是啊，别说是她这样多愁善感的姑娘，就是我这阅尽世事沧桑的男子

① 伯利恒：巴勒斯坦中部城市，位于犹太山地顶部，耶路撒冷以南。传说是耶稣降生的地方，基督教的圣地。

汉，心头也不由会激发起一阵阵澎湃的感情浪花，舍不得就这样一下子离开。

我还记得，装饰着金丝彩画的耶稣诞生的教堂，多么壮丽辉煌。

我还记得，传说是耶稣降生的山洞。洁白的大理石上镶嵌着一颗银星，上面镌刻着一行拉丁文：“童贞女玛利亚之子耶稣基督在此降生。”

我还记得，山谷中洁净的所罗门水池。三个水塘紧紧相挨着，像阶梯似的上下依次排列。汩汩的清水淌流出来，流向圣城耶路撒冷[①]。

我还记得先知亚伯拉罕[②]之孙，雅各之妻拉结的陵墓。还记得神圣的莱卜洞，以及许多圣者和虔诚的信徒走过的青青的牧场……

啊，我们怎能轻易离别，怎能一下子就把这里遗忘。多看一眼吧，的确还应该对它多投视一眼。多看一眼，多一分记忆。往后回到家中，翻开影集细细回味，也能够增添一些乐趣。

柳风对我说：“咱们不能就这样两手空空走了，总该带些什么纪念品回去才好。”

她说得对。旅游归去不带一两件富有特色的纪念品，如入宝山，空手而还。她家中的玻璃柜子里，装满了各种各样从世界各地带回来的纪念品，琳琅满目使人羡慕。如果这次就这样匆匆归去，没有带回去一件凝固着美好记忆的物件，怎么也说不过去。

时间还早呢，何不抓紧时间到市场上去逛一逛？

伯利恒的旅游商品是举世闻名的。许多虔诚的朝圣者，常常把这里各

---

① 耶路撒冷：也是巴勒斯坦中部城市。传说公元前10世纪，以色列的大卫王在这里筑城建都。犹太教、基督教和伊斯兰教，都根据各自的宗教传说，把这里当作是自己的圣地。

② 亚伯拉罕：《圣经》故事中犹太人的始祖，传说是诺亚长子闪的后代。他带领部族迁移到希伯伦一带，才慢慢形成了犹太民族。

种各样的宗教纪念品带回去，当作沾了灵气的圣物分送给亲友，人人得到都很高兴。我们千里迢迢来到这里，总不能什么都不购买，拍一拍身上的灰尘就头也不回走掉吧。

不，这可不行！我们不再多想，立刻就转身走进了路边一个热闹的旅游商品市场。这里的东西多极了，有许多用橄榄木和珍珠贝为原料制作的圣物，还有许多当地别具风格的刺绣工艺品，全都很有名气。所有的圣物都严格根据原物按比例仿制，不仅仿真程度十分完美，工艺水平也非常高超。难怪人们会当成是有灵气的圣物本身，恭恭敬敬供奉在自己的家里。

小贩们的高声叫卖声和游客们讨价还价的嘈杂声音，充满了整个市场。猛一看，和世界各地的露天市场一模一样。面对令人眼花缭乱的商品，混杂在来自世界各地的口音和肤色都不相同的、熙熙攘攘的人群中间，我们转来绕去转了好大一会儿，东看西看，一时不知道该选购什么东西才好。

看来看去，终于有一个仿真的诺亚方舟吸引了柳风的兴趣。她拉着我，停步下来仔细欣赏。善于察言观色的摊主瞧见我们站在面前流连着，目光不离这只小小的古船模型，立刻不失时机地满面堆笑，用最好听的嗓音首先称赞我们一下，再用甜蜜蜜的声音招徕我们说："你们两位必定是行家，才能看出这只小诺亚方舟的价值。这是用黎巴嫩最好的橄榄木制作的，制作者是一位经验丰富的老工匠。今年80多岁了，一个月只雕刻一件作品。为了保证质量和收藏价值，绝不多做一个，统统都交给我独家出售，和别的那些粗制滥造的假货不一样。你们带回去，必定逢凶化吉，万事如意。会像诺亚方舟本身一样，给你们带来避邪除魔，再造生命的好运。加上这本身就是超凡绝伦的艺术品，还能保价升值，真是一本万利呀！"

听他花言巧语一阵吹嘘，柳风更加心动了，就连我也认为这不失为一件具有象征意义的纪念品。世界上谁不知道诺亚方舟的故事？书店里各种各样“未解之谜”的畅销书，加上五花八门的小报，时不时爆出一些有关它的花边新闻，早就把它炒热了。无论男女老少，谁不知道这个出自《圣经·创世纪》的传说，不知道那一场远古的滔天洪水，以及受了神的启示的诺亚，带着家人和各色“种子动物”，乘坐方舟幸免于难，在灾后的大地上重新繁殖人类和生物的故事。我们带回家里，准会特别引人注意，真是一件最恰当的纪念品。加上摊主如簧的舌头吐露出的诱饵，这是避邪除魔、再造生命的吉祥物，就更加鼓动起我们的兴趣了，一下子就把它作为圣地纪念品的首选。要不，我们怎么还能算是到过这里一趟，完成了“圣经”之旅的旅游者呢？

柳风回头看我一眼，征询我的意见。我轻轻点了一下头，事情就这样决定下来了。柳风高高兴兴地取出钱包，正要掏钱购买，想不到背后忽然钻出来一个人，伸出手一把就将这个小小的橄榄木诺亚方舟抓到手里，还大声呼嚷道：“这个小诺亚方舟我买了！”不容我们有半点争议。

说着，他就扔出一张花花绿绿的大面额钞票，十分大方地对摆摊的小贩说：“拿去吧，不用找啦。”

“你这个人怎么这样不讲道理呢？”柳风恼怒地转过身子质问他。

“什么道理不道理？谁先付款就是谁的，这是买卖的道理。”他毫不客气，用浓重的南美口音回答道。

柳风才不依饶他呢，竖起眉毛指责道：“你这个南美洲蛮子懂得文明礼貌吗？我们先看好了的，你怎么能够从后面插上来，说也不说一声就抢去了？”

我站在旁边也看不惯，责备他说：“你真没有教养，实在太不讲道理了。”

“什么叫作道理？道理应该服从需要，小道理应该服从大道理。”他听了毫无悔过的意思，反而指手画脚教训我们，依旧理直气壮地哇里哇啦叫嚷着。

我发怒了，手指着他问道："你说清楚，什么是小道理，什么是大道理？为什么我们买是小道理，你要就是大道理？"

柳风也生气地问他："你需要，难道我们不需要吗？为什么只有你买才是最需要的？"

我们这样一说，他才有些软了下来，立刻改变态度表达了歉意，细声细语和我们商量说："请你们多多原谅，我的确非常需要它。这里还有许多旅游纪念品，我可以代你们付款，你们能不能另外选一个呢？"

"我们为什么要另选一个？也不要你付钱。"柳风说，"我们看上了它，就要买它。"

我也说："既然你也知道这里还有许多别的纪念品，为什么你自己不另选一个，非要我们改变主意呢？"

他急了，满头冒出汗水，勉强挤出笑容恳求我们："得啦，我求求你们好吗？我知道你们看中它，不过是带回家去，作为到此一游的一点纪念而已。我要买它，可是为了一个非常重要的研究题目。今天这个市场上只剩下这一个，我不弄到手就没有了。"

说到这里，站在一边的摊主开口了，对我们说："你们都不用争了。我家里还有，明天再带来一个好吗？"

那个南美洲的急性人一听，连忙就对我们讲："听吧，这儿还有的是。我的确非常需要它，今天让给我，你们明天再买吧。"

柳风才不管他怎么花言巧语地辩解呢，很不高兴地说："既然你这样喜欢它，非弄到手不可，为什么你不明天来买呢？"

"不成啊，"他着急说，"我马上就要起飞，不能再等了。"

柳风生气说："你要起飞，我们也要起飞。你不能等，难道我们就能等吗？”

我也皱着眉毛说：“你这人强词夺理，实在太不像话。本来我们可以不买，现在就非买不可了。”

我们这样一发脾气，他反而没有脾气了，急得涨红了脸，着急解释说：“我刚才说过了，你们买它，多半是买着好玩的。我可是为了一件大事情，弄好了是为历史作贡献，必定轰动世界，人人都会高兴。小道理要服从大道理，对不对？”

瞧他又提起什么小道理、大道理，不由得我就气往上撞，对他说：“你这个人怎么这样自以为了不起。你说吧，你有什么理由说我们是小道理，只有你才是大道理？”

他急得没话可说，只好摊牌说：“这几天你们看报纸没有？阿拉拉特山上发现了诺亚方舟的船头，露出在冰雪层外面。虽然不知道真假，还是引起了轰动，许多人都往那里赶。这些人的目的不一样，有的想探宝发财，有的想出风头。如果被他们抢了先，岂不把事情弄坏了。为了保护它，也为了科学研究，我必须赶在前头先找到它，怎么不急呀。”

他这一说，我的脾气就消了一半，问他：“就算你说的是真的，你自己去就是了，何必要和我们抢着买这个小诺亚方舟模型呢？”

他急得喊叫起来了，说道：“我不认识诺亚方舟呀！如果手里没有一个样子比着对照，叫我怎么判定是真是假呀。”

噢，说了老半天，这位自称为了全人类去搞科学研究的南美洲老兄，竟连诺亚方舟是什么样子都不知道，他还研究个什么呀。瞅着他这副焦急巴巴的模样，我不由又好气、又好笑。这样冒里冒失的家伙，世界上到处都有。自己一知半解，还要摆弄出一副天将降大任于斯人的样子，好像是手持长矛斗风车的堂吉诃德先生，实在太天真可笑了。

我斜眼瞧着他，不禁产生了一些可敬可怜的心情，刚才一肚子的怨气也一下子抛进了爪哇国，转身对柳风说："得啦，咱们就让他买吧，另外再挑一个纪念品也是一样的。"

"不，"柳风突然变了主意，冲口而出提出一个新建议，"我们和这位先生一起买吧。"

我们和他一起买？！

一件物品怎么分？这是什么意思？

我和这个急性子南美人，加上旁边的摊主，全都直愣愣望着她，不知她是不是发疯了。

柳风才不理会我们呢，眼睛里冒出一股异样的光芒，充满了冲动的激情宣告说："到阿拉拉特山去寻找真正的诺亚方舟，真是一个绝妙的好主意，我们和他一起去吧！"

啊，想不到她的脑瓜子里竟冒出来了这个古怪主意。我深深地明白她就是这样的人，属于特别容易激动的一种类型。只要她打定了主意，谁也别想拦住她。可是我们马上就要动身回家，一切都按计划安排好了，这样一来怎么办？

我这样想着，还来不及想出阻拦她的办法，她就和那个急性子南美人紧紧握住手了。

那个急性子南美人热情冲动地说："欢迎你，小姐。以你们中国人的东方智慧，加上我们南美洲的热情，我们一定会成功！"

柳风也激动得眼珠里冒出火花，说："啊，这太富于刺激性了。这个课题很合我的口味，把它作为我们的"圣经"之旅的结尾，实在是再好不过了。"

他们这样一说，我还有什么好说的，只好在一旁提醒她："咱们下午就要起飞了，机票怎么办？"

"这还不好办吗？"她说，"赶快去改签一下，我们从阿拉拉特山回来，再带着胜利的消息回家也不迟呀。”

唉，事情已经不能挽回了。我只好叹了一口气，稳住自己的神。这才带笑走上前去，询问那个急性子南美人的姓名。

“我叫吉拉德，南美洲安第斯山上的人。”他笑嘻嘻地自我介绍说。

“你好，吉诃德先生，”我握住他的手说，“能够认识你很高兴，但愿我们会取得成功。”

“成功，那是一定的。亚洲最古老国家的两位代表，加上我这个脊梁骨像安第斯山的汉子，还有什么不能成功的吗？”他用南美洲特有的蓬勃热情扑上来，双手张开紧紧地拥抱着我，十分宽宏大量容忍我把他的名字念错了，当成了荒唐可笑的堂吉诃德先生。

柳风也使出了咱们中国人特有的风度，坚持叫摊主把他先付的钱退给他。我们大家使用各自的母语，夹杂着通用的英语大声争着付钱，握着小小的诺亚方舟模型，高高兴兴地走出市场。心里回味着摊主说的话，这个吉祥物必定会给我们带来意想不到的好运。却没有留意到拥挤的人群中，有两双利剑一样的眼睛，贼头鬼脑地死死盯着我们，不知道往后还会发生什么事情呢。

二　走向阿拉拉特山

我们来到向往的阿拉拉特神山，不知应该选择哪条路爬上去，一道陡崖挡住去路，只好在崖下搭起帐篷。

阿拉拉特山，高高耸立在天地之间。山顶积满了皑皑冰雪，好像是一位包着白头巾的圣者，默默地注视着众生聚集的大地。

是啊，它在当地人们的心目中，本身就是神圣的化身。要不，它怎么会和《圣经》，以及别的教派的经书联系在一起，每年招惹来无数旅游者和香客朝拜呢？

阿拉拉特山，是小亚细亚①的脊梁，安纳托利亚高原②的最高点。传说，这里是距离天堂最近的地方，站在山巅可以和神灵直接对话，得到神灵的启示和庇护，难怪有这样多的人到这儿来了。

阿拉拉特山，是连接土耳其和伊朗高原、高加索的巨大山结的枢纽，是土耳其、伊朗、亚美尼亚三国交界的接合部。自古以来，住在它的山脚下的不同民族，对它有不同的称呼，表现出它的不同历史和性格。

土耳其语叫它阿勒山，意思是崎岖的山脉。

对亚美尼亚人来说，阿勒山这个名字还带有“格外”的意思。传说古代亚美尼亚的阿勒王拒绝了巴比伦公主的求婚，双方在山下发生了一场恶战。骄傲的阿勒王被打败，饮恨收兵，虽败犹荣，名字就这样流传了下来。

波斯语对它的称呼最值得注意。叫它科依努赫，意思就是“诺亚之山”。

我们常用的阿拉拉特这个名字，是从英语里来的，是“月神之国”的意思。

吉拉德手指着它，转身对我们说：“瞧吧，它的这个波斯语名字，岂

① 小亚细亚：亚洲最西部的半岛。北临黑海，南靠地中海，隔着狭窄的博斯普卢斯海峡和达达尼尔海峡，与欧洲的巴尔干半岛相对，是土耳其的主要部分。

② 安纳托利亚高原：这是一个干旱高原，大致相当于土耳其的亚洲部分。四周山地环绕，内部有许多陷落盆地和地垒式的断块山地，海拔在800—1200米。

不正好说明了古时候诺亚曾经到过这里吗？”

“这话有些道理，”柳风点头说，“现在我也有些相信，诺亚方舟就在这座大山上了。”

抬头仰望这座大山，无限凝重、无限威严，高耸的身躯映衬着空蒙的苍穹，显得异常神奇，极其不凡。

它是缄默的，静静俯瞰着起伏不平的大地，好似一尊巨大的神祇雕像，面临着滚滚红尘、芸芸众生，是悲悯，是怜惜，还是担忧和期望？紧闭住嘴唇不发一语。

它是张扬的，在明亮的天光背景中，崭露出曲折多棱的剪影，伟岸的身躯壮实无比，显示出一派坚忍不拔的气质。人们不禁发自内心赞叹，好一个顶天立地的巨灵神，好一个化身为岩石的伟丈夫！

啊，这就是阿拉拉特，我们即将登临的山峰。

啊，这就是阿拉拉特，我们将要揭开的一个亘古未解的秘密。

我们望着它，不由深深敬畏。柳风眯着眼睛看了很久，问我们：“淹掉这样一座高山，要多少水呀！”

我来不及回答，吉拉德就抢着说：“天地初开，洪水齐天高。还用得着担心，没有那样多的水吗？”

他这样说，也许有他的道理。他发起了这次考察活动，必定研究过许多参考书和别的可靠的资料。我们初次接触这个问题，不便于正面回答，姑且就信他的吧。

柳风接着看了一下这座山，忍不住又问：“这样大一座山，我们该从哪儿上去呢？”

是啊，这也是我心中的问题。我们初来乍到，没有地图，没有向导。不知道这座山有多大，不知道传说中的诺亚方舟的遗骸，到底在山上什么地方。只是跟着身边这个热情有余、理智不足的南美佬，冒里冒失就闯到这里，往下的事情必定麻烦多多。

转身看吉拉德。他却浑然不觉，面孔红扑扑的，眼睛里闪烁着热情的亮光，大声呼嚷道：“走呀！赶快往上爬呀！”

柳风问他：“不知道路，从哪里往上爬？”

他大大咧咧将手一挥说：“管它什么路不路的，踩在脚下的就是路嘛。”

柳风依旧站在原地没动，说：“没有路，怎么爬山？我们是不是犯傻了，大老远跑到这儿来锻炼身体？”

吉拉德还是满不在乎，指着面前这座山说：“爬山只需要目标，要什么路？朝着山顶一直往上爬，不就得了吗。”

瞧他说得多么轻巧，仿佛这不是一座大山，而是在公园里面，小毛孩子也能随意攀爬玩耍的小土丘似的。

柳风还是不服气，毫不让步半分，提出一连串问题争论说：“照你这样说，攀登珠穆朗玛峰也用不着计划了。你知道诺亚方舟埋藏在哪儿？你知道前面有没有陡崖挡路？你知道什么路线最省力？你知道……”

一个接一个问题，连珠炮似的提到吉拉德的面前，使他涨红了面孔，急得没法一下子全都立刻回答清楚，只是不停地乱挥着双手呼嚷着：“听我的！听我的……”接连说了好几个“听我的”，却什么顶用的话也没有说出来。

我叉着双手站在旁边，静静地观看着没有插话。这就是一场典型的南美的浪漫和东方理智的激烈交锋，谁也不肯退让半步，谁也说服不了谁。我一下子意识到，在我们未来的漫漫合作道路上，不知还会有多少这样的碰撞和争吵。我们在伯利恒市场遇见这个素昧平生的吉拉德先生，究竟是运气，还是数不尽的烦恼？如果他真的是堂吉诃德，我们就是那个上当受骗的桑加了。

吉拉德有吉拉德的道理，柳风也有柳风的道理。两个人争执不下，就只能我拿主意了。

我抬头又看了一眼这座大山，略微思索一下说：“你们都别争吵了。上山当然应该有目标，也应该有计划。我们最好找一个当地的人打听一下，弄清楚情况再做决定。”

我的态度是明确的，支持有计划的行动，却又不像柳风那样直接和吉拉德碰撞，说什么也碰不出一丁点儿火花。两票对一票，南美浪漫失败了，东方理智占了上风。吉拉德再也没有多说一句，只是嘴里叽里咕噜发泄着不满。

转身朝四下里探望，这里一片荒凉，别说是可以打听消息的村子，连半个人影也没有。除了石头，还是石头，能向谁询问山上的情况？

柳风提议说：“咱们找一下吧，只要找到一个人就行。”

在她的建议下，我们翻过一道小山梁子到处寻找一阵，耗费了许多力气，累得一身大汗，也没有找到一个人。

现在又轮到吉拉德神气了。他还是那样一副满不在乎的样子，带着胜利者的姿态对柳风和我说：“现在你们该明白了吧，这里只有石头和野草，要打听也没有对象。我们还是不管三七二十一，开步往上走吧，走到上面自然会有路的。”

事情到了这个地步，柳风和我也没有什么话好说了，只好相互对视一眼，十分勉强地迈开了脚步。

说一句实实在在的话，要说上山完全没有路，也不是真实的。摆在人们面前这样大的一座山，往昔曾经发生过多少战争风云和神话故事，怎么可能没有一条路上去？问题在于面对着一条条人们开辟和山羊踩出来的大大小小的路径，我们究竟应该选择哪一条路上山才对？

柳风看中一条弯弯曲曲，比较宽的土路。

她说："看样子这条路保险，不会把我们引到悬崖上去吧。"

吉拉德却把脑袋摇得像摇拨浪鼓似的。脚踏着另一条小路上的一块石头说："近路不走，走远路，太傻了。"

柳风也不是容易说服的。她说："大路不走，走小路，才是傻瓜呢。"

两个人都不退让，问题又摆在我的面前。

我仔细看了一下。柳风选择的路无疑是当地特意开辟的，可是弯来弯去，不知道弯到什么地方。虽然这样的路好走，却决不会一直通向山顶，只会把我们带进远处的什么村庄。吉拉德要走的，是一条采药人和放羊人走出来的小路。虽然坎坷不平不太好走，却笔直通向山上，看来大方向是正确的。

我看了他们两人一眼，这一次投票偏向吉拉德。

吉拉德高兴了，拍着我的肩膀说："你有眼力，咱们顺着这条路走，肯定不会错。"

他称赞我有眼力，其实是表达了自己的眼力不凡，也是爽快开朗的南美人性格的充分表现。

我这样一说，柳风可就有些不高兴了。可是她又拗不过我们两个人的意见，只好嘟嘟囔囔跟着一起走。此时此刻在这个荒凉的山野里，她不顺从我们，还有什么办法呢？

吉拉德一马当先，我紧跟在后面，柳风走在最后，我们就这样一步步踏上了登山的路途。谁也没有注意，掩藏在乱石后面，有两条黑影子也悄悄跟了上来。

我们走着走着，路渐渐没有了。脚下只有野草和石块，必须仔细寻找，才能勉强找到一些模模糊糊的"路影"。这是山羊乱闯出来的路，人走在上面就非常吃力了。

柳风开始抱怨了。她冲着我们两个说："瞧，这就是你们找的好路。再往前走，不走上悬崖才是怪事。"

俗话说："好话不灵，坏话灵"。想不到她随口说的气话，真的一下子就应验了。吉拉德闷着脑袋使劲往上爬，走不多远忽然停住了脚步，朝地下啐了一口说："真倒霉，怎么走到这个地方来了。"

我在后面抬头一看，只见前面没有路了，一道又高又陡的崖壁挡住了去路，没法再往前走一步。

柳风也气喘吁吁赶上来，瞧见眼前的景象停住了脚步，嘴里抱怨说："我说得不错吧，跟着山羊的蹄子走，总不会有结果的。"

吉拉德无话可说了，倔脾气上来，朝面前的崖壁使劲踢了一脚，似乎恨不得把崖壁踢穿，再接着往上爬似的。

现在轮着我打圆场了，吁了一口气对大家说："这事怨谁都不行，探险就得要撞运气。我们今天运气不好，不会明天也不好的。"

"说得对呀！"吉拉德马上附和道，"咱们留着力气明天用，我不信闯不出一条路来，找不到山上的诺亚方舟。"

明天，一切只能留在明天解决。转身朝四下里看，已经日头偏西，一派暮色苍茫。山中的夜晚来得快，如果不赶快找一个安营驻扎的地方，就会来不及了。眼前这道陡崖正好挡风，是宿营的好地方。即将到来的夜晚结束了我们的争论，大家不再磨蹭了，一起动手，立刻搭起了帐篷。对着黄昏霞光里闪烁的几颗寒星，各自抒发着自己心中的意愿。

暮色中浮现的第一颗星星，是最好的许愿对象。

吉拉德说："安第斯山上的印第安人就有这样的习惯。刚刚睁开眼睛的星星，是天空中最善良的精灵。向它们祈祷许愿，什么秘密心愿都会实现。"

眼望着西边晚空中，一颗颗渐渐露出来的亮晶晶的星星，我们要向它们祈祷什么呢？

柳风带着女性特有的温柔，双手合十低头默默乞求说："星星啊，给我智慧和幸运，不要让我们的愿望在这儿落空。"

吉拉德伸开手臂，高高伸向空中，热情澎湃地向着远方的星星诉说："啊，星光，你是照亮我心灵的光芒。请你赐给我勇气吧，明天我们将要登上阿拉拉特山的山顶。"

现在轮到我了，我该向那几颗刚刚露出来的星星说什么呢？

我对它们说："星星啊，你们在高高的天上，是夜女神的眼睛。你们能够看见一切，请把诺亚方舟的秘密告诉我们吧。"

暮色越来越浓了，空中的星星越来越多，不一会儿就布满晚空，好像是无数珍贵的金刚钻和猫眼石，把这儿的异国夜色装扮得无限灿烂。

吉拉德眯着眼睛望了一下说："今夜星光灿烂，明天必定是大晴天，我们会有好运气。"

真是这样吗？有谁知道明天是好是坏呢？

我望着满天的星星，不知道这是真的，还仅仅是一个美好的愿望。

但愿这是真的，明天一切都顺利。

夜色更浓了，星光更加灿亮了，夜女神的眼睛更加神秘了。天地一片寂静，谁也没有回答我……

三　寻找安第斯山的影子

静静的山中之夜，吉拉德向我们讲述了一连串远古洪水的传

说，为什么他到阿拉拉特山来，寻找安第斯山的故事影子？

山中的夜色来得很快，我们刚架好帐篷，一眨眼天就黑了。四周静悄悄的，没有一丁点儿声响，似乎也没有一丁点儿生命存在的迹象。

只有远处的风。

只有静静的夜。

只有身边的冰冷岩石和天空中的点点繁星。

我们三个人对坐在一起，面对着帐篷外面无声的洪荒世界，好像是人间的弃儿，好像是一场天地浩劫后仅有的幸存者。相互倾听着心跳，各自诉说内心深处的情愫。

这是一个绝好的互相了解的机会。我们向吉拉德介绍了自己的情况，就等候他给我们讲自己的故事了。

其实，不等我们问讯，他就滔滔不绝说起来了。南美洲的汉子，就是这样的。

“我的家乡和这儿一样，安第斯山中之夜就是这个样子。沉静、安详、纯洁，超脱一切凡间的污浊和喧嚣，可以让心灵直接和星星对话，倾听天地最神秘的声音。”他怀着梦寐般的感情向我们，也像是向着身边一个看不见的精灵娓娓诉说。

柳风感兴趣了，问他：“你在这里能够找到安第斯山的影子吗？”

“你说对了，”他说，“小时候，我挨着奶奶睡觉，每天晚上，她都要给我讲安第斯山的故事。她告诉我，这些故事都是古时候真实的事情。每个故事里面，都有真实的影子。我记住了这些故事，就是到这儿来找故事影子的。”

“你真的是到阿拉拉特山来，隔着十万八千里，寻找安第斯山的故事影子？”柳风惊奇地扬起了眉毛。

“是的，”吉拉德平静地回答说，“奶奶告诉我，世界上所有的山，都是安第斯山的兄弟，都有共同的历史。安第斯山上发生的事情，这儿必定也会有同样的经历，这就是我到这儿来的原因。”

柳风更加感兴趣了，问他：“你不是来找诺亚方舟的吗？”

“是呀！”吉拉德说，“诺亚方舟就是安第斯山的一个影子呀。”

听他胡扯些什么？竟然把诺亚方舟说成是安第斯山的影子！

我在一旁听着，也产生兴趣了，插嘴问他：“诺亚方舟和安第斯山有什么关系？我倒要听听你的高见。”

“好的，我告诉你们吧。”他点头说，“你们可以猜想到，这也和奶奶给我讲的一个故事有关系。”

接着，他就滔滔不绝地讲起一个有关安第斯山的神话故事了。

“你们知道巴里卡卡大神吗？”他问我们，“他是人类的始祖。天地开辟以后，安第斯山上冒出了五个大蛋，他就是从其中一个蛋里生出来的。有一天，他来到一个正在庆祝节日的村庄，因为他衣衫褴褛，没有人注意他，也没有一个人给他东西吃。只有一个年轻的姑娘可怜他，给他喝了一瓶米酒。巴里卡卡告诉她，这个村子五天后要毁灭，叫她千万不要告诉别人，赶快找一个安全的地方躲起来。五天后，发生了可怕的风暴和洪水，冲毁了这个村子，淹没了整个世界，洪水一直淹到山顶，只有那个好心的姑娘活了下来。”

听了这个故事，我和柳风都忍不住喊叫起来：“啊，这岂不就是诺亚方舟故事的翻版吗？”

“你们说对了，”他点了点头说，“这个故事的确和诺亚方舟的故事有些相像。你们可以明白，为什么我要到这里来，就是为了寻找巴里卡卡大神的故事的影子呀！”

我问他：“你是想寻找同样的证据，证明巴里卡卡大神的故事是真的吗？”

“是的，”他说，“我已经走遍世界上许多地方，找到了许多证据。现在是来寻找最后的，也是最重要的证据，一定要找到诺亚方舟的真实材料。”

噢，难怪他对这件事这样热情，难怪他会在伯利恒的市场上，拼命和我们争夺那个诺亚方舟的模型了。

柳风听了说：“可惜巴里卡卡大神的故事里，没有一只船。要不，就和诺亚方舟的故事一模一样了。”

吉拉德说：“你想听有船的古代洪水的故事吗？这样的故事有的是，我讲给你们听吧。”

他清了一下嗓子，不等我们回应，就接着讲下去了。

“听吧，这是一个北美落基山印第安人的故事。”他说，“据说，世界之初雨水如注，整个大地都被淹没了。只有一个老人带着各种动物，爬上一个木排随波漂流。洪水消退后，他把这些动物放归山野，慢慢繁殖成了为今天的样子。”

“啊，”柳风惊叹道，“这个故事简直是诺亚方舟故事的翻版，想不到发生在古时未知的新大陆。”

“这种有船的洪水故事，美洲还有的是。我再讲一个古代墨西哥印第安人的故事吧。”吉拉德接着说，“传说，远古时期世界被洪水淹没，一个叫考克斯特利的男人和一个叫索奇奎特扎尔的女人，乘着一只船脱险，漂流到高高的科尔华坎的山上。他们生了许多孩子，重新创造了人类。奇怪的是这些孩子都不会说话，直到一只鸽子飞来，送给他们礼物，教给他们各种各样的语言，他们才学会了说话。这些语言大不相同，变成了世界上不同的民族。”

柳风被这个故事迷住了，不由十分神往地说：“啊，这个故事比诺亚方舟的故事还有趣，说明了不同民族语言的起源。你在世界上到处寻找证据，还有相同的故事吗？”

“有呀！”吉拉德说，“如果要统统说完，我就要讲一千零一夜了，你们会有兴趣吗？”

柳风说：“当然有兴趣。今天晚上还长呢，你就讲到天亮吧。”

有了柳风的鼓励，吉拉德更加收不住了。他的嘴巴像开了闸门似的，一个接一个的故事不停地讲了起来。

他说：“先说我们南美洲的吧。厄瓜多尔印第安人的一个卡那利部落传说，世界之初一场大洪水冲来，只有两兄弟逃了出来。他们爬上瓦卡伊兰山躲避，想不到洪水越涨越高，跟着他们的脚跟紧紧追赶。眼看就要追上他们，山头又升高一点。山头这样不断升高，使洪水没法赶上，才终于搭救了他们的性命。洪水消退后，他们没有吃的。忽然飞来两只小鸟，给他们带来了食物。他们设法抓住其中一只，谁知这只小鸡变成一个美丽的姑娘，和他们结了婚，生了六个孩子，创造了卡那利部落。”

柳风听了评说道：“这个故事与众不同。故事里的山会随着洪水上升，想象力真丰富啊！”

吉拉德得到赞许，更加来劲了，接着一口气讲了好几个南美洲印第安人的洪水传说。

他说：“从前，巴西亚马孙河上有一个巫师，生了两个孪生孩子。哥哥脾气好，非常和善；弟弟脾气暴躁，动不动就和别人打架。有一天，弟弟打仗回来，砍了一根敌人的手臂，扔在哥哥的门口说：‘你这个胆小鬼，不够资格保护你的妻子和孩子。把他们都给我吧，你自己滚得远远的，永远也不要回来。’哥哥和他争论几句，他就把那只带血的手臂使劲又一扔，使整个村子都消失了。哥哥忍无可忍，用力一跺脚，地上冒起一股水柱直冲云霄。水不停流淌，终于淹没了大地。两兄弟爬上大树躲避，直到洪水消退。后来他们各自繁衍了一个部落，老是不停地争吵、打仗，永远也没有安宁。”

这个故事十分残酷，可是其中却有史前洪水和民族起源的情节，印证了古时亚马孙河也有大洪水灾难，引起了我的注意。

他讲的古代洪水故事还有很多，光是美洲印第安人的传说就有一大箩。

哥伦比亚印第安人的奇布查部落传说，太阳神博基卡创造了人类。可是他的妻子希雅生性邪恶，使出魔法让河水泛滥，淹没了整个平原，几乎把所有人都淹死了。只有少数几个人逃到附近的高山上，后来才重新繁衍出新的人类。

秘鲁印第安人传说，古时候，地下忽然发出隆隆的响声，太阳和月亮都变了颜色，霎时间引起了雷鸣和暴雨。雨不停下着，淹没了全世界，只有最高的大树还有一些枝丫露出水面，上面趴着少数人，逃脱了这场灾难。

智利印第安人传说，火山喷发和地震引起了洪水，逃脱这场灾难的只有几个人。

委内瑞拉印第安人传说，在古时候“水的时代”里，洪水淹没了人们居住的奥里诺科河盆地，他们逃到塔曼纳库山顶，只有一男一女，担起了重新发展人类的任务。

玻利维亚印第安人传说，世界之初一场大洪水，只有一个男孩和一个女孩趴在一张大叶子上面漂浮逃生。后来，他们成了人类的始祖。

美国南方印第安人传说，大雨日夜不停倾泻，使所有的大河小河都泛滥了，结果淹没了整个世界。

墨西哥古印第安人的《玛雅圣书》也说，古时候无休无止的一场大雨，引起了洪水。世界上所有的人都淹死在黏糊糊的洪水中。

吉拉德一口气说了许多美洲的古代洪水传说，我们听得入迷了。柳风问他："你说的都是美洲的情况，还有其他地方的吗？"

吉拉德说："世界洪水是全球性的，当然其他地方也有啰。"

他先讲了一个古希腊的神话故事。据说，众神之主宙斯愤恨有罪的人类，决定用洪水消灭他们。普罗米修斯悄悄把这个消息告诉自己的儿子丢卡利翁。丢卡利翁就带着妻子皮拉造了一只船逃难。他们在水上漂泊了九天九夜，第十天大雨停了，他们登上俄特律斯山顶，终于逃脱了灾难。

接着，他又讲了一个古印度的故事。在有名的《摩奴法典》中，讲述了一个叫摩奴的苦行僧在恒河沐浴的时候，搭救了一条被大鱼追赶的小鱼。他把它带回家中，养在水池里面。小鱼长大后，被放回圣洁的恒河。小鱼告诉他，不久恒河会发生泛滥，淹没整个世界，毁灭一切生物，叫他及时做好准备。摩奴就造了一只船。小鱼拖着他的船，游到安全的地方。后来，摩奴就成了印度人的祖先。

东北亚堪察加半岛也有一个类似的故事。据说，世界刚形成时，洪水淹没了所有的地方。只有几个人乘坐在用树干扎成的木排上，才免除了灾难。

英格兰古代土著居民也有一样的传说。世界创造成功后，曾经遭受两次毁灭。一次是火灾，一次是水灾。上帝预先宣告了火灾将要来临，诚实的人挖了地窖躲了过去。水灾来临时，上帝又把一个诚实的信徒和他的妻子救到一只船上，两人没有受害。

非洲刚果也有一个故事。据说，很早以前，太阳往月亮身上泼泥浆，使月亮暗淡无光。它们相遇时，发生了一场大洪水。男人们把搅牛奶的木棍放在屁股后面，变成了猴子，女人变成了蜥蜴。

太平洋和大西洋上许多岛屿也有同样的洪水传说，都说海水上涨，淹没了世界。只有一个男人和一个女人爬上山顶，才活了下来。

听他一口气讲了这样多的远古洪水故事，我对他说："你还忘记了一个，在我们中国还有伏羲兄妹乘坐葫芦船，逃脱大洪水的故事呢。"

"真的吗？"吉拉德的眼睛放出亮光说，"世界太大了，我不知道的事情太多了。看样子，这次旅行结束后，我应该跟随你们，一起到古老的中国去好好考察一下才行。"

他对伏羲兄妹的葫芦船感兴趣，我和柳风却迷上了他讲的这些千奇百怪的外国洪水故事。我们好好在头脑里回忆整理了一下，不由不认真思考几个问题。

为什么世界各地都有天地刚开辟时，洪水淹没整个世界的传说？

为什么世界各地都有洪水发生时，神灵预告善良人们的传说？

为什么世界各地都有洪水淹没到高山的传说？

为什么世界各地都有洪水淹留时间很长的传说？

为什么世界各地都有古时人类被洪水毁灭，只留下少数始祖重新繁衍的传说？

为什么包括伏羲兄妹的葫芦船在内，许多都是诺亚方舟式的故事？

为什么这些相隔很远的地方，不同的民族、不同的历史、不同的地理环境、不同的思维方式，古时从来没有交往过，却会产生同样的传说？

一个又一个的问题，真值得我们认真思考一番。

我问吉拉德："这些问题都是你要研究的吗？"

"是的，"他点头说，"这正是我要弄清楚的问题。我花费了这样大的精力到处考察，就是为了破解这个远古洪水的谜。"

我又问他："你认为在这一切传说中，诺亚方舟占有什么位置？"

他毫不犹豫地说："因为别的只是口头传说，只有这里才有一只船。真实具体的物证，总比虚妄的神话故事强。"

我明白了。原来他带我们到阿拉拉特山来，是一场破解远古洪水之谜的攻坚战。难怪他这样兴奋激动，好像是参加生死决赛的角斗士。

原来如此，我们不由对眼前这个伙伴产生了深深的敬意。表面看来他处处冒里冒失，想不到竟怀着这样一颗执着的心。

我们没有找错伙伴。在伯利恒市场上当机立断改签飞机票，跟着他到这儿来是非常正确的。急着回家有什么意思？探寻一个千古疑谜才值得呢！

四　帐篷之夜的疑案

我们在睡梦中听见一个奇怪的声音，神秘的失窃，小小的诺亚方舟模型不见了。

一夜过去了，阿拉拉特山上清晨的风用力拍打着帐篷布，让我们一个个从梦中惊醒。

其实，早在晨光初露的时候，我们就曾经迷迷糊糊醒过几次了。

那是夜间的山风，紧贴着地皮呼啸。

那是梦中的怪响，在我们的耳畔轰鸣。

那是一个神秘的声音，悄悄的、轻轻的，似乎钻进了我们的帐篷，踮起脚尖游走在我们的身边。只是由于我们实在太疲乏了，才没有一下子惊醒。

吉拉德第一个醒来，睁开眼睛一看，立刻大声呼叫起来。

“啊呀！我的背包！”他变了脸色喊叫道。

接着是柳风的喊声：“我的背包也不见了！”

我拭一下眼睛，翻身坐起来一看。啊，我身边的背包也不翼而飞。

这会是谁？三个人面面相觑，不知道夜里发生了什么事情。

难道会是风？风可以吹开帐篷门，却不能把沉重的背包吹走。

难道是梦？梦是虚幻的，这可是实实在在的事情。

难道是阿拉拉特山上的妖魔？妖魔鬼怪是骗孩子的鬼话，怎么能够从神话故事里钻出来，捉弄我们三个大活人？

吉拉德嚷道：“夜里有小偷来过！”

柳风也气呼呼地叫嚷：“不是小偷，还有谁！”

是呀！这必定是小偷干的。可是在这阒无人迹的高山上，连鬼影子也没有一个，哪会有小偷钻进帐篷呢？

怪事！真的是天大的怪事！我越想越觉得奇怪，其中必定大有文章。

我正在想时，吉拉德和柳风已经冲出帐篷了，跑不多远就大声喊叫起来。

“瞧呀！我们的背包在这里。”

“这个小偷真可恨！为什么把我们的东西到处乱扔？”

听见他们的喊声，我立刻跟在后面冲出去。赶到那儿放眼一看，不由吃了一惊。

咦，这是怎么一回事？背包扔在这儿，里面的东西被翻出来，乱七八糟撒了一地。我们仔细清点了一下，居然什么东西都没有少。衣服，护照，相机，甚至连钱包也是好好的，里面的钞票一分钱也没有少。

这是怎么一回事？我们不由面面相觑。

显然来者不是为了钱财，不是真正的小偷。也不是凶恶的黑心强盗，没有图财害命的征兆。

这会是什么人呢？我们三个人想破了脑袋，也想不出是怎么一回事。

看着看着，吉拉德忽然叫了起来：“啊，那只方舟模型不见了！”

方舟模型，就是我们在伯利恒市场上争着买的那个可爱的纪念品。为什么偏偏是它丢掉了？难道那个神秘的小偷对这个小小的物件产生了兴趣？

吉拉德说：“有这种特殊兴趣的，只能是孩子。”

柳风补充说：“还可能是猴子。”

荒凉的阿拉拉特山上，不会有孩子，那就是野猴子了。

大家围着现场又仔细观察了一番，又发现新的可疑现象了。

柳风跑了几步，在地上找到了一串脚印。

这是一串皮靴印，尺码很大，大约有42码左右，作案者必定是一个大个子。再一看，旁边还有一串较小的脚印，想必有两个人在一起，干下了这件奇怪的盗案。我们本想继续追踪，可是由于前面是一片坚硬的裸露岩石，没有松土，神秘的脚印就一下子消失了。

这一串脚印的发现，排除了孩子和野猴子的可能性，可以肯定是两个成年男子作案。

这会是谁呢？我们苦苦思索，想不出任何原因。好在损失不大，大家收拾好撒在地上的各自的衣物，议论了一阵也就不再放在心上了。

话虽是这样说，我的心里却总有一个疙瘩。无论如何这不是一个好兆头，给我们的考察行动蒙上了一层阴影。

“走吧，”我对吉拉德和柳风说，“这儿有鬼，赶快找到诺亚方舟就下山吧。”

“说得对！”柳风说，“这里不是久留之地，早些下山最好。”

丢了东西的吉拉德反倒大大咧咧的，表现出特有的乐天派的南美性格，心平气和地对我们说：“丢了就丢了吧，多想也没有用。我看这里有些像我的家乡安第斯山，风光非常好。来一次不容易，让我们慢慢欣赏一下景色也不错呀！”

大家边说边收拾好自己的背包，卷起帐篷准备找一条新路绕过陡崖继续上山。吉拉德带头，选择了一个比较缓和的斜坡，爬上面前的崖壁抬头一看，天地豁然开朗，一切尽收眼底。眼下我们站的地方还是草地，前面不远就是积雪的山坡了。积雪皑皑的阿拉拉特山的主峰正在前方不远处，只消再努一把力就可以到达了。

吉拉德取出望远镜，朝向四周仔细搜索，看过来、看过去，怎么也看不见想象中的诺亚方舟的踪影。

它藏在什么地方呢？

它在草地上，还是在雪地上？

会不会被积雪覆盖了？

柳风问：“你相信它真的在这儿吗？”

吉拉德一心一意专注着望远镜里捕捉到的景象，头也不回就说：“这是书上写的，还会有错吗？”

是啊，许多书上的确都这样讲过。可是眼下一片山岭起伏，冰雪茫茫，谁知道它到底埋藏在哪儿呢？

“走吧，”我招呼吉拉德和柳风说，“要想找到它，就得动手找。望远镜看不穿地皮。只是站在这里东看西看，是看不出什么东西的。”

“说得对，咱们走吧！”柳风也赞成说。不管吉拉德同意不同意，拔腿就往山上走了。吉拉德和我紧跟在后面，大家分散开拉大搜索范围，分片细心寻找，可是找来找去，还是找不到那个神秘的诺亚方舟。

我不禁有些动摇了，问吉拉德：“你觉得它当真就在这里吗？”

吉拉德兴冲冲地，还是用那句老话回答：“这是书上写的，那还会有错吗？”

我却不这样想了。咱们中国有一句古话：“尽信书，不如无书。”

眼下许多书上说得神神鬼鬼的，叫人不知应该相信，还是不相信。诺亚方舟也是其中之一。因为找来找去找不到，是不是这儿真有这个东西，现在我也不由有些动摇了。只是出于对吉拉德的尊重，才没有冒冒然说出来。

找啊，找啊，我们没有找到神秘的诺亚方舟，却一下子找到了一个牧羊人。

这是一个身披白袍的土耳其老汉，额头布满了沧桑岁月刻画出的皱纹，正握着一根长鞭子，牧放着一群山羊在山上吃草。他瞧见我们走过来，非常高兴地站起身子，挥动着双手向我们打招呼："喂，朋友，你们从哪里来？"

瞧见了他，我们不由一怔。想不到在这样高的山上，居然能够遇见一个人，倒想反问他一下，他是从哪儿来的？

我和伙伴们飞快地对视一眼，心里都十分自然地冒出同样的想法：眼前这个牧羊老汉和夜来的窃贼有没有关联？

"要问我们从哪里来，就一下子说不清了。"吉拉德走在前面抢先回答他，"我们来自不同的地方，对你怎么可以一下子说得清。"

柳风也指着我，自我介绍说："我们是中国人，那位先生从南美洲来。第一次到阿拉拉特山，还有许多问题想问你呢。"

要问他什么问题？

不消说，首先浮现在我们心中的一个谜团，就是昨夜帐篷里的谜。出于可以理解的原因，我们从上到下仔细打量着他，想从他的身上发现疑点和答案。他却什么也不知道，依旧笑容可掬地面对着我们，表现得十分自然。

我们在他的身上发现了什么？

沧桑岁月刻画在额头上的皱纹。

一双真诚的眼睛。

和蔼可亲的笑容。

飘散的花白胡须。

灰尘掩盖不住的纯洁的白袍。

当地山民特有的羊皮鞋。

够了，这一切已经足够了。站立在我们面前的这位老爹，是一位值得尊敬和信赖的好人。没有任何理由把他和夜来的窃贼联系在一起。何况他只有一个人，何况他脚下的羊皮鞋和可疑的脚印完全不一样，加上身材的差别，使我们更加相信他。

紧接着，他的一句问话，让我们完全排除了对他的任何怀疑。

他问我们：“前面上山的两个人，是不是你们的伙伴？”

前面还有两个人？！

我们相互对望着，不由心里一惊。

吉拉德连忙问他：“那是什么样子的人？”

放羊的老爹说：“和你们一样，也是从来也没有见过的外国人。”

柳风紧紧追问：“他们是什么样子？”

放羊的老爹说：“一个高、一个矮，一个壮得像野牛、一个瘦得像猴子。两个人向我打听了上山的路，就朝着上面走了。”

现在情况已经非常清楚了，这两个外来者，必定就是昨夜潜入我们的帐篷的两个小偷。

吉拉德激动起来，连忙又问：“他们手里有什么东西吗？”

放羊的老爹说：“这两个人非常奇怪，拿着一个像诺亚方舟一样的玩具，向我打听山上有没有这个东西，有没有别的宝藏，好像是专门探宝的人。”

诺亚方舟一样的玩具！这岂不就是吉拉德失窃的东西吗？

探宝！是不是暴露了那两个不速之客的目的？

诺亚方舟！这个名词不经意从眼前这位放羊的老爹嘴里说出来，表明他必定知道这个神秘的圣物。

我迫不及待地追问他："你知道诺亚方舟吗？"

"我是山上的人，怎么不知道呢？"放羊的老爹说，"诺亚方舟是我们阿拉拉特山上的宝物。住在这里的人，没有不知道的。"

好呀！这真是"踏破铁鞋无觅处，得来全不费功夫"。想不到我们苦苦寻找不得结果的诺亚方舟的踪迹，竟在眼前这位放羊的土耳其老爹身上一下子就得到了。

吉拉德兴奋异常地追问他："诺亚方舟在什么地方？"

放羊的老爹不慌不忙，随手指着身后一个山头的方向说道："那儿有一个。"

我们还来不及取出望远镜仔细看一下，他又转一个方向，手指着另一个山头的方向说："那边还有一个。"

他说得多么随便自然呀！好像谈论他牧放的两只山羊。

我们相互对望着，感到无限震惊。想不到从他的嘴里吐出来的，居然有两只诺亚方舟！

两只？！

这是什么意思？

《圣经》记述错了，还是他错了？

我们应该相信《圣经》，还是相信这个和蔼厚道的老牧羊人？

想不到我们已经接近抓住了一个谜底的尾巴，又冒出来一个新的谜团。

是耶？非耶？谁说得清？

我和柳风、吉拉德面面相觑，好半晌说不出一句话。

五 山顶的化石船

在放羊老爹的指点下，我们找到了一只“化石船”。它就是诺亚方舟吗？引起了激烈的争论。

依靠放羊老爹的指点，我们很快就爬上了他所指的第一个山头。想象中的诺亚方舟，应该就在这儿附近的什么地方。

我和柳风、吉拉德气喘吁吁地爬上去，并肩站在这儿最高的地方，纵目朝四周一望，却什么可疑的目标也没有看见。

吉拉德仿佛有用不尽的精力，围绕着这儿上上下下到处跑了一通，没有找到我们要找的诺亚方舟。坐在地上呆呆地望着面前的一切，嘴里叽里咕噜发着牢骚。

柳风也跟着他到处搜索了一遍，两手空空、一无所得，自顾自念叨道：“咦，这是怎么一回事？我们走错了地方，还是那个放羊的老汉骗了我们？”

真是他骗了我们吗？

不，我听从自己心中的直觉，非常相信这位忠厚的牧羊老人。他没有任何理由欺骗我们，可能只是一下子没有交代明白，或者是我们没有充分理解他的意思罢了。

我低头细细一想，一下子恍然大悟了。常年生活在山中的人们，和我们的思维方式、表达方法都有些不一样，不能拘泥于常理去分析。

也许他是用山中惯常使用的语法对我们说的吧？

山中生活常常要隔着不可逾越的深沟大涧，或是山上山下很远对话，声调必须放大，语句必须简明扼要，才能省力，也才能让对方听得更加清楚。这样的句子里面，往往会十分自然地省掉一些多余的字眼。当他提起牧羊鞭，随便朝远处一个山头一指，其实内容包含非常广泛。也许并不仅仅限于眼前看见的某个地点，没准儿还在更远的地方呢。

我一通百通，心中豁然开朗，这才仔细看清楚了形势。严格来讲，眼下我们所在的地方还不算太高，还有更高的山头在后面很远的地方。谁知道他提起牧羊鞭顺手一指，说的是眼前我们脚下的这个地方，还是同一方向另外一个山头呢？

山中看山就是这样的。往往在低处抬头看，目光所及的地方似乎是一个齐天的山峰，或是一道紧贴着白云的山梁子，好像这就是最高的处所，后面没有比它更高的了。给人一个不可靠的幻觉，放松了心态，不会想到爬上这个地方，还要继续努力攀登更高的处所。想不到费尽气力爬上来抬头一看，后面忽然又冒出一座更高的山。山山相套，永无终极。这就是人们常说的“山外有山”呀！面临这样的情况，坚韧不屈的登山者固然还要鼓着余勇接着往上攀登；意志薄弱的人望着一层比一层高的山头，就会一下子泄了气，一屁股坐下来停步不前了。

眼下我们面临的就是这样的情况。显然这里不是牧羊老人所说的地方，要想找到诺亚方舟，还得沿着这个方向继续往上寻找才行，不付出更大的努力，休想能有结果。

“走吧，”我对柳风和吉拉德说，“坐在这里是没有结果的。要想找到诺亚方舟，还要再努一把力才行。”

这番话对吉拉德起了作用，蹬的一下跳起来，带头就往上面走。柳风也不得不站起身子，跟着大家继续前进。

走啊，走啊，我们走过一道道斜坡，爬上一道道陡崖，终于攀上一座更高的山头，坐下来歇一会儿。抬头看，后面还有层层山峰，谁知道那个放羊老爹说的到底在什么地方。都怨我们太性急，没有多问一句，弄得现在心中没有底，显得好狼狈。

正没有谱的时候，柳风无意中转过身子一看，忽然大声喊叫起来。

“瞧呀！那是什么东西？”她惊奇地喊道。

我们顺着她手指的方向一看，也不由一下子惊呆了。

下面的山坳里，静静横卧着一个东西，衬托在周围的岩石中间特别显眼。

“船！”

我们三个人几乎同声喊叫出来。吉拉德面孔涨得通红，跳得高高的。柳风也激动得几乎说不出话，只是手指着那里发愣。

我仔细一看，真的像是一只大船呢。中间宽，两头尖，大约有好几十米长。由于时间悠远，船身已经朽坏，露出一根根肋骨似的龙骨架，像是一只横放在山上的古船标本。我想起了在伯利恒市场买的那个小小的诺亚方舟的模型，简直和它一模一样，准是对照着这只“船”制作的。要说它是《圣经》故事里的诺亚方舟，没有谁不相信。

因为那个模型已经丢失了，吉拉德忙不迭从背包里翻找出一本书，上面有一张一个飞行员从空中拍摄的照片。两相对照，就是我们眼前的这只“船”，不必有任何怀疑。看来这件被人们说得玄而又玄的事情果然是真的。可是我看着看着，心里却有些不明白，既然它这样容易找到，为什么会炒作成千古疑谜呢?

昨天的不快已经完全无踪无影。我们失去了那个模型，却眼见了真实的实物。眼前这个巨大的“古船”，岂不就是对我们最好的报答吗?

吉拉德看清楚了，立刻端起相机，“咔嚓咔嚓”先拍了几张照片，这才拔起腿往下飞奔。可能由于心情过于激动，眼睛只盯住下面的“船”，没有注意脚下松动的石块，一不留神就顺着山坡咕噜噜滚了下去。柳风也急匆匆地往下跑，反倒首先跑到了那里。

我跟在后面，扶起了吉拉德，正和他一起往下赶，忽然听见柳风一声尖叫：“啊，这是船的化石呀！”

化石？我不由吃了一惊。我只听说过人类和动植物化石，还从来没有听说过木头造的船也有化石，一股疑云立刻升上了胸臆。只是由于时间急促，才没有一下子说出口。

吉拉德听见柳风的喊叫，更加激动起来。抛下了同行的我，加快步伐像箭一样冲下去。好像是射中了一只猎物，如果不赶快猛扑上去，用力擒住受伤的猛兽，后者立刻就会翻身逃掉似的。

他飞快赶到“船”边，也不由朝我大声呼叫道：“快来看呀！真是一只化石船呢。”

我在后面边跑边想，他们两个人都认为是化石，大概就真的是化石了。可是理智却告诉我，这绝对不可能！

倘若诺亚方舟是亿万年前寒武纪[①]，或是侏罗纪[②]留下来的，那样古老的木头当然可以成为化石。可是传说中的诺亚方舟出现在几千年前，怎么可能成为坚硬如铁的化石呢？

不，绝对没有这种可能！

我的预料没有错。当我三脚两步赶到一看，从头到尾仔细审看了一遍，更进一步证实了自己的怀疑。

“这是真正的岩石，不是船的化石。”我向吉拉德和柳风解释说。

“为什么？”吉拉德质问我，“它和那张飞行员拍的照片一模一样，

---

① 寒武纪：距今五亿年前古生代开始的时期，三叶虫生活的时代。

② 侏罗纪：距今一亿四千万年前的中生代的中期，恐龙生活的时代。

为什么不是真的？”

柳风也说：“这明明就是一只大船嘛，为什么你说不是？”

“你们都上当了。”我说，“我承认这的确很像一只船，可是它却并不是真正的船。”

“为什么？”柳风质问我。

吉拉德也一下子跳了起来，手里扬着那张飞行员拍的照片，神情激动地问我：“你看呀！难道这张照片不能够做证明吗？”

我不慌不忙地对他说：“那个飞行员在高高的天上，怎么可能看得很清楚？”

我这样解释，他还是不信，一个劲儿直摇头，叫嚷道：“不是船，还会是什么东西？我的感情绝对不能够接受。”

“感情不能代替理智，你别被偏见蒙蔽了眼睛。”我告诉他，“我懂得一点儿地质学的知识。这是一个褶皱构造[①]的背斜顶部被剥蚀开以后，露出在外面的部分，压根儿就不是一只船。”

吉拉德还不罢休，气冲冲地争辩说：“你这不是在睁眼说瞎话吗！你看这多像一只船呀，为什么不是？”

柳风站在一旁，也用眼睛直盯住我，给他帮腔说：“我们投票吧！真理属于多数，看看除了你，还有谁赞成你的说法。”

“真理用不着投票，”我告诉她，“世界上的情况非常复杂，相像的东西多极了，怎么能用简单的投票来解决？相像的，并不都是相同的。被切削的褶皱构造的顶部，外形就像一只船，这没有什么好说的。”

柳风还有些不服气，追问道：“为什么它这样摆放在地面上？这不是

① 褶皱构造：这是古老岩层经挤压而发生弯曲的一种地质构造。拱起的部分叫背斜，凹下的部分叫向斜。阿拉拉特山上被误认为是“诺亚方舟”的东西，就是一个被切开的背斜顶部。

被洪水冲来的诺亚方舟，还会是什么呢？”

我提醒她：“你用错了字眼。请你仔细看一下，这是生根的东西，它并不是‘摆放’在地面上的，而是由于岩石软硬不同，经过长期的差异风化作用后，坚硬的部分相对‘凸出’在地面上而已。”

听了我说的话，吉拉德还有些气鼓鼓的不能接受。细心的柳风却慢慢平静下来了，随着我的指点，弯腰仔细观察这只“船”的种种疑点。事实不得不使她平息了疑问，无比诧异地瞠目结舌，再也说不出半句话了。

“天呀！这真是生根的岩石呢。”她惊叹道。

对比了在地面凸出的“船”形和周围凹下的软弱岩层，她不得不承认我说的是对的，半自言自语、半对我和吉拉德说：“这真是鬼斧神工。如果不是亲眼看见，我说什么也不会相信。”

辩论的形势发生了根本性的变化。如果这个时候还要投票表决，否定的意见肯定占上风。

固执已见的吉拉德呢？

他在我们的开导下，也认真观察了一下，终于放弃了成见。

他瞪大了眼睛，深深叹了一口气说：“唉，想不到世界上会有这种奇怪的地质构造，真有这样相像的东西。”

更加使人想不到的是，这样一个 “船”形的地质构造，居然出现在《圣经》提起的阿拉拉特山上。

真是无巧不成书。

这一“巧”，就蒙蔽了世界上许多狂热于寻找诺亚方舟的人，首先就是那个高高在上的飞行员。他拍了一张照片，经过新闻媒体的渲染，迷惑了更多的人。

六　失而复得的小小方舟

柳风意外发现了一个失落的物件，我们在半崖上找到一根可疑的乌木。

经过一番激烈的争论和反复观察，吉拉德终于承认这是一个酷似古船的地质构造。它骗过了空中掠过的飞行员和众多的俗人，却没法骗过我们的眼睛。我们耗费了许多体力攀登上这个山头，结果却是一场空欢喜。

故事就这样虎头蛇尾的结束了吗？

不，还有饶有兴趣的下文呢。

我们没有在这里找到想象中的诺亚方舟，想不到却意外地找到了另一个物件，昨夜失窍的那个小小的仿真诺亚方舟。

当我们结束了考察后，正要转身离开，柳风忽然惊叫一声：“瞧呀！这是什么东西？”

她发现了什么？是不是又发现了相反的证据？

听见她的叫声，我和吉拉德连忙又转身回去，看她到底发现了什么“新大陆。”

啊，真是一个出人意料的“新大陆”呢！

她站在“船头”旁边，手指着一个土坑，对我们说：“你们看，这里有什么东西。”

我们满怀疑惑地转身回去，低头一看，不由大吃一惊。

啊，这是怎么一回事？想不到这儿有一个土坑，昨夜我们遗失的那个诺亚方舟的模型，正静静地躺在坑里。我们先前只顾着察看面前的“石船”，分辨它的真假，没有回头看一眼，瞧见这个坑，更加没有想到我们的小诺亚方舟会在这里。如果不是柳风以女性特有的敏感发现了这个坑，也就不会找到它了。

为什么它会在这里？

这是谁抛弃的？抛弃者现时隐身在何处？

它去而复归，意味着什么？是福？是祸？还是别的难以预测的征兆？

它……

吉拉德坦然拾起。

柳风面露疑云。

我蹙着双眉，不由不认真思考。不消说，这就是夜来潜入我们帐篷内的两个神秘客干的。只是不明白他们为什么要这样做，对我们会有什么影响。

一个不祥的预兆悄悄涌上了我的心头，只是由于还没有充分的把握，担心会影响伙伴们的情绪，话到嘴边又吞了下去。可是心中却一下子冒出了一团阴影，再也没有先前那种游客般的无忧无虑的心情了。

仔细检视了一下，这个坑大约有半人深。坑底的泥土很松，外面撒落了许多新土，显然是刚刚挖开不久的。挖坑的人，必定就是昨夜钻进帐篷偷东西的那两个不速之客。他们带着仿真小诺亚方舟到这里来挖坑，必定和诺亚方舟本身有关。

这个坑位也很有讲究，正好在船形构造的正前方不远处。没准儿挖坑者以为尖尖的“船头”是指示标志，这儿可能藏着想象中的宝物吧？

从这个推想的思路出发，我们在尖形“船头”的另一端，也发现了一个坑。不消说，里面空空的什么东西也没有。接着围绕“石船”周围再仔细巡视一遍，又发现了旁边还有一些坑。大小深浅不一，全都是新开挖的，显示出挖坑者毫无周密计划和急切得难以抑制的心情。很可能他们先挖了“船头”和“船尾”两个坑后，没有找到要找的东西，才失去了理智乱刨乱挖，留下了这些坑。最后彻底失望，只好撒手离开了。

这是两个什么怪人？

难道他们也是来寻找诺亚方舟的考古爱好者？

如果是这样，为什么不和我们直接打交道，大家一起交换心得和资料。非要出此下策，采取半夜盗窃的手段来达到目的呢？

也许他们怀有私心，想抢先一步下手得到想象中的珍贵文物吧！除此以外，就很难用正常的理由来解释。

我心中的疑云更浓了，下意识地感觉到，这两个古怪的家伙就隐藏在附近不远的什么角落里，正在偷窥我们的行动，可能给我们带来不利的影响。警惕地抬头，飞快地朝四周扫视一遍，却什么异常的现象也没有发现。

柳风拿出了福尔摩斯的手段，顺着一串脚印追踪下去。可惜走不多远就是裸露的坚硬岩石地面，再也别想找到一丁点儿痕迹了。

吉拉德大咧咧地说：“管他的，这只是两个毛贼，犯不着在他们身上耗费精力了。咱们还是按照自己的计划进行吧。”

放羊老爹讲过，山上有两只诺亚方舟。这个不是，就只有寻找另一个了。

按照放羊老爹指示的方向，我们转身爬上另一个积雪的山头。这一次非常顺利，老远就眺见冰雪皑皑的半崖上，露出一个黑乎乎的东西，映衬着雪白的冰雪十分显眼。

那是什么？是不是横放在崖壁上的一只古船？

吉拉德端起望远镜仔细观察了一会儿，禁不住喊叫起来：“瞧呀！真的是一只船呢。”

柳风接过望远镜一看，也忙不迭点头说：“是的，一点也没有错。”

我也好奇地接过望远镜看，瞧见崖上的确有一个长长的黑色异物。只是由于距离较远，一时还看不清是什么东西。吉拉德和柳风出于主观因素，过早把它当作是一只船了。

吉拉德兴冲冲地说：“管它是什么东西，上去看一下再说吧。”

柳风也怂恿说：“那个放羊的老爹说过，山上有两只诺亚方舟。这还有什么好说的？刚才那只‘石船’不是真正的方舟，必定就是它了。”

我当然也不反对，三个人统一了意见，立刻拔腿朝那座积雪的山头走去。看样子这段路平时很少有人走，没有一丁点儿“路”的痕迹，行进非常困难。我们好不容易走过了一片开阔的高山草地，越过一片强烈高山风化造成的乱石地面，踏着坎坷不平的裸露石块，才渐渐接近了前方的雪地。一路上柳风特别注意，没有在雪地上发现脚印，表明那两个神秘的隐身人没有抢在我们的前面。如果这真是诺亚方舟，就不会有人捷足先登了。

目标越来越清楚了，现在不用借助望远镜，也能够清楚看见半崖上的那个黑色的神秘物体。

这是一个长形的东西，的确很像想象中的诺亚方舟。放羊老爹说的第二只诺亚方舟，必定就是它。

瞅准了目标，吉拉德就一马当先，手脚并用像猿猴一样飞快攀登上去，转身向我们招呼道：“快来看呀！这是一根风化的木头。”

听了他的呼唤，我和柳风也气喘吁吁奋力攀登上去，紧跟着到了跟前。我仔细审视了它一遍，真是一根特别粗大的木头，插进厚厚的冰雪层里。由于时代久远，饱受风霜雨雪的风化侵蚀，已经完全发黑了。一头露在外面、一头藏在冰层里面。不知道到底有多长，也无法推测它的真实全貌。

我心里的第一印象，这好像咱们中国南方常见的一具悬棺，也像泥土里挖出来的一根乌木。只是由于没有把握，才没有贸然说出口。

柳风偏着脑袋看了一下，猜测道："这是不是一棵古代的大树？"

吉拉德摇头说："树怎么会生长在这个地方？这里的高度超过了高山植被带，也超过了高山乱石带和雪线。一般的树木，怎么可能生长在这儿的冰雪层里？"

柳风辩解说："古今气候不同，可能从前气候比较温暖，也可能这座山原先没有这样高，从前并没有超过雪线，现在的冰雪是后来堆积的。你怎么可以断言，当时这里不会有树木生长呢？"

两个人激烈辩论了一阵，谁也说服不了谁。柳风又提出，如果不是天生的树木，是否可能是古代的其他建筑遗迹？例如房屋、堡垒等等。当年这里是许多民族和国家征战之所，也是土耳其通向波斯、高加索和美索不达米亚平原的通道，这些都不是没有可能性。

吉拉德依旧一一摇头否定，不同意柳风的种种推测，继续发表自己的意见说："依我看，什么东西都不是。那个放羊的老爹说对了，这就是诺亚方舟。除了它，没有别的可能性。请问，这里没有一条路，也没有一块平地，谁会住在这样高的地方，在这里修建房子和驻兵的堡垒？"

"你太武断了，"柳风说，"我们现在看见的只是一根木头，凭什么说它就是诺亚方舟？"

吉拉德非常自信地说："我看这是一根船头木。要不，就是一根船底的龙骨。"

如果这是船头木，船身就一定在里面；如果是一棵树，里面一定有树根。

我想了一下说："你们都别争啦，现在我们看见的只是一根木头而已。说它是天然的树木，人工制造的诺亚方舟，或是别的人工建筑物都为时过早。空口说白话没有用，我们先挖一下吧，看看里面到底藏着什么东西。”

这个意见谁也不反对。吉拉德希望挖出整只大船，柳风希望挖出树根，当然也希望有根据证明这是一根粗大的屋梁。谁也没有不同的意见，就一起动手挖了起来。

挖呀，挖呀，挖了老半天也没有挖出什么东西。看来这根木头很长，一下子没法把它全部挖出来。没有挖出整只船，也没有挖出树根，看来看去还是一根半露在外面的乌黑的木头。

挖着挖着，我猛地一拍脑瓜，陡然想起一个至关重要的问题，放下手里的铁铲，转身对吉拉德和柳风说：“噢，咱们忘记了一个问题，有一个先决条件必须明确。不管它是什么东西，首先要弄清楚是什么年代的。如果年代和诺亚方舟不合，即使就是一只船，也不能证明这就是我们要寻找的诺亚方舟。”

这个问题一下子说到了点子上，吉拉德和柳风不由一愣，觉得很有道理。看看日头已经偏西，夜色又要降临。大家累得一身汗水，也没有任何结果，只好暂时停了下来，考虑怎么解决我所提出的问题，如何判定它的实际年龄。

其实这个问题很好办。考古科学早就使用碳14法，对含碳物质进行放射性测年。眼前暴露在冰雪层外的这根木头是最佳测试标本，我们只消取一些样品，送往可靠的实验室，就可以静待结果了。

天色已经将近黄昏了，周围暮色四起。既然还要测定年龄，我们就再也没有劲头继续挖掘下去了。吉拉德站起身取了一块木头，小心放进背包装好，准备作为测试的标本，开始往山下走去。

柳风见他只取了一个标本，有些不放心说：“咱们来一次不容易。

万一这块标本不够，怎么办呢？我再取一块，作为备用吧。”

说着，她就以女性特有的仔细，又顺手取了一小块自己收藏好，这才跟随着我们慢慢移步走下这道陡崖。

当我们有说有笑往回走的时候，谁也没有注意到，背后的山坡上有两双贼头鬼脑的眼睛，透过望远镜紧紧盯住我们的行动。

唉，如果我们不是太疲乏，转身看一下就好啦。

七　放羊老爹之死

我们和放羊老爹度过最后一夜，他给我们讲了什么，他是怎么被害的。

我们下山途中，又遇见了那个放羊的老爹。再次相逢十分亲切，他热情邀请我们住进他的窝棚，和他共度一夜。

老爹伸开双臂拥抱了我们，大家团团围坐在篝火旁边后，他边咂巴着自己裹的旱烟边启口探问：“你们找到诺亚方舟了吗？”

“我们正要问您呢。”吉拉德急不可耐地说，“山上到底有几只诺亚方舟？”

老爹放下手里的旱烟杆，扬起眉毛惊奇地反问他：“我不是给你们说过了吗，山上有两只诺亚方舟，在两个不同的地方，你们没有找到吗？”

“找到啦，”柳风插嘴说，“一个是岩石构造，一个是一根大木头，好像都不是真的。”

“这不可能！”老爹斩钉截铁地说，“两只都是货真价实的诺亚方舟，没有一个是假的。”

柳风盯住他的眼睛问：“你凭什么这样说？”

老爹一副茫然又有些认真的样子说：“大家都是这样说的呀！谁都说是真的，我当然都相信喽。”

快嘴的柳风接着追问：“《圣经》上面只有一只诺亚方舟，怎么这里会有两只？”

老爹喷吐出一口浓烟，迟疑了一下说：“没准儿书上写漏了吧？我也是听别人说的。有人说，这个是真的；有人说，那个是真的。人人说得都有道理，我就以为山上有两只诺亚方舟了。”

噢，原来是这么一回事。从他的话里，我听出来一件值得注意的事情。看样子专门到这里来寻找诺亚方舟的人不止一个，各有各的说法，所以才造成了老爹以为有两只诺亚方舟的印象。这些人是干什么的呢？他们在山上干了些什么？有什么可以供给我们参考的意见？都必须打听清楚。

老爹听见这一连串问题，连连摆头说：“你让我一下子都说清楚不可能，我一个个分开告诉你们吧。”

他低头咂巴着旱烟，吐出一个个似乎带问号的烟圈儿，合着篝火的烟气在窝棚里弥漫着，好半天才慢慢飘散。隔了一会儿才重新抬起头来，回答我说：“到这里来找诺亚方舟的人很多，看样子大多数都是闹着好玩瞧稀罕的，知道的东西还没有我多。只有少数几个人像你们一样非常认真，好像很有学问。其中有一个，说是从美国什么地方来的探险家，哇里哇啦给我说了一大通，我也没有完全听懂。他就认为那个‘石船’是真正的诺亚方舟。”

“他有什么根据吗？”我问他。

“有什么根据，他可没有说。”老爹说，“不过瞧着他那一副认真的样子，为了登山寻找目标，衣服撕破了，鞋子张开了口，脸上也划了一道口子。我相信他和一般的游客不一样，说的不是假话。”

撕破衣服，鞋子裂口，脸上挂伤，这叫什么钢鞭证据？

我还来不及说出口，柳风就抢着说出来了。也不管这位厚道的老爹受不受得了，嘟嘟嘟一口气说出她的看法。

“这只能算是一个天不怕地不怕的勇敢份子，最多不过是一个探险家而已。你说的这些，要当成证据还不行。”她心直口快地端出自己的意见说。

老爹吐了几个烟圈儿沉默了，歇了一会儿抬起头来又说：“还有一个戴金边眼镜的外国人，像是很有学问，认为崖上那根乌黑的木头是诺亚方舟留下来的东西。”

话说到这里，一旁仔细听着的吉拉德连忙插问：“他是从哪儿来的？叫什么名字？还说了什么话？”

老爹细细回想了一下说：“好像这是一个从北欧来的教授，叫什么‘逊’的。他告诉我，诺亚方舟已经散架了，这可能是留下来的一根船底龙骨。因为时间久远，变成了黑色。”

他叫什么‘逊’？

约翰逊？安德逊？杰克逊？……

老爹侧着耳朵听了，摇头说统统都不是。

其实就算他点头，也帮不了我们什么忙。北欧叫什么‘逊’的人多如牛毛，就好像要在中国寻找张三李四一样，派出所的户口册上同名同姓的起码成百上千，怎么能够一下子找到要找的人。

他说的这些情况全都没有用处，对我们一点帮助也没有。我换了一个方式再问他：“您能告诉我们，还有谁把这个问题说得清楚，有名有姓，知道他住在什么地方吗？”

我这一说，他猛地一拍脑瓜想起了，告诉我们："我忘记了一个人，就住在附近不算太远的地方。天地间的事情，他没有不知道的，必定知道诺亚方舟的情况。"

"他是谁？"我们三个人听了，几乎同时抢着发问。

老爹不慌不忙又吐了几个烟圈儿，慢慢告诉我们："他叫穆斯塔法·奥特曼，人人尊敬的圣者。"

"他住在哪儿？"我们三个人又同时抢问。

"就在离这儿不远的凡湖边，一座独立的木头房子里。"老爹十分精确地讲出了具体的位置，还描述了那座房子的外貌，在我们的心里勾绘出一幅不易忘怀的蓝图。

我们三个人飞快交换了一下目光，立刻无声地做出了决定，下山以后就去找他。

这个话题就这样说完了。细心的柳风转了另一个话题，向老爹打听："请您再说一下，那两个和我们一起上山的人，还有什么情况？"

老爹说："我知道的，都已经告诉你们了。他们没有再来过，不知道他们的名字，也不知道他们从哪里来。"

吉拉德插嘴问："能够听出他们的口音吗？"

老爹仔细回想了一阵子，轻轻摇了摇头回答说："这可有些不好说。我是山里人，很少下山到外面去，分不出不同的口音，不知道他们是哪里来的人。"

吉拉德问："他们没有说起自己别的情况吗？"

老爹困惑地摇头说："他们的嘴巴闭得很紧，不多说一句话。咱们山里的人有规矩，别人不开口，一定有他的道理，我们决不会去打听。所以关于他们的其他情况，我就一点也不知道了。"

话说到这儿，似乎就没有什么好说下去的了。烟气缭绕的窝棚里一下子沉默了，只能听见外面的山风一阵阵高一声、低一声呜呜吹着，吹得我们的心儿安静不下来，仿佛觉着有什么东西勾着似的。

这样默默歇了一会儿，柳风皱着眉头又问：“您见的事情不少，觉得这两个人是好人，还是坏人？”

老爹低头沉默了，又吐了几个烟圈儿，似乎想了很久才缓缓开口，用非常谨慎的语调说：“这可不好说了。人的额头上没有写着好坏，怎么能够断定他们是好还是坏。”

柳风见他这样谨慎，换了一个问题再问他：“凭您的印象，是喜欢，还是不喜欢他们？”

“如果只让我说印象，这倒可以说了。”他放下了手中的旱烟杆，十分明确地表态说，“我也说不出什么原因，有些不喜欢他们。”

听了他的话，我们意味深长地交换了一下目光。

“从他们的长相吗？”柳风紧紧追问。

“不。”老爹摇头回答。

“从他们的举动吗？”柳风盯着他的眼睛再问。

“也不是的。”老爹又摇了一下头。

“那是为了什么呢？”柳风问他。

老爹想了一下，句斟字酌地说：“那是一股气味，我不喜欢这种气味。”

气味？

这可玄了！气味是什么东西？总不会是腋下的狐臭和嘴里的羊膻味吧？

夜深了，小小的窝棚里弥漫着难以散尽的烟气。我们各自怀着心里的疑问，紧挨着这位善良的放羊老爹躺下来，沉入了自己的梦乡。

迷迷沉沉的梦中，我仿佛随风飘浮到了一个大湖边，瞧见了圣者穆斯塔法·奥特曼的木头房子。正要上前敲门，房子一下子变成了一只大船，载运着许多稀奇古怪的动物，顺着湖水漂去。好像一只大风筝，一直飘上了高高的雪山。我张开翅膀想追上去，忽然冒出两个巨大的黑影，遮住了天空，也遮住了雪山。眼前一片模糊，什么也看不见了……

醒来睁眼一看，夜色正浓。窝棚里的烟气还没有散尽，身边的伙伴们都睡得沉沉的，发出一阵阵有规律的鼾声，合着外面的山风，组成了一种十分平常的图景。

好一个平和的山中之夜，好一个安宁的窝棚。挡住了山风，挡住了寒气，使我感到非常温暖舒适。

没有噩梦，没有妖精，一切都是美好的，是不是我多虑了？

真的没有噩梦吗？

啊，不！第二天我们告别这位和蔼可亲的放羊老爹，沿着他指点的路慢慢走下山。走了很远很远，忽然听见后面传来熟悉的喊声。

那是放羊老爹。高高的山头上，闪现出了他的身影。

他用了尽气力向我们大声呼喊："小心呀！这里有……"

紧接着是一声枪响。"啪"的一声拖着长长的尾音，渐渐消失在高山深谷中，很久很久才飘散。

接着是一股黑烟，翻翻滚滚冲上湛蓝的天空。

"谁在开枪？"

"那是什么黑烟？"

"啊，放羊的老爹！"

我们惊愕万分地回头望着后面的山崖，不约而同地喊出了声。

他想警告我们什么？

那一句还来不及说完的话里，包含着什么意思？

他警告我们"这里有……"，到底有什么可怕的东西？

紧张慌乱中，我们来不及细想，连忙拔腿跑回山上。三脚两步赶到那儿一看，不由倒抽一口凉气。

昨夜我们睡的窝棚已经化成了一堆灰烬，黑烟还没有散尽，好像是那个放羊老爹的旱烟杆里冒出的袅袅烟气。

当然不是他的旱烟杆点燃的火。

他的胸口有一个冒血的伤口，汩汩鲜血还在不停往外冒着，身子横躺在血泊中，早已没有了气息。

我们静静地站在这位可敬的老爹的身边，默默脱下帽子，泪水忍不住往外流。

吉拉德的眼睛里冒出了怒火，捏紧了拳头，朝着空荡荡的山野大声吼叫着：“这是哪个恶魔干的？！”

天空没有应声。

大地没有应声。

细心的柳风低头发现了两串熟悉的脚印，朝着山下另一条路延伸下去。我们随手提起一根树棍，怒气冲冲地往前追赶，很快就进入一片山石嶙峋的地带，失去了追踪的对象。

该死的坏蛋！

这还有什么好说的，一定就是偷仿真小诺亚方舟的那两个家伙！

八　老渔翁和蒙面大盗

我们在圣湖边寻找圣者，想不到找到一个老渔夫，忽然遇见强盗，抢夺了我们的东西。

凡湖，土耳其安纳托利亚高原[①]的水汪汪的眼睛。

人们说，土耳其有四个海。北边的黑海，南边的地中海，隔断欧亚大陆的马尔马拉海，加上高原上的凡湖。其中，以凡湖最为尊贵。

凡湖为什么也被当成“海”？因为它浩渺无边，面积3713平方公里，最深处达100米以上。把它和“海”相比，一点也不过分。

为什么凡湖在人们心目中的地位这样高？因为它雄踞在高原上面，湖面海拔1646米，远远超过别的海洋的高度。这是高原上的天湖，也是大地女神奉献给天空的一面清亮无比的镜子。天空众神常常对着它梳妆打扮和照看自己。人间众生也可以从湖面反映出的日月星象、雷电云雨，揣摩天空神祇的心情和旨意。所以自古以来凡湖就是沟通天地人神的桥梁，天神下降的处所，凡人升天的起步阶梯。不消说，这就构成了凡湖的无比神圣的地位，是千古以来小亚细亚和周边人们心目中唯一的圣湖。

为什么凡湖的地位这样高？据说，它和东边一山之隔的伊朗境内的雷扎耶湖搭配，是大地的一双明亮的眼睛。日日夜夜仰望着天空，可以洞察一切，都有十分神奇的功能。

为什么凡湖的地位这样高？还因为它有悠久的文明历史。凡湖这个名字，是从湖边古城凡城来的。这座古城是公元前19世纪塞米拉密斯时代，阿苏尔皇后亲自领导建造的，比土耳其正史中最早的旧赫梯王国[②]还早得多，自然不同凡响，凡湖因而也就不凡了。

---

① 安纳托利亚高原：几乎相当于整个小亚细亚半岛，土耳其亚洲部分的全境，号称“小亚细亚的脊梁”。面积50万平方公里，平均海拔1000米。安纳托利亚这个名字来源于古希腊，意思是“日出之地”。有名的阿拉拉特山就在它的东部，和伊朗高原接壤的地方。

② 旧赫梯王国：土耳其有史记载最早的王国，大约在公元前16—17世纪。

凡湖是神圣的，居住在凡湖边的人们也沾上了灵光。在这儿生活的人们大多聪慧绝伦，具有不凡的气质，就一点也不奇怪了。我们要寻找的圣者穆斯塔法·奥特曼，就是其中特别受人尊敬的一个。

依靠放羊老爹的介绍，我们几经周折终于打听到他家住的地方。

啊，圣者穆斯塔法·奥特曼。人们听说它的名字，没有一个不表达出深深的敬意，都给我们讲了一段有关他的神奇故事。有人谈起他的智慧，有人称赞他的仁慈，却没有一个人知道他的年龄。说起他，只是十分敬畏地对我们说，他自幼聪明绝顶，通晓天地奥秘，自己的父亲辈、祖父辈就知晓他了。他的具体年龄，没准儿连他自己都不清楚。人大凡到了不关心自身年龄的时候，如果不是患了老年痴呆症，就是识破红尘的大觉大悟者。显然，他属于后者无疑。圣洁的凡湖边藏龙卧虎，想来他就是一个擅长观天察地，知晓无限宇宙秘密的饱学隐士吧。他的名声远远传到了阿拉拉特山，居然传进一个普通的放羊老汉的耳朵里，就是最好的证明。

我们东转西转，在湖边找到他的家。想不到柴门紧闭，里面一个人也没有。围着他的院子转一圈，瞧见水滨树荫下，有一个白发老者端坐在一块磐石上专心钓鱼。使我猛地联想起当年严子陵[①]隐居在富春江边垂钓的样子，不禁肃然起敬。

吉拉德仔细打量了一下说："看他这个样子，必定就是我们要找的那个圣者穆斯塔法·奥特曼。"

说着，他就急急忙忙赶过去，向那位老者行了一个礼，恭恭敬敬地问道："请问，您有时间吗？我们有一个问题想向您请教。"

---

① 严子陵：严光，字子陵。本来姓庄，东汉初年人，和汉光武帝刘秀是同学。后来刘秀当了皇帝，他就改名换姓，隐居在富春江边钓鱼。光武帝亲自来请他出山却被他拒绝了，晚上睡觉还把脚放在光武帝的肚皮上，真不把荣华富贵放在眼里呀！

老者一听，连忙放下手中的钓鱼竿，慌里慌张转身致礼问他："您看得起我，实在太荣幸了，不知有什么问题要问我？"

吉拉德说："我们刚从阿拉拉特山上来，不明白传说的诺亚方舟到底在山上什么地方？"

老者反问他："山上有一只大船，不知何年何月停在山顶，经过岁月风化，已经变成了石头。你们看见了吗？"

啊，他说的就是我们见过的那个被切削的褶皱构造。他是远近闻名学富五车的智者，怎么说出这样没有水平的话？我和柳风对望一眼，不由产生了一些疑惑。

吉拉德似乎也有些犯疑，半信不信接着问他："这是真的吗？"

"当然是真的喽，"那个老者一本正经地说，"不知道你们注意看没有，它的中间宽、两头尖，好像是一个梭形。那不是船，还会是什么？"

听他越说越走样，我的疑心也越来越大。正忍不住想启口问个究竟，不料他看出了我们有些不相信，就连忙声明说："我是一个不识字的渔夫，可能说得不对。你们想弄明白这个问题，最好问一下圣者穆斯塔法·奥特曼吧。"

"难道您不是圣者穆斯塔法·奥特曼吗？"听他一说，吉拉德吃了一惊，不由瞪大了眼睛问他。

"不是呀！"他解释说，"我不是已经告诉了你们吗？我只是一个凡湖上打鱼的渔夫，怎么敢和圣者穆斯塔法·奥特曼相比呢。"

噢，原来如此。怨只怨吉拉德冒里冒失，先不弄清楚情况就急着提问。你问，别人答，这怨得着眼前这个老渔夫吗？

他不是就不是吧。我们急着打听圣者穆斯塔法·奥特曼的消息，便转过话锋问他："您能够告诉我们，现在圣者穆斯塔法·奥特曼在什么地方吗？"

老渔夫摇了摇头说："这可不知道了。他像天上一朵闲云飘忽不定，此刻不在湖上，就在周围的山里。没有十天半月，不会转回来的。"

这可怎么办？周围一片湖山茫茫，天地无限宽广，我和吉拉德、柳风面面相觑，不知道应该怎么办才好。

吉拉德想了一下，说："我们就在这儿等它吧。"

柳风说："老等不是办法，干脆去找他。"

"找也不是办法，"我说，"凡湖这样大，加上周围重重叠叠的山头，谁知道此时此刻他云游到什么地方。我们瞎找一通，岂不是大海里捞针吗？"

吉拉德急得没有办法，嘴里咕噜说："等也不行，找也不行，到底应该怎么办才好呢？"

我想了一下，提议说："我看，咱们干脆别等，也别找了。请这位老人家给他留一句话，我们先到伊斯坦布尔去测定乌木标本的年龄吧。"

这个主意谁也不反对，事情就这样定下来了。我们请湖边钓鱼的老渔夫给圣者穆斯塔法·奥特曼带一句话，就说我们先到伊斯坦布尔，转回来再请教他。略微带着一些惆怅，告别了这位被我们认错了的老人家，慢慢转身沿着一条古道，朝向遥远的伊斯坦布尔去了。

当我们离开这儿时，回头望着迷迷蒙蒙的凡湖和云遮雾裹的重重叠叠的远山，心里涌起了一种说不出的朦胧情愫。一个从未有过的预感告诉我，解决诺亚方舟千古之谜的钥匙，没准儿就在这个神奇的地方。不管付出多大的代价，我们都必须找到智者中的智者，那个不知自身年龄的圣者穆斯塔法·奥特曼。也许找到他后所有的难题就能够迎刃而解了。

我们就这样依依惜别了天光云影下的凡湖，怀着美好的憧憬，向土耳其西端的古都伊斯坦布尔走去。计划在那里测定了乌木标本的年龄后，再返回来拜访神秘无比的圣者穆斯塔法·奥特曼，揭开困惑了人们无数世纪的诺亚方舟之谜。

唉，俗话说："欢喜老鸹打破蛋。"即将到来的胜利曙光迷惑了我们的眼睛，大家都高兴得太早了。想不到竟在这个世外桃源般的圣湖边，一不留神又出了一个漏子，险些儿破坏了我们的整个计划。

当我们穿过湖畔古老的凡城，沿着古道越走越远，正高高兴兴东张西望，观看周围的景色时，忽然路边树丛里闪出两个头上蒙着黑布套，只露出两只眼睛咕噜噜转的强盗，一个高、一个矮，一个壮实像野牛、一个瘦得像猴子。他们手中挥舞着寒光闪闪的弯刀，骑着同样颜色的黑马，笔直朝着我们冲来。

瞧见了强盗，我和吉拉德本能地紧靠在一起，护住身后的柳风，看他们打算怎么办。

强盗就是强盗，没有什么客气的。其中一个高声大叫着："要命的，把宝物留下来！"赶马挡住我们的去路。另一个两腿用力一夹马肚皮，飞快冲了上来，瞄准了目标，一刀砍在吉拉德的肩头上，弯身下来一下子就拽走了他的背包。我们还来不及回过神，他们就达到了目的，一溜烟顺着密林遮掩的古道跑得无踪无影了。

天呀！想不到在这个圣洁的地方，竟会发生这样可怕的事情。我们来不及，也没有心思和力量追赶他们，连忙扶起倒在地上的吉拉德，取出急救药包，给他敷了药，包好伤口。谢天谢地，托凡湖诸多"神灵"的保佑，他的伤势还不算太严重，止住血就可以慢慢走动了，算是不幸中的大幸。我们这才有时间回过神来，仔细分析这起恶性劫案的情况和后果。

这两个蒙面大盗是谁？为什么别的东西不动，只盯住吉拉德的背包不放？

虽然由于蒙住面孔，不能看清他们的相貌，可是我们都不约而同地把这两个家伙和山上帐篷里的神秘失窃事件，到处跟踪我们，以及放羊老爹遇害事件联系在一起。

柳风气愤地说："不是他们，还会有谁！"

他们到底是谁？为什么紧跟着我们不放？为什么杀害善良的放羊老爹？为什么偷了仿真的诺亚方舟模型，又抢夺吉拉德的背包？我们的背包一次次被偷被抢，到底有什么目的？一个又一个谜，一时都无法猜透。

柳风说："我们好好想一下，背包里面有什么东西吧。"

吉拉德的背包里面，除了他自己的衣物、钱包，还有地图、望远镜和在山上采集的乌木标本。

什么东西是他们要抢的"宝物"呢？是带着吉拉德的气味的衣服和空瘪瘪的钱包，还是地图和望远镜？

不，这都不可能引起强盗的兴趣，这些东西不会让他们冒着危险在光天化日下面实施公开抢劫。

我猛的一想，该不会是那块乌木标本吧？

柳风摇头说："这也不像呀！如果他们想要乌木标本，为什么不自己动手掰一块，非要这样冒险抢劫不行？"

这也不像，那也不像。我仔细琢磨一阵，脑袋一下亮了。他们躲在远处窥探，并没有看清我们采集的是什么东西，口口声声要什么宝物，会不会误认为我们得到什么无价珍宝了？

是的，只有这个可能性。要不，他们就是完全发疯了。

丢失了乌木标本怎么办？多亏下山时，细心的柳风另外采集了一小块乌木。要不，我们就只有重返阿拉拉特山一趟了。

九　重访圣湖边的圣者

我们终于和圣者穆斯塔法·奥特曼相逢，他的外表和谈话都使我们大吃一惊，最后告诉我们一把解开秘密的钥匙。

我们的伊斯坦布尔之行非常顺利，一个设备完善的实验室接受了乌木标本，答应在几天之内做出准确的测定结果。无论我们走到哪儿，都会立即通知我们。

这几天，我们怎么安排呢?

伊斯坦布尔，旧日的君士坦丁堡。听着它的名字，就不禁激发起如潮汹涌的思古幽情。

我们作为旅游者，到了这个昔日赫赫有名的东罗马帝国①、拜占庭帝国②和奥斯曼帝国③的首都，威震西亚和东地中海，扼住欧亚交通和黑海出

① 东罗马帝国：公元395年，统治欧亚非大陆许多地方的罗马帝国分裂，留下东、西两个新的帝国。其中，东罗马帝国的首都就在这里，先后经历了两个王朝。当时这里叫作君士坦丁堡。

② 拜占庭帝国：公元474年，东罗马帝国色雷斯王朝覆灭后，建立的另一个强大的帝国，不仅占有亚非一些地方，还统治了欧洲巴尔干半岛的大部分地区，影响十分深远。共有7个王朝和3个选举帝位时期。公元1204年，被十字军攻灭。

③ 奥斯曼帝国：土耳其历史中，另一个强盛的帝国。统一了十字军进攻以后建立的许多分裂的小王国，还曾经征服了西亚、北非和附近欧洲的许多地方。1922年，以土耳其国父凯末尔领导的革命成功后，废黜了帝国和苏丹，建立了现在的土耳其共和国。

口咽喉的这座古城。不消说，必定要到著名的“蓝色清真寺”[①]、博斯普卢斯大桥[②]和旧城里狭窄喧嚣的市场去观光一番。追寻消逝的历史，享受别样的异域情趣，品尝特殊的风味小吃，选购富有地方特色的纪念品。我们在这里消磨了大半天时间和许多胶卷。可是我们没有忘记自身的主要任务，只对这儿浅尝辄止，不愿浪费太多的时间。

吉拉德念念不忘凡湖边的那位圣者穆斯塔法·奥特曼，也想通过当地的警察局抓住那两个坏蛋，为遇害的放羊老爹复仇，找回自己的背包，催促着我们赶快回去。

他说：“要看伊斯坦布尔，十天半月也看不完。回去找那位无所不知的圣者，才是当务之急。乌木测定结果也不必等候，反正迟早会知道的。”

他说得对。集中精力解决诺亚方舟之谜，才是重中之重。要看伊斯坦布尔，工作结束后再返回慢慢欣赏也不迟。我们立刻动身，依依不舍地离开了繁华的伊斯坦布尔，返回古朴沉静的凡湖了。

我们来得正是时候，进村又遇见了那位老渔夫，他告诉我们：“圣者穆斯塔法·奥特曼已经回来了，正等着你们呢，赶快去吧。”

听见这个好消息，我们非常激动，连忙三脚两步赶去。在距离他的住所不远的地方，果真瞧见了另一位白髯飘飘的老者，正在慢悠悠地练习拳法。既然在这个地方，想必就是他了。

这一次，又是吉拉德一马当先，大跨步赶过去行礼问道：“您可是等

---

① 蓝色清真寺：建于1616年，本名苏丹艾哈迈德清真寺，是奥斯曼帝国时期的著名建筑物。寺内大厅可容3500人做礼拜，墙壁上镶嵌着两万多块蓝色瓷砖，寺顶有6座美丽的尖塔，风格非常特殊，所以叫作“蓝色清真寺”。

② 博斯普卢斯大桥：横跨博斯普卢斯海峡，连接欧亚两大洲的公路吊桥，1973年建成，全长1560米，是现代世界建筑的杰作。

候我们的圣者穆斯塔法·奥特曼？”

老者停住了摆动在空中的手臂，微微一笑回答说：“您认错了。我是他的邻居，他正在花园里休息呢。”

喔，冒失的吉拉德又一次认错了人。好在这位白髯老者已经说了圣者在什么地方，我们直接就向花园里走去。

屋前的花园紧邻湖边，有几棵暗绿色的橄榄树，还种了一些花草。园子虽然不大，却十分清爽，符合这位遗忘了岁月进程，不计身前身后荣辱名分的隐士身份。我们隔着这个花园还有一段距离，就看见了一位鹤颜皓首的老人，手持一柄铁铲，正微微弯着腰在挖土，瞧见我们过来，不待我们开口，便放下手里的活计招呼说：“你们是为诺亚方舟来的吗？”

“是的，”吉拉德回答说，“您就是圣者穆斯塔法·奥特曼吗？”

他听了微微一笑说：“别叫我什么圣者，叫我奥特曼吧。这是我的名字，正好像凡湖就叫凡湖一样，用不着给它加上没有用处的形容词。”

噢，想不到我们和这位人人尊敬的圣者竟是这样见面的。只从外表看去，他似乎比先前见到的两位老人还谦和。如果不是前面那位老者指明，还以为他是一个普通的老农民呢。我们忘记了自己和他的身份差距，抛弃了一切尴尬的拘束，就和他对坐在湖边橄榄树的树荫下，不再“您”呀“您”的客套称呼，像多年不见的老朋友一样，海阔天空地聊起了诺亚方舟和大洪水。

“世界大洪水，是神对人类的第一个洗礼。”他开章明义地说，“可是你们是否知道，洪水是不是真的淹没了全世界？”

这是他对我们说的一句话。紧接着，他又吐出了箴言似的第二句话。

他说：“握住一颗砂粒，就握住了整个宇宙 。”

说完这句话，他略微停顿了一下，手指着面前的茫茫湖水说：“你们看，欲知水涨水落，何须走遍湖岸。只看脚下一处，岂不就完全明白。”

我们领会了他的意思。那是提醒我们不必耗费气力到处奔波，只消抓住一个重点，就能统统迎刃而解了。

是呀！世界大洋水面到处相通，八方都是一致。一处涨落，处处涨落。何必像吉拉德那样辛苦，围绕着地球团团转，非把每个地方的洪水涨落都考察得那样清楚呢？吉拉德一听，不由豁然贯通，像小学生一样红了面孔，端坐在他的面前，聚精会神倾听他还说什么。

柳风可耐不住了，抢着发言道：“你说的这一点，就是阿拉拉特山吗？”

圣者穆斯塔法·奥特曼轻轻摇了摇头，且不忙着回答她的问题，手指着面前的湖水和脚下问她：“你看，如果这个湖涨水，可以淹到这里吗？”

柳风不假思索说：“当然可以喽。”

圣者穆斯塔法·奥特曼又手指着远处的山头再问她：“可以淹到那些山头吗？”

柳风略微想了一下说：“我看，也能够淹到。”

圣者穆斯塔法·奥特曼微微一笑，手指着天边的浮云深处又问她：“洪水发时，可以水与天齐，淹到和那些浮云一样高的阿拉拉特山顶吗？”

柳风迟疑一下，吞吞吐吐地回答说：“山上有诺亚方舟为证，想必也能淹到吧。”

圣者穆斯塔法·奥特曼不再接着多问了，举起手中满满一杯水，倾倒在地上，换了一个话题，半是解释半是问，轻声地对我们说：“这杯水好似世界大洋，杯中能有几何？倒在地下可以淹没多少东西，你们可曾仔细想过？”

啊，我一下子明白了。聪明的圣者穆斯塔法·奥特曼是在提醒我们，即使大洪水时代，世界大洋的水量也有限，岂能如神话故事所说，到处一片水汪汪，只露出一个山头。

现在，我们必须做一个简单的算数题了。

地球上的水虽然很多，却绝大部分是海洋，约占全球总水量的97.2%，河流湖泊等地表水约占0.017%，地下水约占0.625%，冰川和海上浮冰约占2.15%，大气含水约占0.001%。其中能够造成洪水的，最大的变数是冰川。世界上最多的冰雪在南极大陆，那里的冰盖面积约为1299平方公里，平均厚度约550米，最大厚度约2260米，总储水量也只有2160万立方公里。即使把包括南北极所有的冰川都融化了，平摊在整个地球表面的水层也不会太深，怎么可能造成“齐天洪水”，淹没所有的高山呢？阿拉拉特山海拔约5137米，无论如何也不可能被洪水淹没。

这道算数题简单得不能再简单，三尺童子也能一下子算出来。为什么我们竟没有先想到？为什么世界上竟有那样多的人迷入其中而不能自拔？

既然洪水不能淹到阿拉拉特山上，何来诺亚方舟停放山顶一说？

既然阿拉拉特山上没有诺亚方舟，我们何必多问它的真伪问题？

错！错！错！一切都错了！

我们的先入之见和思维方式统统错了。

错了！错了！《圣经》故事也值得重新推敲。

吉拉德涨红了面孔，像小学生一样结结巴巴地问：“我们错了就错了，难道《圣经》也有错吗？”

圣者穆斯塔法·奥特曼不慌不忙，心平气和地告诉他：“圣人无过，非是圣人。何况这个《圣经》故事还需要别样理解，倘不仔细钻研，还要你读经干什么？”

吉拉德不再言语了。柳风却忍不住发问道：“如果阿拉拉特山不是破解这个疑难问题的焦点，该在什么地方寻找钥匙呢？”

圣者穆斯塔法·奥特曼轻轻启唇吐出三个字。

“尼尼微。”

正在这时，吉拉德的手机响了，传来伊斯坦布尔的声音。我们在阿拉拉特山上采集的乌木标本，果然非常年轻，不能和古时创世纪的“齐天洪水”相比。

十　吉加美士泥板的洪水故事

我们来到古城尼尼微，听见一个盲老人的说唱故事，在当地博物馆里看见听见了什么，下了一个什么新的决心。

尼尼微，底格里斯河畔的古城。8000多年的历史沉淀，无数次战火的洗礼，给它带来了几多荣耀、几多辛酸。这里曾是远古苏美尔人[①]的居留地，亚述帝国[②]的心脏，汉穆拉比大王[③]临朝听政、制订法典的地方。几千年风雨侵蚀，硝烟弥漫，使它洗尽了旧颜，只留下无数残碑断柱，任凭人们仔细摩挲长吁短叹。凡湖边的圣者穆斯塔法·奥特曼指点我们来到这

① 苏美尔人：公元前4000年生活在两河流域的古代居民，发明了楔形文字，首先把文明的种子撒播在西亚的土地上。

② 亚述帝国：以今天伊拉克北部，底格里斯河上游为中心建立的古国。早在公元前2030年，就形成了早期亚述王国。公元前1366年形成中期亚述王国。公元前935年，又建成了新亚述帝国，统一了周围大片地方，成为雄踞西亚的霸主。

③ 汉穆拉比大王：巴比伦第一王朝赫赫有名的国王。公元前1728—1686年在位，统一了两河流域，颁布了古代最完备的《汉穆拉比法典》，自称“宇宙四方之王”。

里，寻找破解史前大洪水的钥匙，真是再好不过了。

这是一座古风犹存的城市，也是一个历史的废墟。面对这么一座古城，我们像是走进了迷宫，不知应该从何处下手。

柳风说："我们这样乱钻一气不是办法，弄不好会迷路。应该找一个高的地方爬上去，先把这座古城看清楚，再想办法寻找解决问题的钥匙。"

这话说得也对，看看天色不早了，暮色渐渐升起。我们连忙登上城内的一座小山，这才看清楚全城的图景。只见这座古城坐落在底格里斯河的东岸，和对岸的摩苏尔①城遥遥相对。一个古朴、一个繁华，好像是古今两面镜子，形成强烈的反差。中间三座桥把它们联系在一起，好似科幻小说里的时间隧道。其中一座现代化的拱桥特别显眼，从西岸的摩苏尔，一步就可以踏进时光凝固的尼尼微古城了。

瞧着这座拱桥，我忽然想起了。啊，这不是早已在报纸和电视新闻里看得眼熟，咱们中国在1979年帮助建成的，那座号称"中东第一"的大拱桥吗？想不到竟有机会目睹，心中真有说不出的高兴。

我们看清楚了全城的情况，就该打听和古时洪水有关的事情了。回头一看，背后小山顶上有一座古代神庙。有神庙，必有祭师，就是打听情况最好的人了。

这是先知约拿的神庙。由于岁月的消磨，已经显得残缺不整，可是里面却还香火繁盛，不时有人进出。

柳风心里不明白，问一位看门人："约拿是谁，为什么在这儿给他修建神庙？"

---

① 摩苏尔：伊拉克第三大城，尼尼微省的省会。摩苏尔这个名字是阿拉伯语"连接点"的意思，古时是"丝绸之路"上的一个中间站，也是连接北方小亚细亚和南方波斯湾的交通贸易中心，商业非常繁盛。

看门人告诉她："约拿是古代的先知呀！《圣经》里面的《约拿书》就讲述了他的故事。"

接着，他就给我们讲起了这个故事。据说，原先约拿不听上帝要他到尼尼微宣讲教义的命令，上船企图远走他乡。不料海上起了风暴，他被抛下大海，又被一条大鱼吞进肚里。他在鱼腹里面待了三天，最后大鱼把他吐出来，正好落在尼尼微的河边。他这才明白，上帝的旨意不可违抗，于是专心在尼尼微讲道，使全城男女老幼痛心悔罪，改过成为善良人群。上帝见他们已经改过，就不再降灾毁灭他们了。

听了这个故事，柳风感到非常惊异，对我和吉拉德说："听啊，这个故事是不是和我们要寻找的洪水故事有一些儿关联？约拿被大鱼吞进肚里，又被吐在这个地方，是不是一种'水'的暗示？上帝本来打算要降下什么灾难，是不是也和洪水有关系？"

看门人仔细琢磨了一下，也不禁产生了兴趣，对她说："你的想法很新鲜，可是《约拿书》没有接着往下说，也不好随便推测呀！"

柳风听了，不由有些失望，叹了一口气说："唉，在这儿要想找到洪水的证据真难啊！"

她正叹息时，远远的路边一个角落里，忽然传来一阵幽幽的琴声，伴随着一个沙哑的嗓音细细说唱。我们抬头一看，原来是一个双目失明的老人。他的面前放着一个破碗，还蹲着一只脖子上套着绳子的狗，正在拨弄着三弦琴，自顾自唱着一段故事。我们刚要转身走开，忽然被几句随着晚风飘来的唱词吸引住了。

他低声唱着：

众神决定惩罚有罪的人们，

发出洪水冲洗干净。

善良的伊亚怀着同情心，

悄悄给一个老人送信。

“你们听啊，他唱的是什么故事？”柳风首先听出其中的奥秘，招呼我们说。

我再侧着耳朵一听，他又接着唱起来了：

乌塔，快造一只船，

带着你的全家和牲口，

好好躲在上面。

罪恶的世界将要沉沦，

洪水将要把大地淹完……

啊，这不是史前大洪水的故事吗？想不到我们在城内奔走了一天，竟在这儿得到了线索，连忙迈腿走了过去。

吉拉德感兴趣地问他：“你知道大洪水的故事吗？”

“当然知道喽，”盲老人说，“我们都是乌塔的子孙，那场洪水劫后的新人类，怎么不知道这个故事。”

柳风连忙插嘴问他：“你有这个故事的唱本吗？”

“不，”盲老人摇了摇头说，“说唱艺人都是凭一代代口里相传记住的。你们要想知道更多的东西，应该去看吉加美士的泥板。”

“吉加美士是谁？”柳风问他。

“他是古时候的半人半神。”盲老人回答说。

“泥板是什么东西？”吉拉德问他。

“泥板就是古时候用来刻写文字的东西。那个时候没有纸，所有大大小小的事情都刻写在泥板上。”盲老人解释说。

“哪儿可以见到这些泥板呢？”柳风感兴趣地又问他。

“你去问汉穆拉比大王呀！”盲老人告诉她。

“汉穆拉比大王？他已经死了几千年，到哪里去问他？”柳风惊奇地瞪大了眼睛，怀疑自己是不是听错了。

“不，他没有死。”盲老人一本正经地对她说，“他的灵魂凝聚在石像上面。石像还在，他就不会死。”

噢，原来这个看不见周围世界的盲老人，是这样理解事物的。他似乎生存在一个真实与虚妄混合的奇异世界里，难怪会这样迷信自己所演唱的东西。

我越来越对他感兴趣了，忍不住问他：“我们在哪儿能够见到你说的石像，找到汉穆拉比大王凝聚的灵魂？”

他轻轻叹息一声说：“我没法看见它，只能从心灵感受到它的存在。你们可以睁开眼睛看呀！汉穆拉比大王的石像必定和天上的云彩一般高，老远就能望见了。石像脚下就是你们要找的泥板，你们一去就能看见了。”

唉，这个生活在虚空世界里的可怜人，话里虚虚实实不知真假，实在没有办法和他继续聊下去了。我们在他面前的破碗里放了几个硬币，叮叮当发出一阵清脆的声响，引得那只忠实守候的狗汪汪叫了几声。他摊开手掌捂住胸口，低声向我们祈祷祝福，愿我们一切顺利，找到汉穆拉比大王脚下的泥板。我们告别了这个弹琴说唱的盲老人，立刻转身去寻找了。

可是我们在城内绕了几个圈子，向许多人打听，几乎所有的人都摇头表示不知道这回事。有的反问我们：“珍贵的泥板，怎么可能踩在石像脚下呢？”。

问来问去，最后一个身披白袍的中年人皱着眉毛想了一下，才猛然醒悟说："你们说的是两码事，必定是那个弹琴的盲人弄错了。汉穆拉比大王的石像在博物馆里，古老的泥板在巴尼拔国王图书馆里，你们到底要看什么？"

我们要看的，当然是记录了古代洪水的吉加美士的泥板喽。经过他的指点，很快就来到了一座巍峨的建筑物面前。这就是公元前7世纪巴尼拔国王时期的图书馆，我们要看的泥板就在里面。我们向一位包着洁白的头巾，颌下蓄着黑髯的馆长说明了来意。他十分热诚地将我们引入一间一般不对外开放的陈列室内，向我们展示了珍贵的吉加美士泥板。

这套泥板共有12块，记述了一部富有感染力的英雄史诗，使用楔形文字刻写在晒干的泥板上。这是20世纪初，在附近山中发现的，一下子就轰动了整个世界。在馆长的亲自指点下，我们这才明白了，半人半神的吉加美士会见过许多神灵。在第十一块泥板上，描写了他会见"人类之父"乌特纳庇什廷的情形。天神曾经警告乌特纳庇什廷，大洪水将要把有罪的人类冲洗干净。吩咐他建造一只大船，带领他的一家和各行各业的手艺人逃难。洪水消退后，船搁在一座山上。他们下船重新建造世界，才创造了新的人类，所以得到了"人类之父"的称号。

吉拉德问他："这个故事和《圣经》里的诺亚方舟的故事，谁更早？"

馆长说："当然这个故事早得多啊！这个故事是公元前21世纪住在这里的苏美尔人刻写在泥板上面的，是最早的世界大洪水的神话。后来的巴比伦人的大洪水故事，就是从苏美尔人的这个泥板上记载的故事发展而来的。《圣经》里的古犹太人的诺亚方舟的故事，又从巴比伦人的神话转化而来。这个泥板上的大洪水故事，整整比诺亚方舟的故事早11—12个世纪。谁先谁后，还不一目了然吗？"

噢，我终于完全明白了。难怪凡湖边的圣者穆斯塔法·奥特曼叫我们到这里来寻找破解史前大洪水之谜的钥匙，这些珍贵的泥板才是关键所在。

说到这里，吉拉德不禁又有些糊涂了。他问博物馆长：“我在世界上许多地方都收集到过类似的大洪水传说，难道都是从这里传出去的吗？”

“那也不一定，”馆长说，“在同一个灾害气候期里，到处都可能发生洪水，当然就都会产生大致相同的故事。我说的只是西亚两河流域和附近地区，大洪水神话先后演变的顺序情况。请你们千万注意，不要和别的地方混为一谈。”

话说到这里，话题就更加集中在吉加美士泥板上了。为了进一步印证情况，柳风又提出了最后一个问题：“您认为乌特纳庇什廷的船停搁的那座山，就是阿拉拉特山吗？如果不是，又应该在哪儿呢？”

馆长略微想了一下说：“这个问题的前一半容易回答，从底格里斯河漂流出去的船，肯定不能到达阿拉拉特山。后一半问题就不好回答了，因为这个地方至今还没有找到。”

一个谜破解了，想不到又冒出另一个谜。我回头望着吉拉德和柳风，三个人的眼睛里都闪烁着兴奋的亮光。

不用说出来，我们心里都涌起了同一个念头。

我们现在就动手，去寻找乌特纳庇什廷的船停搁的那座山吧。

十一　空荡荡的群山

我们进山追寻乌特纳庇什廷古船的踪迹，为什么犯了方向性的错误？

走出博物馆，觉得天空比先前明亮得多了。举目望去，湛蓝色的空中没有一丝儿云气，灿烂的太阳光像是金瀑布似的从头顶洒落下来，照亮了周围的一切。灰暗的尼尼微古城，滚滚的底格里斯河，辽阔的美索不达米亚大地，似乎都涂抹上了一层异样的金色亮光，显得非常神异，再也没有什么遮蔽目光的障碍物，可以一目了然全都收入眼帘。

那是古巴比伦的神祇向我们昭示。

那是人间的智者对我们的启发。

那是科学的力量穿透了神话的迷雾，使一切都云开雾散，变得清清楚楚。

我望着柳风和吉拉德，他俩脸上全都泛着笑容，眼睛里燃烧起自信的亮光。

柳风说："现在什么都清楚了。"

吉拉德涨红了面孔，用力搓着双手，好像有用不完的力气，立刻就要甩开膀子干起来似的，对我们说："干吧！现在我们马上就去吧。"

不消说，我也和他们一样，心中十分激动。眼前的一切完全明朗了，似乎立刻就可以手到擒来，一鼓作气解决所有的问题。

现在我们该往哪儿去？

"去找真正的诺亚方舟呀！"柳风意气风发地说。

她说话时，把"真正的"三个字念得特别重，显然不是指阿拉拉特山上的那一个。

吉拉德讲得更加明确，将手一挥就嚷道："走吧，我们去找吉加美士泥板上的那只船。"

他说的是故事中，乌特纳庇什廷带领众人逃脱洪水时驾驶的那只大船。不消说，这也就是柳风说的"真正的诺亚方舟"了。经过凡湖边的圣者穆斯塔法·奥特曼的指点，亲眼目睹了尼尼微博物馆里的吉加美士泥板，我们已经彻底抛弃了陈旧的诺亚方舟的观念，寻觅到《圣经》故事中的大洪水的来源。正像圣者穆斯塔法·奥特曼所指点的一样，抛开一切多余的枝节，把全部注意力集中在一点。这就是吉加美士泥板透露的消息，寻找远古苏美尔人故事里的“诺亚”原型，乌特纳庇什廷的那只神秘的船。

目标确定了，该到哪儿去寻找?

柳风说：“乌特纳庇什廷的船停搁在山上，应该到山里去找。”

尼尼微附近只有一些低矮的丘陵，古代遗址就位在分别名叫卡荣朱克和奈比尤尼斯两个小山丘上。前者有王宫和巴尼拔国王时期的图书馆，后者有先知约拿的神庙，组成了整个遗址的精华。虽然蕴藏着丰富的文物，可是却无论如何也和一般观念中的“山”拉扯不上半点关系。我们要找的那座事关紧要的“山”，很可能不在这里。

吉拉德打开地图仔细研究了一下说：“从底格里斯河这儿往下游去，很快就进入了平原，只有上游才有山，我们顺着这条河往上游去找吧。”

大家想了一下，他说得似乎有些道理。找山不进山，怎么能够找到呢？打定了主意，我们就告别尼尼微，顺着底格里斯河慢慢往上走了。

从这里往上，岸边的地势起伏渐渐增大，进入了伊拉克、土耳其和叙利亚接境的山区。这是勇武剽悍的库尔德人聚居的地方，习俗和美索不达米亚平原北端的尼尼微大不相同。东西横卧的科尔得斯坦山脉，隔开了安纳托利亚高原内部的心脏和南面的丘陵平原地带。和幼发拉底河共同孕育了两河流域文明的底格里斯河，就发源于这道起伏不平的大山里。我们想象中的那座曾经停搁过乌特纳庇什廷的船的山，想必就在这个地方了。

吉拉德望着面前重叠起伏的山丘，忽然冒出了一个古怪的念头说：“《圣经》上面说的阿拉拉特山，会不会被人们弄错了位置，这儿也有一座叫阿拉拉特的山？”

柳风一听，觉得非常新鲜，插话说：“会不会叫作奥拉拉特，或者是阿拉特拉？”

“说得对！”吉拉德兴奋地补充说，“准是后来的人们把名字弄错了，才误传是阿拉拉特山的。我们就从山名入手，开展调查吧。”

听他们两个一唱一和，我一时没有主张，也没有什么好说的，只好点头同意说：“好的，就这样办吧。有一条线索，总比没有好。”

可是，我们刚走了几步，我忽然猛地一拍脑瓜，又想起一件至关重要的事情，提醒他们说：“凡湖边的那位圣者说过，即使南北极冰雪统统融化，也不可能淹没高山。淹不了阿拉拉特山，是不是也淹不了眼前这些山呢？”

一句话问住了他们，不得不也停住了脚步，大家对望着，不知道是不是应该继续前进。过了好半晌，性情冲动的吉拉德才打破了沉默，大声说：“现在先别管那样多，我们既然来了，总得调查一下再说。总不能灰溜溜地回头就走，什么事情也不干吧？”

柳风沉默了一阵也说：“抛开这里有没有真正的阿拉拉特山不说，就是调查一下，弄清地名起源，顺带了解一下神秘的库尔德人的风俗习惯，也有许多收获呀！”

我低头一想，他们说得也有些道理。我和柳风原本就是到西亚来旅游观光的，阴差阳错卷进了吉拉德带来的追寻诺亚方舟的事情，一下子就深深陷入进去，忘记了自己的游客身份。库尔德人居住的地方，本来就是非常神秘的角落，由于没有旅行社开辟的路线，很多人想来还没有机会呢，如今我们深入宝山，总不能够空手而归吧？想到了这里，我就无所谓了，十分痛快地同意了他们的意见。

我们顺着河边一面走，一面打听有关的情况。库尔德人非常豪爽好客，一切有问必答，给予我们许多启示，也意外获得了许多有趣的风俗民情知识。

柳风到处打听："请问，这里有没有阿拉拉特山？"

被问的人都异口同声手指着高高山脊背后的方向说："阿拉拉特山在北边，翻过这道分水岭，才能够远远望见。"

他们说的是真正的阿拉拉特山，这里可没有同名的山峰。

柳风又问："这里有没有奥拉拉特山，阿拉特拉山？"

被问的人都摇头回答说："不，这儿没有这些山，你是不是弄错了？"

柳风问他们："这里还有哪些有名的山呢？"

众人异口同声地回答说："我们这儿最有名气的是希罗塔格山[①]。"

也有人干脆就说："科尔得斯坦山脉。"

这算什么回答？正如圣者穆斯塔法·奥特曼所说，这样的高山根本就不可能被洪水淹没，也不可能找到乌特纳庇什廷的船停搁的证据。难道我们这一次沿着底格里斯河上游的考察，真的只是一场休闲观光不成？

吉拉德还不死心，换了一个角度又打听："这里有古代洪水淹没大地的传说吗？"

当地人都摆了摆脑袋，没有一个人知道。看来这里的确没有经受过特大洪水的侵袭，没有留下像别处一样的大洪水的故事。

山这样高，又没有大洪水的传说，意味着什么？

我对吉拉德和柳风说："让我们好好想一下，是不是什么地方弄

① 希罗塔格山：科尔得斯坦山脉的主峰，海拔4168米。坐落在土耳其东南角，和伊拉克、伊朗接境的地方。

错了？”

柳风细细一想说：“没有错呀！一切都围绕着洪水把一只船冲上山顶来计划安排的，进山调查没有错。”

吉拉德也说：“我们的大方向没有错。没有打听到我们想知道的东西，也许只是因为功夫还不到家。多在山里跑一些地方，多问一些人，就会有结果了。”

大方向!

听着这三个字，我仿佛触电一样，心儿忽然一跳。我问我自己，我们的大方向真的没有错吗？是不是应该换一个方向，朝底格里斯河下游追索?

为了进一步印证自己的想法，我向当地人提出一个问题：“这里有没有比尼尼微更早的古迹？”

当地人都摇头说：“没有啊，尼尼微是附近最古老的遗址。这里虽然也发现过一些古代的东西，怎么比得上尼尼微。”

听了这样的回答，我的心里更加有数了，坚决主张立刻就往回走。

“往下游走？”吉拉德惊异地扬起了眉毛，不解地反问我，“底格里斯河下游是平原，最多只有尼尼微城里修建王宫和神庙一样的小丘陵，怎么能够叫作山？”

柳风也瞪大了眼睛说：“那岂不是背道而驰吗？怎么能够找到乌特纳庇什廷的船停搁的地方？”

我胸有成竹地对他们说：“我们错就错在思想里，老是丢不开一个‘山’字。”

我这一说，他们都怀疑我是不是脑袋出了毛病。吉加美士泥板上明明刻写着，乌特纳庇什廷的船停搁在一座山上，怎么可以抛开山去寻找呢?

我提醒他们："山有大有小。我们曾经上过的那座有约拿神庙的小丘陵，不是也叫作山吗？为什么非要找像样的大山不可？"

我这一说，他们不由有些犹豫了。隔了好半晌，柳风才抬起头来吃吃地问我："照你的意思，我们真的应该往回走吗？"

我毫不犹豫地告诉她："如果我们真心打算解决这个问题，看来只有这样办了。"

"为什么？"吉拉德质问我。

"因为我们还忘记了一个至关重要的问题。"我对他说，"如果这里就是吉加美士泥板里所说，乌特纳庇什廷的船停搁的地方，那么他一定住在更加上游的大山里面。可是在那场洪水发生的时候，这一带山里可能还没有文明，也不会有人居住。乌特纳庇什廷的船，又是从哪儿冲来的呢？"

吉拉德一听，不由张口结舌，再也说不出一句话。

柳风也如梦般醒悟过来，连忙问我："照你这样说，那只船应该是从什么地方冲走的呢？"

"尼尼微，"我斩钉截铁地说，"除了古老的尼尼微，再也没有别的地方。"

是啊，柳风和吉拉德也想起了，先知约拿的故事里面，早就说清楚了，古时候这里是众多居民聚居的地方。上帝曾经考虑过，要毁灭那儿有罪的人们。乌特纳庇什廷得到神灵的启示，造船逃脱洪水，岂不也表明了古时那个故事只可能发生在那儿吗？

目标已经非常清楚了，我们必须立刻转身走回去。尼尼微下游的底格里斯河沿岸，才是应该认真搜索的地方。

十二　大结局

我们登上底格里斯河下游河边的一座小山，在山上发现了什么，遭逢一场意外的劫难，最后怎么收场，为什么吉拉德发誓要管好自己的舌头。

顺着底格里斯河往下走，河面越来越宽，地势越来越低。两边的地形渐渐演变成平原和低矮的小丘陵交替过渡的景观。不消说，这儿的丘陵比尼尼微约拿神庙所在的小山头还低得多。

吉拉德瞧着这些小不点儿的丘冈，心里不免有些失望，不停地咕噜着："这叫什么山？简直就是一个个大坟包。"

柳风也无精打采地帮腔说："是呀！许多地方的国王陵墓，也比这些馒头一样的土岗子大得多。"

瞧着他们这样垂头丧气的样子，我却来劲儿了，对他们说："小土岗子有什么不好？这正符合我的想法呢！"

吉拉德质问我："你以为这就能够算是山吗？"

柳风也叹了一口气说："唉，实在太不像样子了。这样的东西，怎么配得上吉加美士泥板上面说的山。"

我安慰他们："别叹气啦，胜利的曙光就在前面，好好打起精神去找吧。"

"找什么东西？"柳风没好气地问我。

我一字一句地对她说："当然是找乌特纳庇什廷的古船呀。"

"就在这些不像样子的'大坟包'上面，找那样重要的古船吗？"吉拉德瞪大了眼睛问我。

"是呀！"我理直气壮地对他说，"'大坟包'有什么不好？不管大山小山，只要能够找到我们所要的东西就是好山。"

柳风皱着眉毛，看了一眼河边的小丘冈说："唉，这确实太不够格。说什么我也不相信，赫赫有名的吉加美士泥板上面，会专门刻写这些小土岗子。"

我提醒她："别忘记了凡湖边的圣者穆斯塔法·奥特曼对我们说的话，地球上的水量有限，不可能淹没高山。"

柳风争辩说："不能淹没高山，也总得淹没一座像样的不大不小的山，才够得上品位呀！"

"什么品位不品位？"我反驳她，"能够找到东西就是了不起的品位。我看这样高的小山正好，发洪水的时候，正好可以淹到山顶。"

只说不管用，一切都需要实际材料来支持。不管柳风和吉拉德的嘴翘得有多高，还是说归说、做归做，依旧专心一意跟着我，顺着河边到处跑，爬上一座座小山头，寻找可疑的线索。

机会终于来了。当我们走到一个河湾旁边，我一眼瞧中了一座小山，略微比周围别的丘冈高一些。一幅想象中的图景立刻浮现在眼前，倘若河谷里洪水滔滔，飞速上涨的洪水淹没了谷底的河滩、平台和别的土冈子，这座小山就恰恰露出一丁点儿山头，岂不就可能是乌特纳庇什廷的古船停搁的处所吗？

我把心里的想法告诉吉拉德和柳风，他们也觉得似乎有些道理，爬上这座小山就和我一起动手挖了起来。

我们埋着脑袋挖了一阵，起初什么东西也没有挖到。吉拉德有些失望，我们正准备站起身子离开的时候，柳风手里的铲子忽然“当”的一声，碰着一个坚硬的物件，连忙挖出来一看，顿时喜笑颜开，高兴得尖声喊叫起来：“瞧呀！这是什么东西？”

我和吉拉德急忙过来一看，她正好把那个东西从土里轻轻捧了出来，原来是一个有缺口的土罐子。

吉拉德抢过来看了一下，也来了精神说：“看样子，这个东西非常古老呢。”

我再接过来仔细看了一下，对他们说：“你们看呀，这是不是有些像我们在尼尼微博物馆里见过的陶罐？”

大家翻来覆去细细观察，最后一致同意，这个罐子就是和尼尼微博物馆里陈列的陶罐一样的东西。既然是一样的，时代也应该相同了。现在不需要我说出来，吉拉德和柳风也一致认为，这就是我们辛辛苦苦要找的，一件和吉加美士泥板同时代的遗物了。大家一下子来了劲儿，一鼓作气挖下去，很快又挖出来许多破碎的陶片，足以证明当时这里曾经有人类活动。

“好呀！甜心肝，我可抓住你啦！”吉拉德欢笑着，甩开膀子大干起来。

柳风来了劲儿，以女性特有的细心细细挖刨着，边挖边说：“只要这儿有希望，我就是把地球挖穿也干。”

挖呀！挖呀！继续不断往下挖着，接着又挖出来一些使我们兴奋无比的物件。每挖出一个有价值的东西，都爆发一下欢呼，山下老远的地方一定也会听见。

吉拉德挖出一块已经朽坏的破木板。

他放下手里的铁铲，呼嚷起来：“这是一块船板木呀！必定就是乌特纳庇什廷留下来的。”

柳风轻轻刨出一块破碎的泥板，连忙吹拂干净上面的灰尘，交给大家仔细辨认。我赶快拿出在尼尼微博物馆里复印的楔形文字对照着，勉强认出几个字。

“洪水退……船……乌特纳……廷……”

啊，这岂不就是洪水消退后，乌特纳庇什廷的船停搁在这儿，一个最好的证据吗？

“万岁！”我们三个人不顾周身都是泥土，紧紧拥抱在一起。我和柳风宽宏大量，让吉拉德按照热情的南美方式，把他长满络腮胡子的脸凑上来，在我们的脸上吧唧吧唧亲吻了几下，一起高声欢叫着，好像在尽情放纵庆祝一场狂热的狂欢节。

吉拉德热情冲动地称赞我：“啊，朋友，你真了不起！明天全世界的报纸上，一定都会登出你的大幅照片。”

柳风却还有最后一个疑问提出来：“吉加美士泥板和所有的书上都说，当时的大洪水淹没了全世界。这座小山这样低矮，难道周围的平地就是整个世界吗？”

我想了一下告诉她：“看样子我们需要把古今‘世界’的含意分清楚。古时候，哪有全球的观念？极其稀少的居民，活动范围非常狭窄。为了取水方便，大都住在地势低下的水边。他们一定是把自己居住的河边、湖边和海边当成了整个‘世界’。洪水淹没了他们居住的地方，他们就会以为淹没了整个大地啦。”

“说得对极了！事情必定就是这样的。”吉拉德在一旁聚精会神地听着，又紧紧拥抱住我发出一声由衷的欢呼。

柳风也恍然大悟说：“是呀！哥伦布发现新大陆以前，住在旧大陆的人们，还不知道另外半个地球呢！”

欢呼！欢呼！我们发狂似的欢呼！事情就这样圆满结束了吗？

不，凡事往往都会有一个意外。“好事古难全”，这是往昔的古训。想不到我们正在这座小山顶上高声欢呼的时候，一个意想不到的灾难却悄悄来到我们的跟前。

当我们抹干了汗水，正专心一意地欣赏着挖出来的一件件珍贵的文物，眉飞色舞议论着这个新发现会给考古学界带来多大的震动，背后忽然闪出两匹黑马和两个头戴黑色面罩的陌生人。一个高、一个矮，一个结实得像野牛、一个瘦得像猴子，他们像旋飞一样冲到我们跟前，恶狠狠地喝叫道：“快把宝物交出来！要不，就要你们的命！”

我们一眼就看出来，这就是一路跟踪我们，残害了阿拉拉特山上的放羊老爹，在凡湖边抢了吉拉德的背包的两个坏蛋。此时此刻他们又跟踪我们到这里，到底想干什么？

“你们要什么宝物？”吉拉德沉住气问他们。

“别装蒜了，”两个强盗说，“你在南美洲一个酒吧里高谈阔论，说什么要动身去探宝。一旦找到了，可以赛过所罗门国王①，博得满场欢呼。接着跑了半个世界，到处鬼鬼祟祟东挖西挖，以为我们不知道吗？”

啊，吉拉德这才明白。原来他从家乡出发时，喝了一肚皮黄汤，在朋友们的欢送会上哇里哇啦吹牛，被这两个家伙偷听见了。一直跟踪着他，一步也不放松，误以为他是一个要发大财的寻宝者。如今世界上这样的寻宝者很多，必定把他也当成其中之一了。

吉拉德生气地说：“强盗！你们抢了我的背包，还想抢什么东西？”

那个结实得像野牛的汉子也火了，怪声咆哮道：“你死到临头，还敢

① 所罗门国王：古代以色列国王，公元前961—922年在位。传说他无比智慧，拥有许多财富，死后藏在秘密地方。有人说在西亚，有人说在非洲，甚至有人认为他把财宝悄悄藏在太平洋一个小岛上，引起后世许多人到处寻找，至今也没有找到。

这样说，小心我敲碎你的脑袋。”

另一个瘦猴子也没有好气地说道：“什么强盗不强盗的，话别说得那样难听好吗？我们跟着你也跑了半个地球，跟在后面什么像样的东西也没有捞到，这公平吗？难道不该给我们付一点劳务费，给我们报销飞机票和旅馆账单，补偿我们的精神损失吗？现在只叫你们交出宝物，不要你们的命，就够便宜你们了。”

我冷眼一看，这场祸事不会和气收场的，便走上前平心静气地向他们解释说：“你们弄错了。我们是来考古的，不是寻找所罗门国王的宝藏。”

“考古？”那个结实得像野牛的汉子嘿嘿冷笑一声说，“别把我们当成傻子，只是为了收集古代的破烂垃圾，犯得着绕着地球跑一圈吗？”

旁边的瘦猴子却眼睛一亮，露出讥讽的神色说：“哈哈，我以为你们是什么好东西。原来也和我们一样，都是从别人的荷包里伸手吃饭的货色。你们这些高级盗墓贼，专门发死人的大财，必定弄了不少好东西。江湖行规懂得吗？有油水不能独吞。你们弄到了什么宝贝？有什么古代国王的金冠、公主的钻石戒指，值钱的玩意儿，赶快统统交出来！”

我一听，感觉到事情越来越严重了，连忙放下脸来警告他们说：“你们不许胡来，这是全人类关心的重大历史科学问题。如果被你们两个毛贼破坏了现场，要负刑事责任的。”

先前那个像野牛的汉子圆瞪着双眼喝叫道：“你别用刑事责任吓唬我们，我们都是刚从牢房里翻墙出来的，国际刑警组织还在网上通缉我们，难道还会被你威胁住不成！”

瘦猴子斜眼瞅着我，阴沉沉插嘴问：“什么了不起的玩意儿，要我们承担刑事责任？”

我告诉他："这里是几千年前一场洪水，把一只船冲到山顶的遗迹。诺亚方舟的故事，就是从这件事演变而来的。"

"哈哈！又胡诌什么诺亚方舟了，你们别再骗人啦。"他阴阳怪气地说道，"起初瞧见你们在伯利恒市场上，争着买那只仿真诺亚方舟模型的时候，还以为真是这么一回事。谁知跟着你们上了阿拉拉特山，瞧见你们走到那只石头船的跟前，不挖也不刨，不多看一眼就走了。害得我们乱挖一阵，什么东西也没有挖到。我们弄不清你们的真正目的，那个放羊的死老头子也不说。现在我们明白了，你们打着寻找诺亚方舟的招牌，悄悄干别的勾当，还想瞒过我们吗？赶快老老实实把挖出来的东西交出来吧，别麻烦我们动手，否则就没有好果子吃啦。"

我向他们解释说："你们不要胡来，我们真的没有挖到什么宝物。"

"哼，你别花言巧语骗我们了。你说没有挖到宝物，为什么在山上狂呼乱叫，好像天上掉下来一块金砖。"瘦猴子说。

"唉，你们误会了。"我耐着性子再次申明说，"我们欢呼，是为发现了一个古代遗址而高兴，不是挖着了金银财宝。"

"别费精神跟他们啰唆了，按老规矩动手吧！"头一个汉子不耐烦了，跳下马，拔出亮闪闪的匕首就动手抢夺。手脚粗里粗气，一下子就弄碎了一个陶盘。

那个瘦猴子也翻了脸，拔出手枪威胁我们退到一边，任随他们抢劫。可是他们折腾了一阵，却并没有发现完整的器具，更加没有发现想象中的金银财宝，心里不由光火了，怀疑我们把贵重的东西藏了起来。

那个粗鲁的汉子吼叫道："快把藏着的宝物交出来！"

柳风瞧见他们这样粗暴，忍不住冲上前阻挡，气冲冲地责骂道："你们这些土匪实在太不像话了。赶快从这里滚开！要不，我就报警了。”

“哈哈，一个女的也有这样大的火气。小心惹恼了我，一枪毙了你。”那个粗鲁的汉子一掌把她推开，自顾自乱翻乱找。没有找到东西，心里更加光火。对瘦猴子说：“怎么办？是不是按老规矩，把他们统统干掉？”

“不，”瘦猴子斜眼瞅着柳风，阴险地冒出了一个主意说，“看样子，他们这些财迷‘不见棺材不下泪’。咱们就把这个女的扣下来做人质，叫他们用所有的财宝来交换。”

往下的事情就不用多说了。当这两个匪徒劫走柳风的时候，我和吉拉德奋起反抗。我被捅了一刀，吉拉德也受了严重的枪伤。他们临走时，抛下来一句话：“限三天以内，交出所有的金银财宝。否则就对柳风采取行动，隔一天割一只耳朵，最后彻底撕票。”

他们达到了目的吗？不，在正义和法律面前，邪恶永远不会得逞。柳风被胶纸封住嘴巴劫走后，我们躺在山顶上，被一个农民发现。当地警方接到报案后，立即与国际刑警组织取得了联系，查明了这两个匪徒的身份。在警方设计下，很快抓住了这两个一心一意想“一步到位”，不用自己动脑筋，只消抢劫探宝者就发大财的家伙。警方特别注意，柳风毫毛未伤被救了出来。我们的发现震惊了世界，诺亚方舟之谜从此不再存在。人们嘴里说的只是吉加美士泥板、乌特纳庇什廷和尼尼微。热情冲动的吉拉德成了我们的莫逆之交，专程到中国来看望我们，一起考察了许多地方，收集了大禹治水和伏羲兄妹的洪水故事。他计划把从全世界收集到的所有关于洪水的故事编写成一本书，不让这些珍贵的民间传说资料白白浪费。同时他也起誓要管好自己的舌头，再也不在大庭广众之下胡言乱语了。

知识百宝箱

诺亚方舟——据《圣经·创世纪》记述，上帝耶和华造人后，瞧见人类产生了越来越大的罪恶，开始后悔，心中非常忧伤，决定发出洪水洗尽这些恶人，唯有一个叫诺亚的人例外。于是上帝亲自嘱咐这个善良的人，赶快造一只大船，带着全家和各种动物避难。诺亚领受了上帝的旨意，就动手造了一只巨大的方舟，分上中下三层，可以容纳各种动物，等待着灾难来临的一天。

七天后，地上的泉水全都冒出来，天上的窗户也敞开了，整整下了四十个昼夜的大雨，在地上到处泛滥。水往上涨，把方舟漂了起来。洪水越来越大，淹没了大地上所有的高山。来不及逃跑的恶人统统淹死得干干净净，只有诺亚的方舟随波漂流，一直漂到唯一露出水面的阿拉拉特山顶上。一百五十天后，洪水才渐渐消退，露出了别的山尖。

这时候，诺亚困在方舟里，一点也不知道外面的情形。他打开窗户，放出一只乌鸦。乌鸦在天上飞来飞去，没有飞回来。他又放出一只鸽子出去试探，鸽子找不到落脚的地方，只好又飞回来。又等了七天，他再放出鸽子，晚上鸽子叼着一张橄榄叶飞回来，诺亚才知道洪水已经退了。最后带领全家和所有的动物下船，重新繁殖人类，揭开创世初期另一页新的历史。

亚大西洋期灾变气候——大约在距今2500—4500年前，是第四纪全新世的一个阶段。这时候，大约一万年前的更新世最后一个冰期早已结束。六七千年前温暖潮湿的大西洋期，原始农业开始出现，新石器文明飞速发展，也就是号称亚当和夏娃生活的“黄金时代”也渐渐过去。全球古气候开始进入一个以持续长期干旱，加上突发性洪水为特点的灾变气候期。世界上许多民族的神话传说，都反映了这个时期特异的气候特点。所谓创世之初世界各地的大洪水，都是这个时期的产物。我国古代神话中的后羿射日、大禹治水等许多故事，以及尧舜禹汤时期的干旱、洪水、风灾等记录和传说，也都发生在这个时期。

远古苏美尔遗址里的洪水证据——公元前2900年开始，两河流域南部的苏美尔地区出现了最初的城市国家，进入了苏美尔早期王朝时代。这个时候，先后出现的城市国家有基什、拉伽什、乌尔等。其中，位于今天的伊拉克南部，巴格达东南方向大约350公里处的乌尔城邦，发掘出王陵、墓葬群等许多遗迹，是一个可以作为当时整个地区的代表性地点。

根据考古资料，早在公元前5000年左右，苏美尔人已经在乌尔定居了。大约在公元前4000年，开始形成城市。到了公元前3000年，这里已经发展成为西亚地区最强大的城邦国家之一。值得注意的是，在乌尔遗址最下层的一个叫欧贝德文化的聚落遗迹上，有厚达2.5—3.7米的洪水泛滥堆积物，充分证明早在四五千年前，这里曾经有一次特大洪水的侵袭，淹没时间很长，是远古时期最有力的洪水作用的证据。

阿卡德王国——公元前3000年初，游牧的闪族从今天的叙利亚西部草原慢慢迁移到两河流域南部的苏美尔地区，和苏美尔人混居，称为阿卡德人。在两河流域北部的尼尼微等地，发现了许多阿卡德人的文物。他们吸收了苏美尔人的文明，也使用特殊的楔形文字，用芦苇削尖的笔，刻写在泥板上。尼尼微发现的吉加美士泥板，就是当时遗留下来的。

黑海探寻诺亚方舟——大约在1万年前，末次冰期时代，黑海盆地还是一个封闭的淡水湖，水面比现在低得多。进入7500年前的大西洋期，气候开始转暖，海面逐渐升高，湖边水位迅速上升，同时以大于200个尼亚加拉瀑布的力量，冲开一道口子，泄入地中海，湖边的人们不得不逃难躲避，有人认为诺亚方舟的故事和这次事件有关系。美国地理学家巴拉德设计了一只远程遥控的无人潜艇，从1997年开始，直到21世纪初，对黑海进行了多次考察。发现了许多淡水贝壳和建筑物，证实这里是大洪水以前的遗迹，认为这就是诺亚方舟故事发生的地方。

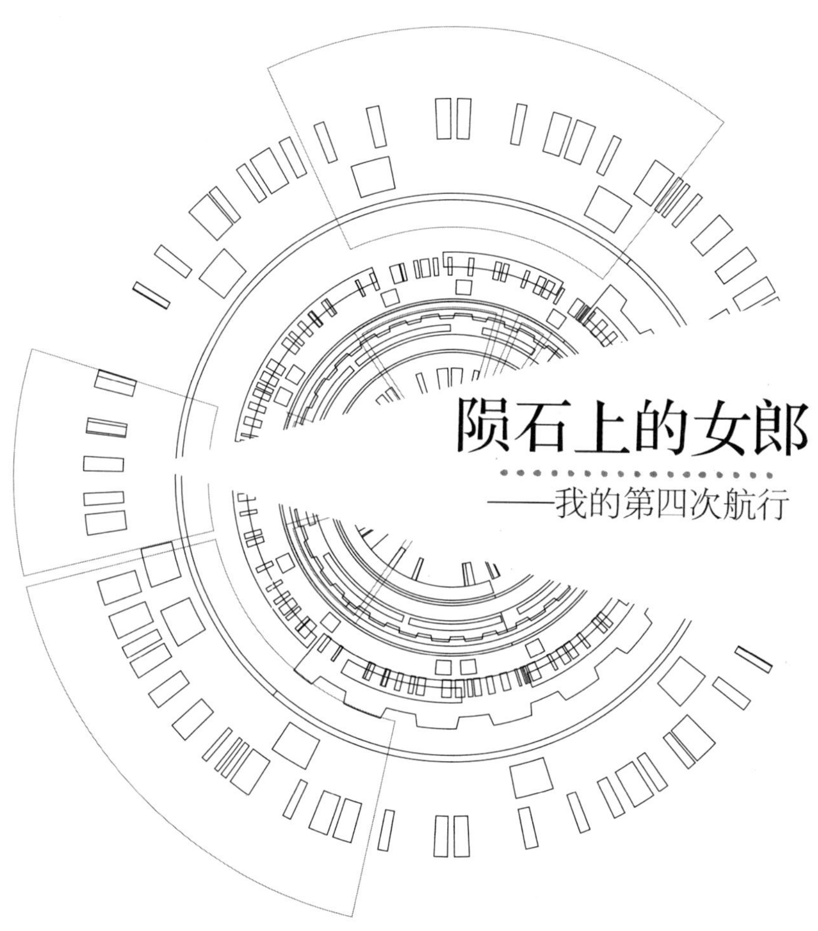

陨石上的女郎

——我的第四次航行

太空中的哭声，一个被挤出星球的姑娘；我的飞船差一点儿落在人头上；卡里卡里王宫和狩猎奇闻；我也被挤上了天；咕咕四十一国王回心转意，我被加封为大公爵。

我从绿皮肤人的国度回来后，在家里住了整整一个夏天。呼吸着清新的空气，让灿烂的巴格达太阳尽情炙晒，除掉在那儿沾染上的霉菌。

“污染真可怕啊！”我无限感慨地对朋友们说，“但愿咱们这个古老的地球，不要蒙罹那样的命运。”

朋友们斟着美酒劝我喝了一杯，齐声回答说：“是啊，听了你说的情况，我们浑身都起鸡皮疙瘩。好在地球还没有变成这个样子，咱们好好乐一下子吧！”

他们邀约着我，成天在郊外绿茵场和街心阿里巴巴石雕像下嬉戏，谈论着古往今来的许多有趣的话题，竭力要使我忘掉过去的一切。

妈妈十分满意，亲手给我烙了一个又一个香喷喷的甜馅饼，对我说：“吃了吧，面饼里糅合了巴比伦花园的玫瑰花精和底格里斯河水，能够使你永远想着大地，去掉不着边际的天空的邪念。”我咬了一口，果然甘美异常，一股一股清香沁入身上的每一个毛孔，胜过了瓦依国王为我摆设的丰盛宴席，巴不得偎依在妈妈身边多吃一些，的确打消了不少其他的念头。

日子一天又一天过去，弯弯的新月带领着群星沉落又升起。生活像一串闪光的珍珠，似乎永远也没有尽头。有一个晚上，我独自在花园里散步，忽然发生了一件事情，打断了宁静的生活规律。

在我的四周，突然一片亮光闪闪，比节日的焰火更加灿亮。我连忙抬头看，空中出现了一股火的喷泉，这是罕见的流星雨。无数红的、黄的火流星从黑暗中射进来，造成一幅色彩和亮光的奇观，比人间的一切图景都美丽，真是好看极了。

啊，天空，你毕竟胜过大地。我的血液沸腾了，再也按捺不住自己，立刻跳上飞船飞升上去，把自己溶化进流星雨的光焰里……

这一次，我打算探寻流星生成的秘密，向宇宙尘埃最密集的角落飞去。有一种流行的天体演化学说，认为包括大大小小的星星在内，都是宇宙尘埃凝聚生成的，组成流星雨的陨石当然也不例外。只要找到这种地方，就有可能解开美丽的流星雨生成之谜。

为了达到这个目的，我驾驶着飞船在银河系里来回打圈子。翱翔了很久很久，终于找到一处空间，密密麻麻地散布着许多石块，好像是海上的礁区，一眼望不见边。

“啊哈，”我高兴地喊道，“这儿必定是天空中的石头仓库，所有的陨石都是从这里飞出去的。”

我的精力没有白费，在这儿拍摄了许多张照片，采集了许多标本，打算带回去送给科学院研究。

一件奇怪的事情发生了。

当我戴着氧气面罩，离开飞船攀上一块大石头时，忽然听见一阵悲伤的哭声。在死一样沉寂的太空里，听得非常清楚。

这是怎么一回事，该不会是一种幻觉吧？我连忙攀上石顶一看，不由惊呆了。只见不远处的一块石头上，坐着一个白衣女郎，正在呜呜咽咽地哭泣。

“救命啊！”她瞧见了我，伸出双手高声呼唤。

她的身材十分窈窕，披散着长发，映衬着淡淡的宇宙光，模样儿怪可怜的。

想不到会有这种怪事，我一下子愣住了，心里想起了海上女妖的古老传说。许多老水手都曾起誓说，在一些波涛险恶的海区，有比月儿更美丽的女妖，坐在礁石上唱歌。海风把迷人的歌声送得很远很远，引诱过路的船舶。谁若是被迷住了，挨近她的身边，准会触礁沉没送掉性命。我的远祖水手辛巴达就曾经在南海上遇见过这种女妖，险些丢了命。可惜写书人没有记录下来，而是写在《一千零一夜》里。要不，大名鼎鼎的《辛巴达航海记》就有八个，而不是七个故事了。

我正犹豫着，要不要吐口水避邪，或是转身逃跑。她又喊了：“年轻人，发发善心吧，快来救我。”声音非常凄惨，深深打动了我的心。神圣的感情战胜了小心谨慎，我问自己：“喂，辛巴达，面前坐着这样一个弱女子不去搭救，你还算得上什么男子汉？”理智也提醒我，根据空中和海上救援法则，不管她是妖精，还是凡人，都不能不闻不问。没准儿她是一个空难的幸存者，我还必须询问清楚她的身份和失事原因，把遇难地点标在航行图上，返回向航天局报告呢。我踩着空中的石头，跳过去问她：“喂，你是何方人氏，姓甚名谁，为啥独个儿坐在这儿哭泣？”

她抽抽搭搭地用手比画着，表示听不懂我的话。我费了好大的劲，才弄懂她的语言和她交谈。

“我叫莎莎二十八妹，是从卡里卡里星挤出来的。”她手指着附近一个黄月亮似的星球对我说。

怪了，人怎么会从星球上“挤”出来？这样漂亮的姑娘，为啥没有正儿八经的名字，只有一个囚犯似的编号？

她解释说："我姓莎莎，二十八是出生顺序。妈妈生了二十八个孩子，我是最小的，所以就叫这个名字。"

我拧开水壶，请她喝了一口可乐，提了一下神。她向我描绘被挤出来的经过。

"想起来真吓人。"她心有余悸地回忆说，"我被挤到一座山顶，只听见轰隆一声，地下冒出一股火光，一时站不住脚，就飞到天上来了。和我一起被挤出去的还有许多人，有的被烧死了，有的被飞上天的石头砸死，我好不容易才捡了这条命。"

她告诉我，在附近的石块上，还有许多被挤出来的难民，处在生死攸关的危难中。情况十分紧急，我来不及过多询问，连忙开动飞船，请她带路去察看。

依靠她的指点，果然在天上找到了许多骨瘦如柴的难民，瞧见我们忙叫救命，很快就把飞船挤满了。我打开探照灯搜索，发现远远近近还有人影幢幢，怎么办呢？

我提议说："卡里卡里星离这儿不远，我送你们回去吧！返回来再接别的人。"

谁知我这一番好意不受赏识，飞船上的难民竟连连摇手，齐声说："你做好事就做到底吧！千万别送我们回去，弄不好还会被挤出来，再尝一次苦头。"这可怪了，哪有漂泊在外的人不愿回家的道理？他们莫不是一批奸狡的逃亡者，不敢重返故土，故意编造一番鬼话欺诳我？万一暴动劫机，我独自怎么抵挡得住？想到这里，我不禁心里有些发怵，偷眼仔细观看，瞧见他们一个个循规蹈矩，面露感激之情，并无异常表现。坐在我身边的莎莎二十八妹是一个弱不禁风的姑娘，更加不像凶恶诡诈的凶徒，才稍稍安了心。

她代表难民恳求说："刚才我们讲的，句句都是真话。回家的日子也不好过，随便带我们到什么地方，只要能活命就行。"

瞧她说得可怜，我心软了，不再坚持送他们回家。我低头细细一想，猛然想起附近有七个青枝绿叶的星球，像是宇宙洋里的一座风光绮丽的群岛。我从低空掠过侦察，只瞧见许多身躯笨重的恐龙在林中出没，没有丝毫文明的迹象。看来那儿还没有演化到人类社会，是一个未开化的世界，作为他们庇身的避难所，真是再好不过了。

我打定了主意，拨转航向朝其中一个星球飞去。当他们走下舷梯，目睹四周绿树成荫、水流潺潺，好一幅美妙的景色，不禁惊得目瞪口呆，俯伏在我的脚下，感谢上苍和我赐给他们的恩情。

他们往下的举动，也使我吃了一惊。我挥手叫他们散开，到新天地里去寻觅乐趣。他们立刻向四周的树林和草地扑去，像一群饿羊，只顾把树叶、青草、野果子往嘴里塞，啃了个满嘴泥。有的抓住一只毛毛虫也咽下了肚里，只差没有吃泥巴和石头了。我在一旁看了，忍不住好笑。唉，这些可怜的卡里卡里人。

接着我又飞回去，把剩下的人也运来，一一安顿好。我送给他们一支手枪，几把斧头，一些必要的炊具和一个打火机，嘱咐他们好好安排生活，做一群现代的太空鲁滨孙。

莎莎二十八妹激动地说："这好像是一场梦，不是真的。我从来没有见过这样广阔的世界，这么多好吃的东西，比我的家乡好多了。"

我告诉她："这种星球很平凡，天空里有的是，不值得大惊小怪。我却对你的家乡感兴趣。我飞遍了宇宙，还没有见过有人从星球上挤出来。请你给我引路，去开一下眼界吧！"

她同意了，我顺手砍了几挂野香蕉就出发了，穿过一团宇宙云，飞近了卡里卡里星。我睁大了眼睛，还来不及仔细看清楚，忽然有一个黑乎乎的东西从地面升起，对准飞船迎面飞来。

“啊！导弹。”我吓得喊出了声，连忙在空中闪开，让它擦着机身飞过去。心里想，这个星球实在太不友好，刚见面就用地对空导弹来对付我，不想拜访它了，打算拨转航向飞回去。

谁知，那个“导弹”飞过时，莎莎二十八妹忽然打开舱门一把拉进来，原来是一个活人。她对我说：“瞧，他也是被挤出来的。”

这是一个瘦得皮包骨的小伙子，刚被拉上飞船还惊魂未定，身子不住扑簌簌地颤抖，愣着眼睛看着我，嘴里说不出半句话。过了好半晌，他才喘定了气，报了他的姓名：嘎嘎十七哥。

嘎嘎十七哥和莎莎二十八妹伴着我，缓缓降低高度，飞近这个星球。只见到处都是蠕动的人头，肩膀挨着肩膀，瞧不见一寸地皮。有的人实在没法落脚，只好爬上树，像鸟儿一样栖息在树枝上，把树身都压弯了。有的人干脆像叠罗汉似的坐在伙伴的肩头上，互相换着驮负，求得一丁点儿生存的空间。

天哪，天地间居然还有这种地方。我这才明白了，为啥空中难民不愿重返家园。因为这儿根本就没有立足之地，是宇宙中人口最密集的地方，纽约的曼哈顿区和别的地方都没法相比。虽然我暂时还不知道人是怎样被挤出来的，但是从道理上也可以理解一二了。

起初，我以为只是城市才这样拥挤。绕着它飞了几圈，才看清楚了，无论山岭和原野都挤满了人，根本就没有城市和乡村的区别。虽然也有许多高楼大厦，可以容纳一些人口，但是在屋顶和窗台上都挤着许多人。可见站在露天里的都是无家可归的人群，只能任凭日晒雨淋，实在太可怜了。

莎莎二十八妹解释说：“修房子赶不上生孩子的速度，有许多人只好站在外面，这是没有办法的事啊。”

我问：“站在外面淋雨，感冒了怎么办？”

莎莎二十八妹说：“根据临时制定的法律，房子内外的人每天对换一下位置，就不会有许多伤风感冒的病人了。”

我正想探问，为啥会有这样多的人，忽然瞧见一幅稀奇的景象。只见下面一群鸟儿“啪嗒啪嗒”地拍着翅膀在空中飞来飞去，被人们赶着轰着，找不到落脚的地方十分慌张，惊恐地吱吱呱呱乱叫。有的疲倦得实在支持不住了，像石头一样坠落下去，立刻就被饥饿的人群抓住，撕成碎片生吞话咽了。我从来没有见过这种恐怖的场面。可是却一时说不上是鸟儿被撕裂时的惨叫，还是饥饿的人群你争我夺的样子，深深刺疼了我的心。

更加使人无法理解的是，当我低飞掠过地面，想找一处地方降落的时候，无知的人们以为是一只大鸟，纷纷伸出手想抓住飞船，把我们也囫囵吞下肚皮。

我又好气、又好笑，抓了一把巧克力扔下去，瞧见他们咂得甜滋滋的，才打开高音喇叭对他们喊话：“你们看清楚啦！这是飞船，不是长羽毛的鸟儿。我是地球来的辛伯达，是来帮助你们的。”

嘎嘎十七哥和莎莎二十八妹也放大声音呼唤：“稀皮蛋的心可好啦！他是卡里卡里人的朋友，不是敌人。”

巧克力加喊话真灵，下面不再吆喝着要抓飞船了。成千上万的人噼里啪啦拍着巴掌，一起放大嗓音回话说：“谢谢稀皮蛋先生的巧克力，请你再扔几块吧！”

我懂得，他们并不是天生的馋猫，因为饿坏了才开口向我乞讨。我握住话筒安慰他们说：“别急，我带来了比巧克力更好的东西。请你们赶快清理一块场地，让我降落吧。”

下面的喇叭回答说：“这儿挤得连插脚的地方也没有了，腾不出空地啊！”

这是一个难题。我虽然有丰富的宇宙航行经验，曾经在许多荒凉不毛的星球上，迎着狂风和雷暴降落，却从来也没有经历过这种场面，难道要我在活人头顶上放下起落架吗？

我问嘎嘎十七哥和莎莎二十八妹：“能够叫他们挤到屋子里，给我留一块地皮吗？”

莎莎二十八妹摇头说：“屋里早就挤得水泄不通了。要不，我们怎么会被挤出来？”

嘎嘎十七哥叹了一口气说：“地上找不到一条缝了，要想挪开地方，除非钻地洞。”

他的话给了我启发，我的眼睛一亮，拍了一下脑袋，大声喊道：“快挖地洞！人钻进洞，我们才能下来。”这些卡里卡里人大概从来没有挖过洞，我记起儿时在海滨玩沙子的经验，在空中对他们大声指导。他们淌着汗水折腾了一会儿，居然挖成了。一些人钻进去，给我留下巴掌大一块地皮，刚好能够勉强容下我的飞船。虽然这不够标准，但是我凭着高超的技术，小心翼翼垂直降落下去，正好不偏不倚落在场地中央。

我落进人的旋涡了。隔着舷窗看，到处都是陌生的面孔，贴着玻璃望着我，好像观赏笼子里的动物似的。

他们只是好奇，没有半点奚落的意思。一个个咧开嘴巴笑嘻嘻的，拼命鼓掌欢迎，如雷的掌声几乎震破了我的耳膜。最稀奇的是，四面八方一小群、一小群的人轮流唱起了迎宾曲，好像是举行合唱比赛。唯一的听众和评判员，就是坐在飞船里的我。

一会儿，人丛里挤出一个干瘪老头儿，头上戴着一个金箍，气喘吁吁地举起手，人群立刻鸦雀无声了。莎莎二十八妹悄悄告诉我：“这是咕咕四十一国王。”原来，这个星球上谁家的孩子最多，最小的一个就可以当国王。妈妈摇身一变，成为尊贵的皇太后了，兄弟姐妹们也变成亲王和公主了。所以老百姓们都拼命比赛生孩子，谁不愿当皇亲国戚呀！皇帝换来换去的，皇家贵族越来越多，许多家族都有一篇值得夸耀的历史。据说，莎莎二十八妹的姥姥的表舅的姑妈，也是一位公主。可惜她的妈妈只生了二十八个兄弟姊妹。要不，她自己也有可能成为皇族，不会被挤出这个星球了。

我隔着窗子和咕咕四十一国王握了手，他致词说："欢迎你，天上来的朋友，感谢你为我们解决了一个大问题。"说着，把一个碟子那样大的勋章套在我的脖子上。两个漂亮姑娘不知从哪儿钻出来，热情洋溢地在我的两颊上"吧唧、吧唧"亲了几个响吻。四周又响起了此起彼伏的合唱声，歌词大意是临时编出来赞美我的词句。我红着面孔，倒有些不好意思了。

我觉得有些纳闷，我刚到卡里卡里星，脚板还没有踩着地皮，何曾为他们建立什么功勋?

咕咕四十一国王说："你教了我们打地洞呀！我们这个星球上，人多得没法插脚了。寡人正在召开御前紧急会议，想办法解决这个问题。你出了一个好点子，打洞没有止境，我们又可以大力发展人口了。"

我越听越糊涂。既然他们已经知道人口太多很不方便，为啥还要拼命发展呢?

咕咕四十一国王解释说："根据敝国的宪法，国家的基本单位是'家'。没有许多兴旺发达的'家'，就没有兴旺发达的'国'，这是'国家'的根本概念。所以为了国强，就必须家盛。家家人丁兴旺，才是好事情。"

这算是什么逻辑？我实在想不通，每个家庭有几十个兄弟姊妹有什么好处？如果咱们古老的地球也推行这种政策，我有一大堆同胞手足，妈妈就不会再偏爱我，只给我一个人烤羊肉馅饼吃了。

我向咕咕四十一国王请教。他说："家里人多的好处说不完。如果值日拖地板，一个多月才轮流一次。从前大家都喜欢踢足球，组织家庭足球队，爸爸当中锋，妈妈守大门，谁家的人多就能打赢，夺取卡里卡里杯。现在没有球场了，就举办合唱比赛。你听，大伙儿唱得多欢，照样可以争夺冠军。"

似乎为了证明他的话，人们唱得更起劲了。咕咕四十一国王又贴着我的耳朵悄悄说："若不是我的老妈妈生了四十一个龙种，我怎么当得了至尊无上的国王呢？"

他滔滔不绝地说了一大通，才堆起笑脸请教我的大名。

"阿里·赛义德·辛巴达。"我告诉他。

他又问："你的编号呢？"

我笑了，对他说："辛巴达这个名字很好嘛！上了《一千零一夜》，谁不知晓？何必再编号？"

他觉得奇怪地问："不编号，兄弟姊妹多了，怎么称呼，怎么分大小？"

我告诉他："我是妈妈的独生子，根本就不用操这个心。"

我此言一出，咕咕四十一国王和旁边的人都惊呆了，正在起劲唱歌的一个家庭合唱团也止住了歌声，露出了惊讶的表情，纷纷交头接耳说："原来是一个独仔，连编号也没有。"

我辩解说："独生子有什么不好？爸爸妈妈都心疼我，让我接受最好的教育，学会了许多本领。身体结结实实的，没灾没病。要不，我只能蹲在巴格达的墙角里晒太阳，根本就不会飞到你们这儿来了。"

虽然我发表了这一通有板有眼的演说，这些多子多孙的卡里卡里人依旧不开窍，还在叽里咕噜地议论。咕咕四十一不愧是国王，深谙礼宾礼仪，连忙改变话题，不再提起“多子”和“独仔”的争议，拍了拍我的肩膀说：“得啦！别管独仔不独仔，既然你从天上来，就有非凡的本领。请跟我到王宫去住几天，再给我们出几个好主意吧！”

我接受了国王的美意，可是却遇见了新的难题。当我打开舱门，只见密密麻麻的人墙把飞船围得水泄不通，一眼望不见边，根本没法迈出腿去。国王见我犯愁，笑嘻嘻地一拍巴掌，面前的人群忽然哗啦一下闪开，十分熟练地攀上旁边同伴的肩头，露出了一道“人巷”，恰好让我们擦着身子走过。

咕咕四十一国王说：“你别瞧到处都是人，其实到哪儿都能走通，没啥不方便。”我可晕了脑袋，分不清东西南北，只好老老实实跟在他的屁股后面在人堆里乱钻，不知拐了多少个弯，钻了多少道汗臭味儿扑鼻的人夹道，才到达了他居住的卡里卡里宫。

这是一座巍峨的宫殿，必定有相当长的历史了。我必须平心静气地说句公道话，无论它的规模和外观，都丝毫不比地球上的任何一所王宫逊色。可是宫内同样拥挤不堪，塞满了人群。这是历届皇族的后裔。只要他们的家族中有一个人成为国王，就有权利在这儿永久居留下去。所以咕咕四十一虽然是九五之尊，一家人也只好挤在一间木盒子似的小屋里，转动不了身子，实在难受极了。

咕咕四十一国王见我憋得难过，提议说：“咱们出去呼吸新鲜空气，打猎吧！”

这可是稀罕事儿！在这个人挤得像沙丁鱼罐头似的国度里，居然还能打猎，实在太难以想象了。

咕咕四十一国王呵呵笑了，对我说：“如果没有打猎，还有什么生活乐趣？再说，今天还能为您添一份野味，增加营养呀！”嘎嘎十七哥和莎莎二十八妹也在一旁起誓证明，卡里卡里人都是好猎手，打猎是他们重要的食物来源，我才半信半疑地跟着他们走了。

我边走边问国王："贵国人口这样多，怎么解决食物问题？"

他满不在乎地回答说："种庄稼，打猎呀！我们还在研究从石头里提炼食物，如果实验成功，就再也不愁这件事了。"

我越听越糊涂，睁大眼睛仔细看，才瞧见他所说的庄稼，原来是一种块根植物和青苔，生长在人们的胯下，倒也不占地皮，采集也算方便。可是由于阳光不充足，生长得实在不成样子。好在这些骨瘦如柴的卡里卡里人对肚腹的要求不高，才能勉强算作"庄稼"。我不由伤感地叹了一口气。唉，这些不明事理的外星佬，为了争夺合唱比赛和满足于皇冠加顶的虚荣心，竟这样亏待自己的肚皮，实在太不划算了。且看他们怎样打猎，补充新的食源吧！这是一场奇怪的狩猎。咕咕四十一国王兴致勃勃地一声令下，周围的卡里卡里人一齐用力跺脚呼喊，地皮微微一阵震动。说也奇怪，霎时间从四面八方钻出许多灰毛老鼠，惊慌失措地在人腿间乱窜。人们着急地蹲下来抓老鼠，由于场地狭窄，挤成一团弯不下身子，加上老鼠动作灵活，善能攀腿钻缝，很难被抓住，倒也有一番紧张气氛，使卡里卡里人激动得喘不过气来。

咕咕四十一国王和嘎嘎十七哥跟着一只大老鼠在人丛里乱挤乱钻，撇下我孤零零站在原地，转眼就无影无踪。我瞧见老鼠就倒了胃口，根本不想参加这场疯狂的游戏，眼见周围的卡里卡里人一个个如痴如醉，跟着主持"狩猎"的咕咕四十一国王瞎起哄，不由感慨万分地吟道：

人啊，我为你叹息，
为什么不知道节制？
用无限叠加的数字，

否定自身存在的意义。
人啊，你不是野草，
也不是无知的蚂蚁，
怎能用这种方式，
在天地间繁殖？
人啊，你是高贵的，
你的智慧无与伦比，
怎么会忘记了，
生命、食物和环境的比例？
人啊，请珍惜自己，
牢牢记住一句箴语：
没有饥饿的桎梏，
才有最大的创造力。

我吟罢站起身，返回卡里卡里王宫。可是人墙中的巷道随时开放、又随时关闭，没有任何指路标志，走不多远就迷路了。我不愿受卡里卡里人的嘲笑，认为“独仔”连回家的路也找不了，也不向他们打听，径直朝着自以为是的方向走去。卡里卡里人顺从地在我的面前敞开一条又一条小径，我不知走了有多远，却总也望不见王宫的影子，也找不着打猎的同伴们。

我迷路了。在人海里迷路，是很奇怪的。两旁的卡里卡里人瞅着我，还以为我在独个儿散步呢！

我深一脚、浅一脚地往前走，忽然踩着一块晃里晃荡的地皮，几乎立不稳身子。我往四周一看，所有的人都东倒西歪的，好像全都喝醉了酒似的。

这是怎么一回事？要说是地震，却没有隆隆的响声。我稀里糊涂的还没有弄明白，就踩空了脚，仰面跌进一汪很深很绿的水里，咕噜、咕噜灌了几口又苦又咸的水。多亏旁边的人眼明手快，一把揪住我的衣领，将我像水耗子似的湿淋淋地提起来，才没有不明不白送了性命。

“这是大海，”搭救我的卡里卡里人提醒我说，“站稳脚跟，别再跌下去。”

我弯下身子看，可不是嘛！海水啪哒、啪哒地在脚板底下不住地喧响。原来这儿所有的人都站在木板上，海上波涛汹涌起来，就歪歪倒倒立不住身子。天哪！卡里卡里人多得简直无法想象，挤遍了大地、又铺满了大海，居然一排排站在水波上，几乎变成了不折不扣的两栖动物。

我害怕了，不敢冒里冒失再往前走，连忙踮起脚尖挤出水上人墙，退回到坚实的岸边，大口大口直喘气。这时，我才觉得腹中空瘪了，却又不情愿屈尊下就，像羊似的咀嚼潮湿的青苔，不知该怎么办才好。

正在这个节骨眼儿上，由远及近传来了一阵呼唤声。声音越来越大，几乎震破了我的耳膜。

“稀皮蛋先生在哪儿？在哪儿？……”

这是咕咕四十一国王传下的命令。大概他已经打完猎，煮好了老鼠汤，才想起了天上来的客人，大声传呼寻找我。

我虽然不想喝老鼠汤，倒也想马上会见国王。请他派人带路，找到失落在人丛中的飞船，弄一点可以果腹的食物。

“喂，我在这儿。”我挥着手臂高声回答。旁边的卡里卡里人立刻像传电话似的，一个接一个传出去：“稀皮蛋先生在这儿，快来吧！快来吧……”

为了看清情况，也便于呼人寻找，我挤过人群，奋力攀上附近一座小山，支起身子朝远处瞭望。只见山下迅速闪开了一道人巷，一个人快步朝着我跑来。远远的地平线外，国王的呼声还一阵又一阵越过人海传来。这是谁，跑得比国王的声音还快，在万人丛中认出了我？

山顶上有一小块地方，居然空荡荡的没有一个人，在这个人多为患的卡里卡里星真难得见到。我想看得更清楚，连想也没有多想一下就跑了过去。这儿无遮无掩，的确便于观察。这时，那个人已经跌跌撞撞跑到我的跟前了，我定睛一看，原来是莎莎二十八妹。

后来我才知道，打猎追老鼠的时候她转眼没有瞧见我，便跟着找过来，恰巧听见人堆里传出我的回声，在这儿找到了我。

"稀皮蛋先生，"她上气不接下气地喊道，"快走开，这儿不能停留。"

我还没有弄明白是怎么一回事，奇怪的事情忽然发生了。我只觉得脚下的地皮一阵抖动，轰隆一声冒出一片红光，我就四肢离地，稀里糊涂地被抛到半空中。

"啊哟！"莎莎二十八妹惊叫一声，连忙双手攥住我的脚，想把我紧紧拉住。谁知地下爆裂的力量太强，竟连我带她一起抛射出去。一股滚热的气浪卷起我们，霎时间就冲到了九霄云上。地上的人们急得不得了，高声大叫："稀皮蛋先生上天了！"有人伸手想抓住我，根本就没法够着。

我在空中骨碌碌翻滚着，头脑却异常冷静。严酷的宇航生活锻炼了我，我不慌不忙地回忆着空中自救的种种要领。首先伸手一摸，真是谢天谢地，胸前的降落伞还是好好的。这是一种新型伞衣，折拢后只有一小团，比20世纪那种粗笨的产品轻巧得多，所以宇航员也喜欢使用。当飞船进入大气层时，为了防备意外，都系上了它，今天就得完全依仗它的功能了。

我的心落实了，任随气流把我和莎莎二十八妹抛掷着，当我头冲下时，眼睛望着迅速展开的天空，暗自计算着飞腾的高度，翻转过来面向大地，尽力辨识白云下的地物特征，仔细选择适当的着陆点，待到炽热的气流把我们抛到顶点，没有别的干扰就拉伞。

莎莎二十八妹却被吓坏了，紧紧抱着我的腿喊道：“糟啦！我们又被挤出去了。”

在猛烈上升的热浪里，我嗅着一股呛鼻的硫黄味，还瞥见一些大大小小的石块在身边飞腾，心里明白是怎么一回事了。这是火山喷发呀！附近太空中的碎石和流散的难民，必定就是一次次火山喷发的结果。因为人口太稠密，有的人被挤到火山口内，遇着喷发就被射入太空。好在卡里卡里星的火山作用不如维苏威和喀拉喀托猛烈，这些被吓得半死的人大多没有送命，成为空中的流浪者。这一次喷发更加轻微，没准儿不到大气层顶，我们就会回跌下来。

我估算得没有错，果然不一会儿上升气流就减弱了。我瞅住时机拉动伞绳，一朵雪白的伞花“嗖”地一下展开，带着我和莎莎二十八妹冉冉下落。当我们穿过一片薄云，忽然看见了人丛中的飞船。我不慌不忙在空中调整了方向，对准它落了下去。

卡里卡里人从来没有见过这个场面，被“挤”到天上去的人又飞回来，还是第一次呢。他们高兴得使劲鼓掌，喊道：“稀皮蛋先生真了不起！从天上掉下来也没有事。”落地的刹那，周围的人群连忙拥上来，伸出手臂接住我们，平平稳稳放在飞船顶上。

咕咕四十一国王提着两个大老鼠也赶到了，忙不迭地道歉说：“没有照顾好你，差点把你挤到天上去，真对不起啊！”

我告诉他：人不是挤出去的，这是火山喷发。”

“这是真的吗？”咕咕四十一国王惊奇地说，“怪不得那儿总是留不住人，还以为闹鬼呢！寡人立刻下令，铲平这座祸山，永远消灾免祸。”

他把“火山”当成了“祸山”，我又好气又好笑，提醒他说：“这不是那座山的过错。人太多了，挤得站不住脚，总要落进火山口的。”

他皱着眉毛想了好半晌，似懂非懂地点了点头。我瞧见有门了，正想进一步启发他，人口太多的种种不方便。他忽然像是想起了什么，猛地拍了一下脑瓜，攥住我的双手，挺热情地说：“瞧我只顾说话，忘记你还没有吃饭。快跟我回宫去，喝一碗老鼠汤补一下身体吧！”。

我瞧见死耗子就恶心，慌忙挣脱手谢绝了他的好意，钻进飞船捧出从安顿空中难民的星球上带来的野香蕉说：“多谢你的好意，我吃这个更对胃口。”

莎莎二十八妹已经尝过香蕉的滋味，也不愿喝老鼠汤。周围的卡里卡里人觉得很稀奇，一人伸手掰一只，高兴得赞不绝口。

咕咕四十一国王也被吸引住了，却碍于尊贵的身份，不好意思伸手乞讨，两只眼睛滴溜溜地盯住我们手中越咬越短的香蕉，忍不住直咽唾沫。末了，他瞧见我手里只剩下最后一丁点儿香蕉，实在憋不住了，丢了手中的死老鼠，红着面孔怯生生地求我：“让我尝一下行吗？”

我停住了手，把正要丢进嘴巴的小半根香蕉给他。他刚咬了一口，脸上的表情就起了变化，激动地抓住我的手臂问道：“这是什么东西？快告诉我。哪儿还有，快带我去！”

眼望着心情激动的国王和四周一片黑压压的人头，我心里忽然有了一个好主意，给莎莎二十八妹挤了一下眼睛。她告诉国王：“这是香蕉，天上有的是。有一个好地方，稀皮蛋先生把挤出去的同胞都安顿在那儿，成天吃这种果子。”

“这是真的吗？”咕咕四十一国王大声嚷道，“快带我去，我还没有尝够呢！”

我等待的正是他的这句话，立刻请他和莎莎二十八妹登上飞船，启动引擎离开了拥挤的卡里卡里星。当他登上新星，瞧见那些被抛弃在外的臣民正在林中野餐，津津有味地啃嚼着油汁滴滴的恐龙排骨，忍不住淌下了馋涎，也凑上去参加盛宴。

我一言不发，让他在林中自由自在游逛了三天，才和他在绿草地上坐下来，心平气和地讨论有关多子多孙的利弊问题。一阵微风吹过，带来一股股花朵的幽香，使人心旷神怡。咕咕四十一国王不说一句话，我相信他的心一定也陶醉了。

时机完全成熟了。我轻声问他：“你喜欢这儿吗？”

“那还用说，”他盯着远处青翠的树林和天边的晚霞，头也不回地回答说，“这儿美极了，比我想象中更好。”

我又问他：“除了风景，还有什么好的？”

他说：“各种各样吃的东西呀！我最喜欢你给我吃的那种叫‘心交’的软果子，还有大耗子肉。”由于在资源贫乏的卡里卡里星住久了，他不免孤陋寡闻，把“香蕉”当成“心交”，“恐龙”当成“大耗子”，我原谅了他的谬误。

我接着问：“如果这里也挤满了人，没有‘心交’，也没有青草地，你喜欢吗？”

他有些犹豫了，吞吞吐吐没法回答。旁边的卡里卡里难民们可忍不住了，齐声喊道：“不要那么多人，我们不想再被挤出去了。”

看来这儿有一种奇妙的治疗作用，无须我多费唇舌，美妙的景色和丰盛的食谱就发挥出效力，使这些迷信人丁兴旺的卡里卡里人改变了传统观念，悄悄站到我这边来。我不相信现实的比较不会在咕咕四十一国王的身上起作用。

我正思忖着，咕咕四十一国王趁他的臣民不注意，悄悄拉了一下我的袖子，嗫嚅地探问道："稀皮蛋先生，有一个问题我想问你。"

"什么事情？"我见他神色郑重，感到有些奇怪。

他把声音放得更低，凑在耳边问我："在你们的地球国里，兄弟姊妹多的人能不能够当国王？"

我恍然大悟，呵呵笑了，对他说："我们地球的经验你用不上。我看只要你把自己的国家治理好，管保人人有'心交'吃，不被挤出去，老百姓还会让你当国王的。"

"太好了！"咕咕四十一国王用力一拍大腿，下定了决心，请求我说，"有劳你再辛苦一趟，回卡里卡里星把我的枢密院十二位大臣接来。"

我用手一拍胸口，满口应承道："陛下放心吧，只要能使卡里卡里人民幸福，再多的事情我也愿意做。"说着就起飞，返回那个挤满人丁的星球，接来了十二位白发苍苍的枢密院元老。

咕咕四十一国王变了一个样，和十二个大臣整整开了一天一夜的御前会议，颁布了一个新宪法：

第一条：卡里卡里王国从今天起，取消多子多孙承袭王位制。不过现在可以暂时不算。

第二条：同时取消家庭足球和合唱团比赛。

第三条：独仔有奖。

十二位元老大臣手捧着新宪法，请国王一起回卡里卡里星去宣布。咕咕四十一国王望了望天边那个近在咫尺的黄月亮，又瞧着身边一大堆香喷喷的野果子，舍不得起身离开。

大臣们央求说："国家大法非同小可，陛下御驾不动，谁会相信？若是有人起了疑心，说不定还有生命之忧。"

我见他们两下为难，想出一个办法，对咕咕四十一国王说："得啦，你们谁都不用去。请皇上亲口读一次，我录了音，带去播放吧！"

咕咕四十一国王和十二位德高望重的枢密院元老都没有见过收录机，十分好奇地见我把国王的声音装进一个小匣子，半信半疑的，不知我的葫芦里到底装的是什么药。

我不愿和他们多费唇舌，跳上飞船就飞上了蓝天。这个办法真灵！当我绕着卡里卡里星兜圈子，打开扩音器，把国王的命令放了一遍又一遍，人群立刻沸腾了。有的相信，有的不相信。

"听，国王在天上说话呢！"一些人说。

"国王亲口说的话，有神通广大的稀皮蛋先生作保证，当然应该相信。"他们纷纷点头同意。

但是也有一些人不信。他们怀疑说："为啥只听见国王的声音，不见他露面？多子多孙难道真的不好？"

我在天上说话了："谁不信，跟我一起去看吧！骗人是小耗子。"

我停下飞船，接了一些怀疑派，也接了一些赞成派飞到新星。请他们坐在咕咕四十一国王和十二位枢密院元老的面前，每人吃一堆香蕉，问题马上就解决了。

我和咕咕四十一国王约定，订了一个计划。在保证不再盲目发展人口的前提下，我用飞船把卡里卡里星的人口迁移一部分到七颗新星上，建立一种新的生活秩序。

只靠一只小小的飞船，迁出大半个星球的人口，不是一件容易办到的事。我想起了在长尾人国度里的经历，指挥工匠赶制了许多大笼子，拖带在飞船后面，像是一列空中列车，终于完成了这项艰巨的空中移民任务。

咕咕四十一国王十分感谢我的功绩。帮助他创造了一个繁荣昌盛的新王国，拥有八个星球的版图，同时又巧妙地保住了他的王位。他龙心大悦，封我为大公爵。要我留下来，和他一起治理国家，共享荣华富贵。莎莎二十八妹感谢我两次救命之恩，情意绵绵地把我拉在一边，有几句至关紧要的话要对我说。

我全都婉言谢绝了。我对咕咕四十一国王说："请你记住自己说的话，永远不要变卦（我知道，有的国王说了话是不算数的），就会国富民强，人民还会选你当国王。"

我把莎莎二十八妹也拉到一边，竖起手指头吓唬她说："你要说的最重要的话，千万别讲出口，小心被录音机录下来，广播给大伙儿听。"

咕咕四十一国王心满意足地望着我，莎莎二十八妹泪眼涟涟地瞅着我。我在万众欢呼声中，驾着飞船飞上了高高的天空。

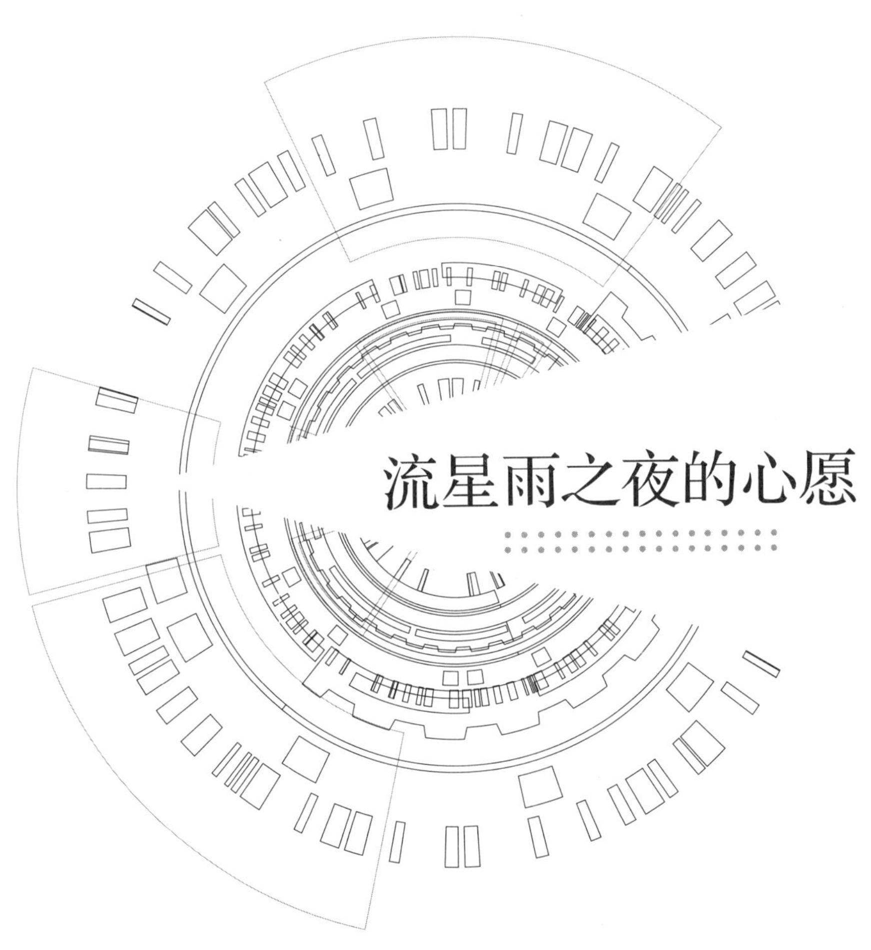

流星雨之夜的心愿

11月19日小夜，落星如雨。

星雨似节日烟花，好一个京城不眠夜。

新世纪第一次狮子座流星雨如约爆发，人生难得有几次这样的机会，好奇和执着追求的人们，怎会放过这个夜晚，不赴这场天地之约？许多怀着美好憧憬的少男少女，心儿怦怦跳动，也忍不住仰望星空，悄悄向星雨诉说秘密的心愿。

一颗颗流星像火柴一样擦亮天空，从高高的空中飞坠下来，他会给某位幸运儿带来好运，从古就有这样的传说。娟就是其中一个祈祷者。她刚手脚麻利地做完餐馆的夜班工作，连沾了油渍的工作服也来不及换下来，就忙不迭地登上楼顶，独自向满天的流星许愿。

她双手合十，虔诚地默默祈祷说："我不敢有过多的奢望。只盼今天晚上有一些时间，和一个高贵的白马王子相聚，就心满意足了。"星雨飞洒，远远近近一阵阵欢呼，似乎离她很远很远，发生在身外的另一个世界里。所有的一切，都和贫贱的娟没有一丁点儿关系。

她等待着、等待着，眸子里闪烁着一片模糊的泪花。忽然有一颗很亮很亮的流星从夜空深处飞下来，低低掠过她的头顶，发出呼呼的声音。

一个声音说："可怜的姑娘，你会如愿以偿的"。

啊，这是专为她擦亮的流星呀！她激动起来了，连忙朝流星坠落的方向跑去。她边跑边想："我太幸福了。可是自己这副打扮，怎么去会那个高贵的白马王子？"

奇迹发生了。她刚想到这儿，周身就发生了变化，亮闪闪的星光里，她忽然变了一个样子，脖子上冒出一串珍珠项链，把她打扮得像是一位真正的公主。感谢好心的流星，让她在这个瞬间完全变了一个样，可以称心如意地去会见心目中的白马王子，那颗大流星陨落在一座立交桥上。灿亮的星光中，幻出一个真正的白马王子。他，高贵、华丽，风度翩翩，正是多次出现在娟睡梦中的偶像。必定是那颗大流星特意为她幻化的，来自天空的爱的使者。

她强抑住狂跳的心儿，快步跑了过去。那个青年也瞧见了她，迎着她飞跑过来。两只手握在一起，两颗心激烈跳动，两个人互相对望着，激动得说不吐一句话。这已经够了。娟被幸福包围着，从来也没有感到这样喜悦。直到流星雨渐渐结束，她担心满天飞舞的星光会和她这身不相称的装扮一起消失，才恋恋不舍地和那个白马王子告别。接连许多天，她一直在回味那个幸福的时刻，想念那个神秘的白马王子。多么想和他再见一面，哪怕只是看一眼也好。

一天晚上，餐厅关门后，她正疲惫万分地在前厅清扫，领班吩咐她到厨房后面帮助卸煤。黑黢黢的夜色里，她忽然瞥见一个熟悉得叫人心跳的面孔，正是那个流星雨中相遇的白马王子。此时此刻，他周身汗水，脸上抹满了煤灰，却仍旧遮掩不住熟悉的面容。他和她都愣了一下，动作慌乱，齐齐低下了头。他们终于又抬起了头。

不知是什么力量，推动娟鼓起勇气先开了口，问他："你就是在立交桥上的那个人吗？"

"是的。"他轻轻点头说。

"我在向流星雨许愿。"

“我也是。”娟又低下头，火辣辣地红了面孔。

接着他们又交流了第二句话。娟低头痴痴说：“我在前厅干活。”那个青年也痴痴说：“我在后门送煤，每天晚上都来。”

两个人，终于又慢慢握住了手，握着很紧很紧，和流星雨之夜的立交桥上一样。

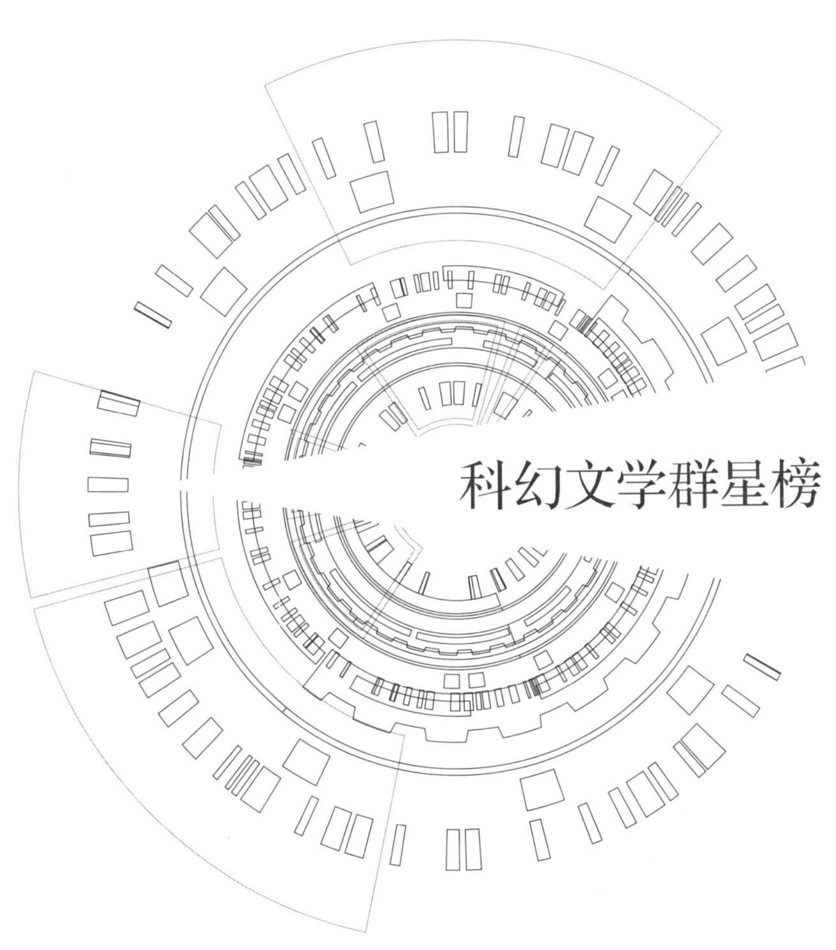

科幻文学群星榜

出版书目

序号	作者	书名
1	郑文光	侏罗纪
2	萧建亨	梦
3	刘兴诗	美洲来的哥伦布
4	童恩正	在时间的铅幕后面
5	张静	K 星寻父探险记
6	程嘉梓	古星图之谜
7	金涛	月光岛
8	王晋康	生死平衡
9	刘慈欣	纤维
10	潘家铮	子虚峡大坝兴亡记
11	韩松	青春的跌宕
12	星河	白令桥横
13	凌晨	猫
14	何夕	异域
15	杨鹏	校园三剑客
16	杨平	神经冒险
17	刘维佳	使命：拯救人类
18	潘海天	饿塔
19	拉拉	永不消逝的电波
20	赵海虹	月涌大江流
21	江波	自由战士
22	宝树	人人都爱查尔斯
23	罗隆翔	朕是猫
24	陈楸帆	动物观察者
25	张冉	灰城
26	梁清散	欢迎光临烤肉星
27	七月	撬动世界的人于此长眠
28	杨晚晴	天上的风
29	飞氘	讲故事的机器人
30	程婧波	第七种可能
31	万象峰年	点亮时间的人
32	长铗	674 号公路
33	迟卉	蛹唱
34	顾适	为了生命的诗与远方
35	陈茜	量产超人
36	刘洋	单孔衍射
37	双翅目	智能的面具
38	石黑曜	仿生屋
39	阿缺	收割童年
40	王诺诺	故乡明
41	孙望路	重燃
42	滕野	回归原点